rororo

DIE HERAUSGEBERINNEN:

Magda Birkmann ist seit ihrer Jugend begeisterte Schatzsucherin in Bibliotheken, Antiquariaten und auf Bücherflohmärkten, seit 2018 teilt sie diese Begeisterung für Literatur als Buchhändlerin in der Berliner Buchhandlung Ocelot und als freiberufliche Literaturvermittlerin auch regelmäßig mit der Öffentlichkeit. 2021 war sie für den Börsenblatt Young Excellence Award nominiert.

Nicole Seifert ist gelernte Verlagsbuchhändlerin und promovierte Literaturwissenschaftlerin. Sie lebt in Hamburg und arbeitet frei als Autorin, Übersetzerin und Literaturkritikerin. Ihr Literaturblog nachtundtag.blog wurde 2019 vom Börsenverein des Deutschen Buchhandels als bester Buchblog ausgezeichnet. Zuletzt erschien bei Kiepenheuer & Witsch ihr Buch *FRAUEN LITERATUR. Abgewertet, vergessen, wiederentdeckt.*

Liesbet Dill

Tagebuch einer Mutter

ROMAN

Herausgegeben
von Magda Birkmann
und Nicole Seifert

ROWOHLT TASCHENBUCH VERLAG

Die Originalausgabe erschien 1943
im A. Weichert Verlag, Berlin.

Für diese Ausgabe wurden einige zum Zeitpunkt der Entstehung des Romans gewählte abwertende Bezeichnungen für Schwarze Menschen mit * unkenntlich gemacht, um sie nicht zu reproduzieren.

Neuausgabe
Veröffentlicht im Rowohlt Taschenbuch Verlag,
Hamburg, Juni 2024

Covergestaltung FAVORITBUERO, München
Coverabbildung Porträt eines jungen Mädchens.
Gemälde von Lotte Laserstein, 1938. Privatsammlung.

Satz aus der Weiss Std
bei Pinkuin Satz und Datentechnik, Berlin
Druck und Bindung CPI books GmbH, Leck
ISBN 978-3-499-01468-0

Erster Teil

Wie kommt es, Ma, dass die Kleider im Schrank immer kürzer werden?» Ulla, die mir hilft, die Wintersachen auf dem Balkon auszuklopfen, hat festgestellt, dass ihre Kleider ihr alle nicht mehr passen, denn Ulla wächst schrecklich rasch und schießt in die Höhe, dass einem angst werden kann. Sie ist darüber nicht unglücklich, denn nun wird sie die Sachen von ihrer Schwester Margot bekommen, und da Margot meine Kleider aufträgt, die noch aus meiner besseren Zeit stammen und von guten Schneidern gemacht sind, freut sie sich darauf. Auf Ullas Leib ist noch nie ein neues Stück gekommen außer einer Wachstuchschürze oder wenn Tante Constanze aus Dresden mal eine selbst gehäkelte Mütze oder einen Schal schickt.

Wir bearbeiten gemeinsam mit den Klopfern die staubigen Sachen in der Morgensonne. In der Stadt darf nur von neun bis zehn geklopft werden, dieses allmorgendliche Klopfkonzert in der Seerobbenstraße hat mich aus der Wohnung vertrieben. Das Konzert nicht allein, es war auch anderes, und ich bereue diesen Umzug in die weit entlegene Heidukstraße nicht.

Wir klopfen den Winterstaub aus den Kleidern, um sie einzumotten, sie sind noch aus guten Vorkriegsstoffen angefertigt, und man muss sie gut behandeln und erhalten, bürsten, pflegen und flicken, was mir überlassen bleibt. Man hätte der kleinen Ulla gar nicht die Kraft zugetraut, mit der sie auf

Mäntel und Wolljacken losschlägt. Es scheint ihr Freude zu machen, die Klopferei. Es ist ein Frühlingsmorgen, warm und sonnig, ein Tag vor Bens Geburtstag, der morgen zehn Jahre alt wird. Ich zerbreche mir den Kopf, was ich seinen Gästen, zehn hungrigen Klassenkameraden, die er eingeladen hat, ohne mich zu fragen, vorsetzen kann, ohne meine Kasse, in der eben große Ebbe ist, zu leeren. Zum Kuchenbacken ist im Umzug keine Zeit.

«Es ist doch zu dumm, dass Bens Geburtstag gerade in unseren Umzug fällt», findet Ulla und drischt mit dem Klopfer, dass die Staubwolken herausfliegen.

«Du hättest ihn auf den Sonntag verlegen sollen, Ma.»

«Geburtstage verlegt man nicht», sage ich. «Ich habe mir schon was ausgedacht, was schnell geht.» Bei uns muss alles schnell gehen … «Sie können im Garten ihre Schokolade trinken und auf der Straße spielen, und nachher gibt es einen Wunderpudding.»

«Mehr Wunder als Pudding», findet Dieter. Es ist ein Rezept aus dem Weltkrieg, als man nicht wusste, wie man seine Kinder satt machen sollte. Mit etwas Himbeersaft wird es ihnen schon schmecken. «Und dann muss doch irgendwo noch eine Dose Keks sein, Ulla!»

«Ja, ich weiß, in deiner Hutschachtel. Ben hat sie schon entdeckt.»

Wenn Ben etwas Essbares findet, ist es verloren. «Also, dann musst du welche aus der Stadt mitbringen, morgen.» Ich fange an zu bürsten. Großer Gott, in meinem Pelz haben die Motten schon Eier gelegt, die Biester.

«Du solltest deinen Pelz zum Kürschner geben, Ma. Alle anderen Leute tun das.» Gewiss, alle anderen Leute, aber mich kostet es zu viel. Es kostet zwar mehr, wenn die Motten mir ihn fressen, aber augenblicklich hat mich dieser Umzug ausgeraubt bis zum nächsten Ersten, wenn meine Hauptmannswitwenpension eintrifft. «Wir könnten doch Onkel Dolf anpumpen, Ma», meint Ulla. «Der sitzt auf seinen zwanzig Häusern und rührt sich nicht und hat keine Kinder.»

«Er hat keine Frau, folglich kann er auch keine Kinder haben, Ulla.»

«Na!», meint Ulla.

«Und es sind elf Häuser, keine zwanzig.»

«Elf sind auch genug.» Ullas dunkler Kopf beugt sich über die Mottenkiste, aus der sie mir die Wintersachen reicht. Wir klopfen weiter. Ich klopfe den Staub der Stadt mit Freude heraus, den Winter und die ganze Seerobbenstraße bürste ich aus den Stoffen.

Ich bin froh und glücklich, dass ich hier herausgezogen bin und die alte Stadt hinter mir liegt mit ihrem Staub und Lärm und Menschentrubel und ihren Gerüchen, die in der Seerobbenstraße alle zusammenströmten. Warmer Malzgeruch von der Brauerei, die Lederdüfte der Gerberei, die Papierfabrik sandte uns ihre Düfte bei Westwind über den Fluss, und wenn man im Herbst spazieren ging, roch es überall nach Rübenschnitzeln, denn die fruchtbare Ebene hier ringsum besteht hauptsächlich aus Rübenfeldern.

Ich bin in diese Stadt geraten, weil Onkel Dolf, der Stiefbruder von Nordeck, nachdem mein Mann im Weltkrieg als Hauptmann in Flandern gefallen war, uns eine Wohnung in einem seiner Häuser anbot. Ich hätte mir diese Gegend sicher nicht ausgesucht, wenn ich die Wahl gehabt hätte, aber mir blieb keine Wahl. Ich stand mit meinen drei kleinen Kindern da, und das vierte war unterwegs. Ich hatte meine Möbel untergestellt, unsere letzte Garnison in Lothringen hatte sich für uns Deutsche geschlossen, ich war noch gerade zur rechten Zeit herausgegangen und saß in einer Pension am Rhein, die ich nicht mehr bezahlen konnte. Von all meinen Bekannten, die sich meiner damals annahmen mit trostreichen Briefen und guten Ratschlägen, war Onkel der einzige, der – ohne trostreiche Briefe – sich zu einer Tat entschloss, indem er mir diese Wohnung anbot und unseren Umzug bezahlte. Es war die einzige Hilfe, die mir zuteilwurde, und ich nahm sie an, ohne mich zu besinnen.

Wir kamen ihm, glaube ich, sehr unbequem. Er lebte als Junggeselle in seiner geräumigen Wohnung, von einer alten Wirtschafterin betreut, die ihm nach den Augen sah. Fräulein Nachtigall besorgte ihn gut. Er hatte als Leutnant seinen Abschied genommen und mit seinen Grundstücken gut spekuliert. Die ganze Seerobbenstraße gehört ihm, er hat sie mit Mietshäusern bebaut, die er selbst verwaltet. Wir brachen in sein gemütliches Leben ein wie eine Zigeunerbande. Da die neue Wohnung noch zurechtgemacht werden musste, wohnten wir vorläufig bei ihm. Er hatte uns zwei Zimmer herrichten lassen und uns sogar ein Kindermädchen engagiert. Aber es kam anders, als er es sich vorgestellt hatte, und ich auch.

Durch die Aufregungen der letzten Wochen, den Umzug und die Packerei kam der kleine Ben einen Monat zu früh auf die Welt. Er erschien an einem Sonntagabend unerwartet, zum Entsetzen Fräulein Nachtigalls, die noch nie eine Geburt erlebt hatte, und einer in Eile herbeigeholten fremden Hebamme, die mit dem Kapotthut auf dem Kopf erschien, als Ben gerade mit einem Schrei das Licht der Welt begrüßte. Der arme, kleine Kerl hatte sich so beeilt, und es war nichts zu einem Empfang für ihn bereit, kein Bett, keine Wäsche, die noch in den Kisten auf dem Güterbahnhof stand. Er wurde in einen Waschkorb gepackt, und bis sich jemand um ihn kümmern konnte, war er halb verhungert. Es fehlte an Milch, es gab in dem Hause keine Soxlethflaschen, mir war die Milch vergangen vor Schrecken, Onkel Dolf telefonierte, den Hut auf dem Kopf, alle möglichen Ärzte an, bis er endlich einen Chirurgen erreichte, der seine Patienten im Stich ließ, um in seinem Wagen herbeizurasen und festzustellen, dass er bei dieser «leichten und glücklichen Geburt» ganz überflüssig war, und uns sehr übel nahm, dass wir den vielbeschäftigtsten Arzt der Stadt umsonst bemüht hatten. Kurz, es war ein großes Durcheinander, ein Chaos, dessen ich mich nur noch mit Grausen erinnere.

Ich mache so ungern anderen Arbeit, aber ich habe das gründlichst besorgt, vielmehr mein Ben mit seinem vorzeitigen Erscheinen.

Eine fürchterliche Zeit begann. Ich musste fest liegen, da mir eine Venenentzündung drohte. Die Kinder, sich selbst überlassen, tobten durch die Stuben, zerbrachen viel und verdarben viel. Dieter prügelte seine Geschwister, und diese heulten, worin sich besonders Margot mit ihren langen, hellen, durch Mark und Bein gehenden Schreien hervortat. Die Mitbewohner des Hauses beklagten sich und schrieben Briefe, das Kindermädchen lief fort, Fräulein Nachtigall verlor den Kopf. Onkel wetterte, und der kleine Ben übertönte alles mit seiner kräftigen Stimme.

Als ich endlich so weit war, dass ich aufstehen konnte und wir in die neue Wohnung übersiedelten, machte Onkel, glaube ich, zehn Kreuze hinter uns her.

* * *

Ach, diese neue Wohnung!! Ich hatte noch keinen Blick hineinwerfen können, und so hatten die Anstreicher sie gestrichen und tapeziert wie die anderen Wohnungen in der Seerobbenstraße. Aber zu den üblichen braunblumigen Tapeten, den giftgrünen Farben und dem rotbraunen Linoleum, das in allen Zimmern lag, passten weder meine schönen antiken Möbel noch die Teppiche und die zarten, hellen Farben meiner Sessel. Es passte überhaupt nichts. Es waren Farben, von denen man Zahnschmerzen bekam. Ich fühlte mich zwischen den dreistöckigen roten Backsteinhäusern, von deren Fenstern aus man die Sonne weder auf- noch untergehen sah, wie eingemauert. Die ganze Straße war mir unsympathisch, die Häuser glichen sich derartig, dass ich zuerst immer in einen falschen Hausgang lief und erst oben im zweiten Stock merkte, dass ich vor einer fremden Türe stand. Onkel verstand das nicht. «Meine Häuser sind doch alle nummeriert, du bist so schusselig, Oliva …» Er hatte gut reden. Ich war in der Tat immer in Eile, immer zerstreut und abgelenkt von dem Gedanken: Ist den Kindern nichts passiert? Und wenn ich heimkam, erwartete mich Dieter meist schon vor der Tür, um mir ein neues Unglück zu melden, das in meiner Abwesenheit geschehen war. Ich hatte damals ein junges Mädchen, das keinen Kinderbrei machen konnte, ohne ihn anbrennen zu lassen, und das man nicht mit den Kindern in die Anlagen schicken konnte, ohne dass ein Unglück passierte, während sie sich mit einem Soldaten unterhielt. Die Nachfolgerinnen waren auch nicht anders. Da ich keine hohen Löhne geben konnte, musste ich nehmen, was sich bot. Es waren meist entlassene Fabrikmädchen, denen die Arbeit in der Fabrik nicht gefiel und die glaubten, es in einem Haushalt in der Seerobbenstraße besser zu haben, wo gut situierte Leute wohnten, Professorenehepaare, Generäle a. D. und kinderlose Ehepaare, die sich neben einer Haushilfe noch Fensterputzer, Waschfrauen und Flickerinnen hielten und die Wäsche außer dem Hause waschen ließen. Bei mir aber musste alles im Hause geschehen, und da fehlte es denn an allen Ecken. Ich konnte so früh aufstehen, wie ich wollte, fertig wurde man nie. Und ich saß oft nach Mitternacht noch auf und nähte Hosen für Dieter, Röckchen für Ulla und besserte Wäsche aus. Ich wurde damals viel bestohlen, da ich vergaß, meine Schränke abzuschließen. Ich war immer so gehetzt.

Zuweilen nahm sich Dieter meiner ritterlich an. «Ich helfe dir, Ma», verkündete er und begann, das Kaffeegeschirr abzuräumen. Krach, fiel die erste Tasse hin … Ein Geheul entstand, die anderen kamen schadenfroh herbei. Oder er meldete, er habe Ulla schon angezogen, und erschien, die widerstrebende Ulla hinter sich herziehend, in einem verkehrt angezogenen Kleid, mit oben zusammengebundenem blondem Haarschopf, der wie bei einer Fächerpalme auseinanderstand. Oder er hatte Ben gewaschen, was er so gründlich besorgte, dass das Kinderzimmer schwamm und Ben heulte, weil ihm Dieter Seife in die Augen geschmiert hatte. Der kleine Kerl wollte immer etwas tun und lief beständig hinter mir her. Am liebsten kaufte er ein. Er konnte mit vier Jahren schon Geld richtig einwechseln und allerlei aus dem kleinen Laden der Gemüsefrau holen. Ich stellte nachher fest, dass er bei der Gelegenheit immer etwas geschenkt bekam von der dicken Frau. Der kleine Kerl war bildhübsch und sah immer, was er auch anhatte, schmuck und niedlich aus. Ein süßer Bengel, sagten die Damen. Leider sagten sie das auch vor ihm, und er merkte sich das. Die andern Kinder waren nicht so hübsch, Margot sah fein und gut aus, hielt sich gut und hatte Manieren bei Tisch, die man nicht ständig zu verbessern brauchte. Meine beiden Jüngsten waren zwar hübsch, doch nicht manierlich und erfanden immer Spiele, die Lärm machten. Zuweilen erschien Onkel wie ein Donnergott und schleuderte seine Flüche auf die Köpfe meiner Sprösslinge, die ihm erschrocken zuhörten und, wenn er das Haus verließ, fortfuhren, Kegel zu schieben und mit Äpfeln nach den Lampenschirmen zu werfen oder was es sonst war.

Dass er mir die herrliche Wohnung für die Hälfte der Miete überließ, rechnete er mir oft vor. Ich war ihm dankbar dafür. Ich wäre aus Dankbarkeit vielleicht darin gestorben, aber in diesem Hause wohnten ältere Ehepaare, ein General mit seiner Frau über uns und ein emeritierter Geschichtsprofessor, der große Werke über die Germanen schrieb, unter uns, und die Klagen über den Lärm und das Gepolter nahmen kein Ende. Wir trugen schon Filzschuhe, und ich wagte meinen Flügel nicht mehr aufzuschlagen; die Portiersfrau beklagte sich, weil Bens Kinderwagen Streifen auf dem Treppenläufer hinterließ. Ich verkaufte mein altes Porzellan, um Rechnungen zu bezahlen, ein Bild nach dem andern wanderte in die Markthalle, wo jeden Monat Versteigerungen abgehalten wurden, trotzdem hatten wir nie Geld. Ich verstand von Geldsachen nicht viel. Ich hatte mich nie darum gekümmert. Ich hatte mit siebzehn Jahren geheiratet, hatte Kinder bekommen, Kinder aufgezogen und Umzüge gemacht. Wir waren von einer Garnison in die andere versetzt worden. Wenn wir den letzten Besuch im Regiment gemacht hatten, kam gewöhnlich die Versetzung in eine andere Stadt, und wir packten und zogen um. Mein Leben hatte bisher fast nur aus Umzügen bestanden. Ich hatte mir bereits eine gewisse Virtuosität darin angeeignet, aber die

Möbel werden davon nicht schöner und die Menschen nicht jünger, es nimmt mit …

Man spürt es nicht, wenn man ein sorgenloses Leben führt, und das hatten wir bis zum Weltkrieg getan. Das Offiziersgehalt meines Mannes spielte keine Rolle; was wir brauchten, kam von meinen Eltern. Ich hatte keine Geschwister, wir brauchten nicht zu sparen. Meine Eltern hatten ein Haus am Rhein, hatten Gärten, ein kleines Gut im Rücken, das uns ernährte, wir brauchten nicht an die Zukunft zu denken, und wir dachten auch nicht daran. Wir waren glücklich, wir liebten uns, wir waren jung, das Heute war so schön …

Und dann stürzte alles auf mich ein, als ich den blauen Brief zurückbekam, auf dem von einer fremden Schreiberhand stand: «Gef. am 2ten Sept. 1918.»

Meine Eltern hatte ich ein Jahr vor dem Weltkrieg verloren, sie waren auf der Fahrt durch die Vogesen verunglückt, auf der Suche nach einem Haus, das sie sich kaufen wollten, nachdem mein Vater seine Fabrik und sein schönes Haus am Rhein verkauft hatte, um sich zur Ruhe zu setzen. Ich war durch den frühen Tod Nordecks und meine vielen Umzüge in Schulden geraten, die ich einmal abtragen musste. Ich wagte Onkel Dolf nicht damit zu behelligen. Er hatte schon genug für uns getan, und ich tröstete mich, dass mein kostbares Porzellan auf einem unserer vielen Umzüge ja auch hätte zerbrechen können. Ich hänge nicht an irdischen Dingen, wenigstens nicht an so vergänglichen. Aber als ich eines Tages mein Porzellan im Fenster eines großen Antiquars wiedersah zu Preisen, vor denen ich erblasste, wusste ich, dass ich es verschleudert hatte, um Mittagessen zu machen … Wir hatten es – gegessen …

Meine Verhältnisse, wenn man das so nennen soll, waren

sehr derangiert, als ich in diese Stadt kam. Von meinem Vermögen war nichts mehr da. Die Inflation hatte mit allem aufgeräumt. Sie hatte das so gründlich besorgt, dass alles mitging, unsere Fabrik, unser Haus und das Gut.

Das Geld sah ich nie wieder. Es floss alles in dem großen Bankrott mit hin … Mir blieb nichts als meine Hauptmannswitwenpension und meine Einrichtung und die Sorge um meine Kinder …

Als Onkel Dolf mir seinen Arm entgegenstreckte, griff ich danach wie nach einem Rettungsring im Sturm …

Ich hatte beschlossen, in dieser düsteren Seerobbenstraße auszuhalten. Ich wollte keinen Umzug mehr erleben. Ich war entschlossen, alles zu ertragen. Der Anblick eines grünen Möbelwagens vor einem Hause erweckte mir Übelkeit. Aber ein Ereignis, das ich damals verwünschte, aber heute segne, machte meinem Aufenthalt in der Seerobbenstraße, den ich zehn Jahre tapfer ertragen hatte, ein Ende.

Das Professorenehepaar in der Wohnung unter uns hatte sich einen neuen Kronleuchter aus Italien mitgebracht, den der Installateur derartig geschickt an der Decke befestigte, dass seine Spitze in den Boden unseres Kinderzimmers eindrang. Darauf nahm Dieter einen Hammer und hieb so lange auf den Eindringling los, bis er dort angekommen war, wo er hingehörte. Als das Ehepaar von seinem Spaziergang heimkam, fand es seinen neuen Kronleuchter wie einen schief gehaltenen Regenschirm von der Decke hängen, die Prismen waren abgefallen und zerbrochen … Die Folge war ein eingeschriebener Brief und die Drohung mit einer Entschädigungsklage. Dieter bekam Wichse, ich bezahlte den Schaden und erklärte, dass ich mir eine andere Wohnung suchen würde, was das ganze Haus mit Freude vernahm.

Man erbot sich sogar, mir suchen zu helfen. Und Onkel sagte: «Zieht mit Gott, aber sucht euch nicht ruheliebende Mitbewohner aus.» Er war der Meinung, dass für meine Rangen eine Meilerhütte im Wald das einzig Richtige sei. Ich wäre auch in eine Meilerhütte gezogen, denn eine Wohnung fand ich nicht. Ich suchte danach über ein Jahr. Ich lief mir die Schuhsohlen danach ab, aber was mir gefiel, war für uns zu teuer, und wenn sie unseren Verhältnissen entsprach, war sie schlecht gelegen, hässlich und ungesund. Ich hatte es schon aufgegeben, jemals der Seerobbenstraße zu entrinnen, als ich eines Abends von einem Gang durch die Felder auf dem Rückweg zufällig durch die abgelegene Heidukstraße kam. Sie war ruhig und lag in der Abendsonne des Sonntags still und menschenleer da. Die weißen, spitzgegiebelten Häuschen rechts und links mit ihren Blumengärtchen vor der Tür, den wehenden Birken und Schneeballenbüschen sahen nett und bescheiden aus, und am Ende der Straße stand, mit dem Rücken nach der grasbewachsenen sogenannten Halde, einem weiten Baugelände der Stadt, ein altmodisches, weiß getünchtes Haus mit grünen Holzläden und einem verwilderten Vorgarten. An der Haustür hing ein Schild: «Wohnung frei, Schlüssel bei Korzfleisch, Rosenstraße 4.» Das Schild sah aus, als habe es schon lange dort gehangen, man konnte es kaum noch lesen.

Ich blieb stehen und betrachtete das Haus. Ich weiß nicht, weshalb es mir auf den ersten Blick so gut gefiel. Es sah einfach und würdig aus und stand da wie aus dem Boden gewachsen mit seinen dicken Mauern. Es erinnerte mich an die bretonischen Steinkirchen in den Fischerdörfern an der Küste der Bretagne. Ich war sofort entschlossen, es zu nehmen. Frau Korzfleisch, eine dicke, hübsche Blondine, sauber und gesprächig, führte mich hinein und stieß die Läden auf. Sie versicherte mir gleich, mit einem Blick auf mein weißes, fußfreies Leinenkleid und meinen hellblauen Pariser Hut, der alle Moden überdauert, dass es kein Haus für mich wäre. Es war nämlich ein Unglückshaus. Es hatte schon zweimal drin gebrannt, einmal war der Blitz durch den Schornstein gefahren und hatte fast die Frau am Herd erschlagen, und einmal war einer drin gestorben, sie wusste nur nicht mehr, woran. Die Dielen waren schadhaft, die Öfen rauchten, der Herd zog nicht, und der Hauswirt ließ nichts machen ... Es war der Besitzer der Steingutfabrik «Kumpel und Söhne». Die kümmerten sich nicht um das Haus, aber «sonst waren sie sähre hinterhär». Da war der Herr Funke aus der Seerobbenstraße ein Waisenknabe dagegen. Dem Garten hatten die Ziegen des letzten Mieters den Rest gegeben. Außerdem stieß dieser Garten an einen Friedhof, das war auch nicht jedermanns Geschmack. Und die alte Halde so dicht daneben, die ziemlich verrufen war, weil dort immer Kesselflicker und die Stromer nächtigten. Das alles ermutigte mich gerade nicht, aber das Haus hatte es mir nun einmal angetan, und ich ging darin herum, beseligt von dem Gedanken, wieder einmal allein in einem Haus zu wohnen, einen Garten zu haben, ein Stück Land. Von den Fenstern hatte man eine weite, klare Aussicht, man sah wieder Bäume und konnte die Sonne abends untergehen sehen. Die Schäden würde der Hauswirt beseitigen lassen, hoffte ich. Und als mich Frau Korzfleisch noch eine steile Holztreppe hinaufführte zum Mansardenstock und mir ein großes helles Giebelzimmer zeigte mit einem Balkon, das zur Wohnung gehörte, war mein Entschluss gefasst.

Ich machte noch am selben Abend Herrn Kumpel meinen Besuch.

Der dicke, alte Herr zeigte sich gar nicht unfreundlich, er betrachtete interessiert meinen Hut. Die Zahl meiner Kinder interessierte ihn nicht. Die Miete, die ich für die Gegend und den Zustand des Hauses ziemlich hoch fand, setzte er mir nach langem Feilschen ein Drittel herab, er versprach mir, die Öfen nachsehen zu lassen, die Dielen auszubessern, aber Verschönerungen ließ er keine machen, das war Sache der Mieter. Im Übrigen schien er froh zu sein, jemand für das Haus gefunden zu haben. «So vornehm wie die Seerobbenstraße von Herrn Funke sind wir allerdings nicht», grinste er. Die ganze Heidukstraße gehörte der Firma Kumpel und Söhne, die kleinen niedlichen Häuschen waren billig und schlecht gebaut, aber die Leute waren hineingezogen, ehe die Wände noch trocken waren. Dieses Haus war solide gebaut, keine Kriegsware, seine Großmutter hatte schon drin gewohnt. «So sieht es auch aus», sagte Margot, als sie es zum ersten Mal sah … Meine Kinder teilten mein Entzücken über die neue Wohnung nicht.

«Es ist sicher ein Reinfall, Mama», meinte Dieter. «Wir werden im Winter darin erfrieren und im Sommer von den Schnaken aufgefressen werden, die Gegend ist bekannt dafür.» Die Straße war auf Schutt gebaut, es war die frühere Ablagestelle der Stadt.

Aber auch das konnte mich nicht abschrecken, ich freute mich zu sehr auf das Haus.

* * *

Der Umzug ging mit einigen Unglücken, zerbrochenen Lampen, abgestoßenen Sesselbeinen und einem Tintenfass, das sich über meine hellblaue Couch ergoss, ab. Als die

Möbel standen, kam der Meister von Herrn Kumpel, ein alter Mann, der aussah wie ein Meerkater und uns drei Wochen in fürchterliche Staubwolken versetzte, aber als er uns verließ, brannten die alten Öfen wenigstens, und der Herd «zog». Er wurde eingeweiht mit einem Johannisbeerkuchen, die erste Ernte aus unserem Garten. Dann richteten wir uns ein. Ben stürzte sich auf die alten Kisten im Keller und zimmerte sich seinen langersehnten Kaninchenstall, Ulla half Unkraut jäten, ich steckte Vorhänge auf, Dieter schlug Nägel in die Wände, dann verschönerten wir die Küche. Ich stand in meiner alten Malschürze auf der Leiter und strich Möbel, Wände und sogar die Badewanne an. Alles weiß und bayrischblau. Dann kamen die Böden dran, die ich in weißer Farbe anstrich, obwohl das «keine praktische Farbe» ist, nach Frau Korzfleisch, die sich mir als Aufwartung angeboten hatte. Ihr Mann ist Korpsdiener bei einer schlagenden Verbindung, ihre Kinder sind verheiratet, sie kann morgens zwei Stunden helfen kommen. Während des Umzugs kam sie eine ganze Woche und schritt hochgeschürzt und entschlossen, Ströme von Wasser verschrubbend, durch das Haus. Aber, wie sie sagte, «ein Haus ist ein Haus», und wir sind immer noch nicht fertig mit Einrichten und Aufräumen.

Es ist merkwürdig, wie mich dieser Umzug beseligt. Ich kann wieder singen, ich werde wieder meinen Flügel spielen und nach Tisch im Garten im Liegestuhl liegen mit einem Buch. Ich habe immer gedacht, nach dem Tode Nordecks könnte ich nie wieder richtig froh werden, aber alles verebbt einmal ... Es bleibt nur die Erinnerung ... Aber die ist stark und ewig und bleibt, solange wir leben.

* * *

«Mama», ruft Margots helle Stimme von unten, «die Olle ist da!»

In meinem großen dreifenstrigen Wohnzimmer, das zwei Einrichtungen geschluckt hat, den Salon und das Musikzimmer, in dem alles in zartem Hellblau gehalten ist, sitzt auf dem kleinen Sofa am Fenster ein altes Fräulein in einem hellen Staubmantel, großem, weißem Basthut mit roten Levkojen ... Fräulein Nachtigall schwärmt für helle Farben in der Meinung, dass sie verjüngen, leider ist das Gegenteil der Fall. Sie trägt immer zu helle Mäntel und zu große Blumenhüte, unter denen ihr kleines Gesicht aussieht wie eine verschrumpfte Apfelsine, denn es ist heute heiß, und es ist ein weiter Weg von der Haltestelle der 58 bis zu uns.

Sie sitzt da und fächelt sich mit ihrem Taschentuch und hält auf den Knien eine Hortensie und eine runde Kuchenschachtel.

«Wie liebenswürdig von Ihnen, Fräulein Nachtigall, dass Sie sich herausbemüht haben, bitte, bleiben Sie nur sitzen, Sie sind unser erster Besuch ...»

«Ein weiter Weg, das kann man wohl sagen, Frau Nordeck, und die 58 ist immer voll Arbeiter aus der Steingutfabrik, und die Haltestelle ‹Alter Friedhof› ist auch nicht gerade heiter ... Ich bin in meinem Leben noch nicht in die Gegend gekommen, obwohl ich schon dreißig Jahre hier lebe ... Aber morgen ist ja Bens Geburtstag.»

Ben vergisst sie nie. Es war der schrecklichste Tag ihres Lebens, hat sie mir oft versichert ...

«Na, nun sind Sie ja wohl so weit eingerichtet im neuen Haus.» Sie schaut sich um. «Das Zimmer hier gefällt mir, es ist hell und freundlich, und der Flügel ist auch durch die engen Türen gegangen ... ich hatte schon Angst ... Alles himmelblau und weiß, hübsch, wirklich. Hat das alles der Kumpel machen lassen? – Er ist sonst nicht so … Herr Funke hat sich sehr darüber aufgeregt, dass Sie zu ihm gezogen sind … Er hat doch einen Prozess mit ihm geführt … man darf bei uns seinen Namen nicht nennen, sonst platzt ihm der Kragen, sagt er … Ich hab ihm erst gar nicht erzählt, in welches Haus Sie gezogen sind, er hat auch nicht danach gefragt …»

«Ist er immer noch böse, der Onkel?»

«Na, und wie. Aber er hat mich doch hergeschickt und mir was mitgegeben für den Ben … Die Nusstorte ist von ihm, die Hortensie ist von mir … Und die fünf Mark», sie kramt in ihrem Beutel, «sind für seine Sparkasse … Und nun zeigen Sie mir mal das Haus …»

Ich führe sie durch das Esszimmer, in dem der Mittagstisch auf vier Schulkinder wartet. Es ist groß und hell und liegt nach dem Garten. Die Schlafzimmer für die Kinder liegen nach der Straße und sind vergittert.

«Vergittert, mein Gott», sagt Fräulein Nachtigall … «Hier steigt doch keiner ein. Was soll er schon hier suchen? Und wo schlafen Sie?»

Ich zeigte ihr die Couch, die in meinem Wohnzimmer hinter dem großen gelben, chinesischen Wandschirm steht.

«Kein eigenes Schlafzimmer?», bedauert das alte Fräulein. «Das wäre nichts für mich.» Sie findet die Küche etwas eng und muffig. «Und mit Steinplatten belegt, das ist ja etwas für Ben … Er wird alles drauf zerschmettern … Ich bin für Linoleum, da geht wenigstens nicht gleich alles kaputt. Und wo ist das Bad?»

Sie sieht sich auch dieses bescheidene Badezimmer an, das ich mit sehr viel Aufwand von weißer und blauer Farbe selbst gestrichen habe, und wo alles noch klebt … Selbst die Badewanne ist von mir gestrichen.

Ich bin sehr stolz auf meine Künste.

«Du lieber Gott, eine Emaillewanne! In der Seerobbenstraße haben wir nur noch gekachelte Bäder … Ja, ja, aber Sie haben's ja so gewollt. Wie gesagt, es ist keine besondere Gegend hier draußen, so weit von den Geschäften und vom Markt … Und der Schulweg für die Kinder …! Hier werden Sie Herrn Funke nicht oft zu sehen bekommen … Der Postrat, der in Ihre Wohnung gezogen ist, strahlt, er hat uns gestern eine Dankesvisite gemacht mit seiner Frau.» Bumm. Die Haustür ist zugefallen mit einem Knall wie ein Pistolenschuss. Wir fahren beide zusammen … Und nun möchte sie noch das Fremdenzimmer sehen.

Ich führe sie nach oben, obwohl in dem Zimmer vorläufig nur ein Bett und ein Waschtisch stehen und ein paar Stühle. Ich habe meine geheimen Pläne mit diesem Zimmer, ich will es nämlich vermieten … Ich öffne die Tür, und wir treten auf den Balkon.

«Ist die Aussicht nicht reizend? Man sieht von hier aus die Sonne abends untergehen.»

«Nun, das tut sie ja jeden Tag», sagt Fräulein Nachtigall trocken.

«Und der weite Blick! An klaren Tagen sieht man bis zur Heide.»

«Da sieht man auch nicht viel», meint sie. «Aber mich würde der Friedhof stören. Die Kreuze und die Zypressen immer vor der Nase und die Halde gleich hinter dem Hause, wo sich schon mehr als einer umgebracht hat … Ich weiß nicht, irgendetwas ist an dem Haus, das mir nicht gefällt», sagt sie, als wir auf der knarrenden Holztreppe heruntersteigen. Sie tritt dabei so vorsichtig auf, als habe sie Angst, auf eine Mine zu treten. Den Garten zu besichtigen, lehnt sie ab … «Nein, danke, ich mache mir nichts aus diesen vergrasten Gärten. Was läuft denn dort auf dem Rasen herum?»

«Das ist eins von Bens Karnickeln, er hält sich jetzt einen Stall.»

«Auch das noch», sagt das alte Fräulein und knöpft ihren Staubmantel zu. «Da müsste mal ein Gärtner her und aufräumen», meint sie, «sonst haben Sie im Leben nichts von diesem sogenannten Garten … Vorläufig sieht er wie ein Urwald aus …»

«Sind die Kinder eigentlich noch nicht zu Hause?», fragt sie an der Haustür. Bumm, fällt in diesem Augenblick wieder die alte Haustür zu. Wir fahren wieder zusammen.

«Ich dachte, es hätt einer geschossen», sagt das Fräulein nervös.

Aber es ist nur Dieter, der eben heimgekommen ist … Ich höre ihn draußen mit Margot sprechen. «Dieter!», rufe ich.

«Was ist?»

«Fräulein Nachtigall ist da!»

Schweigen …

Ulla naht sich und knickst. «Wollen Sie schon gehen, Fräulein Nachtigall?»

«Ja, mein Kind, ich muss Onkel sein Abendessen machen. Er isst schon um sechs. Skatabend im Franziskaner. Ich hab euch auch was mitgebracht, da steht es. Eine Nusstorte für morgen.»

«Oh, fein!» Ulla wirft einen raschen Blick auf die runde Schachtel. Sie küsst dem alten Fräulein die Hand.

«Ulla ist wenigstens ein höfliches Kind», bemerkt Fräulein Nachtigall gnädig … Dann geht sie endlich.

«Der Zaun müsste auch mal gestrichen werden», bemerkt sie draußen.

«Ich weiß, ich weiß ... Es muss noch viel gemacht werden.»

Sie trippelt hinaus, spannt ihren braunen Sonnenschirm auf, und der große Levkojenhut wandert die Heidukstraße herunter.

«Es ist nicht nett von dir, Dieter», sage ich, indem ich die Tür zu seinem Zimmer öffne, «dass du im Hause bist und nicht erscheinst, wenn Besuch da ist.»

«Besuch? Die alte Nachtigall?» ...

Margot kommt herbei. «Was hat denn die Alte gewollt?»

«Margot, bitte, sei etwas höflicher zu meinem Besuch. Es ist ein großes Opfer für die alte Dame, zu Fuß herzukommen, um uns einen Kuchen zu bringen und die schöne Hortensie, sieh doch! Ich muss ihr sofort Wasser geben.»

Margot wirft einen geringschätzigen Blick auf die magere Gärtnerpflanze, die eine einzige Blüte hat.

«Wo ist denn der Kuchen?», sagt sie.

«Den hab ich für den Geburtstag kühl gestellt.»

«Dann wird er knochentrocken sein, Mama, du hebst die Sachen immer viel zu lange auf ... Wir wollen ihn heute essen, da wir ja so was wie Einzug feiern. Sei nicht so sparsam. Es kommt ja nicht darauf an bei unserem Bankrott. Der Onkel hätte uns diesen Umzug ruhig bezahlen können. So viel gibt der an einem Abend für ein Jagdessen aus.»

«Liebes Kind», sage ich und entlaube die Hortensie von ihren welken Blättern. «Die Menschen lassen sich nicht vorschreiben, für was sie ihr Geld ausgeben. Die Jagd macht Onkel Spaß, aber unser Auszug aus seinem Haus hat ihm keinen Spaß gemacht. Er wird uns nicht oft besuchen hier draußen.»

«Nun, deshalb werde ich mich nicht aufhängen», sagt Margot und schnitzt ihre Bleistifte, dass die Schnibbel in den Garten fliegen. «Was hab ich denn von seinen Besuchen? Du trägst das Haar so komisch, Kind! Deine Röcke sind viel zu kurz. Wer war denn derjenige, mit dem du gestern auf den Tennisplatz gingst? – – Augen hat der alte Kerl wie ein Luchs ...»

«Was sind das für Redensarten, Margot, dein Onkel ist nur zwei Jahre älter als dein Vater jetzt wäre, wenn er noch lebte.»

«Nun, dafür kann *ich* doch nichts», sagt Margot. «Er sieht aus wie ein Bierbrauer mit seinem Bauch, wenn er auch zehnmal vor hundert Jahren bei den reitenden Feldjägern gestanden hat. Jetzt ist er ein richtiger Spießer, und als solchen betrachte ich ihn.»

Die Haustür macht diesem oft behandelten Thema ein Ende. Bumm.

Es ist Ben, der aus der Schwimmanstalt ankommt, heiß und schmutzig von irgendeinem Umweg über sumpfige Wiesen, mit abgerissenen Knöpfen und atemlos.

«Du, Mama, kommen in die Badeanstalt auch manchmal Haie?» Der kleine Kerl steht vor mir, Badehose und Handtuch unterm Arm.

«Das hat er mich auch schon gefragt, der Esel!», ruft Dieter aus dem Nebenzimmer.

«Es hat neulich einer aus meiner Klasse einen richtigen Hai an der Schleuse gesehen», behauptet Ben.

«Wie soll denn der dorthin gekommen sein?», sage ich, indem ich ihm die Knöpfe an seiner ewig zerrissenen Hose festnähe im Stehen. Wir haben immer beide wenig Zeit. Ben muss immer zur Schule oder hat Nachsitzen, oder er muss zum Schwimmen. Seit der neulich im Wasser beim Kopfsprung in ein Schilfnest geraten ist, behauptet er, es habe ihn da unten etwas gebissen und sich ganz kalt um sein Bein geringelt.

«Der Haifisch, natürlich!», ruft Dieter. «Und das will zur Marine gehen!!!»

«Ich erzähl nur, was ich erlebt hab», verteidigt sich Ben. «Es war mein erster Kopfsprung, es hat mich einer geschubst, und da bin ich hineingeplumpst. Das kann doch jedem passieren.»

«Mir nicht», sagt Dieter. «Den möchte ich mal sehen, der mich da hineingeschubst hätte!»

«Ja du», sagt Ulla, die mit einem Arm voll ausgeklopfter Sachen die Holztreppe herunterkommt ... «Bei dir ist immer alles in Ordnung.» Sie hält es mit Ben, unserem Jüngsten.

«Können wir endlich essen?», fragt Dieter. Er fragt es genau in dem Ton wie Nordeck, wenn er vom Dienst heimkam und die Suppe stand nicht schon auf dem Tisch. Und ich sage, wie immer: «Ja, gleich, sofort.» Aber statt dass ich einem Diener klingle, gehe ich selbst in die Küche und nehme die heiße Erbsensuppe vom Herd.

«Erbsensuppe bei zwanzig Grad, Mama!» ...

«Wir sind im Umzug», sage ich und beginne, die Suppe in die Teller zu füllen.

«Immer noch? Wann wird dieser elende Umzug einmal fertig sein?»

«Da ich alles allein machen muss, ihr helft mir ja nicht.»

«Wir sind Schulkinder, Mama», sagt Dieter. «Wir haben auch unsere Pflichten. Und in unserer Freizeit müssen wir zum Sportplatz oder zum Schwimmen.»

«Nun, das ist ja keine Strafe für euch.»

Eine Tür knallt wieder zu. Das ist Margot, die nie eine Tür anständig schließen kann. Sie war noch rasch einmal bei Elli drüben wegen ihres Gartenfestes. «Ihr habt schon angefangen?» Sie nimmt Platz an dem runden Tisch. Ich gebe ihr Suppe.

«Oh, haben wir heute die Waschfrau?»

«Ich wünschte, wir hätten sie.»

«Du hast ja die Korzfleisch», meint Ulla ...

«Die wäscht nicht, hat sie mir gleich erklärt.»

«Dann setz es ins Blatt», sagt Margot. «Fetts haben immer Leute für alles ... Sie haben zu ihrem Gartenfest allein vier Servierfrauen und einen Lohndiener ...»

«Ja, Fetts!» ... Dieter macht ein spöttisches Gesicht.

«Ach, sei nur still ... Du bist ja nur neidisch.»

«Auf das Gartenfest bei Fetts? Dass ich nicht lache!»

«Fetts sind sehr nette Leute. Sie sind im Theater abonniert», betont Margot und nimmt einen Löffel Suppe.

«Wieder Erbsensuppe.»

«Ich habe zu nichts anderem Zeit gehabt», sage ich. «Kinder haben nicht zu kritisieren. Es gibt, was es gibt.»

Dann löffeln wir alle stumm die heiße Suppe, die mir allerdings etwas dick geraten ist.

«Wie Lehm», bemerkt Dieter.

«Gieß dir Wasser rin», sagt Ulla, die hungrig, beide Ellbogen aufgestützt, isst.

«Manieren hast du!» Dieter schöpft sich einen zweiten Teller voll. «Wie 'n Hausknecht ...»

«Dieter!!!», mahne ich ...

«Na ja, sitzt sie nicht da, wie eine, die vom Dreschen kommt?»

«Ich hab auch gedroschen», sagt Ulla, meine brave Haushilfe, die Einzige, die sich hin und wieder herbeilässt, mir zu helfen. «Eure Klamotten habe ich gedroschen ... Ein Staub war da drin!! Ihr Dreckfinken ... Alle Buben sind das ...»

Ben nimmt sich zum dritten Mal von der dicken Suppe.

«Ulla, deck ab und bring den Pudding.»

Ulla steht auf und schiebt in die Küche, wobei sie alle Türen hinter sich weit offen lässt, auch die Haustür steht offen, man sieht durch den Vorgarten auf die sonnige Straße, die um die Mittagszeit schattenlos und leer ist. Nur ein Lastwagen der Firma Kumpel und Söhne rattert vorbei mit stark verpacktem Geschirr.

«Mach doch die Tür hinter dir zu!», ruft Dieter. «Man sitzt ja rein auf der Gasse!»

«Ich muss sie ja doch wieder aufmachen», sagt Ulla und versetzt, mit dem Pudding hereinkommend, der Tür einen Fußtritt; dann folgt der Pistolenschuss, der mich immer erschreckt. Meine Kinder sind temperamentvoll und vergesslich. Sie hören einem nie zu. Jedes hat seine eigenen Interessen und Sorgen, Dieter sein Tennis, Margot ihre Freundin Elli mit dem Schwimmbad und der Theaterloge, Ulla, die schwer lernt, braucht viel Zeit zu ihren Aufgaben, und Ben hat es am schwersten in der Schule, das Latein will nicht in seinen hellblonden Strohkopf ... «Gelt, nachher hilfst du mir wieder, Ma?», sagt er beim Puddingessen.

Ich wollte mich eigentlich etwas hinlegen. Ich habe die Nacht kaum vier Stunden geschlafen. Aber Bens Latein ist wichtiger. Margot ist bei ihrem Gartenfest, das am Sonnabend steigen soll, mit Lampions und Feuerwerk und Tanz auf dem Rasen, die Musik ist bestellt. «Hätt ich nur was Anständiges anzuziehen.»

«Du hast doch das rosa Organdykleid», meint Ulla.

«Der alte Fetzen …, drei Jahre trag ich das schon, man, grüßt mich schon nicht mehr, wenn ich's nicht anhab …»

«Ich wäre froh, wenn du mir das vermachtest», sagt Ulla. «Mein Rotes hat schon Löcher unter den Armen …»

«Sch» …, sage ich … «Esst und seid ruhig.»

«Wann legst du denn dein Spitzenkleid ab, Mama?», fragt Margot.

«Vorläufig noch lange nicht, in zehn Jahren kannst du es haben.»

«Dann brauch ich's nicht mehr …, dann hab ich hoffentlich einen Mann, der mir Kleider kauft.»

«Meinen ergebensten Glückwunsch», sagt Dieter. «Wie heißt er denn?»

«Euch werd ich das auf die Nase binden, damit du es in deiner Klasse herumerzählst.»

«Meine Klasse interessiert sich nicht für Angelegenheiten von Gänsen.»

«Dieter ist in letzter Zeit so frech geworden», findet Ulla und lässt sich Pudding geben.

«Frech ist der schon zur Welt gekommen», sagt Margot.

«Erlaubt, dass ich mich empfehle»; Dieter erhebt sich, schlank und groß in seinem losen Sporthemd und der Lederhose, die ihm etwas kurz geworden ist. Das Mittagessen ist beendet. Dieter ist verschwunden, Margot hat sich auf ihr Zimmer begeben, angeblich um ihren Aufsatz zu schreiben, Ulla ist zur Turnstunde, Ben füttert seine Karnickel, das ist wichtiger als die Schule. Ich stehe in der heißen Küche, von Mücken umschwärmt, und wasche Geschirr mit einer langen Drahtbürste, bei der man sich keine hässlichen Hände macht, in einer Wachstuchschürze, die mein Kleid schützt.

Nach Tisch will ich mich mit einem Buch in den Liegestuhl legen, ich habe mich gerade ausgestreckt, als Margot erscheint, den Frankenthaler Schwan unter dem Arm …

«Du erlaubst doch, Mama, dass ich Frau Fett den Schwan leihe zur Tischdekoration?»

«Für das Gartenfest?»

«Ja, für den Spitzentisch, denn die Alten kommen auch, das heißt, die Eltern der Mädchen, mit denen sie verkehren … Du hast keinen Besuch bei ihnen gemacht, folglich wirst du nicht eingeladen.»

«Aber Frau Fett hat doch sicher genug Porzellan!»

«Ja, aber nichts Anständiges für den Spitzentisch.»

«Du weißt wohl nicht, was so ein Schwan wert ist?»

«Ich weiß, ich weiß, aber er wird ja nicht ausgerechnet an diesem Abend kaputtgehen … Ich will ihn mit Blumen füllen, das ist denn meine Gabe. Die Alte hat nämlich Geburtstag.»

Die «Alte» ist so alt wie ich, nämlich fünfunddreißig Jahre.

«Nimm ihn meinetwegen, aber sag ihr, dass es ein kostbares Stück ist aus einer Fabrik, die seit mehr als hundert Jahren nicht mehr fabriziert.»

Aber Margot ist schon fort damit.

«Und vergiss nicht mein Kleid, Mama», ruft sie aus der Ferne.

Ich stehe auf und öffne meine Truhe, aus der ich seit dem Krieg lebe: Ich ziehe einen Stoff nach dem andern heraus. Alle diese zarten, duftigen, lichten Stoffe, die bestickten und golddurchwirkten Gewänder zaubern mir eine Welt vor, die versunken ist für mich. Die Welt, als man tanzte, liebte, Rosen bekam. Meine Hand gleitet sanft über alle diese heiteren Gebilde von Crêpe de Chine, Seide und Atlas. Das meiste davon ist verschlissen vom allzu langen Liegen, zerdrückt oder zu pompös … Ich finde schließlich einen zarten, braunen Tüll und etwas Goldspitze. Das zusammengesetzt über Margots weißes Taftunterkleid müsste gut aussehen. Aber wer näht mir das bis Sonnabend? Ich müsste erst eine Schneiderin suchen, aber solche Bittgänge habe ich schon zu oft vergeblich hier gemacht … Ich werde es lieber selbst machen. Ich räume den Esstisch ab und beginne zuzuschneiden.

Um vier Uhr sind meine Kinder alle wieder da. «Wo ist der Kaffee? Können wir gleich was haben?» Sie sind hungrig wie kleine Löwen.

Ich räume das Nähzeug zusammen, um Kaffee zu kochen und Brot zu schneiden.

Nach dem Kaffee probieren wir Margots neues Gewand an. Es sitzt noch nicht ganz richtig. Ich knie am Boden und stecke es ab, wie eine kleine Näherin, mit Stecknadeln auf dem Busen, ich trenne, hefte, lasse die Maschine surren, während mir immer ein Lied durch den Kopf geht … von einer Nachtigall … in einer langen Nacht … hab ich an dich und du an mich gedacht … Während ich's vor mich hinsumme, fängt draußen im Garten eine Nachtigall an, leise zu singen, und singt mit mir um die Wette.

Das Gartenfestkleid ist fertig geworden. Nach dem Abendessen probieren wir es an. Es sitzt, Margot sieht entzückend darin aus, schlank wie eine Elfe, mit ihrem matten Teint, dem goldblonden, duftigen Haar, das sie sehr pflegt und in lange Locken rollt.

«Sie sieht aus wie eine Prinzessin», findet Ulla.

Sie wird mit ihren stämmigen Beinen und den dicken Armen niemals aussehen wie eine Prinzessin. Sie bewundert die schöne Schwester neidlos. Margot dreht sich vor dem

Spiegel. Selbst sie ist zufrieden, meine anspruchsvolle Tochter.

* * *

Nun habe ich genug von Geschirrwaschen, Tischdecken und Essenkocherei … Ich nehme meinen weißen Stock: «Räumt ihr mal ab, Kinder, ich gehe noch etwas an die Luft … Aber wirf nicht wieder was hin, Ben», ermahne ich, als er das Geschirr auf das Tablett baut.

Dann gehe ich in den stillen Sommerabend. Als ich an dem Friedhof vorbeikomme, sehe ich das eiserne Tor offen stehen. Eine blaue Jacke bewegt sich zwischen den Gräbern … Ein alter Gärtner begießt die Gräber an der Mauer. Ich gehe hinein und wandere zwischen den alten Gräbern umher. Die Grabsteine sind bemoost und verwittert, die meisten Namen kann man gar nicht mehr lesen.

Trauerweiden hängen ihre Zweige tief über die vergrasten Stätten. Nur an der Mauer, die an unseren Garten stößt, liegen vier neuere Gräber mit weißen Marmorkreuzen … Ich bleibe davor stehen und lese die unbekannten Namen. Ich frage den alten Mann, wie diese neuen Gräber hierhergekommen seien unter die andern. Und er sagt, ohne die Pfeife aus dem Mund zu nehmen: «Das sind solche, die keinen Platz mehr auf dem großen Stadtfriedhof fanden, die in der Universitätsklinik gestorben sind … Der eine dort hat sich das Leben genommen.» Er weist mit der Gießkanne auf das Grab rechts. Auf der weißen Marmortafel in Form eines aufgeschlagenen Buches steht nur «Hans Dankwarth» … Und darunter nichts als «Warum?». Ohne Datum. Ich weiß nicht, weshalb mich dieses Grab so interessierte. Ich fragte den Alten, wer das gewesen sei. Aber er sah mich von der Seite an und schwieg. Er steckte seine Pfeife wieder in den Mund, nahm die Gießkanne auf und sagte: «Man soll den Toten nichts nachreden. Es geht einen ja nichts an. Ich kümmere mich nicht um die, die da unten liegen.» Er griff an seine Mütze und ging weiter. Obwohl er nicht gerade höflich gegen mich war, seine Haltung gegen einen Toten gefiel mir. Ich brach ein paar wilde Rosen, die von meinem Garten über die Mauer hingen, ab und legte sie auf dieses einsame Grab, das aussah, als ob sich niemand mehr um es kümmerte, denn es war voll Unkraut und welker, längst verfaulter Blätter.

Das Grab beschäftigt mich seitdem.

Ich muss immer daran denken ... Das «Warum?» steht vor mir wie ein geheimes Zeichen einer Sprache, die man nicht versteht. Es geht mich nichts an, gewiss nicht. Die Trauerweide, die hinter seiner Marmortafel aufwächst, hängt ihre Zweige in meinen Garten. Als wir einen Platz für unsere Laube aussuchten und Ben meinte, am schattigsten sei es dort unter der Weide, sagte ich: «Nein, nein, das ist mir zu nahe ... an den Gräbern» ...

«Aber, Mama!», sagte Dieter.

Und Margot fügte hinzu: «Mama glaubt an Gespenster. Sie fürchtet, einer könnte aufstehen und wiederkommen.»

Aber ich bestimmte, dass die Laube an die andere Seite des Gartens kommen sollte. Die Laube beschäftigte uns mehrere Wochen. Wir suchten uns das Holz dazu im Keller, Dieter sägte es und nagelte die Latten zusammen. Das Dach wurde mit Holzlatten und einem Überzug einer alten Markise bedeckt, die Firma Kumpel hatte die Steinplatten geliefert, Dieter hatte die Steine in den Boden geklopft. Ulla schleppte Tisch und Stühle hinein, nun ist es unsere Sommerstube, in der wir die Mahlzeiten einnehmen und die Kinder ihre Schularbeiten machen.

Sie steht in der Ecke neben unserer Küche, sodass man alles durchs Fenster hineinreichen kann, sie gefällt uns sehr. In allen Garnisonen, durch die wir kamen, hatte ich elegante Etagenwohnungen mit Glasveranden und Balkons, aber nie einen richtigen Garten. Nun habe ich ein Stück Erde, das ich bepflanzen kann. Wenn ich morgens meine Fenster öffne und die Vögel darin zwitschern höre, bin ich schon froh. Wie wenig gehört eigentlich dazu, es zu sein.

* * *

In der letzten Nacht konnte ich nicht einschlafen. Das Grab des Unbekannten beschäftigt mich. Ich liege wach und denke immer daran … An den, der darunter liegt … an das «Warum?». Die Fenster meines Zimmers sind weit offen, der Garten duftet herein, ich spüre eine linde Luft, zart und süß, wie wenn man sich einen Fliederstrauß gegen die Augen hält. Der Mond steht über dem Friedhof, ernste stille Zypressen stehen reglos über der Mauer … Und die Trauerweide des Grabes von Hans Dankwarth hängt ihre silbernen Zweige in meinen Garten, gerade über Bens Karnickelkiste. Die Stimmung, die über diesem Garten liegt, hat etwas Verzaubertes. Es ist, als ob etwas aus diesem geheimnisvollen Grabe aufsteigt und herüberwill zu mir … Ich halte es nicht aus, ich stehe auf, werfe meinen mattblauen Kreppkimono über, eine zarte Erinnerung an ferne Tage in Montreux, und gehe in den Garten … Das Gras ist feucht vom Tau, die Rosen sind aufgeblüht, es ist ihre letzte schöne Nacht … Alles ist ruhig um mich … Es ist Sommer … die Nachtigall schweigt … in der Ferne schlägt eine Kirchenuhr einmal … halb eins … Es ist warm, alles schläft um mich, das Haus, die Kinder, die Vögel, die Bienen … Nur ich bin wach, ich … und der Tote drüben … Und plötzlich weiß ich, was ich suche … Ich gehe an meinen kleinen Schreibtisch und suche Bleistift und Papier.

«Das Grab an der Mauer» … Ich schreibe es nieder … ein Gedicht von zwanzig Zeilen … «Warum?»

Ich sagte niemand etwas von dem Brief, den ich am nächsten Morgen, als ich Fisch kaufen ging, in den Briefkasten schob. Ich tat es klopfenden Herzens. Ich habe schon oft Gedichte gemacht zu allen möglichen Geburtstagen und Festen, sie wurden immer sehr bewundert. Aber das waren meine Freunde … Nun soll das erste Gedicht in einer Zeitung erscheinen, gedruckt will ich es lesen.

In den nächsten Tagen war ich etwas nervös. Es kam nichts von der Redaktion. Ich ging zur Post, wir haben im Hause kein Telefon, und rief dort an. Der Herr war selbst da.

«Was ist? Worum handelt es sich?», fragt eine verrauchte Männerstimme.

«Ein Gedicht? Ach so … Von wem ist es? Ja, richtig, wir haben etwas bekommen. Ob ich's gebrauchen kann? Vielleicht für die nächste Sonntagsausgabe … wir bringen manchmal Gedichte … Es ist ganz nett … Fünf Pfennig die Zeile» …

Ich ließ ihm mein Gedicht … Die Hauptsache ist, dass es gedruckt wird.

Am nächsten Sonntag lag in meinem Briefkasten eine Drucksache. Die Sonntagsbeilage des Generalanzeigers. Da stand es: «Warum?» … Mein Gedicht über der Fortsetzung des Romanes. Darunter stand nur «O. N.».

Der Friedhof ist wieder verschlossen. Der alte Gärtner ist verschwunden. Im Mondschein sieht der alte vergraste Garten aus wie versilbert oder bereift ... Ich kann ihn vom Balkon aus sehen. «Abend auf einem alten Friedhof» ... In der Nacht geschrieben und heimlich abgeschickt. Es kam zurück mit einer gedruckten Ablehnung der Redaktion. «Nicht zu viel Friedhof» stand daruntergekritzelt von einer nervösen Hand. Ich hatte inzwischen für mein erstes Gedicht mit der Post eine ganze Mark erhalten. «Es ist ja nicht gerade viel», meinte der Briefbote und reichte mir das Papiergeld über den Zaun.

Fünf Pfennig pro Zeile ... Ich beschloss, keine Gedichte mehr zu machen. Ich konnte das gerade so gut in Prosa sagen, was mir einfiel.

Ich schickte zunächst aber doch den «alten Friedhof» an eine Berliner Zeitung, in der ich öfter Gedichte gelesen hatte, und zwar recht gute. Es wurde angenommen und mit vier Mark honoriert.

Immerhin ... Es gab eine Himbeertorte mit Schlagsahne dafür am Sonntag.

«Oh, Mama», staunten die Kinder. «Wie hast du die gezaubert?»

Ich lächelte nur ... Sie dürfen niemals erfahren, dass ich die «O. N.» bin, deren Gedicht in einer Berliner Zeitung erschien.

Das Gartenfest ist vorbei, Margots Kleid hat gefallen, der Schwan ist unversehrt in meine Hände zurückgekehrt, aber ich habe ihn diesmal in meine Vitrine eingeschlossen.

«Für einen solchen Schwan werden Liebhaberpreise gezahlt. Man kann dafür schon ein kleines Haus kaufen, wenn man Glück hat, Margot.»

«Ach, Mama», sagt Margot, «fünf Jahre müssen wir nun in diesem alten Kasten wohnen. In fünf Jahren bist du uns alle los ... Ich, ich bin dann in München und studiere Kunstgeschichte, Dieter ist in seiner Kadettenanstalt und Ben auf seinem Schiff. Ulla haben wir als Dienstmädchen untergebracht, und für dich brauchst du kein Haus ...»

Vielleicht hat sie recht, meine kühle, sachliche Tochter, aber Träume kosten ja nichts. Ein kleines rosenumranktes Häuschen draußen in der Heide oder am Wasser irgendwo mit einem Garten, der mir allein gehört ... Vielleicht bring ich's doch noch zu etwas mit dem Dichten. Wenn mir nur meine Kinder Zeit dazu lassen! Mir fällt den ganzen Tag etwas ein.

Es ist, als ob ich eine Truhe mit Stoffen gefüllt, die lange geschlossen war, geöffnet hätte und mir daraus Gedanken entgegenquellen. In der Seerobbenstraße wären sie mir nie gekommen. Aber hier in dieser romantischen Umgebung, um mich Bäume und Blumen, wo ich die Sonne untergehen sehen kann, bin ich ein anderer Mensch geworden. Verzeih mir, Anders, dass ich so glücklich bin! Wenn ich Geld genug verdient habe, werde ich dich besuchen in Frankreich, auf dem Heldenfriedhof ... das verspreche ich dir ... Ich komme ... Aber zunächst muss ich das Geld schaffen zu diesem Besuch.

Es gab einen Sturm, als die Kinder heimkamen und das Pappschild am Gartenzaun hängen fanden: Zimmer zu vermieten.

Dieter war empört, Margot riss es ab ... Sie musste es wieder hinhängen. Aber nach fünf Minuten war es wieder verschwunden. Ulla sagte, Mama hat ganz recht, es schenkt uns ja niemand was ...

Und die Korzfleisch meinte: «Keine Bange, in drei Tagen haben wir schon jemand drin ...» Ihr Mann kannte einen Herrn, der ein ruhiges Zimmer suchte, einer, der in gehobener Stellung beim Magistrat war. Sie brauchte es nur ihrem Mann zu sagen.

Am nächsten Mittag kam ein älterer Herr an in einer schwarzen Lüsterjacke, den Strohhut auf dem Hinterkopf, denn es war heiß, er sah verdrießlich aus, als ob er in seinem Leben noch nicht gelacht hätte. Er stellte sich vor: Herr Meyer ... Die Bekanntschaft mit Herrn Korzfleisch überging er. Er sagte, er habe von dem Zimmer gehört, und fragte, ob es auch bestimmt ein ruhiges Haus sei, was ich mit sehr schlechtem Gewissen bejahte – die Kinder waren noch in der Schule.

Er besichtigte das Zimmer, untersuchte das Bett, verlangte eine Schreibunterlage, ein Tintenfass und eine Fußbadewanne. Mit der Miete, vierzig Mark mit Frühstück, war er einverstanden. Er ging jede Kleinigkeit mit mir durch, er schien sehr genau zu sein. Wenn er mit mir redete, schloss er immer die Augen dabei. Ich habe das eigentlich nicht gern, es sah aus, als ob er etwas zu verbergen hätte ... Die Nähe des Friedhofs störte ihn nicht. Er ginge gern auf Friedhöfe, sagte er. Er besuchte jeden Sonntag das Grab seiner Mutter auf dem großen städtischen Friedhof.

Das hat mir an ihm gefallen. Menschen, die Gräber besuchen, sind mir sympathisch, sie haben Sinn für Pietät. Es mag altmodisch sein, aber es gibt ja auch gute altmodische Gewohnheiten.

Er kam am selben Abend noch mit einem Dienstmann an, der auf einem Schubkarren mehrere verbeulte Papierstoffkoffer schob und einen Wäschesack mit Hängeschloss. Dann räumte Herr Meyer oben ein, wir hörten ihn lange rumoren. Als ich hinaufkam mit seinem Pfefferminztee, den er für diesen Abend bestellt hatte, saß er in dem aufgeräumten Zimmer am offenen Balkon, rauchte eine Pfeife und schaute in den Abend hinein. Die Sonne ging gerade über der Heide unter, die Welt war friedlich und still. Seine Stiefel standen schon vor der Tür auf der Matte, denn er musste früh um sieben schon heraus, sagte Herr Meyer. Er machte den weiten Weg zur Stadt zu Fuß, um sich Bewegung zu verschaffen, es war sein Spaziergang.

Die Frage: «Wer putzt Herrn Meyer die Schuhe?», rief einen zweiten Sturm hervor. «Selbstverständlich Dieter», sagt Margot.

«Ich? Wie komme ich dazu, dem alten Knaster die Stiefel zu wichsen?», empört sich Dieter.

«Ein Mann kann sich doch nicht die Stiefel selbst putzen», wendet Ulla ein.

«Weshalb denn nicht?», fährt Margot sie an. «Ist die Frau eine Magd, eine Sklavin? Herr Meyer war doch mal Soldat. Wer hat ihm denn da die Stiefel geputzt? Jedenfalls putze ich keinem Mann die Schuhe, in meinem Leben erniedrige ich mich dazu nicht!»

«Ja, Kinder», sage ich. «Einer von euch muss es aber tun …»

«Na, und Ben?», ruft Dieter.

«Ben ist zu ungeschickt. Er würde eine Schachtel Schuhcreme verschmieren und sich zurichten wie ein Schwein», sagt Margot.

Ben kommt nicht infrage zu nützlichen Beschäftigungen. Es kostet mich zu viel Seife, und eine Schürze oder sonst etwas geht dabei immer in Trümmer.

Schweigen der Familie … Alle sitzen über ihren Schulheften und schreiben eifrig, mit gesenkten Köpfen in ihre Hefte vertieft.

«Ihr seid wirklich keine netten, höflichen Kinder», sage ich.

«Wir haben so viel auf, dass wir kaum Luft schnappen können», sagt Dieter. «Und ich bin außerdem zu den Tenniswettspielen im Herbst verpflichtet.»

«Weshalb denn?», sagt Margot. «Einen Preis bekommst du ja doch nicht.»

«Hast du mich mal spielen sehen?», fragt Dieter.

«Brauch ich nicht, kann ich mir vorstellen …»

«Dumme Gans!»

«Eingebildeter Fatzke!»

«Kinder, bitte keinen Streit!», rufe ich von meinem Nähtisch aus, wo ich Socken ausbessere, eine mühsame Arbeit, für die ich keine Anerkennung ernte von denen, die sie tragen sollen.

«Lieber gehn wir ohne», erklärt Margot. «Ich werde mir nächstens meine Beine anstreichen.» Der Streit knurrt weiter wegen Herrn Meyers Schuhen, bis ich dazwischenfahre: «Schluss! Ich werde sie ihm putzen!»

Ich hatte gehofft, dass sie das beschämte, aber keine einzige Stimme meldete sich. Nur Ulla schlingt ihre rot gebrannten Arme um meinen Hals. «Armes Muttilein. Ich würde dir so gern helfen, aber ich habe den schweren Aufsatz zu machen, über den Krieg. Und mir fällt gar nichts ein.» Von dem Krieg weiß Ulla nichts weiter, als dass sie damals immer Hunger hatte, und das darf man in einem Klassenaufsatz nicht sagen.

«Also komm her.» Dass Ulla nichts einfällt, kann ich ihr

nicht vorwerfen. Das ging schon gescheiteren Leuten so. Als man Grillparzer fragte, weshalb er nichts mehr schriebe, antwortete der alte Herr einfach: «Mir fallt halt nix mehr ein …»

Ach, dieser Krieg … Er ist verklungen und von den Kindern schon fast vergessen, selbst nach ihrem Vater fragen sie kaum noch. Ben hat ihn nicht einmal gekannt. Ulla hat eine unmögliche Schrift und macht Kleckse in die Reinschrift, sodass alles noch einmal abgeschrieben werden muss. «Inhalt vier» steht unter jedem ihrer Aufsätze. Ich könnte ihm auch keine bessere Zensur geben.

«Mach du ihn mir, Muttilein», schmeichelt Ulla. «Du kannst das so schön.»

Um diesen Preis lege ich die alten Socken fort und mache einen hübschen kleinen Schulmädchenaufsatz, indem ich mein Gehirn zwanzig Jahre herunterschraube und versuche, was ich damals gedacht habe, noch einmal zu denken. Aber es scheint mir doch nicht gelungen zu sein, denn der Lehrer sagte, als er die Aufsätze zurückgab: «Du, Ulla, das hast du nicht aus dir. Wer hat dir denn dabei geholfen?» Und die arme Ulla, die nicht lügen kann, ist feuerrot geworden und stammelt unter dem Gelächter der Klasse: «Ein bisschen die Mama …»

Darauf hat mir der Lehrer einen Brief geschrieben, dass meine Tochter so unaufmerksam und zerstreut in der Klasse sei, dass sie jetzt die unterste Bank schmückte und ihre Versetzung Ostern infrage gestellt sei.

Seitdem muss Ulla wieder ihre Aufsätze allein machen, und ich habe die Schuhe des Herrn Meyer übernommen.

Neue Lackschuhe zu putzen, ist ein Vergnügen, aber diese ausgeweiteten hässlichen Schnürstiefel mit zusammengeknoteten Nesteln zu reinigen, ist eine Strafe … Es sind unsympathische Schuhe. «Seine Knollen», nennt sie Dieter, der sie hinauftragen muss. –

Sonst ist Herr Meyer ein ruhiger Mieter. Wenn er zu Hause ist, sitzt er am Fenster und raucht. Alles, was mit Herrn Meyer zusammenhängt, riecht nach Tabak, seine Kleider und sein Bett, das ich morgens machen muss, denn Frau Korzfleisch, die dreimal in der Woche kommt, hat gleich erklärt, «Herrn Meyer nich ooch noch übernehmen zu können». Frau Korzfleisch ist sehr kategorisch, und was sie einmal sagt, behält Geltung. Sie hat Charakter. Sie hat es außerdem nicht nötig. Ihr Mann ist Korpsdiener und geht in einem schwarzen Rock jeden Nachmittag ins Korpshaus einer schlagenden Verbindung, er trägt eine hellblaue Dienstmütze und unterscheidet sich von einem Korpsstudenten nur dadurch, dass er keine Schmisse auf den Backen hat, sagt Frau Korzfleisch. Ihre Kinder sind verheiratet, die sorgen für sich. Frau Korzfleisch ist außerdem Hausmeisterin in einem Miethaus mit siebzehn Parteien. Sie kommt zu mir, weil ich «um die Ecke» wohne und «aus Sympathie», weil ich Witwe bin und mich plagen muss. Sie findet, dass ich mich viel zu sehr plage. Sie weiß nur nicht, wie ich das ändern soll. *Sie* braucht sich nicht den Kopf zu zerbrechen, was man abends essen soll, denn ihr Mann bringt abends immer «scheene Bemmen» mit. Sie brachte neulich einige an. Die Kinder fielen gleich drüber her. Sie waren dick mit Butter und Wurst belegt. Es waren «herrliche Bemmen».

«Deine sind viel zu dünn gestrichen, Ma, und es ist zu wenig drauf», findet Dieter.

Ach ja, ich würde sie gern so schön machen wie Frau Korzfleischs Bemmen.

«Gesprochen hat dieser Meyer noch nie ein Wort mit mir», sagt Dieter. «Wenn ich ihn grüße, legt er einen Finger an seinen Hut, denn er gehört einem «Knopfverein» an, zur Schonung der Hüte.» Wer einen weißen Knopf an seinem Hut trägt, braucht nicht den Hut zu ziehen. Er grüßt militärisch.

«Ich sehe ihn gar nicht an», sagt Margot. «Ich lege keinen Wert auf seinen Knopfgruß. Ich gucke den anderen Weg, wenn ich ihm begegne.»

«Mit mir hat er neulich aber gesprochen», verteidigt Ulla unseren Hausgenossen. «Er hat gefragt, was die Schule macht und ob ich schon auf dem Rücken schwimmen könnte ...»

«Großartig», sagt Dieter. «Ulla verehrt nämlich Herrn Meyer.»

Ulla wird rot, ihre kleinen blauen Augen blitzen, sie hat die Augen von Familie Funke, Onkel Dolfs und Tante Constanzes Augen.

«Ich verehre ihn gar nicht», sagt sie zornig. «Aber Mama hat ihn genommen, er wohnt bei uns und bezahlt seine Miete pünktlich, und du hast davon deinen neuen Anzug gekriegt!»

Dagegen ist nichts zu sagen. Dieter schweigt und malt griechische Vokabeln in seine «Kladde». Er trägt den neuen Sommeranzug «von der Stange». Er war etwas verschossen, daher zurückgesetzt. Zu einem ganz neuen hat die Miete nicht gereicht, aber der schlanke Dieter sieht darin aus, als hätte ihn ihm der Schneider von Onkel Dolf nach Maß gemacht.

Die Schuhe sind auf mir hängen geblieben.

Ich stehe morgens vor sechs Uhr da mit meinen alten Ballhandschuhen, in denen ich einst Quadrille à la Cour getanzt habe mit Menschen, die fast alle tot sind, und befreie Herrn Meyers Schuhe vom Staub der Straße. An Regentagen ist das nicht angenehm, denn er wandert viel über die Felder, von denen er sich Kornblumen mitbringt, die er besonders zu lieben scheint. Er scheint sehr sparsam zu sein, denn seine Schuhnestel sind mehrfach verknotet, und ich habe gesehen, dass er seine rostigen Stahlfedern putzt.

Als ich ihm daraufhin eine neue Feder in seinen Halter steckte, verlangte er seine alte zurück, sie sei noch sehr gut gewesen. Er bedankte sich auch nicht. Für wen er so spart, ahne ich nicht. Er hat keine Frau, keine Kinder, keine Verwandten, niemand fragt nach ihm, er bekommt keine Briefe, er ist ein Einzelgänger, der Ruhe sucht, und sein einziges Laster ist das Rauchen. Wenn er durch das Haus geht, riecht die Treppe nach billigen Zigarren.

«Tut mir den einzigen Gefallen, Kinder», sage ich beim Abendessen, «und seid höflich gegen unseren neuen Hausgenossen … Es ist ein alter Herr, er kann gewisse Rücksichten verlangen …»

«Warum?», fragt Dieter, «weil er in mein Zimmer gezogen ist?»

«Sein Zimmer», auf das er seit Jahren gewartet hat, das ich hinter seinem Rücken besetzt habe mit diesem alten Knaster.

«Wenn du mir's gesagt hättest, ich hätte dir zwanzig Studenten dafür gewusst, wenn's denn schon sein musste.»

«Ja, es musste sein», sagte ich. «Ich verbitte mir deine Kritiken.»

«Bei Mama darf man nichts über Herrn Meyer sagen», bemerkt Margot und taucht die Radieschen in das Salzfass, was ich verboten habe. «Sind wir denn schon so weit, dass wir Zimmer vermieten müssen?»

«Ja, Margot, ich wüsste nicht, wovon ich Dieter einen neuen Anzug kaufen könnte.»

Daraufhin schweigen sie alle. Ich sehe, dass sich Margot und Dieter Blicke zuwerfen … Sie sind immer Gegenpartei in solchen Fragen.

Ben hört interessiert zu und verstaut große Bissen Wurstbrote in seine Backen … Seine hellen Nordeckaugen rollen von einem zum andern … «Wenn Dieter einen neuen Anzug bekommt», fängt er an und kaut.

«Du sollst nicht mit vollem Mund sprechen, Ben.»

Ich weiß schon, was er will, dann will er nämlich den alten Anzug von Dieter haben, und ich muss ihn zurechtmachen, denn der Flickschneider lehnte es ab. Es lohnte nicht mehr.

«Mir könnt einer auch mal 'ne neue Bluse stiften», sagt Ulla. «Zum Beispiel Tante Constanze. Die lässt auch nie mehr was von sich hören, seit sie in Dresden ist …»

Das Kapitel Tante Constanze wird bei uns oft erörtert seit unserem ersten Besuch in ihrer schönen Villa. Sie hatte mich oft dazu aufgefordert, aber ich hatte niemals jemand gehabt, dem ich meine Kinder hätte anvertrauen können, bis sich eines Tages eine Freundin der Nachtigall dazu erbot. Ein älteres Fräulein, das in einem Stift lebte und kinderlieb war. Aber als sie ankam, erklärte sie, vier Kinder seien ihr doch zu viel, die Verantwortung für mehr als für zwei könne sie nicht übernehmen. So nahm ich Ben und Ulla mit, und wir erschienen zu dritt bei Tante Constanze, die mit einer böhmischen Köchin, einem man-servant und einem Stubenmädchen, das aussieht wie aus einem Film, in behaglicher Ruhe in ihrer Gartenvilla an der Elbe lebt. Wir brachten Leben in ihr Haus. Die vierjährige Ulla und der dreijährige Ben tobten durch die Zimmer, warfen Vasen um, blieben an den vielen Persern hängen, rissen im Garten Blumen ab, die sie nicht abpflücken sollten, aßen unreifes Obst und bekamen Brechdurchfall … Ich bezog

Betten, wusch Teppiche ab und stopfte verunglückte Spitzendecken. Die an Disziplin gewohnte Dienerschaft war entsetzt über meine kleinen Wilden, die ihrer Lebensfreude so ungehemmten Ausdruck gaben.

Es wurde nichts aus den Bridgenachmittagen, die Tante geplant, aus den Ausflügen zu Schiff und zu Wagen. Ins Theater kam ich nur, wenn die Kinder im Bett lagen. Die Köchin weigerte sich, Breie zu kochen; in Diät war sie nicht ausgebildet, kurz, ich stand wieder am Herd, ich wusch und flickte und musste mich fortwährend entschuldigen. Deine Kinder sind aber wirklich nicht erzogen, sagte Tante vorwurfsvoll … Das hieß, euch lade ich im Leben nicht wieder ein … Nach drei Wochen reisten wir ab. Sie sagte nicht «auf Wiedersehen», und ich habe sie auch nicht wiedergesehen, denn mit Onkel steht sie nicht, und unsere Stadt mag sie nicht, deshalb ist sie ja fortgezogen. Tante Constanze kann leben, wo sie will. Eingeladen hat sie mich nie mehr, wir schreiben uns nur zuweilen höfliche Briefe.

Dieter bekommt von ihr zum Geburtstag seine hundert Mark, auf die er das ganze Jahr wartet, das ist alles. Aber da sein Geburtstag in den Winter fällt, musste sein Anzug von Herrn Meyer kommen, mit dem alle unzufrieden sind, außer mir und Frau Korzfleisch. Sie hat ihren Taler für die Vermittlung eingesteckt, den ich ihr versprochen habe. «So ein Beamter, der hält auf sich und kann nicht ausrücken; aber die Studenten ziehen in der Stadt herum, und dann geht das auch nicht wegen dem Fräulein Margot …» An diesen Punkt hatte ich noch gar nicht gedacht. «Sie haben recht, Frau Korzfleisch.» Frau Korzfleisch hat immer recht.

Die Sommerwochen sind vorbeigeflogen. Sie zerflossen mir unter den Händen mit Vorhänge anmachen, Putzerei und Einräumen, Säen und Pflanzen im Garten. Der Salat ist gekommen, die Suppenkräuter und die Radieschen. Das erste Karnickel haben wir an einem Sonntag als Hasenbraten verzehrt ... Es schmeckte uns eigentlich nicht ... Dieter meinte, «wenn man so ein Tier persönlich gekannt hat».

Nur Ulla und Ben schmausten doppelte Portionen.

Vielleicht gewöhnt man sich daran.

Man gewöhnt sich ja an alles.

Der Landstreicher, der neulich hier vorbeikam und dem ich ein warmes Essen in der Küche gab, kam aus dem Zuchthaus. Er erzählte, es sei eigentlich ganz nett dort gewesen. Im Sommer schattig und kühl und im Winter warm. Er hatte sehr hübsche Strohmatten flechten gelernt und hatte sich an seine Pritsche gewöhnt ...

Wie ich mich an meine Couch ... Ich schlafe ganz gut darauf. In meinem Bett schläft jetzt Herr Meyer ...

Ein Opfer musste ich ihm bringen.

Im Übrigen stört er uns nicht. Er verlässt morgens um sieben das Haus, isst in der Stadt in einer Kneipe und kommt abends heim, und dann sitzt er am offenen Balkon und raucht und liest die Abendzeitung. Den Balkon benutzt er nie, weil es dort «zieht». Er findet meinen Morgenkaffee zu stark, er hat Herzklopfen davon bekommen. Er bekommt jetzt Haferbrei Punkt sieben vor seine Tür gestellt mit dem Rasierwasser und den geputzten Stiefeln.

Die nächste Miete hat der Ofensetzer bekommen, die dritte wird für Winterkohlen zurückgelegt.

In der Gartenlaube sitzen nachmittags Margots Freundinnen; Elli Fett erscheint täglich. Die beiden haben immer eine Menge Geheimnisse, die nicht für meine Ohren sind. Man hört sie dort kichern und schwatzen ...

Elli Fett ist eine kleine rundliche Brünette mit schwarzen Locken, die einzige Tochter reicher Leute, die eine Villa am Zoo haben. Es ist ein hübsches, aber unbedeutendes Mädchen, doch Margot behauptet, sie habe Qualitäten, die wir nicht beurteilen könnten.

Wenn nur der schlanke, kühle Dieter, dem alle Mädchen nachschauen, nicht Feuer fängt ... Deshalb ist es mir lieb, dass wir eine Laube haben und nicht alle zusammensitzen müssen in einem Zimmer.

Ich spiele nach langer Zeit wieder abends meinen Flügel. In der Seerobbenstraße störte es den General über uns oder den Professor unter uns. Hier kann ich spielen, solange ich will.

«Spiel nur», sagt Dieter, «wir hören gar nicht hin.»

«Du spielst so schön, Mama», sagt mein Ben. «Man kann dabei so gut einschlafen.» Meine Kinder sind alle nicht musikalisch. Das Talent habe ich ihnen nicht mitgegeben ... Ich hatte oft, wenn's uns mal wieder sehr schlecht ging und ich nicht wusste, wovon ich das Essen für die nächsten Tage bezahlen sollte, mit dem Gedanken gespielt, den Flügel zu verkaufen. Aber davon hielt Dieter mich ab ... «Nein, Mama, das tu nicht ... Den Flügel will ich mal später haben.»

«Du kannst doch nicht spielen», sagte ich.

«Wenn schon, dann kann's vielleicht meine Frau ... Ich will ihn jedenfalls haben, versprich mir das ...» Es ist das einzige Stück, auf das er Wert legt. Ich habe es ihm versprochen, denn er ist mein Ältester. An diesen Sommerabenden, wenn die Kinder im Garten oder fort sind, spiele ich jetzt. Etwas Bach, etwas Schumann, etwas Brahms und sehr viel Chopin, der mir am besten liegt. Ich übe wieder Tonleitern und Terzen, meine Finger sind wieder gelenkig geworden.

Ich singe wieder die alten Lieder von Robert Frantz, Hugo Wolf, Richard Strauss und Schubert.

Oft kommen Ulla oder Ben herein, sie setzen sich hin und hören still zu.

«Weshalb spielst du nichts Lustiges, Mama? Deine Lieder sind alle so traurig.»

Das alte Haus hat mir etwas geschenkt, es hat mir meine Musik wiedergegeben, die mir die Seerobbenstraße getötet hatte.

Sein Gesicht hat mich nicht getäuscht. Es hält, was es versprach.

* * *

Am Samstagnachmittag fuhr eine offene Droschke vor das Haus. Jemand klopfte mit dem Stock ans Fenster. «Holla, aufgemacht, Gesellschaft!» Onkel Dolf stampfte durch den Garten. Er besichtigte das Haus, erst von außen, er prüfte die Mauern mit seinem Stock. Seine große, breitschulterige Gestalt schob sich durch unsere schmalen Türen. Er schaute sich um und meinte: «Na, so schlimm, wie's die Nachtigall gemacht hat, ist es nicht. Aber dass du in ein Haus von diesem Kumpel gezogen bist, verzeih ich dir nie! Mich hat fast der Schlag gerührt, als ich's erfuhr.»

Ulla reißt die Türen auf. «Hast du schon Mamas ‹blaues Wunder› gesehen, Onkel …? Wir haben einen Garten, wir haben eine Laube, ich werde gleich dort den Kaffeetisch decken …»

«Na, lass mal, ich schwärme nicht für Lauben», sagt Onkel. «Die reinsten Fliegenfallen. Man stößt sich den Kopf darin ein, und die Mücken stechen einen in die Beine. Deckt mal lieber in eurem Esszimmer, dazu ist es ja da … Der Kuchen steht im Wagen, es sind zwei Schachteln.»

Das braucht man Ben nicht zweimal zu sagen, er stürzt hinaus …

Ich drehe die Kaffeemühle, Onkel Dolf zu Ehren gibt's Bohnenkaffee. Mit Andacht packt Ulla die verzuckerten Kuchenstücke aus und die Torte. Eine Torte vom Konditor auf einem Spitzenteller kommt selten in unser Haus … Es ist ein Festtag heute und ein Triumph, dass er doch zu uns gekommen ist, trotzdem er der Nachtigall schwor, in seinem Leben die Heidukstraße nicht zu betreten.

Die Kinder beeilen sich, den Kaffeetisch zu decken, wobei Ben natürlich einen Teller hinschmettert. «Bravo, nur so weiter», sagt Onkel. «Die Steingutfabrik will auch leben!» Wir sitzen um den Kaffeetisch, und Onkel erteilt mir Ratschläge, wie ich den Kumpel behandeln muss … Die Kinder lauschen andächtig und stumm. Was Onkel Dolf sagt, ist ein Gesetz.

Er braucht kein Blatt vor den Mund zu nehmen, er hat mit der halben Stadt auf der Schulbank gesessen oder im Magistrat oder am Stammtisch oder sonst wo … Ihm kann keiner etwas vormachen, am wenigsten «dieser Kerl, der Kumpel». «Ein richtiger Halsabschneider, ein Knoten, sage ich dir. Den kleinzukriegen, das war ein Kunststück. Aber ich hab's geschafft. Zwei Anwälte sind auf der Strecke geblieben.»

«Hast du gewonnen, Onkel?», fragt Dieter.

«Selbstverständlich. Andere Prozesse führe ich nicht. Aber du kennst die Menschen ja nicht, Oliva, fällst immer auf einen Handkuss herein oder einen Kratzfuß …»

«Ich kann nichts gegen Herrn Kumpel sagen, Onkel. Er hat mir die Öfen nachsehen lassen und die Miete ein Drittel herabgesetzt.»

«Na ja, das sind so seine Kunstkniffe. Das Haus hat nämlich fast zwei Jahre leer gestanden ... Schwamm hat es auch, der Keller ist feucht ... Kannst dir eine Champignonzucht darin anlegen für die Diners im Winter. Und den Meyer habt ihr im Haus als möblierten Herrn? Na, hör mal, Oliva! Wie ist er denn? Macht er Geschichten?»

«Geschichten? Wieso? Kennst du ihn denn?»

«Natürlich, er sitzt ja im Vorzimmer vom Magistrat. Einer von den Kniffligen, die immer Schwierigkeiten machen, wo keine sind ... Bin schon ein paarmal mit ihm zusammengeraten. Lass dir nur nichts von dem gefallen.»

«Wir finden ihn scheußlich», sagt Margot.

«Würde ihn abschaffen und 'nen Jungen dafür nehmen, Privatdozent oder so was. Die laufen ja hier herum. Sind für Landluft. Die kann man ihnen ja hier draußen bieten.» Er schaut aus dem Fenster über die Halde. «Ein Paradies ist das hier gerade nicht ...»

«Aber unser Garten, Onkel!» Ulla reißt die Tür auf und schaut ihn erwartungsvoll an.

«Allmächtiger! Das ist ja der reine Urwald! Findet ihr das schön?» Onkel deutet mit dem Stock auf das Schlinggewächs unter den Büschen.

«Wir nicht, aber Mama ist in ihren Garten verliebt», sagt Margot.

«Na, dann gebt mir noch eine Tasse Kaffee. Er ist mir zwar verboten, aber er ist besser als der, den die Nachtigall macht. Sie ist nämlich aus Chemnitz. Ich weiß nicht, ob es an Chemnitz liegt oder an der Nachtigall ... Wie heißt Nachtigall auf Englisch, Dieter?»

«Nightingale, Onkel.»

«Und französisch, Margot?»

«Weiß ich nicht. Das haben wir noch nicht gehabt», kommt es schnippisch. Immer diese Schulgespräche. Sie hasst das.

«War neulich mal im Theater», erzählt Onkel. «Die Nachtigall ist abonniert und konnte nicht. Da hab ich mich dann geopfert. ‹Stein unter Steinen›. Na ja. Morgen gibt's ‹Feodora›. Das ist Sache! Es spielt die, wie heißt sie doch noch, die große Schwarze aus Budapest?»

«Die Meritza», weiß Margot.

Margot kommt manchmal ins Theater. «Fetts haben eine Loge», bringt sie an.

«Fett? Ist das der Direktor von der Zuckerfabrik?», fragt Onkel.

«Ja, Onkel. Die Elli ist meine beste Freundin.»

«Na, dann haltet euch mal mit den Leuten. Sie sind zwar nicht weit her, die Frau ist aus Ammendorf, der Mann ist von hier. Sein Vater war mein Schornsteinfeger.»

Margot blitzt den Onkel an. «Das ist doch einerlei – was die Leute vorher waren, die Hauptsache ist –»

«Dass sie 'ne Loge im Theater haben und einen Mercedeswagen», sagt Onkel. «Bist 'ne ganz moderne Dame, up to date ... Wie heißt das, Dummkopf?», donnert er Ben an, der erschreckt seinen Löffel in die Tasse fallen lässt. «Wir haben noch kein Englisch», stammelt er. Der Onkel flößt ihm großen Respekt ein.

«Na ja, kommst du denn jetzt mit dem Latein vorwärts?» Ben schweigt. Latein ist sein dunkler Punkt.

«Doch, jetzt geht es. Dieter hilft ihm dabei», werfe ich ein.

«Hilf ihm nur nicht zu viel. Selbst ist der Mann.» Und zu Ben: «Wenn du Ostern wieder nicht versetzt wirst, bezahl ich kein Schulgeld mehr für dich, dann kannst du meinetwegen Schlosser werden.»

«Er will ja auf ein Schiff», ruft Ulla.

Bens betrübte Augen strahlen den Onkel an. Wenn man von Schiffen spricht, gehen seine Augen auf wie zwei Lichter. «Na gut, darüber reden wir noch. Und nun marsch, hinaus in den Garten oder wohin ihr wollt. Ich hab mit eurer Mutter zu reden.»

Die Kinder erheben sich, Ulla räumt den Tisch ab, Ben geht zu seinen Karnickeln, Dieter und Margot betonen durch ihre Haltung, dass sie alt genug sind, Gespräche von Erwachsenen anzuhören, aber nicht den geringsten Wert darauf legen, dabei zu sein. Margot schüttelt ihre Locken in den Nacken, und Dieter empfiehlt sich mit der Verbeugung eines angehenden Obersekundaners. Krachend fällt die Tür hinter ihnen ins Schloss, Bumm. Kalk rieselt von der Decke. Der Onkel sieht mich an. «Na, hör mal, deine Rangen!»

«Ich weiß, Onkel, ich weiß.»

«Musst sie strammer erziehen.»

«Ich erziehe sie den ganzen Tag.»

«Das ist auch nicht das Richtige, Oliva … Der Vater fehlt. Es fehlt der Rohrstock. Damit hat uns der meinige verdroschen … Ist uns gut bekommen. Dresche ist gesund … Die Funkes brauchen das …»

Er steckt sich eine Zigarre an und wirft das Streichholz in den Garten. «Du erlaubst doch, Oliva?»

Ich zünde mir auch eine Zigarette an. Wir rauchen und schauen in den Garten, wo Ben hinter seinen Karnickeln herläuft, die ihm entwischt sind, und Ulla mit der Harke Brennnesseln unter dem Gebüsch heraushackt …

«Du wolltest mir etwas sagen, Onkel?»

Er raucht und schweigt ... Mir wird immer bange, wenn Onkel schweigt, denn dann kommt immer etwas ganz Besonderes.

«Ich hab gestern mein Testament gemacht, Oliva.»

«Oh, weshalb schon jetzt?»

«Weil es Zeit ist. Das heißt, Zeit ist es immer, man kann es nicht früh genug machen ... Ich hab's bei meinem Notar hinterlegt, für alle Fälle. Ich gedenke aber deshalb nicht gleich morgen abzureisen in die bessere Welt da oben, aber immerhin, man ist kein Jüngling mehr. Die Zigarre schmeckt mir noch, und das Pilsner auch. Aber meine Freunde fangen schon an abzureisen, einer nach dem andern. Meine Brüder sind alle tot ... Anders machte den Anfang. Ich werde den Schluss machen ... Und weil du dich hier so abschuftest und es nicht leicht hast mit deinen Kindern, wollte ich dir sagen, dass einmal für euch gesorgt ist, das heißt, wenn die jungen Herrschaften sich bewähren. Aufpassen musst du auf deine Kinder, Oliva!»

«Weshalb sagst du mir das, Onkel?» Ich sehe ihn an, mein Herz fängt an zu klopfen. Er sagt das feierlich und ernst. «Na, ich meine ja nur. Sie sind in einem gewissen Alter. Bald werden sie erwachsen sein, sie sind's ja schon reichlich, wenigstens die zwei Großen ... Die Margot wird den Männern mal was zu knacken geben ... Rühr mich nicht an! Und eines Tages kommt derjenige welcher, und es ist vorbei ... Ich frag mich nur, wer mal die Ehre haben wird ... Ein verkrachter Graf wahrscheinlich, oder ein armer Student, oder ein Balte ohne Gut, aber mit 'ner Krone im Sacktuch ... Aber wenn's mal so weit ist mit ihr, lass sie nur gehen. Die Margot muss man tun lassen, was sie sich vorgenommen hat – »

«Und wenn sie hereinfällt?»

«Dann kannst du's auch nicht ändern, aber die Margot fällt nicht herein.» Er streift die Asche in seine Untertasse.

«Um den Dieter hab ich keine Sorge … Der kommt mal durch die Welt. Und wenn er eine findet, die ihm gefällt, wird er mit ihr ankommen, dann brauchst du nur den Traualtar aus der Tasche zu ziehen, das heißt, wenn's noch Zeit ist.»

«Und Ulla?»

«Die heiratet mal früh. Ich glaube, sie ist nicht sehr belastet mit Verstand. Aber die Damen Funke waren's auch nicht und sind doch durch die Welt gekommen. Es geht auch ohne Verstand bei Mädchen … Siehe Schwester Constanze, obwohl sie sich so gescheit vorkommt und die entsetzliche Angewohnheit hat, über Politik zu reden, von der sie nichts versteht. Seit sie in Dresden wohnt, brauch ich's wenigstens nicht mehr anzuhören. Aber in ihren Briefen versäumt sie nie, mir zu versetzen, dass ich ein rückständiger Spießer bin, der seine Weltanschauung von seinem Stammtisch bezieht. An unserem Stammtisch ist z. B. einer, der das Wetter machen kann. Das ist sehr wichtig für unsere Gegend, wegen der Rüben. Da ich im Aufsichtsrat der Zuckerfabrik bin, hab ich ein Interesse daran, dass wir Zucker machen und viel machen. Nicht meinetwegen, aber der Allgemeinheit wegen. Notabene, was hat die Ulla so oft in der Gärtnerei bei den Frosenius drüben zu suchen? Ich treff sie da jedes Mal, wenn ich in der Nähe zu tun habe, die Zuckerraffinerie liegt ja nebendran …»

«Sie holt mir Gemüse und Obst von dort.»

«Na ja, aufpassen, aufpassen, Oliva! Die Leute haben nämlich einen Sohn … Heinrich heißt er, siebzehn Jahre, ein gefährliches Alter, das weiß ich von mir, mein Kind … Schick sie nicht so oft dorthin …»

«Aber Onkel, sie ist doch erst 12 Jahre.»

«Das ist gerade das richtige Alter», sagt er.

«Noch eine Tasse Kaffee, Onkel?»

«Nee, danke, aber ich will mal nach dem Kutscher sehen. Wir fahren ein bisschen durch die Heide … Wer fährt mit?», ruft er in den Garten.

Da sind sie gleich alle viere da … «Eine kleine Tour durch die Heide. Es sind noch zwei Plätze im Wagen frei. Ihr könnt losen … Die Mama fährt mit!»

Ich will Einwendungen machen, aber Onkel schneidet sie mir ab. «Du fährst mit, Oliva. Ben auf dem Bock, Ulla auf dem Rücksitz, also marsch, flink …»

«Wascht euch aber erst eure Hände!», rufe ich Ulla nach, die mit Ben fortstürmt, Margot und Dieter verzichten großmütig … Sie haben etwas Besseres vor.

Der alte Kutscher ist auf seinem Sitz eingenickt, die Peitsche in der Hand. Es ist noch immer warm, die Fliegen surren um die mageren Mietgäule. Die Kinder sind selig. Eine Fahrt mit dem Wagen! Stolz sitzt Ben in seiner weißen Matrosenbluse neben dem Kutscher, Ulla strahlt auf dem kleinen Rücksitz, der eigentlich für Koffer da ist. Dann geht es über die Halde.

Dieses vergraste Stück Bauland ist heute fast schön. Hier und dort blüht etwas Heide, lila und blau, die Brombeerhecken schimmern rötlich, der alte Eisenbahnwaggon steht da wie ein Riesenspielzeug, das ein Riesenkind dort vergessen hat.

Wir fahren langsam, der kleine Wagen ist sehr beschwert, und der Kutscher, ein eigensinniger Alter, will seinen Gäulen nicht viel zumuten … Onkel stellt fest, dass die Zuckerrüben gut stehen, das ist das Einzige, was ihn an dieser Landschaft interessiert.

Es riecht wieder nach Rübenschnitzeln. Der Wagen fährt über die Eisenbrücke, die das Landschaftsbild durchschneidet. Wir fahren am Flussufer hin. Auf dem Wasser schwimmen Boote mit Studenten, Mandolinen klimpern, helle Kleider schimmern auf der Insel zwischen dem Gebüsch, aus einem Kaffeegarten klingt Blechmusik.

Die «Heide» ist ein bescheidenes Kiefernwäldchen im Sande der Landschaft. Am Waldrand ist eine Wirtschaft «Der Waldkater». Wir halten und steigen aus, denn Onkel hat Durst.

Im Garten unter den Bäumen sind fast alle Tische besetzt, Studenten, Ehepaare, die ihre «Bemmen» auspacken, Familien mit Kindern.

Onkel bestellt bei einem verknitterten alten Kellner für jeden eine Orangeade, für die Kinder Zitroneneis und für sich ein großes Helles.

«Wiederitzscher?», fragt der Alte.

«Na, was 'n sonst?» Onkel ist im Aufsichtsrat dieser heimischen Brauerei.

Die Kinder löffeln ihr Eis mit Wonne, dann möchten sie gern zu den Affen, die im Hintergrund in einem Käfig herumturnen.

«Na, springt nur, wenn euch die Affen Spaß machen», sagt Onkel.

Wir sitzen eine Weile und schweigen. Es ist hübsch hier draußen, schattig und ruhig unter den alten Bäumen. Ben muss dem Kutscher ein Helles hintragen. «Verschütt es nur nicht halb!», ruft Onkel ihm nach.

«Ja, Oliva», Onkel sieht mich an, die Hände auf dem Elfenbeingriff seines dicken Stockes. «Bist du nun zufrieden? Ich meine mit dem Tausch? Es ist zwar ein weiter Sprung von der Seerobben- zur Heidukstraße, aber wenn's dein Glück ist, à la bonne heure … Mein Fall wär's nicht … Aber es kommt ja auf dich an. Es ist romantisch und poetisch, du kannst Klavier spielen nach Herzenslust, die Kinder haben eine Laube, Ben hat seine Karnickel, was fehlt dir noch?»

Da bei Onkel keine langen Einleitungen am Platze sind, gehe ich gleich mutig vor … «Ich möchte nach Flandern, Anders' Grab besuchen.»

Er schweigt und schaut in die Weite. «Kannst du denn fort? Du hast doch immer die Kinder am Rock», sagt er. «Frau Korzfleisch hat mir versprochen, im Haus zu bleiben und achtzugeben.»

«Die Korzfleisch?»

«Ja, Onkel, sie ist sehr zuverlässig und solide.»

«Solide? Na ja …, dann ist sie's vielleicht geworden …»

«Hast du sie denn gekannt?», frage ich überrascht.

«Ich? Nee …, nur gehört … Du willst also nach Frankreich, Oliva? Ein bisschen spät ist es ja dafür …, aber wenn du meinst, dass es geht» …

Ich zögere. Es ist so entsetzlich schwer, jemand um Geld zu bitten, aber ich habe wirklich keins. Die Miete des Herrn Meyer ist immer nur ein Tropfen für uns, und den alten Friedhof, die Skizze, schickt mir eine Redaktion nach der andern zurück. Sie wünschen etwas Heitereres … Onkel sitzt ruhig da, unbewegt wie ein indischer Gott aus Bronze. Fett, satt und wohlgerundet.

Schließlich fasse ich Mut. Ich frage ihn, ob er mir wohl das Geld zur Reise nach Frankreich leihen würde?

Onkel schiebt den steifen, schwarzen Hut nach hinten. «Ja, siehst du, Oliva, mit dem Geldleihen kommt man mit seinen besten Freunden auseinander. Und mit Verwandten erst recht.

Was willst du denn dort?» Er ist nicht für Gräberkult. Und jetzt in dieses Land zu reisen, wo sie keine Fahrpläne haben und einem kein Mensch Bescheid sagen kann, und wenn sie einem was sagen, ist's sicher falsch. Er hat diese Erfahrungen vor vierzig Jahren gemacht, als ihn ein Oberkellner in Paris in einen falschen Omnibus gewiesen und ihm ein Mann in einem weißen Kittel auf einer Station, der einen Wagen mit Camemberts vor sich herschob, einen falschen Zug genannt hat, mit dem er dann in einer Stadt gelandet ist, deren Name er weder vorher noch nachher je wieder gehört hat.

«Reisen ist kein Vergnügen mehr, Oliva, es ist eine Schinderei ...»

«Ich weiß es Onkel, aber ich muss hin ... Seit zehn Jahren will ich's, und nie hatte ich Zeit dazu ...»

«Was brauchst du denn zu dieser Reise?», fragt er.

Ich nenne die Summe, die ich mir ausgerechnet hatte.

«Ach, Blödsinn», sagt Onkel. «Wenn man reist, reist man anständig. Ich sehe schon, du hast es dir nun mal in deinen Frauenzimmerkopf gesetzt, und es muss nun ausgeführt werden. Also gut, meinen Segen hast du ...» Er öffnet widerstrebend seine alte lederne Brieftasche, blättert darin und wirft mir drei Scheine auf den Gartentisch. «Genügt das?»

«Es ist viel zu viel, Onkel!»

«Na ja, für mich wär's nicht genug, ich reise gern anständig. In Frankfurt machst du Station.» Er nennt ein großes Hotel am Bahnhof. «Wo ich immer wohne. Da bin ich bekannt. Und hetz dich nicht wieder ab. Aber nun ruf die Kinder, wir wollen heim, es wird kühl. Und fahr du bald, das gute Wetter soll umschlagen, die Rüben brauchen Wasser ...»

Auf der Heimfahrt fällt mir das Grab an der Mauer wieder ein.

«Kanntest du eigentlich einen Herrn Dankwarth, Onkel? Hans Dankwarth?»

«Dankwarth?» Onkel schüttelt den Kopf. «Das ist kein Name von hier. Was ist denn mit dem?»

Ich erzähle von dem Grab mit der merkwürdigen Inschrift.

«Es ist ein Selbstmörder, sagt Frau Korzfleisch.»

«Dann ist es sicher gelogen», Onkel interessieren keine Selbstmörder. Weder die Dummköpfe, die sich aus Liebe zu einem Frauenzimmer umbringen, noch solche, die bei einem Bankrott absegeln und den andern den Rest überlassen ... Ich lasse das Thema fallen. Aber Ulla, die zugehört hat, dreht sich auf dem Bock um; sie hat mit Ben getauscht. «Onkel, glaubst du, dass die Toten wiederkommen?»

«Ach, Blech. Niemand kommt wieder. Ich auch nicht. Darauf könnt ihr euch verlassen.»

* * *

Ich sitze im Zug ... Noch glaub ich's nicht. Ich bin fertig geworden mit den Vorbereitungen, die Kinder haben mich zur Bahn gebracht, sie stehen da und winken. Sie sehen so fröhlich aus, als könnten sie's nicht erwarten, ihre zweiwöchige Freiheit anzutreten. Margot lässt ihren roten Seidenschal flattern, Dieter steht mit gezogener Mütze, Ulla hüpft vor Aufregung auf einem Bein, und der kleine Ben läuft dem Zuge nach ... Es ist seine erste Trennung von mir ... Er läuft atemlos neben dem Zuge her bis weit aus der Halle, und dann steht er da und schwenkt heftig sein Mützchen, und dann wird der kleine Ben immer kleiner und kleiner, und auf einmal kommt eine schwarze Wolke aus einer Lokomotive und nimmt ihn fort ... Nun ist er verschwunden. Tage und

Nächte der Arbeit liegen hinter mir. Wir haben gewaschen, genäht und geplättet und das Haus geputzt, ich bin wenig zum Schlafen gekommen.

Das werde ich unterwegs nachholen.

«Geh mal auch ins Theater», sagte Onkel Dolf. «Und lauf nicht zu viel in Museen herum, das hat keinen Zweck.»

Onkel schwärmt nicht für Museen, in Bildergalerien wird er seekrank. Sein Bedarf an Kunst ist gering. Ein gutes Schauspiel sieht er gern, aber es muss «was drin passieren». Nicht nur geistreiches Geschwätz.

Er hat mir die Fahrkarte selbst besorgt, «damit ich nicht doch Dritter fahre», und hat mir ein Zimmer in Frankfurt bestellt in dem großen Hotel am Bahnhof, in dem er früher abstieg ... Frankfurt ist meine erste Station, da ich nicht nachts fahren will.

Noch sind meine Gedanken in der Heidukstraße ... Dieter hat mir versprochen, den Hausschlüssel an sich zu nehmen, Margot zuckte zwar die Achseln dazu. Wenn sie mit Fetts ins Theater geht, kann sie bei denen übernachten und braucht den Hausschlüssel nicht. Ulla hat versprochen, den Garten zu gießen und die Birnen abzunehmen, und Ben wird sein Latein nicht über seinen Karnickeln vergessen. Zum Glück haben sie sehr viel auf, die Herbstzeugnisse sind in Sicht, die gut ausfallen müssen, Onkel erwartet das. Und ich auch. Sonntags dürfen sie bei Onkel essen, und einmal nimmt er sie mit in die Heide. Für das Übrige sorgt Frau Korzfleisch.

Es muss auch mal ohne mich gehen.

«Du kannst ruhig reisen, Mama», hat Margot gesagt. «Wir sind doch erwachsen!» Mein Gepäck ist klein, ein Handköfferchen mit einem leichten Seidenkleid, zwei weißen Blusen, ein bisschen Wäsche, mein blauer Kimono aus Crêpe de Chine mit den weißen Flamingos, eine verblasste Erinnerung an glückliche Tage in Montreux … das ist alles. Nun fahre ich in die Welt … Nach langen Jahren meine erste größere Reise … Ich habe die Sorgen zurückgelassen. Ich sitze am Fenster und schaue hinaus in die Herbstlandschaft. Noch ist es sonnig und warm. Hinter der Stadt tut sich die Ebene auf, fruchtbar und nützlich, oft unterbrochen von Fabrikschornsteinen und kleinen Orten, dünne, nordische Wälder begleiten uns und bleiben zurück. Weite Wiesen, die abgemäht sind, Stoppelfelder, Rübenfelder, eine Windmühle dreht einsam ihre Flügel am Horizont … Der Zug fährt und fährt, wir nähern uns dem Westen. Und auf einmal freue ich mich. Ich freue mich, dass ich den Mut gefunden habe zu dieser Reise. «Hättest es längst machen sollen», meinte Onkel. Aber Onkel Dolf hat immer das Steuer in seiner Hand gehabt und nach niemand zu fragen brauchen wie ich, die ich immer die lange, feine, unsichtbare Kette am Fußgelenk fühle, von der ich niemals loskommen werde.

Hinter Weimar verfinstert sich der Himmel, es wird dunkel, und es beginnt leise zu regnen … Die Luft ist frisch. Ich öffne das Fenster und schaue hinaus … Überall möchte ich aussteigen, mir alle die Städte ansehen, an denen der Zug vorüberrollt. Wenn ich das alles sehen wollte, was ich sehen möchte, würde ich niemals wieder nach Hause kommen.

Vorbei fliegt die alte Wartburg im herbstlichen Laub … Als ich mich vom Fenster umdrehe, sehe ich einen großen Herrn mir gegenübersitzen, der eben eingestiegen ist. Wir erkennen uns und begrüßen uns erfreut. Es ist Ehrenberg, Anders' bester Freund. Er ist als Major abgegangen und lebt nun auf seinem Gut in Mecklenburg … Er hatte in Eisenach zu tun und muss nach Frankfurt zu einem Termin. Er fährt mit mir dorthin …

«Wie gut Sie aussehen, Oliva!»

«Ich …? Aber ich bitte Sie …»

«Nein, wirklich, wie ein junges Mädchen. Ich hätte Sie fast nicht erkannt.»

Er sieht nicht gerade gut aus. Er war ein schlanker, hübscher Mensch, er ist sehr in die Breite gegangen und hat einen kleinen Bauch bekommen. «Ich freue mich so, dass wir uns einmal wieder begegnet sind, Oliva.» Wir haben viele Jahre miteinander im Briefwechsel gestanden, aber er ist kein Briefschreiber, und so ist das allmählich eingeschlafen … Nun sitzen wir einander gegenüber und sprechen von alten Zeiten, von unseren Garnisonen und von Anders … «Ich will auf dem Hinweg morgen in S. in Lothringen, wo wir zuletzt gestanden haben, aussteigen und mir das alte Städtchen ansehen …»

«Und dann nach Straßburg?»

«Erst nach Bad N…»

Dort haben wir unseren letzten Urlaub verlebt. Anders wollte nicht weit fortgehen wegen der Kriegsunruhe. Und er hatte leider recht, denn der Krieg kam ja dann bald.

«Haben Sie schon ein Zimmer?», fragt Ehrenberg.

«Nein, ich reise ja ins Blaue.» Er lächelt … «Es ist so hübsch, sich treiben zu lassen … Ich gehe auf den Pfaden der Erinnerung.»

«Schön, dass Sie es tun», sagt er ernst. «Wenn Sie ihn nur finden … Veudrezan l'Etang ist schwer zu finden … Wenn ich meine Karte da hätte …»

Glücklicherweise hatte er sie nicht da. Ich hasse Karten. Ich finde mich ja doch nie darauf zurecht. Anders machte es oft ungeduldig ... «Du bist ungelehrig wie ein Kind», sagte er. Aber ich werde das Dorf schon finden, hoffe ich ...

Er fragt nach den Kindern. Er findet, dass Dieter sehr seinem Vater gleicht, nach dem letzten Bild. Er hat ganz seine Augen. Die Augen von Anders vergisst man nie. Von allen anderen Kameraden weiß er nicht mehr, was sie für Augen gehabt haben, aber wenn er an seinen Freund denkt, sehen ihn immer seine merkwürdig hellen, blaugrauen, etwas harten, leuchtenden Augen an. An Margot erinnert er sich noch. Ein reizendes Ding. Sie versprach einmal sehr hübsch zu werden. Ulla hat er vergessen, sie war ein Baby damals. Er selbst hat fünf Kinder, aber eine lungenkranke Frau, die er von einem Sanatorium ins andere bringt. Zum Glück ist er in guter Lage, sein Gut ist groß und günstig gelegen in dem lachenden Land, dem reizenden Mecklenburg.

«Sie müssen uns einmal besuchen, Oliva, sobald meine Frau wieder daheim ist. Wir haben oft von Ihnen gesprochen. Ich bewundere, wie Sie sich durchschlagen, Oliva. Aber Sie sind wenigstens gesund – –»

Er seufzt und schaut hinaus auf die fliehende Landschaft, die immer reicher, bunter und schöner wird und sich unaufhörlich verändert. Ihre Linien, der Horizont, die Farben ... Wir fahren in den sinkenden Abend hinein, ich sehe die Sonne untergehen wie ein großer strahlender Ball. Schön ist das, eine gute Vorbedeutung für meine Reise ... Wir sind allein, niemand hört uns zu, niemand stört uns, das ist angenehm. Wir graben in Erinnerungen, die Garnisonen, unsere Bekannten, die in alle Winde verstreut sind, viele sind schon tot, gefallen, gestorben, verzogen, abgegangen oder verunglückt. Nur wenige triumphieren über das Leben. Die kranke Frau macht ihm Sorge, sie schwindet dahin, trotz Landluft und guter Milch. Das Sanatorium in Thüringen ist gut, aber an eine restlose Heilung ist nicht mehr zu denken ... Die Ärzte machen ihm keine Hoffnung mehr ...

«Aber sehen Sie, Oliva, man gewöhnt sich an alles, auch an das Schlimmste. Ich habe alle getan, was ich konnte für sie, aber das Schicksal ist gegen uns ... Ich habe sie sehr lieb, meine gute, kleine Frau, aber ich hab mich schon fast daran gewöhnt – –»

In Frankfurt begleitet er mich zu meinem Hotel, er steigt im «Frankfurter Hof» ab. Er küsst mir vor der Tür die Hand. Dann dreht mich eine gläserne Tür in eine Halle ... Ich sehe Marmorsäulen, Teppiche, eine breite Treppe, festlich gekleidete Menschen, Damen in großen Abendkleidern, die ins Theater gehen oder zum Essen in den strahlend erleuchteten Speisesaal. Ich schreibe meinen Namen in ein Buch, man fährt mich auf mein Zimmer, mein Gepäck ist schon da ... Zimmer mit Bad im zweiten Stock, hübsch eingerichtet, elegant, wie das ganze Hotel ... Ich nehme rasch eine Dusche, kleide mich um und gehe in den Speisesaal ... Alle Tische sind besetzt, der Ober rückt mir noch einen Tisch in eine Ecke und legt mir die Speisekarte vor. Ein gläserner Wagen wird vorbeigefahren mit sehr verlockenden Vorspeisen, aber ich bleibe tapfer. Ich wähle das «kleine Menü» ... Es ist alles ausgezeichnet gekocht. Ich weiß, warum Onkel immer hier absteigt. In schlechte Gasthöfe geht er nicht, die wittert er von Weitem. Nach dem Essen rauche ich eine Zigarette im Sessel in der Halle und betrachte mir die schönen Abendmäntel und neuen Frisuren der Damen, die wie Königinnen an mir vorüberrauschen. Es ist die reine Modenschau. Mich beachtet kein Mensch in meinem einfachen, schwarzen Seidenfähnchen mit den blassen, großen Pfirsichblüten, ein

Stoff aus besseren Tagen, oft modernisiert und doch nicht modern genug für diese Welt. Ich trage Silberschuhe dazu, meine einzigen Abendschuhe. Ich habe Schuhnummer 35 ... Früher war ich einmal stolz darauf. Schneewittchenfüße, die Anders liebte –, aber ich will nicht mehr daran denken ... Ehrenberg ist schuld daran ... Ich muss leben und sehen und reisen lernen ... Ich hab es ganz verlernt, merke ich jetzt. Kellner schüchtern mich ein, der kluge Portier, der mein Köfferchen einschätzte mit einem Seitenblick, das «kleine Menü» ... ohne Wein ... Die Tasse Mokka in der Halle hat mich erfrischt; ich gehe langsam hinaus in den Abend.

Es ist warm und schön, ein sternenbesäter Nachthimmel blaut über der Stadt ... Ich gehe durch leere, still gewordene Straßen an geschlossenen Geschäften vorbei, an Anlagen, in denen die letzten Rosen blühen, an stillen Gärten und weißen Villen, hinter deren Gardinen Lampen brennen und Menschen sitzen, die ich nicht kenne ... Ich finde es schön, dahinzuwandeln wie in einem Traum. Alles, was geschieht, kommt mir vor wie vorbereitet von unsichtbaren Händen, als müsste es so sein. Ich bin Oliva auf Reisen ...

Es gibt Menschen, die nicht allein reisen können, sie sind unglücklich, wenn sie mit sich allein sind. Ich nicht. Ich bin gern einmal mit mir allein. Dann kann ich denken und träumen ...

Schönes, altes Frankfurt. Wie liebe ich diese Stadt mit den breiten Straßen, so großzügig angelegt, die gepflegten Anlagen, die großen Brücken, unter denen im Mondlicht glitzernd der Main dahinfließt. Ich genieße es, einmal mit mir allein zu sein.

Mein Herz ist unruhig vor Erwartung ... Die Nacht war fast sommerlich warm. Ich schlief gut in dem weichen, breiten Bett. Es stand kein Wecker neben mir, der mich in der Frühe heraustrieb. Niemand ruft nach mir, niemand will etwas von mir, ein anderer putzt mir die Schuhe, man bringt mir das Frühstück ans Bett. Ein feiner Tee, heißer Toast in der Serviette, Orangenmarmelade und frische Butter ... Und das Telefon steht neben mir am Bett. Wen soll ich anrufen in dieser Stadt, in der ich keinen Menschen kenne? Ehrenberg? Ich weiß nicht ... Es wäre zu viel ... Er hat mir früher einmal sehr den Hof gemacht als junger Leutnant, zu Anders' Entrüstung. Er behauptete, eine Frau muss den Ton angeben ... Nun gut, ich werde ihn nicht anrufen ... Es ist, als hielte mich eine Hand davon zurück ... Ich frühstücke langsam, ein ungewohnter Genuss, nehme ein heißes Bad, kleide mich ohne Eile an und gehe dann zur Bahn.

* * *

Der Zug ist diesmal sehr besetzt. Lauter Kinder, die aus ihren Ferien kommen, laut und fröhlich, mit roten Backen, braun gebrannt von Sonne und Seewind. Es gibt mir einen leisen Stich ... Ich denke an die meinen, die jahraus, jahrein zu Hause sind, die niemand einlädt aufs Land ... Sie können ja schwimmen gehn und Tennis spielen, findet Onkel. «Uns hat auch keiner eingeladen.» Die Funkes hatten viele Kinder, der Reichtum kam erst später. Anders hat sich mit der kleinsten Zulage behelfen müssen, die ein Offizier haben kann. Er kam damit aus, aber es ist ihm sein Leben lang nachgegangen, es kostet Nerven.

Onkel findet, es erzieht Kinder zu tüchtigeren Menschen, wenn man sie nicht verwöhnt. Mag sein. Ich bin sehr verwöhnt worden als Kind, und noch mehr als junge Frau.

Ich wusste nicht, was Sorgen sind, ich hatte nur davon gehört.

Aber das Leben holt alles nach, es erlässt uns nichts, auch mir nicht ... Wie schön ist die Welt! Diese wechselnden Bilder, die sich meinen Augen bieten. Der Rhein, die großen Brücken, vom Niederwald winkt mir die Germania nach mit ihrem Kranz, grüne Täler mit dazwischengestreuten lieblichen kleinen Ortschaften, Bauernhäuser, sauber und weiß gestrichen, Schlossruinen und Burgen auf Felsen, schäumende Bäche, die sich über Felsgeröll stürzen, das reizende Nahetal, Bad Kreuznach, das alles zieht und fliegt vorbei, leider nur zu rasch. Ich möchte überall anhalten und aussteigen. Es sieht alles so schön aus im herbstlichen Sonnenglanz, so üppig und reif ist die Landschaft ... Der Zug hält ... Die erste Zollgrenze. Saarzoll. Deutsche Beamte kommen herein, kurz und knapp, aber höflich. Für mein Handköfferchen interessieren sie sich nicht, aber im Nebenabteil gibt's ein großes Geschrei. Eine Frau wird abgeführt, die ohne Pass ins Saargebiet einzureisen versuchte, eine schwarzhaarige, noch junge Frau, die sich wütend verteidigt. Köpfe schauen aus allen Fenstern zu; eine dramatische Szene spielt sich auf dem Bahnsteig ab. Wir fahren weiter und halten dann wieder. Französische Zollbeamte kommen herein, ein Blick auf meinen Handkoffer, ein Griff an das Käppi, «merci, Madame». Sie machen rasch. Ich habe nichts zu verzollen.

Nach mehrmaligem Umsteigen in immer kleinere Züge lande ich endlich am Spätnachmittag im Elsass in dem kleinen Bad N. Diese Orte, in denen wir einmal sehr glücklich oder sehr unglücklich gewesen sind, ziehen uns immer wieder an ... Man ist mit ihnen geheimnisvoll verbunden. Die alten Häuser stehen da, als wüssten sie alles, als hätten sie zugesehen und alles miterlebt … Von dem kleinen Bahnhof führt eine hohe schattige Allee in das Städtchen … altmodische Hotel ist auch noch da … Ich bekomme ein hübsches, sauberes Zimmer und einen guten Kaffee im Speisesaal, der in dem bepflanzten Hof liegt, wo wir damals immer aßen. Im Kurpark, einem Garten mit alten Bäumen, ist noch etwas Leben, aber die «haute saison» ist vorbei, sagt der Wirt, ein alter Herr, der mich nicht mehr kennt. Madame mustert mich streng durch ihre Kneifergläser. Sie spricht nur französisch … Sie kennt mich nicht mehr oder will mich nicht mehr kennen … Im Kurhaus wird Billard gespielt. Ein paar französische Offiziere sind dort. Auf der Terrasse sitzen einige Kurgäste beim Kaffee, die Quellenmaid reicht mir das perlende Mineralwasser … Im Hotel sind nur noch wenig Gäste, stille Ehepaare aus Straßburg und Colmar, und ein paar ältere Herren, die hier Forellen angeln. «Saison morte», sagt Madame. Das Badhaus ist noch offen; der blonde, freundliche Bademeister erkennt mich und ruft seine Frau, eine hübsche Blondine, herbei. Sie schlägt die Hände zusammen. «Ah, Madame! … Wie oft haben wir von Ihnen gesprochen! Sie sind zur Kur? Nein? Auf der Durchreise nur? Sie wollen nach Frankreich? Ach ja, wir haben gehört. Der nette Mann … Und Sie so jung … Wie traurig für die Kinder. Wie viele waren es noch? Drei, nicht wahr? Nein, vier. Mein Gott!» Ich sitze auf der Bank unter den gestutzten Linden vor der Tür. Wir plaudern von vergangenen Tagen … Die beiden haben auch viel durchgemacht. Er ist damals mit Anders' Regiment als Freiwilliger mitgezogen gegen Frankreich. Nun ist er in sein Land zurückgekehrt, in sein Haus, seinen Garten und zu seiner Frau, die von hier stammt, er ist Elsässer, also wieder Franzose, wie sein Großvater. Sie sind in ihre Heimat zurückgekehrt. Wer kann es ihnen verdenken? Immer wechselt das hier. Sie haben's nicht leicht, die Grenzländer. Die Arbeit ist ihre Freude, der Garten ihre Erholung. Sonst hat man ja hier nichts ... Im Oktober versinkt das Bad in Winterschlaf, aus dem es erst im Mai wieder erwacht, und der Winter ist sehr still hier. Wo Veudrezan liegt und der Friedhof, wissen sie nicht. Sie reisen nicht, aber sie hoffen, dass ich es finde. Der Abend ist friedlich, Glocken läuten, durch das Städtchen traben die heimkehrenden Rinder. Irgendwo spielt leise eine Orgel. Fuhren mit Klee fahren am Hotelgarten vorbei. Eine feine Mondsichel steht am Himmel. Es ist wärmer hier unten. Sterne funkeln ... Der Forellenbach glitzert durch das Städtchen, ein dichter Buchenwald umschließt das Tal schützend und grün. Die Luft ist mild und weich wie in einem Treibhaus. Es ist seltsam, durch diese Straßen zu wandern, in denen ich damals mit Anders ging, ahnungslos, wie kurze Zeit ich ihn noch haben würde. Dann stürzte alles über mich her, so unvermutet rasch! Depeschen, Telefongespräche in der Nacht: Wir müssen fort, es gibt Krieg ... Diese Tage leben ewig in mir, aber ich rühre ungern daran ...

Am nächsten Morgen fahre ich weiter nach unserer alten Garnisonstadt im Lothringischen ... Mittags bin ich dort. Das Städtchen hat sich kaum verändert. Es verändert sich nie. Es hat schon so viele Wandlungen durchgemacht, es bleibt immer dasselbe und vergrößert sich kaum. Nur unser altes Offizierskasino in der Bahnhofstraße, jetzt «Rue Mangin», ist verschwunden, stattdessen steht ein hoch aufgeschossenes neues Haus da, in dem ein spiegelglänzendes Restaurant eröffnet ist. Die Besitzerin, Madame Bastien, erkennt mich gleich. Sie sitzt, blond, rüstig und geschminkt, am Zahlpult in schwarzer Seide mit Simpelfransen und Brillantklipps in den Ohren, zu groß, um echt zu sein, aber sehr wirkungsvoll. Madame begrüßt mich, sie kommt zu mir an den Tisch. Die hübsche, kokette Madame Bastien aus dem Münchner Kindl, die die ganze Garnison kannte, hat sich dieses Restaurant gebaut, nachdem die Deutschen das Land verlassen haben. Ihrem Mann, er war Küchenchef im «Kindl», hat sie den Laufpass gegeben. Er war ihr nicht treu. Was hat man von einem solchen Mann? Er ist mit einer Kellnerin nach Straßburg gezogen. Sie trauert ihm nicht nach. Sie hat so viel zu tun, dass sie gar nicht zum Nachdenken kommt. «Ich komm ja schon!», ruft sie nach dem Büfett, wo die Büfettmamsell von drei Kellnern umdrängt ist. Sie trägt eine kokette Trauer. «Mein Bruder ist nämlich gefallen bei Lens … Gott, und Ihr Mann! So ein schöner, stattlicher Offizier! Ein großer Blonder.» O, sie erinnert sich gut. «Er war so ritterlich, er grüßte einen auf der Straße …» Ihre dunklen Augen glänzen auf. «Der schönste Offizier der Garnison. Ach ja, Madame, man wird alt … Das Geschäft, die Menschen, das Personal heute.» Sie hat einen Küchenchef nur für die Horsd'œuvres. Ihre Vorspeisen sind berühmt, die Leute kommen von weit her, um bei ihr zu essen … «Madame bleibt hoffentlich einige Tage hier. Sie können bei mir übernachten. Ich hab feine Fremdenzimmer da oben, mit allen Schikanen. Die Herren Offiziere essen bei mir … Wie früher die Deutschen … Sie sind nicht gern hier, die neuen Herren. Sie finden's arg ‹enbochiert› … Gott ja, man ist nun einmal mitgehangen. Alphonse, la table des officiers, vite … les sôles frites!» Sie drückt mir die Hand: «Bon appétit, Madame! Ich lass Ihnen ein schönes Horsd'œuvre anrichten, nehmen Sie Pommard dazu, den kann ich empfehlen …» Und sie trippelt davon auf ihren hohen Lackstiefeletten, mager und zierlich, und lächelt und grüßt die französischen Offiziere, wie sie einst die unseren gegrüßt hat.

Ein kleiner Kellner, ein Knirps, bringt mir einen Teller mit frischem Weißbrot, und ein anderer die Horsd'œuvre-Platte mit köstlichen Salaten. Die Horsd'œuvres verfolgen mich. Der Pommard ist zart und feurig. In der Fayencerie stehen noch immer hinter den verstaubten Fenstern dieselben hohen blauen und gelben Vasen, dieselben Porzellansäulen. In den kleinen muffigen Lädchen liegt immer noch alles durcheinander: Kaffeetassen und Kopfsalat, Zwiebeln und Soldatenhandschuhe, Heiligenbildchen, Wachskerzen und Regenschirme. Französisches Militär schlendert vorbei, junge Offiziere, straff und fesch, Ordonnanzen mit ihren Mappen, wie einst. In der Badeanstalt wird geschwommen, man hört die Kommandos des Bademeisters. Unser Haus steht noch an der Brücke, ein Eckhaus am Wasser mit einem winzigen Balkon ... Dort wurde Ulla geboren ... In dem Vorgärtchen spielte Dieter mit Margot ... In dem Torweg stand unser kleiner Wagen, in dem wir so viele Fahrten durch das reizende Land gemacht ... Vorbei, vorbei ... Die Saar läuft immer noch ihren alten Weg unter den Brücken; die Stadt ist mir fremd geworden, sie hat ein anderes Gesicht bekommen, ich kenne keinen Menschen mehr. Übernachten möchte ich hier nicht, weder in dem düsteren «Lion d'or», dem Hotel für Pärchen ohne Gepäck, noch bei Madame Bastien in ihren schönen Fremdenzimmern «mit allen Schikanen». Ein großes, neues Kino steht da, mit bunten Plakaten, es gibt einen älteren russischen Film. Die Geschäfte tragen alle französische Namen, und die Menschen gehen an mir vorbei, ohne mich zu grüßen.

In Straßburg bleibe ich über Nacht. Am nächsten Morgen fahre ich weiter … Nun liegt die zweite Grenze hinter mir, der Zoll war gnädig, die Beamten höflich. Mein Handköfferchen interessierte sie nicht. Ich bin in dem fremden Land, unter fremden Menschen fahre ich meinem Ziel entgegen. Die Reisegesellschaft hat gewechselt und die Landschaft auch. Sie ist flacher und grüner geworden. Tiefe Wälder ziehen mit. Im Zug sitzen Nonnen in blauen Leinenkleidern und riesigen weißen Hauben, die still ihren Rosenkranz beten, Geistliche in langen, schwarzen Soutanen und großen, schwarzen Filzhüten, Herren, die in Seife oder Baumwolle die Provinz bereisen, mit winzigen Handtaschen, vornehme, ältere Damen in Trauer, die mich als Fremde erkennen und wie etwas Feindliches übersehen … Umsteigen auf kleinen merkwürdigen Stationen, auf denen einem kein Mensch eine Auskunft geben kann – ich denke an Onkel Dolf –, in den Zügen Soldaten. Kanäle, an deren Ufern geduldige Angler sitzen, die ihre langen Angelruten ins Wasser tauchen. Weidende Fohlen und Pferde und schwarz-weiße Kühe. Tabakfelder und Weizen, Hopfenstangen. Frauen in langen, schwarzen Trauerschleiern mit Kränzen fahren mit, die Provinz trauert lange und tief. Sie steigen aber bald wieder aus. Die ersten Soldatenfriedhöfe beginnen hinter Metz. Ich sehe diesen verschleierten Schicksalen nach, die alle eine Pappschachtel außer den Kränzen tragen. Die Pappschachtel und die Wachstuchtasche spielen in diesem Lande eine große Rolle. Allmählich leert sich der Zug, auf den kleinen Stationen steigen nur ein paar Bauern mit ihren Säcken und Eierkörben aus.

Es ist heiß. Es ist kein Speisewagen im Zug. Auf einer Umsteigestation lasse ich mir in einem staubigen Wartesaal eine heiße, schwarze Brühe geben –, sie wird in einem Bierglas kredenzt – dazu ein knochentrockenes Brioche, das die Büfettmamsell aus einer Glasglocke hervorholt, wo sie es aufbewahrt wie eine Antiquität. Es ist Sonntag. In dem ganzen Zug ist außer mir nur ein Curé, der mir mit geschlossenen Augen gegenübersitzt in seiner langen, schwarzen Soutane und sich nicht rührt, und ein N****, der in der anderen Ecke sitzt, obwohl ich in «Dames seules» fahre. Aber darum kümmert sich hier kein Mensch. Niemand, den ich unterwegs frage, nicht einmal Ehrenberg, der es ohne seine Generalstabskarte auch nicht wusste, weiß mir zu sagen, wie ich zu diesem Dorfe komme, das nicht an der großen Bahnstrecke liegt.

Der Curé sieht nicht aus, als ob man ihn fragen könnte. Aber schließlich, als wir immer weiterfuhren und das Dorf Veudrezan l'Etang immer noch nicht kam, fasste ich Mut und weckte ihn. Er erwacht, sieht mich erstaunt an, zuckt die Achseln. «Veudrezan? Sais pas, Madame.» Er hat den Namen des Dorfes noch nie gehört … Er ist aus der Gegend von Dijon. Dort gibt es kein solches Dorf. Da sich weder Schaffner noch Stationsvorsteher zeigt, den man fragen könnte – der Zug hält überall nur ein paar Minuten, und bis die Leute, die ich frage, mich verstanden haben –, fährt er schon weiter –, wird mir allmählich Angst. Der leere Zug ist mir unheimlich. Ich hatte gehofft, der N**** stiege irgendwo aus und der Curé bliebe wenigstens, aber es geschah umgekehrt. Auf einer Station verschwand der Curé, und der N**** blieb sitzen und las seine große amerikanische Zeitung. Zuweilen sah er mich scheu von der Seite an. Niemand steigt mehr ein noch aus. Es wird schon dunkel. In einem entfernten Abteil spielen Männer Karten, ich höre es an ihren Zurufen und dem Geschimpfe, zuweilen lachen sie laut. Zuweilen hält der Zug mitten zwischen Feldern, es ist alles still, so still, dass man die Vögel, die auf den Telefonstangen sitzen, zwitschern hört …

Der M*** erhebt sich, schaut hinaus, sieht mich an, lächelt, setzt sich wieder hin und reicht mir galant seine große Zeitung. Stumm … Ich danke … Um ihn nicht zu kränken, nehme ich sie und betrachte die Bilder lachender Sportsmänner mit schönen Gebissen, großartiger Damen in großen Abendkleidern, königliche Diademe in den Locken, lauter Königinnen von Saba … Die Männer dick, die Blume im Knopfloch, im Frack oder Smoking mit steifen Hüten oder Zylindern, lachen auch. Eine Novelle fasziniert mich, die auf Gibraltar spielt. Ich habe noch nie einen Roman gelesen, der dort spielte, Gibraltar, mein Traum! Als ich mit Anders auf unserer Hochzeitsreise dort vorbeifuhr, war es Nacht. Ich war aufgeblieben, um Gibraltar zu sehen, und dann stieg die Festung aus dem Meere auf in der blauen Nacht, groß, grau und ernst wie eine Sphinx mit ihren vielen in den Felsen geschlitzten Fensteraugen … Sie sah stumm, wachsam und gefährlich aus, wie ein ruhendes, in Eisen gelegtes wildes Tier.

«Lass uns doch dort aussteigen», bat ich Anders, aber er sagte: «Warum? Was sollen wir dort?» Und wir fuhren nach Afrika, wo 50 Grad Hitze war und er sich eine Fischvergiftung holte, die ihm lange zu schaffen machte. Nun werde ich sie nie betreten und nie wiedersehen, die rätselhafte graue Festung im Meer.

Plötzlich hielt der Zug an irgendeiner Station, ein Schaffner riss die Tür auf und rief etwas, das ich nicht verstand. Der einzige Fahrgast, der M*** stieg aus. Ein junger Mann stand auf dem Bahnsteig. Ich fragte ihn, wo wir seien, und er sagte: «Endstation, Madame. C'est fini.» – «Fini? Wieso, warum?» Ich sah mich um ... Der Name der Station war mir unbekannt. «Ist denn hier Veudrezan l'Etang?» Er schüttelt den Kopf, er weiß nur, dass es hier nicht weitergeht. Er hilft mir mit meinem Gepäck, und dann stehe ich auf dem fremden Bahnsteig wie verloren.

Der M*** ist verschwunden, aber Gott sei Dank zeigt sich endlich ein Stationsvorsteher. Klein und stämmig stand er da wie festgerammt ... Ich reichte ihm meine Rundreisekarte, in der er lange blätterte ... «Wo wollen Sie hin? Nach Veudrezan l'Etang? Wie kommen Sie denn dann hierher? Sie sind in falscher Richtung gefahren. Sie hätten den Fünf-Uhr-Morgenzug nehmen müssen von Straßburg.» Was tun? Ja, was tun ...? Zum Zurückfahren war's zu spät, es war mittlerweile neun Uhr geworden, für die Provinz Schlafenszeit.

«Sie können hier übernachten und morgen früh den direkten Zug nach N. nehmen, aber unterwegs umsteigen in K. und einmal in H. Dann sind Sie gegen Abend in Veudrezan. Ja, Madame, wir sind hier nicht an der Strecke Paris–Vichy. Wir sind in der Provinz, wir haben keine direkten Verbindungen nach so kleinen Orten.» Damit setzte er seine Trillerpfeife an die roten Lippen und gab einen schrillen Triller von sich und ließ mich stehen.

Ich raffte mein Gepäck auf und begab mich zur Stadt. Hinter dem Bahnhof warteten drei leere Omnibusse, ein großer gelber «France et l'Angleterre», ein roter zum «Hotel des Saint pères», ein blauer zur «Cloche d'Or» ... In eine «Cloche» kann man in Frankreich immer gehen, wie in der Schweiz in ein «Hotel zur Post». Ich kletterte hinein, und der Omnibus ratterte durch die engen Gassen über ein hartes Pflaster. Das Hotel de la Cloche liegt mitten in der Stadt am Marktplatz, es ist ein dunkler, alter, stilloser Kasten mit verödetem Speisesaal, einer Madame in schwarzer Seide mit gelber, hochgetürmter Lockenfrisur hinter dem Pult, die meinen Namen aufnahm und was dazu gehört. Ein junger Hausdiener führt mich auf mein Zimmer, das klein ist, aber ein königliches Himmelbett hat, mit rotem Brokat umkleidet und einem Baldachin von rotem Sammet. Zu essen gibt es heute nichts mehr. Ich grabe aus meiner Reisetasche etwas Schokolade heraus und eine Orange ... Man schläft gut in den breiten Betten Frankreichs, auch unter einem Baldachin von rotem, staubigem Sammet. Nicht einmal die Ratten störten mich, die nachts hinter den Tapeten herumliefen und raschelten.

* * *

Ein fürchterliches Gewitter weckte mich gegen zwei Uhr. Die Gassen sahen in der Blitzbeleuchtung wunderlich aus wie Bilder aus einem Märchenbuch, eine Till-Eulenspiegel-Stadt. Eine alte gotische Kathedrale stand hoch oben über der Stadt, majestätisch, wie für die Ewigkeit gebaut. In dem alten Baedeker von Onkel Dolf hat diese Kathedrale zwei Sterne. Der Morgenkaffee wurde mir ans Bett gebracht, der Speisesaal war noch nicht aufgeräumt zur Morgenstunde. Man isst hier schon um elf Uhr zu Mittag. Im Hof rasselten die ersten chars à bancs herein mit Viehhändlern auf dem Bock und traurig blickenden Kälbern, die Angst zu haben schienen; eine alte Kuh wurde abgeführt und stieß lange Klagetöne aus, als man sie von ihrem Kalb losriss.

Mein Zug geht, wie ich morgens im Hotel erfahre, erst am

Nachmittag weiter. Ich habe also Zeit, mir die Stadt anzusehen. Eine echte französische Provinzstadt mit ein paar Kasernen, Soldatencafés, einem Musiktempel auf einem stillen, baumbestandenen «Place Lafayette» und engen Gassen. Kinder in Holzschuhen klappern vorbei. Nach einem Blumengeschäft suchte ich vergebens. Ich fand alles, nur keine Blumen. In dem «Pompe funèbre» hängen neben schrecklich verzierten Särgen die unsterblichen, schwarzen Perlkränze und überlebensgroße Stiefmütterchen aus Porzellan oder Seerosen, mit denen man hier den Toten ihre Gräber schmückt, und Kränze aus Marmor und Biskuit mit vergoldeten Palmwedeln. Anders würde es mir sehr übel nehmen, wenn ich mit einem solchen Kranz ankäme. Das Musée historique ist offen und ganz leer. Verstaubte römische Steine und vorsintflutliche Geräte stehen herum, eine versteinerte George Sand sitzt da im nachlässigen weiten Morgenrock, die Feder in der fleißigen Hand, als Matrone Tag und Nacht Romane fabrizierend, corbeilles de mariage mit vergilbten Brautkränzen aus weißem Atlas, Stutzuhren unter Glas, die nicht mehr gehen, zerschlissene Fahnen unbekannter Feldherren lehnen an der Wand, in einem Saal hängen sehr schöne Gobelins, an denen die Nonnen im 15. Jahrhundert ihr Leben verbrachten, «Tristan und Isolde», Ritter mit zu kurzen Beinen und zu langen Bärten hineinzusticken. Auf einem mottenzernagten Ofenschirm steht ein Jäger, der ein zu großes Hifthorn am Munde hat, «Warte balde, kumm aus dem Walde». Wie mag das hierhergekommen sein in diese verlorene kleine Provinzstadt?

Draußen reitet eine Schwadron Soldaten vorüber, ein eleganter Capitaine voran, die Zigarette im Mundwinkel, blond und schneidig.

Die Kathedrale war leer, nur eine alte Frau kniete im Halbdunkel eines Seitenaltars stumm, schwarz und unbeweglich wie eine Holzfigur. Die Altäre waren mit frischen Lilien und Rosen geschmückt, eine Menge Fahnen lehnten an der Wand, eine Jungfrau von Orléans kniete da, betend mit erhobenen Händen in einer Schneckenfrisur, die sie niemals trug, umflossen von den Strahlen der Morgensonne, die durch die bunte Glasrosette fiel und die marmornen Gestalten gelockter, bärtiger Herzöge und ihrer Frauen, den Busen in ein enges Mieder geschnürt, in ein magisches, violettes Licht hüllte.

Nachdem ich alles, was die Stadt zu bieten hatte, gesehen, ging ich noch einmal zum Bahnhof, um zu erfahren, wann denn eigentlich mein Zug nach Veudrezan abging, und erfuhr, dass er schon um zwölf Uhr fuhr, also nicht nachmittags. Ich hatte gerade Zeit, meine paar Sachen in mein Handköfferchen zu werfen, meine Rechnung zu bezahlen, und kam noch gerade mit.

Der Schnellzug, den ich um zwölf Uhr bestieg, setzte mich nach der dritten Station bereits aus, da mich sämtliche Mitreisende beschworen, ich führe falsch, ich müsste umsteigen. Kein Schaffner zeigte sich, und ich stieg um. Ich bin auf dieser Fahrt dann noch viermal umgestiegen, dreimal falsch und einmal richtig, bis ich gegen Abend endlich mit einem «train omnibus» das berühmte Veudrezan l'Etang erreichte. Es war so dunkel, dass ich seinen Namen auf dem Stationsgebäude nicht mehr lesen konnte … Aber es war es diesmal, ich war am Ziel. Ein junger Mann, der sein Gepäck, eine Pappschachtel, auf die ein Regenschirm oben aufgebunden war, am Stock über der Schulter trug, erbot sich, mich in das beste Hotel zu führen. Es gab zwei gute Hotels am Ort.

Mir war allmählich ziemlich alles einerlei … Ein Feldweg führt zu dem Dorf, das zwischen Getreidefeldern liegt. Ein sauberes Dorf mit alten Häusern, einer einzigen Geschäftsstraße und einer Esplanade mit einem Rathaus im Stil Louis Quinze. Ihm gegenüber liegen die beiden Hotels, das «Mouton d'Or» und das «Cheval blanc».

Er rät mir zum «Mouton», die Küche sei dort besser.

Es ist kein «Frankfurter Hof», in dem ich nächtige … Es ist ein Ausspann für Viehhändler, die zum Markt kommen. Die kleinen Fremdenzimmer liegen nach dem Hof und den Ställen. Zu essen gibt es nichts mehr, erklärt Madame, die mich sofort nach meinem leichten Gepäck und meinem einfachen schwarzen Jackenkleid als Eintagsgast einschätzt: «La cuisine est déjà fermée, le chef de cuisine est déjà parti …» An diesem Abend war ich so müde, dass ich mich nicht mehr umsah, wo ich mein Haupt niederlegte … Ich schlief ohne Baldachin und ohne Ratten fest bis zum Morgen …

Das Frühstück bringt mir der junge Hausdiener in grüner Schürze, ein blond gelockter, ondulierter Jüngling von sehr herablassenden Manieren, ans Bett. Im Speisesaal stehen die Stühle noch auf den Tischen, der chef de cuisine ist noch nicht gekommen. Auf dem Tablett, das er mit nonchalanter Gebärde balanciert, steht eine Tasse Kaffee, in der Papierserviette steckt ein frisches Weißbrötchen.

«C'est tout?», frage ich etwas erstaunt, und der Jüngling antwortet impertinent: «C'est tout», und setzt das Tablett mit dem «petit déjeuner» des «Mouton d'Or» auf den Nachttisch und geht.

* * *

Von hier ab geht mein Weg zu Fuß. Ich brauche nicht mehr umzusteigen, der Friedhof liegt ganz in der Nähe des Dorfes. Nun bin ich dir nahe, Anders. Bei dem Gedanken fängt mein Herz an zu klopfen.

Als ich meine Rechnung bezahlen will, ist niemand zu sehen. Ich schelle, der blonde Jüngling erscheint. «Madame?» Ich bezahle, er streicht das Trinkgeld wortlos in seine Westentasche. Madame lässt sich nicht blicken, der Wirt auch nicht … Auf dem Wochenmarkt sehe ich Blumen. Ich lasse mir einen großen Strauß Lilien und Rosen schneiden und binden. Die alte Bäuerin beschreibt mir den Weg.

Ich wandere zwischen den Feldern auf einem schmalen, steinigen Weg nach dem Friedhof, dessen hohe, weiße Mauer mir aus der Ferne entgegenleuchtet. Ein riesiges, hohes, schlankes Kreuz verrät ihn von Weitem. Aber als ich vor das Tor komme, weht mir das amerikanische Sternenbanner entgegen, und ich lese auf den weißen Kreuzen lauter fremde Namen fremder Soldaten. Hier ruhen nur Amerikaner. Es sind viele, lange Reihen, Tausende müssen hier liegen, sie liegen da wie hingemäht … Ein großes Schild verkündet, dass die Amerikaner, die hier liegen, «glücklich sind, zu ruhen in dem doux pays de France». Was mir etwas zweifelhaft scheint. Ich glaube, es wäre ihnen lieber, sie lebten noch …

Dicht daneben liegt ein zweiter Friedhof. Die Mauer ist weniger hoch, und die Gräber sind nicht so schön geschmückt wie die amerikanischen … An jedem der himmelblauen Holzkreuze steckt eine kleine Papiertrikolore, sie surren im Morgenwind, wie Grillen zirpen.

Während ich zwischen den Kreuzen suchend hin und her gehe, taucht plötzlich ein alter Mann vor mir auf, einen Spaten in der Hand … Er steht da wie ein Cherub, der mir das Weitergehen verwehrt.

«Was suchen Sie hier, Madame?»

«Das Grab eines deutschen Offiziers …?»

Sein weißstoppeliges Gesicht verändert sich, es wird finster. Er weist mit dem Spaten nach links. «Dort hinter der kleinen Kapelle liegen die Deutschen …»

Ich schaue hin und sehe plötzlich in der Ferne eine Unmenge schwarzer Kreuze. Es sind so viele, dass es von Weitem aussieht wie ein verbrannter Weinberg. So grauenhaft sehen sie aus, diese traurigen Tausende von schwarzen Kreuzen, die sich in schauerlicher Zahl aufrichten … Ich zögere … Mein Fuß kann nicht weiter …, der Blumenstrauß in meiner Hand wird mir schwer wie Blei, ich fange an zu zittern. Der Alte sieht's.

«Ja, Madame, ich hab auch zwei Söhne verloren in diesem verdammten Krieg … Bei Saloniki … Sie haben wenigstens ein Grab, aber ich weiß nicht einmal, wo sie meine Jungens verscharrt haben …»

Ich drücke ihm etwas Geld in seine Hand, was er offenbar erwartet hat. «Merci, madame …»

Er wendet sich ab und geht langsam weiter zwischen den himmelblauen Kreuzen.

Ich gehe auf die Kapelle zu … Und dann stehe ich vor den schwarzen Kreuzen. Mir steht der Atem still. Das sind sie also, die schwarzen Kreuze, die Clemenceau den Deutschen zu setzen erlaubte … Wie ein Regiment zur Parade stehen sie da, stumm und aufrecht in der Sonne, und schauen mich an. Einsam und fremd in dieser fremden Erde. Keine Mauer umgibt sie schützend, kein Zaun, keine Blume schmückt ihre Hügel. Hier und da hängt ein welker Kranz auf einem Kreuz, auf anderen ein verrosteter Stahlhelm, den der Wind leicht hin und her bewegt, was lebendig und schrecklich aussieht, als lebte der Mann unter dem Stahlhelm noch. In meinem Halse verengt sich etwas beim Anblick der vielen Tausende von schwarzen Kreuzen. So viel Jugend, so viel verschwendete Kraft, so viel Leben deckt diese Erde. Sie sind weit hergekommen, um hier zu sterben. –

Die Gräber sind sehr klein, als läge nicht mehr viel darunter. Sie tragen nur ein Büschel Gras und sehen von Weitem aus wie lauter grüne Igel, die sich bewegen. Aber es ist nur das Gras, das der Wind bewegt. Ein Grab wie das andere, ein Kreuz wie das andere. Im Vorübergehen lese ich fremde und bekannte Namen. Von einigen bildete ich mir ein, dass ich die Träger gekannt hätte. Hinter dem einfachen Sandsteindenkmal liegen drei Gräber von drei Offizieren. Ihre Holzkreuze sind etwas größer als die anderen, in der Mitte lag er: Eberhard Andreas Nordeck. Ich stand mit meinen Blumen davor in der Sonne. Der Wind spielte mit meinem langen Trauerschleier und legte ihn mir wie einen Arm um meine Schultern. Ich stand da und schaute immer nur seinen Namen an. Es ging ein solcher Frieden von diesen Gräbern aus, etwas so Gesammeltes lag in diesen aufrecht stehenden, geraden Reihen von schwarzen Kreuzen, von denen mich die deutschen Soldatennamen anschauten wie bekannte Gesichter. Ich dachte an jenen langen Zug von Männern, mit denen mein Mann 1914 hinausfuhr, die fast alle nicht wiedergekommen sind, und von denen die meisten hier liegen … Nordeck und die beiden jungen Leutnants rechts und links von ihm. Ich setzte mich auf einen der leeren Hügel und dachte an unsere Jahre des Glücks. Ich sah ihn wieder vor mir, lebendig, jung und straff. Lächelnd sah er mich an und nickte mir zu … Bist du endlich gekommen, Oliva …? Schön ist es, Tote zu besuchen. Es liegt etwas so Beruhigendes über einem Friedhof. Wo sind sie alle? Umschweben ihre Geister uns? Sehen sie uns zu? Oder sind sie nicht mehr da? Ist nichts mehr von ihnen da als das bisschen Irdische, was diese Hügel bergen? Ihre Stätten umwittert noch etwas von ihnen. Wie still ist es hier. Der Wind ist das einzig Hörbare, und das ferne Summen der Trikoloren da drüben auf dem französischen Friedhof mit den himmelblauen Kreuzen.

Ich halte Zwiesprache mit Anders … Mir ist, als sähen mich seine Augen ernst und forschend an, ich fühle, er ist da … Niemals war ich ihm so nahe. Kein Bild kann das wiedergeben, was aus einem Grabe aufsteigt. Er lebt schon in der Welt, die ich nicht kenne. Ich denke an das ungelebte Leben, an unser kurzes, jäh zerrissenes Glück. So nahe fühlte ich mich nie von ihm, und doch so weit entrückt wie heute …

Als junges Mädchen dachte ich, das Leben bestünde darin, Tennis zu spielen, eine Sonate von Schumann oder Brahms oder Hugo Wolff vom Blatt begleiten zu können, auf den Bällen Königin zu sein und die meisten Buketts im Blumenwalzer zu ernten … Ich hatte viele Freunde, aber der schöne Nordeck hatte den Sieg davongetragen. Unsere Hochzeit, die weiß ausgeschlagene Kirche, Lilien bis zur Decke, die Hochzeitsgesellschaft, mein milchweißes Atlasschleppkleid. Über Rosen war ich in mein neues Leben geschritten, und mein Herz hatte laut geschlagen vor Glück, als ich Nordecks festes «Ja» neben mir vernahm und nun wusste, dass wir Mann und Frau waren. Die Jahre unserer Ehe zogen an mir vorbei. Unsere schönen Reisen … Anders ging geduldig mit mir in Museen und Gemäldegalerien und in Konzerte, obwohl er nicht musikalisch war. Er war so liebenswürdig, mir meine Passionen zu lassen und mir die seinen nicht aufzudrängen. Er war ein leidenschaftlicher Jäger und Soldat, aber er sprach nie von der Jagd oder vom Dienst. Er war streng und gerecht und beliebt bei seinen Soldaten und Vorgesetzten. Er war sehr eigenwillig, vertrug keinen Widerspruch und konnte keine Briefe schreiben. Er schickte, wenn er im Manöver war, Depeschen oder Postkarten, was ich ihm in den ersten Jahren übel nahm.

Wir kamen miteinander aus ohne jene ehelichen Zwiste, die der Liebe so gefährlich sind … Der Arzt hatte mir geraten, nicht zu früh Kinder zu bekommen, und die ersten Jahre waren wir so erfüllt von uns, dass wir sie nicht vermissten. Als 1914 der Krieg ausbrach, kam im selben Jahr mein Dieter zur Welt. Ein gesunder, etwas magerer Junge mit abstehenden Ohren, hellem Haar und einer fürchterlichen Stimme … Er war mein Trost in den Angsttagen, als Nordeck im Osten stand. Ich habe alles mitgemacht, was dort geschah: Tannenberg, die Schlacht an den masurischen Seen, die Kämpfe in den Wald- und Sumpfgebieten Russlands, die eisigen Winter und die schrecklichen Seuchen. Zuweilen kam er auf Urlaub heim. Ein kurzes Glück. Er genoss wieder seine kleine Familie, er ging in seiner Wohnung umher und ordnete Papiere «für den Fall». Unsere Abschiede waren schwer … Ich versprach ihm, tapfer zu sein, was auch käme. Und das hab ich mich bemüht zu halten.

Margot und Ulla wurden während der Kriegsjahre geboren, als man mit Taufscheinen an den Milchwagen sein bisschen Milch erstehen musste. Es war vorbei mit Reisen und Tennisspielen, ich lebte nur in Angst um Nordeck, der als Hauptmann in der vordersten Kampflinie stand.

Eines Tages kam er zurück. Er war nach dem Westen versetzt. Mit Dieter, Margot und Ulla stand ich auf dem Bahnsteig der kleinen lothringischen Garnison, als sein Zug 1918 nach dem Westen fuhr. Es war ein warmer Sommerabend, der Glanz eines Sonnentages verblich über der alten Stadt, als sich der lange Soldatenzug in Bewegung setzte … Nordeck stand am Fenster und hielt meine Hand und schaute immer nach Dieter. Aber der Junge stand da und sah wie hypnotisiert den sich bewegenden Rädern des Zuges nach … Seinen Vater hatte er über dem interessanten Schauspiel der rollenden Räder vergessen. Margot ließ ihr Tüchlein flattern, sie fand es sehr interessant auf dem Bahnsteig. Um uns weinten die Frauen, die Soldaten winkten, und ich hatte die kleine Ulla auf dem Arm … Ich wusste damals noch nicht, dass mein Ben unterwegs war, ich wusste nur, dass ich Nordeck nicht wiedersehen würde. Als er so langsam in dem Sommernebel entschwand und immer ferner und immer kleiner wurde und sein Gesicht schließlich auslöschte wie ein Bild, das die Sonne verbleicht, krallte sich eine kalte Hand fest um mein Herz. Ich wusste, dass es unser letzter Abschied gewesen war. Die große Schlacht zwischen Somme und Oise war im Gange, die vordersten Stellungen unserer Armee waren schon einige Kilometer zurückverlegt worden, man erwartete einen erneuten großen Angriff der Engländer. Zu beiden Seiten der Somme wurde erbittert gekämpft. Unsere Stellungen wurden unter schweren Opfern gehalten, der Masseneinsatz feindlicher Tanks und der künstliche Nebel waren unsere gefährlichsten Feinde. Am 20. August erfolgte der große französische Ansturm zwischen Oise und Aisne. In diesen Kämpfen wurde Nordecks Regiment eingesetzt. Er fiel schon am ersten Tag. Er ist einer der ersten Offiziere gewesen, die das E. K. Zweiter und Erster Klasse bekommen hatten, er war zum Pour le Mérite eingegeben, aber er hat ihn nicht mehr getragen … Eine Woche später gab mir der alte Briefbote mit einem verlegenen Gesicht meine Briefe an ihn zurück … «Es stimmt doch wohl?», fragte er unsicher. Und dann kamen seine Feldkisten mit seinen Kleidern an, mit der Uhr und allem … Mein Haus füllte sich mit schwarzen Trauergestalten, Verwandte, Vorgesetzte, Freundinnen und Bekannte spendeten Ratschläge und Worte des Trostes.

Und die Kinder fragten unaufhörlich, wo denn der Papa hingekommen sei? Wo er begraben läge und warum er gestorben sei? Das alles erfuhr ich erst viel später von Ehrenberg, der mir ein kleines Bild schickte, das er aufgenommen hatte von dem Hügel, auf dem ein Holzkreuz steckte mit einem Stahlhelm und seinem Namen. Von jenen Tagen weiß ich nicht mehr viel. Mir war, als ob das Licht plötzlich erloschen sei. Von trostreichen Worten kann man nicht leben. Die Inflation hatte mein Vermögen aufgefressen, die Rechnungen regneten auf mich nieder. Ich wusste nicht, wovon ich alles bezahlen sollte, meine Kasse war leer. Die Witwenpension reichte gerade für die Miete und die Kohlen. Die Stadt wurde französisch, wir mussten die Wohnung räumen, die Möbel wurden eingepackt, ich kam gerade noch mit ihnen über die Grenze. Ich stellte sie irgendwo unter bei einem Spediteur in der Pfalz und zog in eine Pension am Rhein, die mir meine Freundin Beate besorgt hatte, die eine Villa in Godesberg besitzt.

Aber dort konnte ich dann doch nicht bleiben. Das Leben in einer Pension mit drei Kindern und einer Schwester war untragbar für mich.

Meine Freundin Beate hatte ein großes, schönes Haus mit Garten am Rhein, aber sie hatte selbst kleine Kinder. Sie hatte mir die teure Pension besorgt, aber eingeladen zu sich hat sie mich nicht. «Dich allein, jederzeit, Oliva.» Aber mit drei kleinen Kindern und einem Kind unterwegs und einer Schwester dazu, das brachte selbst sie, die sonst sehr lieb gegen mich war, nicht fertig. Ich hab's ihr nicht verdacht, es hat uns auch nicht getrennt, ich nahm alles als Schicksal … Und die Menschen als Menschen.

Aber als Onkel Dolfs rettender Arm sich mir aus dem Norden entgegenstreckte, ergriff ich ihn. Ich habe immer etwas Angst vor dem Norden gehabt, seiner Nüchternheit, dem Ernst der Landschaft, der Kargheit. Es ist rauer und kälter dort, und die Menschen sind mir fremd. Aber für mich kamen solche Gedanken nicht mehr in Betracht. Ich reiste mit meinen Dreien nach N. – – Und nie werde ich das Gefühl der Erlösung vergessen, als ich Onkel Dolf auf dem grauen H'schen Bahnhof stehen sah. Er stand da, stämmig und breitschultrig, ein Riese, ein Landjunker mit einem zu kleinen Jagdhut mit Gamsfeder, grüner Krawatte und dickem Bambusstock. «Na, da seid ihr ja», begrüßte er uns. Er hatte einen Wagen unten und nahm uns mit in seine große Wohnung, weil die andere noch nicht ganz fertig war. Es war eine Tat, die ich ihm nie vergessen kann … Er war der Einzige, der sich unser angenommen hat.

Ja, Anders, unsere Kinder waren es, die mich aufrecht hielten in diesem Kampf, der dann begann. Für dieses Leben war ich nicht gerüstet, weder körperlich noch sonst … Aber das Leben ist ein guter Erzieher. Es ist hart und unerbittlich. Wenn es mir oft einerlei war, was aus mir wurde, und ich nicht weiterzukommen glaubte, heute empfinde ich es als eine Gnade, die nicht vielen zuteilwird, einmal so glücklich gewesen zu sein und nie den Abstieg eines Glückes erlebt zu haben, das so groß war, dass es mein Leben überstrahlt.

Wie lange ich in der Sonne an seinem Grab gesessen habe, weiß ich nicht. Der alte Gärtner war längst verschwunden, es war niemand mehr da auf dem einsamen, stillen Friedhof mit den kleinen grünen Hügeln und den straff aufgerichteten schwarzen Kreuzen. Nur ich und der Wind, ein sanfter, sommerlich warmer Wind, der die Stahlhelme leicht hin und her bewegte, der das amerikanische Sternenbanner flattern ließ über den Grabstätten derer, die so glücklich sind, in dem «doux pays de France» zu ruhen. Die Trikoloren an den himmelblauen Holzkreuzen der französischen Gräber nebenan surrten dazu eine eintönige Melodie wie Soldaten, die im Gehen singen.

Am Eingang stand der alte Gärtner wieder da mit seinem Spaten, erfreut über das «douceur», das ich ihm in die Hand gedrückt. Er versprach mir, für das Grab von Monsieur le Capitaine zu sorgen und es nicht vertrocknen zu lassen.

«Wird Madame wiederkommen?», fragte er.

Ich schüttelte den Kopf – – – «Vielleicht mein Sohn», sagte ich.

Ich verließ den Friedhof schwer. Einmal musste es sein. Werde ich jemals wieder hierherkommen? Der Wind sagte: nie mehr, nie.

* * *

Die Rückfahrt von Veudrezan war einfacher als die Hinfahrt. Ich hatte eine Rundreisekarte durch das Elsass. In dem alten Colmar stieg ich aus. Es war auch hier noch alles wie damals,

als wir hier in Garnison lagen, nur die Geschäfte und Restaurants und Cafés trugen französische Namen. Es wurde fast nur deutsch gesprochen oder das elsässische Platt. Das Museum, das ich während der kurzen Zeit, als wir hier lebten, nie Zeit gefunden hatte zu besuchen, war offen. Ich war allein darin. Ich stand vor dem Isenheimer Altar, der aus Deutschland hierhergereist ist, vor dem «malade de la tentation». Ein grausiges, naturgetreu gemaltes Bild, das sich einem einprägt. Ich wollte, ich hätte es nie gesehen. Der Kopf des Kranken ist bereits violett gefärbt und nach rückwärts geworfen, die Beine mit eiternden Pusteln und blutenden Geschwüren bedeckt. Hatte der Unglückliche Syphilis, Lepra oder die Pest? Der Maler Grünewald oder wie er hieß – seine Persönlichkeit ist nicht genau festgestellt – hat in Isenheim für den Prior des Klosters, in dem Syphilitiker gepflegt wurden, gearbeitet. Die Krankheit war nach den italienischen Kriegen eingeschleppt worden, das «mal de Naples» oder «mal français». Auch Pestkranke fanden im Kloster zu Isenheim Aufnahme zur Zeit Grünewalds. Er hat die große Epidemie miterlebt, die am Ende des 15. Jahrhunderts Europa durchraste, und hat lebende Modelle zu diesen Bildern gehabt und hat diese Krankheit in der naturalistischsten Art wiedergegeben und jene furchtbare Krankheit, die damals die Städte verseuchte, das «feu sacré», das sich in eiternden Beulen und Geschwüren verriet und sehr ansteckend war. Den vom «feu sacré» Befallenen mussten oft die Glieder amputiert werden. Kein Arzt konnte sich den Ursprung dieser Krankheit erklären. Sie wurde dem Teufel zugeschrieben und als Strafe Gottes betrachtet.

Diese armen Ausgestoßenen der Menschheit, die von den Mönchen im Kloster zu Isenheim gepflegt wurden, waren

Grünewalds Modelle. Er malte ihre Halluzinationen und Albdrücke, die verwirrenden Fieberbilder von scheußlichen Ungeheuern und grotesken Gestalten, von denen sich die Befallenen umdrängt sahen.

Die Leprakranken lebten damals in Leprahospitälern eingeschlossen und abgeschlossen von der Welt. Nur die Mönche nahmen sich ihrer an. Von Hygiene wusste man damals nicht viel. In einem Jahr starben in der kleinen Stadt Colmar 3500 Personen an der Pest. Wo die Wissenschaft und die Medizin versagten, rettete man sich unter den Schutz eines Heiligen zur Kirche oder in die Klöster. Das Kloster des hl. Antonius, das reiche Herren der Provence Ende des 11. Jahrhunderts gegründet hatten, bildete die Zuflucht dieser Befallenen.

Grünewalds Persönlichkeit umschweben viele Rätsel. Wie kam er von Aschaffenburg ins Elsass? Hat er hier gelebt? Hat er überhaupt Grünewald geheißen oder sich nur so genannt? Malte er unter angenommenem Namen? Man weiß es nicht.

Seine Meisterwerke sind geblieben. Sein Christus auf dem «Isenheimer Altar» ist kein Gottessohn, der sanft und ergeben, das Haupt zur Seite geneigt, verscheidet, sondern ein unter Qualen verstorbener Mensch, der bereits in der Verwesung ist. Bis zum 13. Jahrhundert hing Christus am Kreuz, ohne Ausdruck eines Schmerzes. Im 14. Jahrhundert wurde er als Toter dargestellt, erhaben, kalt, ruhevoll – aber Grünewald geht weiter. Kein anderer Maler hat jemals dieses Sterben so kühn und in seiner Grausamkeit erschütternd erfasst wie er. Er malt einen Kadaver in der Auflösung, mit grüner, bereits verfärbter Haut, einen von Schmerzen entstellten und verkrampften Körper. Der Nervenschock, der sich in der zusammensinkenden Gestalt Marias ankündigt, in ihrem weißen Kleid der Trauer, mit bereits blauen Lippen, der Leichenfarbe im Gesicht – die Qual einer Mutter, die ihren Sohn so wiederfindet – ist überzeugend und erschütternd, ihr Schmerz ist körperlich geworden, er tötet sie.

Auch von dem Maler Schongauer hängen kühne und grausige Gemälde in diesem Museum. Seine hässlichen Henker tragen alle Merkmale der «dégénérés», dicke Nasen und Wulstlippen, zurückfliegende Stirnen und Verbrecherohren ... Der weibliche Typ des Mittelalters hat eine unnatürlich lange, feine Taille, der Leib ist von dem unmäßigen Einschnüren des Oberkörpers vorgebeugt. Es wurde bis zu den Schultern eng und fest mit Bändern eingeschnürt, gegen die unser Stangenkorsett ein angenehmes Mieder war. Die so einbandagierten Frauen litten Schmerzen und kasteiten sich, um «greslette» zu bleiben wie die Madonnen Martin Schongauers, die zu rein, zu mystisch sind, um uns menschlich zu rühren. Man bewundert in ihnen den Maler, nicht den Gegenstand.

Eine Statue des «Saint Roch» zeigt einen Leprakranken, der seinen Mantel öffnet und sein wundenbedecktes Bein zeigt. Das furchtbarste Bild von Grünewald aber ist der «Malade de la Tentation», dieser von Pestbeulen befallene Körper, der die Mediziner interessiert.

Sogar auf alten Gobelins finden sich Andeutungen dieser damals grassierenden Krankheiten. Eine gotische Tapisserie des 15. Jahrhunderts stellt einen Jungbrunnen dar, eine «fontaine de jouvence» mit eingewebten, altdeutschen Spruchbändern, ein sehr seltenes Stück von großem Wert. Die Legende des heilbaren und verjüngenden Wassers, in das gichtverkrümmte alte Männer und sieche Weiblein mühsam humpeln und aus dem sie frisch und strahlend jung hervorgehen. Von der Undankbarkeit der Menschen zeugen die eingewebten Worte dieses Gobelins:

«Ich lobe Got, ich alter man,
das ich den burnen funden han.
Sind wir genesen also die alten,
wolen unser gelt gar wol behalten ...»

* * *

Auf der Fahrt, auf einer kleinen französischen Station, stiegen zwei Frauen in Trauer zu mir ins Abteil. Mutter und Tochter, die, wie ich, von einem Friedhof kamen. Ich half ihnen beim Einsteigen. Die alte Frau dankte und setzte sich in die Ecke ans Fenster, sie schien erschöpft ... Ihr schwarzes Kleid war an den Knien mit Erde beschmutzt, als ob sie am Boden gekniet habe, und es hingen Blätter und Dornen an ihrem Rocksaum. Die Tochter, eine blonde, hübsche, redselige Westfälin, erzählte von ihren Irrfahrten, bis sie das Grab ihres Bruders gefunden hatten. Er war nicht auf einen großen Militärfriedhof gekommen, sondern auf den Friedhof eines kleinen Dorfes. Sie hatten diese Reise schon lange machen wollen, hatten aber nie Zeit dazu gefunden. Wie ich. Sie hatten eine Wirtschaft auf einem Zechendorf. «Und Sie wissen ja, wie's da zugeht, Madame», sagte die junge Frau, die sich immerfort die heiße Stirn wischte und den sonnverbrannten Hals. «Immer hat man aufzuräumen und da zu sein. Mein Bruder lebt ja nicht mehr. Er war der letzte von vier Söhnen. Nur ich bin übrig geblieben, mein Bräutigam ist bei Lüttich gefallen ... Beim Sturm auf Lüttich.» Sie und ihre Mutter führten nun das Geschäft allein weiter. Es war ein Laden dabei mit Spezereiwaren, und der Garten will auch besorgt sein und die Hühner. Aber die Mutter hatte auf einmal keine Ruhe mehr gehabt. Sie war im Winter krank gewesen, Lungenentzündung. Es stand schlecht. Die Tochter warf einen Blick nach der alten Frau, die stumm in ihrer Ecke saß, man wusste nicht, hörte sie zu oder nicht. Sie sah hinaus auf das grüne, fruchtbare Land, aber ihre Augen schienen nichts von dem zu sehen, was an ihr vorbeizog. Es lag ein Lächeln auf ihrem faltigen Gesicht. Es hingen Dornen an ihrem Kleid. Eine Mutter, dachte ich. Ihre verarbeiteten Hände lagen in ihrem Schoß ..., ausruhend von einem Leben voll Arbeit.

«Wir waren fünf Geschwister», erzählte die Tochter. «Vier Brüder und ich. Zwei sind in Russland gefallen, einer ist im Meer ertrunken, und der Jüngste ist hier gefallen. Die Mutter ist seitdem wie versteinert ... Sie geht im Haus herum und tut ihre Arbeit, aber sie denkt den ganzen Tag an den Jungen. Aber diesen Winter, als sie so krank war und wir nicht mehr glaubten, dass sie's packen würde, Madame, da hat sie plötzlich wieder davon angefangen: Ich muss ihn suchen, ich will an sein Grab. Wir haben das Geschäft geschlossen und sind fort. Wir sind lange gefahren bis wir den Kirchhof gefunden haben. Wir haben gesucht und gesucht, auf der Bürgermeisterei, der Polizei und den Pfarrämtern; aber die Mutter hat nicht geruht, bis wir sein Grab fanden.

Sie ist niedergekniet und hat sein Grab gestreichelt und das Holzkreuz mit seinem Namen geküsst. Sie hat einer Frau Geld gegeben, dass sie das Grab begießt, wenn sie ihren Sohn besucht, ein junger Franzose, gerade so alt wie unser Walter. Sie liegen nebeneinander. Dann haben wir's in Ordnung gebracht und ihm einen wilden Rosenstock draufgesetzt, denn die kommen immer wieder, die wilden Rosen. Und jetzt ist sie glücklich.»

Ich schaute zu der alten Frau herüber. Sie saß still in ihrer Ecke mit gefalteten Händen und schaute vor sich hin. Ein verklärtes Lächeln lag auf dem weißen, stillen Muttergesicht.

Plötzlich sah die Tochter die Erde und die Dornen an dem schwarzen Kleid der Mutter. Sie wollte die Blätter wegnehmen und die Erde abschütteln, aber die alte Frau hielt schützend die Hände über ihr Kleid. «Lass es, lass es, Marie!»

Nie werde ich die alte Frau vergessen, mit der ich in die Heimat zurückfuhr, noch ihr stilles Gesicht und ihre verarbeiteten Mutterhände, mit denen sie die Erde beschützte, die ihren Sohn deckte ... Und die Dornen in ihrem Kleid ...

* * *

«Na, da sind Sie ja glücklich wieder daheeme», empfängt mich Frau Korzfleisch abends auf dem Bahnhof. Stämmig, untersetzt, blond, breitschultrig in dem hellen Jackenkleid von mir, steht sie vor mir und ergreift meinen kleinen Koffer. Für die Kinder war's schon zu spät, und der Dieter und Margot waren noch gar nicht zu Hause. «Die sind heut bei Fetts zu 'nem Bällchen» ... Sobald wir in der Straßenbahn sitzen, legt sie los. «Damit Sie sich nicht erschrecken, Frau Nordeck, wenn wir heimkommen, der Herr Meyer hat gekündigt» ... «Warum?»

«Na ja, es war so allerlei. Sie war'n ein bisschen unruhig, die Ginder. Und er hatte immer so 'ne Zettel hingelegt auf die Gommode, dass er sich den Lärm verbitte, aber da war nun nischt zu machen. Sobald Sie fort waren, kamen die Freunde, dem Dieter seine und der Ulla ihre, dem Ben seine, eine ganze Horde, und da war's denn vorbei mit dem Frieden. Da konnte ich reden und reden, und der Herr Meyer hat wohl ein Dutzend Zettel geschrieben: Ich bitte um Ruhe. Aber die hat der Dieter im Hausflur angenagelt, und da hängen sie nun. Und er sagte, es hätt einer mit seiner Feder geschrieben, und sein Löschblatt wär weg. Er ist ja sehr empfindlich, der Herr Meyer. Und eines Tages war denn das Ginderfest.»

«Was für ein Kinderfest?»

«Na, mit dem Ben seinen Kameraden. Sie haben Krieg gespielt. Das war ja was für den Herrn Meyer! Krach wie beim Sturm auf Lüttich! Der Küchenschrank ist umgefallen, und das ganze Geschirr – na, erschrecken Sie nur nicht gleich, es war ja nich das gute Geschirr ... Dabei hat sich Ben das Bein verstaucht. Ich hatt gleich Arnika aus der Apotheke geholt und den Doktor, den Herrn Heinzmann, das war der Nächste. Nun hinkt er noch ein bisschen, aber in die Schule kann er schon gehen. Und der Ulla ist doch das bei den Riedekes passiert, die mit den vielen Gindern, wo sie Gesellschaftsspiele spielten, und die Ulla, die so 'n bisschen stürmischer Natur is, is ins Aquarium gefahren, und all die Goldfische sin ins Zimmer geschossen, die Frau Riedeke war schon da mit der Rechnung. Sie war sehr aufgeregt. Und die Ulla hat geheult, dass man's bis in die Heide hören konnt. Aber davon wird nadierlich kein Aquarium wieder ganz. Und am nächsten Tag is das mit dem Dieter seinem Rad passiert ... Er hatte nämlich mit seinen Freunden eine Dagestour gemacht, und es war ihnen an der Unterführung draußen, wo's so den Berg runtergeht, 'ne Fuhre in den Weg gegommen, und da is es denn passiert ... Viere gleich übereinander in den Straßengraben, und alle Räder kaputt. Und der Dieter hat doch keins, dem hatte einer eins geliehen. Nun hat er's zu einem gebracht, dersch ihm flicken wird. Na, und der Herr Meyer will ziehen. Er sagt, das wär kein Haus für ihn. Wie das nämlich mit dem Küchenschrank passierte und die da drunten mit den Pistolen und Säbeln vom seligen Herrn Hauptmann aufeinander losgingen, is er heruntergekommen und hat sich beschwert. Aber ich sagte, es sind Ginder, Herr Meyer. Wenn Sie selbst welche hätten, würden Sie's auch nicht so genau nehmen. Aber er will nu doch ziehen. Es is ihm zu viel Krach. Die angenagelten Zettel hat er auch sehr übel genommen. Aber wir kriegen schon jemand in das Zimmer. Mein Mann hat immer Studenten an der Hand. Und wenn's kein Student is, dann ist's vielleicht ein Professor, der keine Frau mehr hat. Die ziehen ja gern ins Einsame und merken nischt von dem ollen Friedhof.»

«Und wo waren Margot und Dieter, als diese Schlacht tobte?», fragte ich, als sie einmal Atem schöpfte.

«Na, die waren doch auf dem Gartenfest bei Fetts.»

«Dieter auch?»

«Na ja, das is doch sein neuester Schwarm, die Elli ...»

Angenehme Neuigkeiten, die auf mich gewartet haben!

«Gestern Abend hat einer um zehn Uhr geschellt», erzählte Frau Korzfleisch. Als sie ans Gartentor kam, stand da ein Kerl und fragte nach einem Zimmer. Und er sah gar nicht aus, als ob er ein Zimmer brauchte. So einer mit ausgefransten Hosen und rotem Halstuch. Na, dem hatte sie denn Bescheid gesagt. «Wir sind fünf Mann daheeme, und zu holen gibt's hier nischt.»

«Das haben Sie recht gemacht, Frau Korzfleisch. Ich bin Ihnen sehr dankbar.»

«Jawohl, aber mein Mann war nicht zufrieden. Er sagte: Biste eigentlich mit mir verheiratet oder mit den Nordecks?

Na, da sind wir ja endlich. Die 58 bummelt immer so. Die ham hier eine Zeit!»

Wir steigen aus und gehen über den Feldweg auf die stille Heidukstraße zu. An der Ecke verabschiedete sich Frau Korzfleisch. «Sonst macht mein Alter Krach.»

* * *

Ich wusste in den ersten Tagen nicht, wo zuerst anfangen mit Aufräumen und Arbeit.

Frau Korzfleisch hat sich meines Haushaltes angenommen, aber überanstrengt hat sie sich dabei nicht. Margot behauptet, sie hätte mehr vor der Tür gestanden als im Haus, und die ganze Straße habe gewusst, dass ich nach Frankreich gereist sei und sie das Haus verwalte und auf die Kinder aufpassen müsste.

«Lächerlich», sagt Margot, «auf mich braucht niemand aufzupassen, am wenigsten die Korzfleisch.»

Mein armer Garten ist vertrocknet bis auf den Grund. Das Gras ist versengt, die Blumen sind verdorrt, und Bens Karnickel haben den Salat gefressen. Ich nahm mir Dieter vor. «Also, Dieter, was ist das für eine Sache mit dem Fahrrad?» Dieter pariert mit einer Klage, dass er kein Rad besitzt. Alle aus seiner Klasse haben Räder, nur er nicht, und wenn sie einen gemeinsamen Ausflug machen, muss er sich natürlich eins leihen. Es hat ihm einer eins von seinem Bruder geliehen, und sie fuhren ein bisschen rasch, und bei der Unterführung geschah's. Der Lastwagen kam um die Ecke, es ging bergab, sie konnten nicht mehr bremsen, und im Augenblick lagen sie alle übereinander im Straßengraben. Der anderen Räder waren auch kaputt, aber die hatten ja ihre eignen mit, nur er nicht. Nun musste er diesem Bruder, der auf Prima sitzt, «so ein Langer mit einer Brille», sein Rad machen lassen. «Es ist gar keine ‹affaire›, Mama.» Er hatte schon einen Freund, der ihm das Geld dazu vorschießen wollte. Ich sollte gar nichts davon wissen. Wenn die Korzfleisch den Mund gehalten hätte, hätten wir nichts von der Geschichte erfahren, aber die musste ja reden. «Eine kleine Anzahlung allerdings muss ich dem Mann machen, Mama. Zwanzig Mark wenigstens.» Ich gab sie ihm. Zum Predigen war mir nicht zumute. Und es ist eine solche Ebbe in meiner Kasse!

Dann komme ich auf Elli Fett. Dieter wird rot und braust auf.

«Also darüber hat sie auch geklatscht, die alte Ziege?»

«Bitte, Dieter!»

«Na ja, wenn mich mal ein Mädel besucht, der ich ein Buch geliehen hab.»

«Was für ein Buch?»

«Du kennst es ja doch nicht. Du würdest es nie lesen, Mama. Ist ja auch egal ... Ein französischer Roman, den mir einer aus meiner Klasse gab. Elli wollte ihn lesen, und ich gab ihn ihr, und da ist sie mal abends hier gewesen im Garten und hat ihn mir zurückgebracht.»

«Und Margot?»

«Die war gar nicht zu Haus», sagt Dieter und schaut an mir vorbei.

«Es ist wirklich nichts dabei, Mama, du brauchst mich nicht so anzusehen. Andere machen ganz andere Sachen, gehn mit Mädels ins Kino oder ins Freibad und zelten draußen. Ich mache mir gar nichts aus ihr, übrigens.»

Ich weiß nicht, ob ich das alles glauben soll. Sein hübsches Gesicht sieht so fremd und feindlich aus. Er ist nicht mehr offen gegen mich, er lügt mir etwas vor ... Mädels ...

die anderen aus seiner Klasse … französische Romane, die man sich unter der Bank weitergibt.

Aber haben wir's denn anders gemacht früher …?

Er steckt die zwanzig Mark in die Tasche und geht auf sein Zimmer. Er hat sich nicht einmal entschuldigt, mein Herr Sohn.

Das Kinderfest, das Ben eigenmächtig veranstaltete und das mich mein Porzellan und den Küchenschrank gekostet hat, entschuldigt Ben damit, dass er immer von den anderen aus seiner Klasse eingeladen würde und er sich habe revanchieren müssen, es sei Ehrensache gewesen. Und da es gerade Sommer war – «und ich nicht da war, nicht wahr»?

Bens Augen strahlen verlegen. «Ja, Mama, wenn du da bist, dürfen sie doch nicht ins Haus … Und es passte so gut. Wir waren allein.»

«Und Frau Korzfleisch?»

«Die war ins Kino gegangen an dem Tag.»

«Du hättest Ben eigentlich durchhauen müssen», meint Margot. Aber davon wird mein Porzellan nicht wieder ganz. Ich habe auch keine Lust, jemand durchzuprügeln. Ich wüsste nicht einmal, womit. Den letzten Rohrstock hat Ulla beim Ausklopfen der Kleider zerbrochen … So wird Ben, wie es in der Gerichtssprache heißt, mit einem Verweis entlassen, worüber er sehr froh ist und draußen laut pfeift.

«Da siehst du's, was es für einen Eindruck gemacht hat», sagt Margot.

Ulla darf wegen des vertrockneten Gartens am Sonntag nicht schwimmen gehen und bekommt keinen Pudding.

Die «vielen Schularbeiten» haben scheinbar nichts genützt, denn sie hat ein Buch vom Klassenlehrer mitbekommen, in dem ich unterschreiben muss, dass ich davon Kenntnis genommen habe, dass Ulla Ostern nicht versetzt werden wird, wenn sie sich nicht mehr anstrengt.

«Ich strenge mich ja an!», heult Ulla. «Ich kann doch nichts dafür, dass ihr mir ein Funkegehirn eingesetzt habt. In meinen Kopf geht einfach nicht mehr hinein!»

Aber ich glaube ihr nicht. Die Warnung Onkels vor meiner Abreise hat mich misstrauisch gemacht. Es ist mir nachträglich aufgefallen, wie bereitwillig Ulla sich zu der entlegenen Gärtnerei begibt und die schweren Körbe mit Gemüse, Salat und Obst über die Halde trägt und sich nicht fürchtet, über die einsame Halde zu gehen, wenn's dunkelt. Ich muss ihr das verbieten.

«Ich will nicht», sage ich, «dass du immer zu diesen Leuten gehst. Man kann das alles auf dem Markt bekommen. Künftig kaufen wir dort.»

Das Verbot hat eine ungeheure Wirkung.

«Jetzt hab ich mich so angestrengt für euch», schluchzt Ulla, «hab die schweren Körbe angeschleppt, und nun bist du auch noch böse!»

Sie verlässt mich und geht heulend in die Küche, wo die Korzfleisch Wäsche einsprengt.

«Herrje», sagt die Korzfleisch. «Was haben sie dir denn getan, du armes, kleines Luder?»

«Die Mama hat gesagt», schluchzt Ulla. Und dann höre ich meine ganze Predigt wieder, unterbrochen von dem Bedauern der Korzfleisch, die in Mitleid zerfließt ... Sie findet mich zu streng gegen meine Kinder. «Ginder sind Ginder», meint sie. «Aus Predigen und Durchwichsen machen die sich gar nischt.»

Ich glaube es fast selbst. Ich habe früher meiner Mutter auch nur mit halbem Ohr zugehört, wenn sie in strafendem

Tone anhub: «Oliva, deine Schubladen! Oliva, wenn du noch einmal …»– usw.

Ich bin allmählich fest davon überzeugt, dass die eigentlichen Erzieher weder die Eltern, die Lehrer oder sonst jemand sind, sondern … das Leben.

Aber ich kann mir leider nicht noch einmal ein zerbrochenes Essservice leisten und zerbrochene Räder, und was es sonst ist. Ich gehe mit strenger Miene durch ihre Zimmer, tadle und räume auf, ich flicke ihnen die Sachen, nähe Knöpfe an und bin böse, wie der Herr Meyer.

* * *

Herr Meyer ist am ersten Oktober ausgezogen. Vorher gab's noch eine große Abrechnerei wegen zu viel gezahlter Milch. Er legte mir sein schwarzes Wachstuchnotizbuch vor, in dem jeder Pfennig und jedes Glas Bier eingetragen stehen. Darin hat er festgestellt, dass er mir zu viel für gelieferte Milch bezahlt hat. Da der Liter 21 Pfennige kostet, er aber nur ein zehntel Liter pro Tag bekommen hat, so hätte er dafür nicht fünf, sondern rechtmäßig nur zweieinhalb zu zahlen. Da man einen Pfennig nicht teilen kann, will er mir drei Pfennige bewilligen, aber keine fünf. Und er hat ausgerechnet, dass er in zwei Monaten, also 60 Tagen, 60 mal zwei Pfennige zu viel gezahlt hat, die ich ihm zurückerstatten muss. Was ich denn auch tat.

Er sagte uns mit geschlossenen Augen noch einige Liebenswürdigkeiten zum Abschied …, z. B., dass ich behauptet habe, das Zimmer sei das kühlste Zimmer, aber es sei das heißeste gewesen und habe die meisten Fliegen gehabt. Und der Haferbrei sei meist angebrannt gewesen.

«Sonst noch etwas, Herr Meyer?», fragte Margot, die dabeistand.

«Nein, mein Fräulein, das ist alles. Das heißt», fügte er hinzu und setzte seinen Hut auf, «das ist noch lange nicht alles ... Vermieten will nämlich auch gelernt sein ...» Mit dieser galanten Geste streicht er sein Geld ein und sichert sich einen guten Abgang. Die Begleitung der Korzfleisch zur Straßenbahn lehnt er ab. Das würde ihn ein Trinkgeld kosten, und Herr Meyer ist grundsätzlich gegen Trinkgelder.

Margot hält ihm die Tür weit auf ... Er greift an seinen Hutrand, Herr Meyer ist in einem Verein gegen Abnützung der Hüte, er trägt einen weißen Knopf am Hut, er braucht daher nicht zu grüßen.

Kaum ist er draußen, brechen die Kinder in ein tolles Gelächter aus. «Schschsch!», fahre ich dazwischen.

Margot setzt Dieters Hut auf und markiert Herrn Meyer.

«Der wird uns jetzt schön in der Stadt verschreien», meint die Korzfleisch. Wir werden im Leben niemand mehr für das Zimmer finden, fürchtet sie. Wir sind «keine Leute zum Vermieten». In der Heidukstraße ist es natürlich schon herum, weshalb Herr Meyer mein Haus verließ. Da ich den Zettel nicht mehr auszuhängen wage, aber auch nicht auf die Miete verzichten kann, gebe ich eine kleine Anzeige im Generalanzeiger auf. Am selben Abend erscheint bei uns eine Riesin in einem gelben Blumenkleid mit vielen Volants, das sie noch dicker macht, und einem lila Blumenhut mit roten Levkojen. Die Leute schwärmen hier für bunte Farben. Sie hatte außerdem noch ein Wollblumenbukett an ihrem Busen. Sie stellte sich vor: Amanda Timm, Empfangsdame bei einem Fotografen am Bahnhof ... Es war ihr dort zu unruhig, und sie fand hier draußen die Luft besser. «Wie auf 'n Lande.»

Das Zimmer gefiel ihr, wenn es auch etwas eng und niedrig war und das Bett zu kurz für ihre Größe, und die Aussicht auf den Friedhof war auch nicht gerade das, was sie suchte, aber der Balkon gab den Ausschlag, denn sie war «sehre für Luft»; sie fragte, ob man darauf Sonnenbäder nehmen könnte. «Gewiss, im Sommer», sagte ich.

«Ja, natürlich, nicht im Winter», sagte die Riesin.

Sie wollte das Bett ans Fenster und den Schreibtisch, den sie nie benutzte, in die Ecke gestellt haben, und ein Kissen wünschte sie für den weißen Stuhl, denn auf harten Stühlen bekam sie Ischias, und deshalb brauchte sie sehr viel Sonne. Sie fragte mich, ob der Oktober noch lange warm bliebe und das Zimmer auch Morgensonne habe. Ob es nach Osten läge oder nach Süden.

Sie hatte am Bahnhof in einem Loch ohne Sonne gewohnt. Dieses Zimmer gefiel ihr, weil es hell und freundlich war. Allerdings fand sie den Preis dafür zu hoch für die Gegend. Sie wollte ihn herunterhandeln, und ich war schon halb dazu bereit, um endlich Ruhe zu haben ... Aber Margot sagte, «die Studenten zahlten noch mehr für ihre Buden, und wenn sie das Zimmer nicht haben wollte –»

«Aber bitte sehr», sagte die Riesin, «ich hab es ja schon gemietet. Oder vermieten *Sie* hier die Zimmer?»

Sie entnahm einer grünen Ledertasche zehn Mark, die sie mir reichte als Anzahlung, und ging, indem sie mich grüßte, aber Margot übersah. Sie watschelte die Straße herunter in ihrem hellen Blumenkleid. Die spielenden Kinder schauten erstaunt der Erscheinung nach.

Am Abend zog sie ein mit mehreren Koffern, die ein Dienstmann heraufpolterte. Er schwitzte dabei und schimpfte über die Hühnerleiter.

Als Ulla heraufkam mit den Hutschachteln und Handtaschen, war das ganze Zimmer bestreut mit Kleidern, Schuhen und Wäsche. Die Riesin stand in einem blau gestreiften Badeanzug im Zimmer und hatte Fenster und die Balkontür weit aufgerissen … «Ich bin nämlich sehr für gute Luft», sagte sie.

Für Ordnung schien sie weniger zu sein, denn als am nächsten Abend die Korzfleisch heraufkam, um die Koffer fortzuschaffen, sah das Zimmer noch genau so aus, und die Riesin saß im Schaukelstuhl auf dem Balkon in der Sonne und rauchte und las die Abendzeitung. Ihr gebleichtes Wuschelhaar leuchtete in der Sonne wie eine Flachsperücke.

«Wo soll ich denn mit dem Zeiche hin?», so fragte die Korzfleisch, auf die Koffer deutend, die da herumstanden mit aufgesperrten Rachen.

«Wohin Sie wollen», sagte das Fräulein mit großartiger Gebärde.

Darauf schob die Korzfleisch die Koffer auf den Speicher zwischen die strohverpackten Waschschüsseln der Firma Kumpel und Söhne.

«Nee, gnädsche Frau», sagte sie zu mir, «das is nischt, was wir da erwischt ham … Hätten Sie mich mal machen lassen. Mein Mann hätt Ihnen feine Herren gewusst für das Zimmer.» Aber ich habe eine gewisse Angst vor feinen Herren wegen Margot.

* * *

Es ist Nacht. Ich sitze an meinem Schreibtisch und sehe meine Post durch, die während meiner Reise gekommen ist. Es ist nichts Besonderes. Rechnungen, Mahnbriefe, Drucksachen, einige Firmen von Schneidern, Friseuren und Putzmacherinnen, die mir – der Nichte von Herrn Adolf Funke – ihre erstklassigen Dienste anbieten und noch immer nicht wissen, dass ich umgezogen bin. Eine schöne Karte von Beate, die in den Vogesen in einem wundervollen Hotel sitzt. «Wenn du doch auch hier wärst!» Aber ich bin nicht dort, ich bin hier, mein Kopf ist voll Zahlen und Wirtschaftsangelegenheiten. Ich rechne aus, ob wir mit den Kohlen auskommen, ob ich ein, zwei oder drei Räume heizen kann, denn es ist kalt geworden, und Fräulein Timm, so sehr sie für Luft ist, hat sich schon beklagt, es sei zu kalt bei ihr, es müsste besser geheizt werden.

Die gute Sonne, die uns bis Ende Oktober wärmte, scheint nicht mehr. Raue Winde wehen über die herbstliche Halde, und die Heidukstraße sieht aus wie leer gefegt.

Kohlen, Kleider für die Kinder ... Ich ziehe sie im Geiste aus und an, Dieter muss einen warmen Mantel haben, Onkel hat mir einen versprochen, aber er rückt ihn nicht heraus. Fräulein Nachtigall findet ihn wahrscheinlich noch zu gut dafür. Ben muss ich Dieters alten Mantel zurechtmachen, der schon recht verschabt ist, mit Trennen, Wenden und Stückeeinsetzen ... Die Mädchen müssen warme Blusen haben. Ich hab mein einziges warmes Kleid für Margot zugeschnitten, aber es gefällt ihr nicht. Elli Fett kauft ihre Kleider fertig in Leipzig in einem großen Geschäft, Und Frau Korzfleisch erwartet auch etwas Besonderes für ihre Dienste während meiner Reise. Ich hab ihr eine Bluse versprochen und muss diese aber erst mit neuem Kragen und Manschetten versehen. Das Essservice, das mir die Firma Kumpel geliefert hat, ist auch noch nicht bezahlt. Alle diese Fragen beschäftigen mich in der Nacht, da ich tagsüber dazu keine Zeit habe.

Der Garten muss für den Winter zurechtgemacht werden, die Sträucher beschnitten und umgesetzt. Der Rasen muss gemäht werden, aber der Mäher ist nicht gekommen. Die Dame von nebenan war so gütig, uns ihre Rasenmaschine zu leihen. Sie tat es nicht gern, sie sagte zu Ben, «wer einen Garten hätte, müsste auch die Geräte dazu haben, eine Stunde dürften wir sie benutzen». Er kam mit dem wackligen Ding an und machte sich gleich an die Arbeit. Aber ob er sich allzu sehr damit beeilt hat oder ob es Bens ungeschickte Hände waren, jedenfalls stand die Maschine nach einer halben Stunde heftigen Gebrauches plötzlich still ... Es war etwas darin zerbrochen, stellten wir fest. Neue Kosten, neue Sorgen, und mein Rasen blieb ungeschoren, er sieht verwildert aus wie eine Prärie.

Die Maschine trug Ben zum Mechaniker, und die alte Dame ist seitdem böse mit uns. Ihr Papagei, der auf der Veranda sitzt und vor sich hin schnackert, ruft, sooft er mich sieht: «Gutte Moche.» Er ist aus Wiesbaden hergekommen mit seiner Herrin. Manchmal sagt er auch: «Musst dich nit ächere ... Gutte Moche, gutte Moche ... Bleiwe Sie gesund.» Ich muss etwas erfinden, das uns über diesen Winter weghilft.

Ich muss etwas verdienen ... Ich muss irgendetwas ergreifen. Aber was? Zu allen Tätigkeiten, die Geld bringen, muss man erst monatelange Studien machen, und wie fände ich dazu Zeit? Mir bleibt nur die Nacht, wenn alles um mich still ist und das Haus schläft, wenn ich mit mir allein bin ...

In dieser Novembernacht, während der Regen an die Fenster schlug und draußen auf der Halde der Wind heulte, stand plötzlich das Bild der alten Frau im schwarzen Kleid vor mir, die mir in der Bahn gegenübersaß und ihre Hände schützend über ihr Kleid hielt, an dem noch die Erde hing, die ihren Sohn bedeckte, und die Dornen. «Eine Mutter» – «Nie werd ich dich vergessen …» Diese Erinnerung wurde zu einem Gedicht. Ich schrieb es nieder in der Nacht und schickte es dem Generalanzeiger. Zu den Berliner Zeitungen, die so wählerisch sind, hatte ich keinen Mut. Denen kann ich's immer noch schicken, wenn der «General» es ablehnt. Er lehnte es nicht ab. O Wunder, er hat's gebracht. Am Allerseelentag stand es groß in der Sonntagsnummer, gezeichnet mit O. N.

Am nächsten Nachmittag kam Dieter damit an. «Ist das etwa von dir?», fragte er.

Ich wurde rot. «Ja», sagte ich. «Wie kommst du denn darauf?»

«Na», sagte er, «die ganze Klasse weiß es schon. Einer fragte mich, ob meine alte Dame unter die Dichter gegangen sei.»

«Und was hast du da gesagt?»

«Ich hab ihm eine runtergehauen», sagte Dieter.

«Das ist doch nichts, weshalb du dich zu schämen brauchst», sagte ich.

«Gewiss nicht, aber wenn einem so was vorgelesen wird mit falschem Pathos und die andern darüber lachen, das ist nicht sehr angenehm. Es wäre mir lieb, wenn du künftig keine Anfangsbuchstaben unter deine Dichtungen setztest oder sie nicht hier veröffentlichen ließest.»

Ich hatte eine rasche Antwort auf der Zunge, aber ich überlegte es mir und sagte nur: «Gut …, ich werde Rücksicht auf deine Sekundaner nehmen.» Künftig bekommt der Generalanzeiger nichts mehr von mir.

Er schickte mir fünf Mark dafür. Dafür bekommt man schon einen Sonntagsbraten.

Es ist merkwürdig mit diesem Gedicht. Wohin ich es schicke, wird es gedruckt, einige Zeitungen fragten gar nicht erst und druckten es so. Eines Tages bekam ich einen Brief aus Kesselstadt von einer unbekannten Dame. Sie schrieb mir, das Gedicht habe sie tief erschüttert. Sie wollte sich persönlich dafür bedanken und mich besuchen, sobald sie in die Stadt käme. «Mary Bendler» stand unter dem mattblauen, silbergesiegelten schmalen Brief mit einer sehr fließenden Schrift, die mir das Bild einer anmutigen, eleganten Frau vorzauberte. Frauen schreiben an mich, die meine Adresse aus ihrer Zeitung erfahren haben, ehemalige Soldaten aus dem Weltkrieg, Väter und Söhne.

«Was bekommst du denn auf einmal für viele Briefe?», fragt Margot …

«Mama hat ein Gedicht gemacht», verkündet Ulla ihrer Klasse.

Ben staunt mich an. «Wie viel Geld wirst du jetzt dafür bekommen?», meint er.

Das Geldergebnis war weniger groß. Hier und da kamen ein paar Mark als Nachdruckgebühr, einige Zeitungen ließen sich sehr dazu ermuntern oder antworteten überhaupt nicht. Eine große westfälische Zeitung bat mich um mehr. Ich schickte ihr meinen «Abend auf einem Friedhof». Sie nahmen's und schickten zehn Mark dafür.

«Jetzt kann ich mir aber einen Bock anschaffen, gelt, Mama?»

«Nein, erst kommt mein Fächer für die Tanzstunde», sagt Margot.

«Und ich?», sagt Ulla, «krieg ich gar nichts?»

Aber ich habe Dieter einen neuen Tennisschläger versprochen, da er den zweiten Preis beim Wettspiel mit seinem alten Schläger bekommen hat. Es lag nur an seinem elenden Schläger, der noch aus meinen Tennistagen stammt, dass er den zweiten Preis bekam. Dieter ist erste Preise gewöhnt. Er gibt jetzt Nachhilfestunden in Latein und Griechisch an Quartaner, die sitzen geblieben sind. Er will sich dadurch seine Anzüge verdienen. Aber die kleinen Quartaner bezahlen nur eine Mark pro Stunde, der Wintermantel ist noch lange nicht dabei herausgekommen. Immerhin ist es ein Anfang. Da Dieter nun mit in die Verdiener des Hauses eingetreten ist, hat er seine freie Zeit dafür nötig, und er trainiert eben in der Turnhalle zu den Frühjahrswettspielen.

Meine Tochter Margot braucht für ihre Tanzstunde auch allerlei zu ihrer Verschönerung. Sie legt großen Wert auf ihre Locken, sie weiß, dass sie schönes Haar hat, das der Hege bedarf, und sie pflegt es auch. Sie hat immer Geld nötig.

Meine Kleinen pflegen sich nicht, aber sie zerreißen dafür umso mehr. Wenn ich etwas mehr verdiente, könnte ich mir eine Näherin halten, aber mit Gedichten verdient man zu wenig. Ich muss Novellen schreiben. Solche, wie sie unser Generalanzeiger seinen Lesern serviert, kann ich auch schreiben, aber ich müsste dazu die Nacht nehmen, und ich bin abends so müde von meinem Tag, dass ich um zehn Uhr oft über meiner Flickerei einschlafe.

* * *

Fräulein Timm ist eine Dame, die man im Hause spürt. Wenn sie mit ihrem gewaltigen Körper sich die knarrende Holztreppe hinaufwiegt, hört man es im ganzen Hause. Ihre Schritte sind wuchtig, sie rückt immerfort Möbel hin und her und hat ständig etwas auszusetzen. Einmal ist das Zimmer zu kalt, dann will sie etwas besorgt haben, oder ihre Schuhe müssen zum Schuster gebracht werden. Ben trug neulich ihre Hutschachtel zu ihrer weit entlegenen Putzmacherin. Sie hat immer Aufträge für uns und lässt durchblicken, dass sie ein viel größeres, schöneres und wärmeres Zimmer haben könnte zu einem «ganz anderen Preise», ein Zimmer, das nicht auf einen Friedhof sieht ... Diese Aussicht macht sie melancholisch.

Aber der Kachelofen, den mir die Firma Kumpel setzen ließ, ist ein eigensinniger Geselle, er nimmt nie mehr als zwölf Briketts auf und besinnt sich sehr lange, bis er Wärme von sich gibt, und um neun Uhr geht er aus. Das ist seine Schlafenszeit. Wenn man seine Türe öffnet, wie es Fräulein Timm oft tut, verbreitet er einen fürchterlichen Duft, als ob der Teufel ins Zimmer gekommen sei. Über alles beklagt sich Fräulein Timm.

Die Kinder sind nicht höflich gegen sie. Dieter grüßt sie nicht, wenn er ihr begegnet. Margot gibt immer kurze, schnippische Antworten. Ben hat ihr eine Kaffeetasse zerbrochen, und Ulla vergisst immer alles, was sie ihr besorgen soll. Sie bezahlt ihre Miete pünktlich. Sie wird hoffentlich nicht darauf kommen, im Winter auszuziehen, denn im Winter ist die Heidukstraße keine günstige Gegend, im Winter kommt niemand hier heraus, Zimmer suchen.

Und mein Haus ist kalt. Daran lässt sich nichts ändern. Der Meerkater war wieder da, um die Kachelöfen nachzusehen, er hat daran herumgeschmiert und sie ausgeräumt, aber sie brennen nach wie vor nicht gut, die Zimmer werden nie über 12 Grad warm.

Vor Weihnachten hatten wir alle Halsentzündungen, wir

lagen abwechselnd im Bett. Ich habe Wärmeflaschen in die Betten gestellt, aber sie helfen nur nachts.

Die Küche ist ein kleiner Eiskeller, der einzig warme Raum ist mein blaues Zimmer, worin wir uns abends um den Ofen versammeln. Wir leben darin und essen jetzt in Margots Schlafzimmer … Und an meinen Fenstern blühen Eisblumen, die den ganzen Winter nicht auftauen.

Der kleine Ben spaltet mir Holz und trägt Kohlen aus dem Keller, seine Karnickel haben wir verspeist.

Er hält nun eine Schildkröte und einen Igel, zwei dumme Tiere, die in seiner Stube umherkriechen und auf die man im Dunkeln tritt.

Die Herbstzeugnisse Dieters und Margots waren gut, sie werden beide Ostern versetzt, aber Ulla wird sitzen bleiben, und Bens Versetzung ist sehr fraglich.

Es war ein harter Winter in der neuen Wohnung. 20 Grad Kälte, der Schnee lastete auf dem Dach, das Schneewasser lief durch die Decken. Der Ostwind blies über die Halde. Unser Weihnachtsfest fiel sehr bescheiden aus. Der Baum war klein, und der Festbraten bestand aus einem halben Pfund Gehacktem … Ich kann's nicht ändern. Wir haben heroisch gefroren, ich spüre es noch in meinen Schultern. Man wurde den ganzen Tag nicht warm. Die armen Kinder mussten mit erfrorenen Nasenspitzen morgens im Schneetreiben hinaus.

Im Januar legte sich Margot mit Lungenentzündung. Der Arzt war fürs Krankenhaus, aber das kann ich nicht. Ich wüsste nicht, von was? Onkel findet, dass eine Familie, der «ewig etwas fehlt», in eine Versicherung gehen soll. Aber das ist eine zu große Belastung meines Etats. Abends sitze ich da und rechne und überlege und schiebe das Geld von einem Kästchen ins andere, aber es reicht nie ... Ich muss etwas verdienen, muss Geld schaffen ... Ich hatte an Tante Constanze geschrieben und schüchtern angedeutet, dass die Kinder keine warmen Sachen haben und sich Dieter zu Weihnachten sehnlichst ein Radio wünscht. Sie hat gar nicht auf meinen Brief zu antworten geruht. Sie ist eben mal wieder in einem Winterkurort, im Grandhotel in St. Moritz, wo es den Tag dreißig Mark kostet. Weihnachten hat sie uns eine Schachtel altes Konfekt geschickt und ihrem Paten Dieter 10 Mark. «Immerhin, Kinder, man muss dankbar sein!» Aber es war etwas bitter ... Onkel hat uns zum ersten Feiertag zur Gans eingeladen, einer vierzehnpfündigen mit Rotkraut, Maronen und Äpfeln. Die Kinder sind wenigstens einmal satt geworden an diesem Festtag. Aber ich hatte Migräne von der Kälte und Schulterschmerzen, ich konnte nichts essen. Frau Mary Bendler ist über Silvester in Schierke, sie läuft dort Ski und schickt Schneekarten. Ich soll auch hinkommen, sie lädt mich ein, für acht Tage. Weihnachten im Schnee ... Ein Märchen ... Aber ich kann ja nicht fort! Wer sollte die Zimmer heizen und die Kinder beaufsichtigen? ... Ich habe abschreiben müssen.

Im blauen Zimmer steht ein großer Nelkenstrauß von ihr, mein Trost und meine Freude jeden Morgen, wenn ich aufstehe. Ich habe das neue Jahr in der Heidukstraße damit begonnen, dass ich morgens um sieben Uhr Schnee vor dem Hause fege. Der Schutzmann klingelte mich heraus. «Meine liebe Frau, ich kann Ihnen nicht helfen, aber was sein muss, muss sein ...» Die Korzfleisch war nicht gekommen. Ihr Mann liegt an Grippe, ließ sie mir sagen ... Ich habe geheizt und gekocht und nachmittags etwas Bach gespielt und ein paar Etüden von Chopin ... Mit meinen vor Kälte steifen

Händen klang es nicht ganz wie Chopin. Bach ging schon besser … Ich müsste wieder täglich üben, aber wann, wann, wann? Der Schnee fiel von Weihnachten an – den ganzen Januar durch schneite es Tag für Tag … In Fräulein Timms Zimmer glitzerten die Wände von Eis, die Eiszapfen hingen lang und spitz von der Dachrinne, der Garten war unter Schnee begraben.

«Wenn wir wenigstens ein Radio hätten!», sagt Dieter.

Fräulein Timm hat ein Radio, sie hat sich's zu Weihnachten geleistet. Sie sitzt abends am Ofen, raucht, liest die Zeitung und lässt das Radio spielen. Wir hören's durch die Decke. «Aber es ist doch nicht dasselbe», findet Margot.

Mary Bendler schreibt mir jetzt regelmäßig. Sie will mich kennenlernen. Ihr Mann, der in Kesselstadt Anwalt war, hat in unserer Stadt das Büro eines verstorbenen Kollegen übernommen, sie suchen nur noch ein Haus.

Sie freut sich schrecklich darauf, ihr erster Gang wird zu mir sein. Sie hat keine Kinder, wie es scheint, denn sie spricht nie von ihnen, sie schreibt nur von Musik und neuer Literatur. Sie liest viel. Wir haben schon Bücher getauscht. Meine Bibliothek ist klein, ich habe nie viel Zeit gehabt zu lesen. Jetzt ist ein wahrer Lesehunger über mich gekommen, und ich bin glücklich über die Bücherpakete, die von Frau Bendler eintreffen.

Von Onkel erfuhr ich, dass sie sich hier angekauft haben. Eine große Villa draußen am Zoo. Es ist die beste Gegend der Stadt, große Gärten und schöne Wohnungen. Das Haus hat einem Freund von Onkel gehört, einem Architekten, der nach München gezogen ist. Er hat es gut verkauft an einen Rechtsanwalt aus Kesselstadt, der sehr reich sein soll und hier die Praxis eines verstorbenen Kollegen übernimmt. Onkel kennt alle Leute, aber Bendlers kennt er nicht. Schade, ich hätte so gern etwas von dieser Frau gewusst, von der ich nur die Schrift kenne.

* * *

Der Frühling kam spät in diesem Jahr. Wir waren schon halb erfroren, als er sich schüchtern zu regen begann mit Schneeschmelze und den ersten Veilchen und einem Duft nach frischer Erde ... Ich machte alle Fenster weit auf, damit die nassen Wände trockneten. Die Kohlen haben mich arm gemacht. Vor Ostern wurde ich zu Bens Klassenlehrer bestellt. Er legte mir sehr ernst ein kleines schmieriges blaues Heft vor, in das er öfters allerlei geschrieben hatte, und unter diesen Klagen stand von einer unglaublich groben Hand hingeschmiert «Gelesen, Frau Oliva Nordeck». Ich war entsetzt. Ich fragte den Lehrer, ob er wirklich geglaubt habe, dass ich das geschrieben hätte. Und er sagte mit einem Achselzucken: «Ach, gnädige Frau, es gibt Damen, die haben eine noch viel schlimmere Handschrift als die da. Ich bin mit Handschriften nicht verwöhnt.» Er war nur misstrauisch geworden, weil Ben nach wie vor dieselben Unarten beging und seine Arbeiten montags niemals fertig hatte, sondern sich hinter allerlei Ausflüchten versteckte, er habe seiner Mutter im Haus helfen müssen, oder sie sei schwer erkrankt. Und dann habe er mich am selben Tag in der Stadt getroffen mit einer Einholtasche. Es traf mich hart ... Ich muss den kleinen Kerl bestrafen, und ich strafe so ungern. Das weiß er auch, und meine Strafen machen gar keinen Eindruck auf ihn. Als ich ihn einmal mit meinem Spazierstöckchen bearbeitete, hob er mir eine Nadel vom Teppich und überreichte sie mir ... Er machte große tragische Augen, als ich anfing: «Ben, was hast du wieder angestellt?»

«Gib's ihm nur gehörig», sagt Dieter, «diesem Lügenbold und Fälscher.»

«Der wird noch mal im Gefängnis enden», sagt Margot, die eine tiefe Verachtung für gefälschte Unterschriften zur Schau trägt. Da ich weiß, dass das Spazierstöckchen wenig nützt, habe ich Ben in die Küche verbannt, wo er essen muss, und er bekommt keinen Apfel am Sonntag. Aber er sagte zu Ulla, in der Küche sei es auch schön, und man habe den Brotkasten in der Nähe. Und aus Bratäpfeln mache er sich gar nichts.

Kindererziehung ... Ein Problem für sich ...

Der Juni ist heiß. Ich mache ein und feire Geburtstage. Zum Glück hat sich mein Papierhimmel wieder geöffnet, eine Wiener Zeitung nahm zwei Skizzen von mir und bezahlte sie auch, und ich konnte Geburtstagsgeschenke machen. Bens Wunsch ist eine Uhr ... Alle in seiner Klasse haben Uhren, nur er nicht. «Deine würde ja doch das ganze Jahr beim Uhrmacher sein», sagt Dieter, dem Tante Constanze eine alte Zwiebel von ihrem verstorbenen Mann hinterlassen hat, die immer nachgeht. Eine unmögliche Uhr. Aber, was Tante verschenkt, ist immer irgendwie unmöglich. Sie schenkt das, was sie nicht mehr gebrauchen kann und was andere naturgemäß meist auch nicht mehr gebrauchen können. Immerhin ist sie seine Patin und wird vielleicht einmal ein Testament machen, in dem sie vielleicht, vielleicht auch an Dieter denken wird. Der Junge gefällt ihr. Er ist der geborene Adjutant, sagt sie. Dieters Geburtstag kommt zuerst. Aber die jungen Herren wünschen, allein zu sein. Sie rauchen und reden, und ihre Lachsalven sind das Einzige, was ich von ihnen höre, nachdem ich sie begrüßt habe.

Margots Freundinnen sind junge Damen, die Tennis spielen und Romane lesen, ins Kino gehen, seidene Strümpfe zum Kummer ihrer Mütter tragen, aber die Klasse ist eine Mauer, an der alle mütterlichen Ermahnungen abprallen. Bei dieser Visite gibt es Tee und pikante Brötchen. «Wir sind ja keine kleinen Kinder mehr», sagt Margot.

Ullas Herde, die sie mir ins Haus schleppt, verlangt Schokolade und dicke Kuchen.

Am Geburtstag von Ben kam die halbe Quarta an. Um vier hatte er eingeladen, aber einer kam schon um drei, die anderen kamen wie mit der Pistole geschossen, alle auf einmal ins Haus. Es war ein Getrampel von genagelten Schuhen und ein Sturm auf meinen Streuselkuchen, dass mir angst wurde.

Ulla hatte gehofft, diese Gesellschaft durch ihre Anwesenheit zu bereichern, sie hatte ihr weißes Stickereikleid angezogen und sich das Haar aufgelöst, sie saß obenan. Aber von den Quartanern nahm keiner Notiz von ihr. Die mitgebrachten Geschenke wurden begutachtet und taxiert. Einer brachte einen Gummi, Marke Elefant, einer ein Taschenmesser, das kostbarste Stück, es war zwar schon etwas verrostet. «Aber das kann man putzen», meinte Ben. Einer brachte vier Knallbonbons und einer eine Indianergeschichte, die hauptsächlich auf Flößen spielte. Den Kakao getrunken, den Kuchen gegessen, stürmten sie auf die Straße, um «Räuber und Gendarm» zu spielen.

Ich traf die betrübte Ulla nachher am Fenster stehend und ihnen zusehend. «Willst du nicht mitspielen?», fragte ich. Sie schüttelte ihren Lockenkopf. Sie hatten drum gelost, ob sie mitspielen dürfte, aber es war keine einzige Stimme auf sie gefallen … Nicht einmal ihr Bruder hatte ihr die seine gegeben. Dann wurde für den Pudding aufgedeckt, man brauchte sie nicht zu rufen. Punkt sechs Uhr waren sie wieder alle da und scharten sich um den Tisch und löffelten ihren Reispudding mit Himbeersoße In zwei Minuten waren sie damit fertig.

Ich ging in einen Vortrag in die Universität über neue Literatur und empfahl Ulla aufzupassen. Als ich um acht Uhr heimkam, begegnete mir die Rotte auf der Heidukstraße, sie rissen ihre Mützen ab und trabten an mir vorbei. Meine Wohnung glich einem verlassenen Schlachtfeld. Sie hatten die alten Waffen in der Kiste im «Chaos» entdeckt und sich damit bewaffnet und Krieg gespielt in meinen Zimmern. Alle Teppiche waren aufgerollt, alle Stühle lagen auf dem Boden, in meinem Zimmer waren die Prismen vom Kronleuchter gefallen, im Esszimmer war das Bild eines Nordeckgenerals von der Wand gestürzt, und die große Uhr, die immer mit einem Bums die Stunden ankündigt, war vor Schreck stehen geblieben. Mein Nähtisch war eine Wüste, sie hatten Sicherheitsnadeln gesucht, um sich ihre zerrissenen Hosen festzustecken. Ulla hatte ihnen mit Leukoplast die Wunden und Risse verkleben müssen. Drei Tage hatten wir zu tun, bis wir die Spuren dieses Krieges beseitigt hatten.

Dann setzte ich mich hin und schrieb eine Skizze «Der Geburtstag». Die Berliner Zeitung druckte sie sofort, sie nannte sie «Quartaner» und schickte mir neun Mark dafür. Margot kann sich das ersehnte Exlibris machen lassen, von «einem aus Dieters Klasse». Einen Totenschädel auf einem Kranz Seerosen.

Es wird von den Kindern offenen Mundes bestaunt.

«Was 'n das?», fragt Ben.

«Kitsch», sagt Dieter.

«Versteht ihr nicht», sagt Margot und nimmt es ihnen fort.

«Die Quartaner» wurden von so vielen Zeitungen nachgedruckt, dass ich sie nicht mehr lesen konnte. Jeden Tag erscheint ein Beleg unter Kreuzband, den ich ahnungsvoll öffne ... Es sind immer wieder die «Quartaner». Der Geburtstag hatte sich wenigstens gelohnt.

Mein Garten ist nun fertig, er sieht schon ganz nett aus mit seinen grünen, frisch blühenden Büschen, dem Tulpenbeet auf dem Rasen und den geharkten Wegen. Die Laube ist schön berankt, und wir essen wieder darin. Ben hat einen Karnickelbock und viele Junge, die er zärtlich liebt und beschützt, für die er Futter sammelt in den Nachbarhäusern. Der Igel hat in einer Nacht unbemerkt das Haus verlassen, und die Schildkröte ist eingegangen. Wir sind jetzt beim Verschönern unserer Fassade. Die Firma Kumpel und Söhne hat mir sagen lassen, sie erneuere nichts. Sie habe mir ja gesagt, es sei keine «Komfortwohnung», sie reagiert auf Beschwerden ebenso wenig wie Onkel auf die Briefe seiner Mieter. Er wirft sie in den Papierkorb. Wenn er sie alle beantworten sollte, müsste er sich einen Sekretär halten, sagt er.

Ich stehe in meiner weißen Malschürze vor dem Haus und streiche an. Die Läden sind efeugrün geworden und trocknen in der Sonne, die Haustüre ist weiß, die Fensterrahmen sind frisch gestrichen. Nun bin ich am Zaun und streiche weiß ... Alle Vorübergehenden bleiben stehen und sehen zu und geben mir gute Ratschläge. Der Milchmann findet, dass ich viel zu dick auftrage, das hielte nicht, der Briefbote würde den Zaun lieber grün streichen, das ist solider, und die Dame von nebenan mit dem Papagei möchte ihn grau gestrichen haben wie ihren Zaun, das passt besser zusammen.

Es ist Nachmittag, die Sonne scheint warm, und die Farbe trocknet rasch. Ich bin gerade mit einer Zaunseite fertig, als ein Schatten über den zementierten Bürgersteig fällt. Eine junge Frau steht vor mir in Weiß, die mir im weißen Handschuh eine kleine Karte über den Zaun reicht … «Mary Bendler» …

Mein Gott, ich bin über und über mit weißer und grüner Farbe bekleckert und stehe da wie ein ertappter Verbrecher. Die schöne Frau lächelt mich unter ihrem großen, grünen Strohhut an.

«Wie fleißig und wie nützlich …», sagt sie lächelnd. «Sind Sie sehr böse, dass ich Sie so überfalle?»

Nein, böse bin ich ihr nicht, obwohl ich Überfälle nicht liebe. Ich werfe rasch meine Malschürze ab, und wir gehen ins Haus. Die Kinder sind noch nicht zurück.

Ich führe sie in mein Zimmer, das in der Sonne licht und heiter aussieht mit den vielen großblumigen Sesseln und Blumen überall. «Ja, so hab ich mir Ihr Haus gedacht», sagt sie und steht da und schaut sich um … Ich eile in Margots Zimmer, werfe rasch ein helles Kleid über, stelle den Teekessel aufs Feuer und bringe den Teetisch herein … Viel hab ich nicht anzubieten. Ich röste rasch ein paar kleine Brote, streiche sie, mache einen guten Tee, und es findet sich noch etwas in meiner Kuchenbüchse vom Sonntag.

Dann sitzen wir einander gegenüber, in meinem kühlen schattigen Zimmer. Wir sind im Augenblick miteinander bekannt. Mit den meisten Menschen kommt man im ganze Leben nicht so weit.

Sie ist eine schlanke, große Frau in einer Wolke von blassgrünem Tüll über einem weißen Taftkleid, weißen Schuhen, langen weißen Handschuhen und einem großen, blassgrünen Hut mit einer matten Teerose … Sie ist so schön, dass man sie lieb haben muss. Sie sitzt da wie ein Porträt von Sir

Joshua Reynolds. Wir verstehen uns, wir haben denselben Geschmack, dieselben Liebhabereien. Sie ist sehr musikalisch und bedauert nur, dass sie nie jemand findet, der sie vom Blatt begleiten kann. Sie singt Alt. Sie hat keine große Stimme, aber wenn sie spricht, klingt es wie gesungen.

Wir lieben dieselben Bücher, dieselben Autoren, dieselben Komponisten.

«Aber weshalb um Gottes willen streichen Sie Ihren Zaun selbst an? Weshalb sitzen Sie nicht stattdessen hier am Flügel?»

Ich schildere ihr mein Leben, aber ich fühle, dass sie mich nicht recht begreift. Sie versteht nicht, wie man – – so arm sein kann … Und da sie fühlt, dass sie mit ihren Fragen etwas berührt hat, das man nicht Fremden preisgibt, ändert sie das Thema.

Sie ist die Frau eines viel beschäftigten Anwalts, der kürzlich hier die große Praxis eines Kollegen übernommen hat. Ihr Mann hat nur eine Passion, er ist Jäger. Sie haben einer Jagdhütte im Harz, wo er seine Sonntage verbringt.

«Und Sie?», frage ich.

Ein Schatten fällt über ihr rosiges Gesicht, sie senkt Augen. «Ich gehe nicht mehr mit … Ich bin früher mitgegangen … Ich bleibe lieber zu Hause. Ich bin gern allein.»

Wie ich.

Sie hat ein großes Haus und mehrere Leute. Sie hat einmal die Woche eine halbe Theaterloge. «Übermorgen wird ‹Turandot› gegeben. Kommen Sie mit? Mein Mann legt keinen Wert auf Opern, er ist nicht musikalisch. Bitte kommen Sie mit. Ich hole Sie ab mit dem Wagen. Sagen Sie nicht, dass es nicht geht, es wird schon gehen.»

Sie reicht mir ihre Hand … Sie ist zart und weich. Ich

schäme mich meiner roten Finger, die ich vom Johannisbeereinkochen behalten habe, trotz Bimsstein und Seife.

«Turandot»! Mein Traum seit Jahren ... Es wird zum ersten Mal hier gegeben. «Wie sind Sie eigentlich hierhergekommen?», fragt sie. «In diese Stadt? Ihre Briefe waren so reizend, so erschütternd wie das Gedicht. Das erste, was ich von Ihnen las: ‹Nie werd ich dich vergessen.› Ich war neugierig auf Sie. Wissen Sie, wie ich Sie nenne? ‹Frau Pelikan›.» ... Sie lacht und sieht mich mit ihren schönen, graublauen Augen an.

«Sehr schmeichelhaft.»

«Nicht böse sein.» Sie legt mir die Hand auf meinen Arm. «Ich weiß ... Sie leben nur für Ihre Kinder. Die Kinder nährt der Pelikan mit seinem eigenen Blut, und sie saugen ihn aus, so heißt es ... Wie kamen Sie nur in diese entlegene Straße?»

«Ich hasse die Stadt.»

«Ach, weshalb? Und die Nähe des Friedhofs?»

«Die stört mich nicht. Ich gehe oft dorthin und besuche die Toten.» Und ich erzähle ihr von dem Grab an der Mauer, von dem mir kein Mensch sagen kann, wer das ist, der darunter liegt ...

«Was steht denn für ein Name auf dem Stein?»

«Hans Dankwarth», sage ich.

Sie fährt zusammen, sie richtet sich auf und streift ihre langen weißen Handschuhe glatt ... «Hans Dankwarth?», wiederholt sie.

«Steht kein Datum dabei?»

«Nein, nichts als dieses rätselhafte ‹Warum?›»

«Und weshalb interessiert Sie dieses Grab?», fragt sie.

«Ich weiß es nicht, es zieht mich an, es ist, als ob es ein Geheimnis berge, als hätte es eine Geschichte.»

«Die hat ja schließlich jedes Grab», meint Mary … Und sie steht auf und schaut auf ihre Armbanduhr, ein reizendes Ding aus Platin, mit Brillanten besetzt … «Mein Gott, schon so spät, ich muss heim.»

Sie geht an meine kleine Boulekommode und betrachtet die Dinge, die auf der gelben Brokatdecke stehen. Altes Porzellan und altes Silber.

«Hübsch», sagt sie mit einer Handbewegung … «Selbst gesammelt?»

«Ja … Einiges ist von meiner Mutter übernommen, dieser Buddha z. B. und die gotische Holzfigur, die Madonna. Meine Kinder finden sie scheußlich, aber ich liebe sie … Es ist zwölftes Jahrhundert … Ich wollte sie schon verkaufen.»

«Um Gottes willen! Es ist das Wertvollste, was Sie haben!»

«Ich weiß es …»

«Wenn Sie sie einmal abgeben, ich übernehme sie gleich.»

Die Kinder kommen heim, am Gepolter höre ich, dass es Ben ist. Er wirft seinen Ranzen im Flur ab und geht zu seinen Karnickeln. Ich sehe ihn im Garten, er hat einen Rucksack voll Grünfutter für sie gesammelt.

«Ach ja, Ihre Kinder. Ich möchte sie sehen», sagt Mary, sichtlich erleichtert, dass wir von dem Thema Dankwarth abgekommen sind.

Wir gehen in den Garten. Sie bewundert die Laube und die Kaninchen. Ben sitzt am Boden, umschnuppert von seinen Kaninchen, die er füttert … Er ist schmutzig und erhitzt, er hat sich so beeilt, er kommt gerade von einem Marsch durch die Heide.

«Gott, ist das ein netter Junge!», sagt Frau Bendler. Das hat Ben noch nie von jemand gehört. Wenn ich mit meinen vieren zum Fotografen ging, fragte der immer: «Muss eigentlich der Kleine *auch* mit auf das Bild?» Er störte die Platte, aber Mary findet ihn nett … «Er hat so strahlende Augen, wie zwei kleine blaue Sterne.»

«Wenn du Lust hast, kannst du auch mal ins Theater gehen, am Sonntag, in ‹Undine› oder den ‹Freischütz› mit der Wolfsschlucht» …

Ben strahlt. Er ist sprachlos vor Glück über diese Aussicht. Er ist noch nie in einem «richtigen Theater» gewesen. Im Vorbeigehen begrüßt Margot die schöne Frau mit einem Hofknicks, den sie in der Tanzstunde von der Ballettmeisterin gelernt hat.

«O, schon so eine erwachsene Tochter?»

Dieter kommt an, die Schulmappe unterm Arm, groß, schlank, blond und kurz geschoren, in seiner Sportbluse. Er küsst Frau Mary die Hand. Ganz Kavalier. Er sieht immer bildhübsch aus, er kann anhaben, was er will.

Ulla, die in der Küche Geschirr aufwäscht, zeigt sich nicht. Die schöne Frau geht wie eine gute Fee durch mein Haus, Geschenke ausstreuend. Es macht ihr Freude, andere zu erfreuen. Diese Gabe ist sehr selten. Wenige machen Gebrauch davon.

Sie hinterlässt auf dem Flügel eine große Schachtel mit Konfekt und einen Strauß herrlicher roter Rosen, die sich in meinem blauen Zimmer in der Türkisvase ausnehmen wie ein Stillleben von Manet.

«Als ich herkam, hatten Sie sich einen Panzer umgelegt», sagt sie an der Gartentüre. «Den Panzer der Abwehr, ich fühlte ihn schon draußen. Aber nun ist er geschmolzen» … Sie reicht mir die Hand und geht.

Die blassgrüne Wolke verweht, der Papagei im Nebenhaus ruft ihr nach: «Gutte Moche, gutte Moche» …

* * *

Seit diesem Nachmittag bin ich befreundet mit Mary Bendler.

Wir sind fast täglich zusammen. Entweder kommt sie zu mir zum Tee, oder ich bin bei ihr. Ihr Haus ist geschmackvoll eingerichtet, einfach, stilvoll und elegant, und sehr behaglich, besonders Marys Räume, die Bibliothek, ihr Teezimmer und ihr reizendes, helles Schlafzimmer, in dem alles weiß ist, hell, strahlend und licht, mit einem Toilettentisch voll Silber- und geschliffener Kristallgeräte. Mein Gedicht hat uns zusammengeführt. Diese einfache Frau in Schwarz, diese Mutter bringt mir dauernd Segen. Es ist nicht viel, aber es sind immer Überraschungen, die mir jetzt ins Haus schneien.

Wenn es uns jetzt an irgendetwas mangelt, sagt Ulla: «Dichte doch wieder was, Ma.» Aber man kann nur dichten, wenn einem etwas einfällt, nicht wahr, Herr Grillparzer? Wenn ich von Fliegen umschwirrt in der heißen, kleinen Küche über meinen Einmachetöpfen stehe, kommen mir die schönsten Gedanken, aber wenn ich dann abends endlich Zeit finde, sie niederzuschreiben, sind sie wieder zerflattert. So kann man nicht arbeiten. Man muss das, was einem einfällt, festhalten. Es nützt nicht, zu sagen, bitte, warten Sie noch etwas, ich komme gleich. Die Skizze «Regennacht auf der Halde» ist in Westfalen erschienen, aber die anderen Zeitungen haben sie abgelehnt. Als die zwölf Mark dafür ankamen, sagte Dieter, der sie dem Geldbriefträger abnahm: «So, die werden einmal verjuxt.»

Einmal wollen sie «was Richtiges» davon haben. Regenschirme und Gummischuhe oder eine neue Schulmappe sind Dinge, die man haben muss und die ihnen keine übergroße Freude machen. So haben wir beschlossen, wir gehen am Sonnabend aus. Wir werden in der Stadt essen, im Café «Venezia» Zigeunermusik hören und dann ins Kino gehen. Dieters Vorschlag wurde jubelnd angenommen.

Wir haben noch nie in der Stadt gegessen, denn die Mittagessen bei Onkel gelten nicht als Vergnügen, obwohl man dort wenigstens satt wird. Alle vierzehn Tage essen wir bei ihm, aber Onkel hat die angenehme Gabe, die Kinder bei Tisch nach ihren Lehrern zu fragen und zwischen Suppe und Braten Verhör anzustellen. «Wann war die Schlacht bei Kunersdorf, Margot? Wer hat das Schießpulver erfunden, außer dir, Ben? Wo liegen die Fidschi-Inseln, Herr Dieter, Primus der Obersekunda? Wer war Wilhelm Hauff, Jungfer Ulla?»

Dieses Verhör ist nicht sehr beliebt bei meinen Kindern. Ich wundere mich nur, dass Onkel alle Daten so gut in seinem Glatzkopf behält. Aber für Zahlen und Daten hat er ein gutes Gedächtnis. Wenn ihm die Kinder eine Frage nicht beantworten können, fragt er mich. «Du musst das doch wissen, eine Dichterin von Gottes Gnaden!» Seit er mein Gedicht im «Generalanzeiger» gelesen hat, zieht er mich jedes Mal damit auf. «Oliva, das Dichten ist eine brotlose Kunst, Lustspiele musst du schreiben! Es gibt keine richtigen Lustspiele mehr … Die Dichter sind meist in Mansarden gestorben, siehe Balzac, aber von Lustspielen kann man sich Villen bauen.» Für Onkel existiert nur das, was von Erfolg gekrönt ist, denn Erfolg bringt Geld. Alles andere ist Zeitverschwendung.

«Pass lieber auf deine Ulla auf», ermahnte er mich am letzten Sonntag. «Ich hab sie wieder mit dem Kerl, ich weiß nicht, wie er heißt, da unten in den Burganlagen getroffen.»

«Die Ulla?»

«Ja, die Ulla … sie ist dreizehn Jahre, ein gefährliches Alter. Ich hab dir's schon einmal gesagt, aber du reistest nach Frankreich.»

«Mein Gott, Onkel.»

«Ich weiß, ich weiß, eine kleine Reise von zwei Wochen, aber wenn man heranwachsende Kinder hat, bleibt man besser daheim.»

Er hat natürlich von dem Küchenschrank und den Sturm auf Lüttich gehört und von dem Auszug des Herrn Meyer. Die Nachtigall hat's ihm zugetragen. «Und jetzt hast du wieder eine da oben, so eine Dicke, die beim Fotografen am Bahnhof Empfangsdame ist.»

«Ja, Onkel, Fräulein Timm.»

«Was tut denn die bei euch?»

«Nichts Besonderes. Sie nimmt Sonnenbäder …»

Er kneift ein Auge zu. «Donnerwetter, hundert Kilo im Venuskostüm! Schad, dass Herr Rubens nicht mehr lebt …»

«Kennst du sie denn?»

«Natürlich, hab sie oft genug durch die Seerobbenstraße watscheln sehen. Ihr Maestro wohnt in einem Haus, das mir mal gehört hat. Ein Kerl, der nie einen Menschen bezahlt … Hoffentlich macht's die Timm nicht auch so mit euch …»

Diese Sonntagspillen muss ich schlucken, wenn wir bei Onkel sind. Die Nachtigall ist sehr pünktlich, und wir sind niemals zur richtigen Zeit da. Das liegt aber nicht an mir, denn ich treibe schon um zehn an: Kinder, zieht euch rechtzeitig an! Aber wenn wir dann fortgehen wollen, hat Margot einen Handschuh vergessen, Ulla sucht eine Haarschleife, Ben fehlen ein paar Knöpfe, und Dieter ist noch von einem Freunde nicht zurück. «Es ist schrecklich mit euch, Kinder», klage ich.

«Ja, Mama, weshalb *müssen* wir denn immer zu diesem grässlichen Onkel gehen? Wir blieben viel lieber daheim», sagen sie.

Wenn ich dann mit meiner kleinen Herde zur Straßenbahn gehe, fährt die 58 uns meist davon, und die nächste ist besetzt. Und dann empfängt uns die Nachtigall mit ihrem «Gesicht», weil die Kotelettes hart geworden sind, und es «immer dieselbe Geschichte mit uns ist» ...

Diesmal sind wir also frei, wir können essen, wann und wie es uns passt.

Wie sie sich freuen, meine viere. Wie sie stolz neben mir hermarschieren. Auswärts essen, ein bisher nie erlebtes Vergnügen.

Unterwegs wird beraten, wo wir essen werden. Margot ist für die «Stadt Hamburg», unser erstes Hotel, aber das wird abgelehnt, weil zu teuer. Dieter weiß eine Kneipe am Markt, wo die Studenten essen, eine enge Bude mit holzgescheuerten Tischen, es gibt riesige Portionen. Doch das ist mir zu wenig festlich. In meinem weißen Spitzenkleid würde ich schlecht dorthin passen.

Ulla möchte in die Heide ziehen, mit harten Eiern und Wurstbroten in Botanisiertrommeln, was auf allgemeine Ablehnung stößt. Die Heide haben sie jeden Tag, die läuft ihnen nicht fort ... Schließlich enden wir im «Schwarzen Ross», einem etwas altmodischen, bürgerlichen Lokal in der Altstadt, das für gute Küche bekannt ist und das solide Preise hat. Margot in ihrem roten Kleid, weißen Schuhen, weißem Hütchen auf den Locken und langen, weißen Ballhandschuhen von mir «sieht aus wie eine richtige Dame», findet Ulla. Dieter in seinem frisch geplätteten Anzug von der Stange sieht gut aus wie immer, mit seinem blonden, glänzenden

Haar, eine kleine Blume im Knopfloch, straff, schlank und elegant. Ulla und Ben, frisch gewaschen und gekämmt, in ihren Sonntagsblusen, sind ganz benommen von dem Marmorvestibül, dem goldbetressten Portier und dem großen, niedrigen Speisesaal mit den goldgerahmten Spiegeln und den zwei riesigen Kronleuchtern. Dass sie ein Kellner fragt, was sie zu essen wünschen, setzt sie in große Bedrängnis. Sie dürfen sich drei Gänge aussuchen oder «das Menü» … Und sie fragen sich, was praktischer ist, d. h. wie man am meisten bekommt.

Dieter studiert die Speisekarte mit der Miene eines Habitués, der im Hotel Bristol zu speisen gewohnt ist, und Margot hat nach langem Wählen etwas herausgefunden, was es nicht mehr gibt.

Endlich sind alle Wünsche notiert, und der Kellner bringt, auf Suppe haben sie alle verzichtet, den ersten Gang, gebackene Seezunge mit Remoulade und Kartoffelsalat. Ich sehe nur glückliche Augen, wir trinken dazu eine halbe Flasche Mosel, die ich mit Dieter und Margot teile. Es folgt Rehbraten mit Bratkartoffeln und gemischtem Gemüse, zum Schluss gibt es Schokoladeeis.

«Schmeckt's euch?», frage ich. Ben grunzt vor Vergnügen. Er hat ganz vergessen, dass er sich geschworen hat, als künftiger Matrose niemals Seefische zu essen.

Den Kaffee nehmen wir in dem vornehmsten Lokal «Venezia». Dieter nimmt eine Mélange, Margot einen Filtré, Ulla und Ben halten sich an die Apfeltorte.

Eine Damenkapelle in ungarischen Blusen schmettert schmissige Schlager und ungarische Weisen, denen Ben andächtig zuhört, Ulla bestaunt offenen Mundes die feschen Ungarinnen, die aus Berlin sind.

Um sechs Uhr öffnet das Kino seine Pforten. Ein großes Sonntagsprogramm, erst ein Lustspiel «zum Totlachen», die Wochenschau, Könige, die Minister begrüßen, ein Pferderennen in Nizza, elegante Botschafterfrauen auf Tribünen, Tulpenzucht in Holland. Wir kommen alle auf unsere Kosten. Auch Ben, denn es kommen auch Schiffe darin vor, ein Bootsrennen mit Böllerschüssen in Ouchy. Er ist stumm vor Seligkeit, mein kleiner Matrose in seinem weißen, frisch gewaschenen Matrosenanzug ... Dann rollt der Hauptfilm, der auf einem großen Ozeandampfer spielt. Die Handlung ist sehr aufregend, ein Liebespaar wird bei einem Schiffbruch getrennt, um sich nach wilden Erlebnissen wiederzufinden auf einem Floß in der Biskaya ... Es gibt alles, was man sich wünschen kann, große und kleine Schiffe, Sturm auf hoher See, gebrochene Maste und kenternde Segelboote, schäumende Brandung und Haie, die das Schiff umwimmeln. Und dann tauchte plötzlich Gibraltar auf, ferne und finster wie eine Sphinx stieg es aus dem Meer mit glitzernden Fensteraugen. Die Kinder saßen stumm mit verhaltenem Atem, und Ben umklammerte meinen Arm fest, dass er meine weiße Bluse zerknitterte wie ein Stück Papier. «Es waren wirklich Haie», erklärte er Ulla auf dem Heimweg. Es war ein herrlicher Tag, obwohl er meine zwölf Mark erheblich überschritten hatte ...

Und Ulla, die an meinem Arm stolz und glücklich heimgeht, meint: «So was musst du öfters machen, Mama ... Weshalb hast du nicht schon früher gedichtet? Dann brauchtest du dich nicht so abzuschuften mit dem ollen Garten und dem dummen Haus.»

Sie denkt sich das Dichten so, man setzt sich hin und macht ein Gedicht. Und dann kommt der Geldbriefträger und bringt einem zwölf Mark.

* * *

Es war ein Samenkorn, das auf fruchtbare Erde fiel, dieses Erlebnis auf der Rückfahrt mit der alten Frau. Seitdem habe ich Mut bekommen. Ich habe eine Skizze geschrieben. Ein einfaches, kleines Missgeschick meines Ben. Ich begann sie in einer Frühlingsnacht, während die Fenster meines Zimmers aufstanden nach dem Garten und ein Duft nach frischer Erde, nach Flieder, der schwer über der Mauer, über das Vergissmeinnichtbeet hängt, zu mir hereinwehte. Ich habe sie in ein Buch geschrieben, das mir nach meinem Tod mitgegeben werden soll. Meine Kinder werden es doch nie lesen …

Ich habe zwei Kinderskizzen geschrieben, gestern Nacht, nachdem ich mit Mary im «Othello» war. Die richtigen Dichter dichten nachts, glaube ich. Ich dichte nicht, weil ich dazu nachts in Stimmung bin, ich wäre immerzu in Stimmung jetzt, ich dichte, weil mir nur nachts zu solchem Luxus Zeit bleibt. «Du musst schnell schlafen», sagte meine Kinderfrau. «Morgen müssen wir früh aufstehen zur Reise nach Norderney.»

Die rasch geschriebenen Kinderskizzen sind von einer Berliner Zeitung angenommen worden, die sie gleich druckt, aber erst quartalsweise bezahlt.

Es macht so glücklich, sich mit etwas zu beschäftigen, das nicht jeder kann. Mein Zahnarzt sagte neulich zu mir: «Ich könnte auch Romane schreiben, wenn ich dazu Zeit hätte. Was ich alles höre! Ich sage Ihnen …»

Mary Bendler hat mich eingeladen, den Sonntag bei ihr zu verbringen. Ihr Mann ist wie immer in seinem Jägerhaus im Harz, und sie ist allein. Meine Kinder sind entzückt, sie sind dann auch allein. Ben hat versprochen, zu Hause zu bleiben und sich seinem Aufsatz zu widmen, Ulla will ihre Strümpfe stopfen, Margot wird sich ihre Freundin einladen, und Dieter hat sich mit «welchen aus seiner Klasse» zum Paddeln verabredet.

Ich kann also beruhigt gehen.

Ich nehme Noten mit, wir wollen musizieren, abends hat Mary Plätze für «Don Juans letztes Abenteuer», das hier nur einmal gegeben wird und auf das ich mich schrecklich freue.

«Nicht wahr, Margot, ich kann mich auf dich verlassen? Du vergisst nicht, Bens Latein abzuhören und Ullas Rechenaufgaben nachzusehen? Das Mittagessen ist fertig, der Kaffee steht auf dem Herd, das Brot ist geschnitten, die Dose mit Apfelkraut gefüllt. Butter gibt es nicht. Abends gibt's eine Schüssel Kartoffelsalat. Er steht schon in der Küche.»

«Jawohl, Mama, ich weiß. Geh um Gottes willen endlich fort. Es ist ja schon halb eins ...» Margot drückt die Gartentüre hinter mir zu. «Gut siehst du aus in dem weißen Spitzenkleid», bewundert Ulla. «Eine hübsche Mama haben wir, gelt Dieter?» Der kommt gerade an, den Tennisschläger unterm Arm ... «Wohin, Mama? Zu Frau Bendler? Oh! ... Nein, wir machen keine Geschichten, wir sind brav wie vier tote Chinesen. Wir rauchen nicht und prügeln uns nicht. Wir paddeln nur etwas ... Nicht bis ans Wehr, keine Angst ... Einmal reingefallen genügt. Grüß die schöne Mary von mir!» Er wirft mir reine Kusshand nach.

Es war so schön in Marys stillem, gepflegtem Garten, der schon eine Erholung für die Augen ist und in dem ein Rasensprenger angenehme Frische verbreitet und ein Springbrunnen leise plätschernd in ein großes, flaches Wasserbecken fällt. Ihr Teetisch mit dem bunten Rouener Teegeschirr unter der großen Linde ist ein Stillleben. Selbst gebackene, feine

Teekuchen, eine Schüssel mit pikant belegten Brötchen, geröstetes Brot und Orangenmarmelade, Sauerkirschenkompott mit Schlagsahne … Wir musizierten. Sie sang. Ich begleitete: Hugo Wolf, Brahms und Strauss. Dann fuhr der Wagen uns ins Theater. Ich saß da wie verzaubert. Als der Vorhang sich über dem letzten Bild schloss, wusste ich nicht mehr, wo ich war, ich erwachte wie aus einem Traum.

* * *

Aber der schöne Tag hatte ein Nachspiel. Am nächsten Morgen lag ein Brief von Fräulein Timm auf der Flurkommode unter dem Spiegel. Ich öffnete ihn. Sie kündigt das Zimmer, sie zieht aus … Ohne Angabe der Gründe.

«Was ist geschehen?», frage ich die Kinder.

Die Kleinen wissen von nichts … Margot zuckt die Achseln, Dieter verschanzt sich hinter einer hochmütigen Miene, wie soll er wissen, weshalb Fräulein Timm auszieht?

Aber ich lasse nicht locker. Ich gehe dieser Sache nach. Und dann erfahre ich, wie sich dieser Sonntag in Wirklichkeit abgespielt hat … Ben war, statt sein Latein zu machen, mit «welchen aus seiner Klasse» zum Fluss gegangen, wo sie ein Floß gezimmert haben, sie waren auf diesem Floß gerudert bis zum Wehr und fast dabei ertrunken. Sie kamen mit nassen Kleidern am Abend heim, und Ben weiß natürlich nicht, was sich während dieser Zeit bei uns abgespielt hat.

Ulla, die Strümpfe stopfen wollte, hatte sich still aus dem Haus geschlichen, niemand hatte sie gesehen noch gehört. Abends nach neun sei sie erschienen mit zerzaustem Haar. Und auf Margots Frage hatte sie ihr eine freche Antwort gegeben. Und die war auch nicht daheim geblieben. Sie hatte es interessanter gefunden, mit Ellis Wagen hinauszufahren in die Heide, als in der mückenumsurrten Laube zu sitzen. «Und Dieter?», frage ich. Niemand will mit der Sprache heraus. Von der Korzfleisch erfuhr ich es endlich. Fräulein Timm pflegt sonntags auf dem alten Holzbalkon ihre Sonnenbäder zu nehmen und hatte sich an dem warmen Tag in den Liegestuhl gelegt, wie sie Gott geschaffen hatte. Sie hatte sich unbeobachtet geglaubt, aber Dieter hatte die Sekunda angebracht, und die jungen Herren hatten ihr von der Dachluke zugeschaut. Die Timm hatte das gemerkt, war mit einem Schrei aufgesprungen und in ihr Zimmer geflüchtet, und am Morgen hatte sie gekündigt. Sie war furchtbar aufgebracht und hatte gedroht, es der Polizei anzuzeigen … Das Schlimmste ist nämlich, dass er Eintritt dafür genommen hat. Pro Kopf einen Groschen. Die ganze Klasse war erschienen. Nun wird es in der Stadt herumerzählt, und Dieter wird, wenn der Direktor das erfährt, geschwenkt.

Ein Schreckschuss für mich. O Gott, meine Kinder! Ich lasse mir Dieter kommen und vernehme ihn unter Ausschluss der Öffentlichkeit. «Wie kannst du so etwas Abscheuliches tun? Und auch noch Geld dafür nehmen?» Dieter bleibt unbewegt. «Abscheulich war das gar nicht, es war zehn Pfennige wert. Die Riesendame auf dem Rossplatz verlangt das Doppelte dafür und ist nicht mal schön. Wir haben viel Spaß gehabt, und ich kann keine Reue empfinden, wenn du das verlangen solltest. Im Gegenteil. Ich hab die andern gefragt, ob sie mal einen Rubensakt in natura sehen wollten, na, sie waren nicht enttäuscht …» Ich bin sprachlos über meinen Sohn.

Schade, dass Onkel Dolf nicht da ist zum Donnern. Ich kann nicht donnern, es wird immer nur ein kurzes Gewitter mit leichten Blitzen und etwas Hagel, das nicht ernst genommen wird.

Mich strengt so ein Gewitter über Gebühr an, aber meine Kinder empfangen es wie eine leichte Überraschung auf freiem Feld, die man rasch wieder abschüttelt und vergisst. Dieter ist von vornherein erhaben über solche Gewitter. Er nimmt sie nicht ernst, und Margot erst recht nicht. Um ihnen ihre Sünden fühlbar zu machen, muss ich schon zu drakonischen Strafen greifen. Der Sonntagspudding fällt aus. Margot darf eine Woche lang nicht zu Fetts gehen, Ulla und Ben müssen Kohlen tragen und Holz klein machen und im Keller Kartoffeln abkeimen. Letzteres ist die fürchterlichste Strafe. Ich höre sie unten laut murren. «Immer müssen wir das machen. Weshalb kann das Dieter nicht? Und Margot ist zu vornehm dazu.»

Fräulein Timm schreitet wie eine zürnende Walküre durch mein Haus. Sie grüßt niemand. Mir ist das Dichten vergangen.

Ich bin in die peinliche Lage versetzt, am Ersten meine Miete nicht bezahlen zu können, da Fräulein Timm nun ausfällt, und wenn sie uns tatsächlich verklagt, wie sie gedroht hat, muss ich aufs Gericht, werde bestraft, komme in die Akten, gelte womöglich als vorbestraft. Graue Haare kann man davon bekommen …

Ich lege meine Novelle «Sturmtag in der Heide» betrübt wieder in die weiße Schreibmappe, auf der zwei schwarze Pfoten Bens Interesse an meinen Dichtungen bezeugen. Er ist der Einzige, der sich zuweilen für meine Erzeugnisse interessiert. Dieter würde sie niemals lesen, geschweige denn Margot. «Sie ist eine Funke», sagt Onkel Dolf. «Die lesen alle nicht. Wir hatten zu Hause nicht mal 'nen Bücherschrank.»

Ich weiß gar nicht, woher Anders seinen literarischen Geschmack gehabt hat, aber er hat ja auch eine Mutter gehabt. Die Mütter vergisst man immer …

Für Onkel Dolf existieren nur die Funke, die schon im Mittelalter hier herum Landvögte und Richter waren. Vielleicht haben sie auch im Femgericht auf der Burg mitgesessen, mit strengen Mienen, unerschütterlich im Urteil. Ich habe Mary abgesagt zum Tennisturnier im Klub und zum Abendessen in der «Stadt Hamburg». Ich muss auf meine Kinder aufpassen. Schmerzlich war mir's doch, als sie vorfuhr in ihrem stahlblauen Jackenkleid mit dem winzigen weißen Rosenhut.

Sie sah aus wie eine Blume … Reizend und frisch … Sie war ehrlich betrübt … «Du kämst doch wieder mal unter Menschen, Oliva! (Wir sagen uns jetzt du.) Du hast's so nötig … Du findest vielleicht eine Sensation … Jemand erzählt dir etwas, es ist ein Stoff. Du solltest nicht immer in dieser verlorenen Straße sitzen, Frau Pelikan!»

Frau Pelikan? Wie recht hat sie … Die Geschichte mit der Timm findet sie zum Kranklachen.

Bei Onkel Dolf habe ich auch kein Verständnis gefunden … Er grinste nur und meinte: «Schade, dass ich nicht mehr in Sekunda bin …»

Ben und Ulla, die die Geschichte des Auszugs der Timm nur bruchweise gehört haben, fragen mich sehr interessiert: «Was war das mit Dieter und dem Fräulein Timm?»

«Ach, haltet den Mund», sage ich, «und macht eure Arbeiten.» Manchmal weiß ich wirklich nicht, was ich diesen Kindern antworten soll.

Herrn Bendler habe ich noch nie gesprochen. Zuweilen begegne ich ihm mit Herren in seinem dunkelblauen Wagen in der Stadt. Er ist sehr beschäftigt und viel verreist. Über ihre Ehe spricht Mary nie. Es ist auch am besten.

Onkel Dolf fragte mich neulich, ob es wahr sei, dass ich die Intima von dieser Mary Bendler sei. «Wieso? Kennst du die denn auch schon?», frage ich. Natürlich kennt er sie. Das heißt, nur vom Hörensagen ... «'ne schöne Person ... Wenn man zwanzig Jahre jünger wäre ... Die versteht sich auf das Abblitzen ... Wird wahrscheinlich 'nen Freund haben. Nicht hier, natürlich. Unsere gute Stadt eignet sich nicht zu solchen Freundschaften ...»

«Das glaube ich nicht, Onkel.»

«Glaubst du nicht? Na, dann glaub es nicht ... So 'ne Ehe, die nicht mehr ganz durchsichtig ist ... Und der Mann sieht mir auch nicht aus, als ob er in den Harz führe, um Hasen zu schießen ...»

«Der Mann ist ein viel beschäftigter Anwalt, und sein Wochenendhaus ist seine Erholung ... Er könnte die Arbeit sonst nicht schaffen.»

«Mag sein. Aber in Kesselstadt hat's auch schon zwischen ihnen nicht gestimmt ... Es hat da mal so was gespielt, das Drama von Kesselstadt. Frag sie doch mal danach. Deshalb sollen sie dort fortgezogen sein ... Vielleicht erzählt sie dir's einmal. Ich kümmre mich nicht um Geschwätz ...»

Das Drama von Kesselstadt? Was mag das sein? Hängt es am Ende mit Hans Dankwarth zusammen? Ich sehe noch ihr blass gewordenes Gesicht, als ich den Namen nannte ... Ihr Zögern, ihre Frage ... Es war mir aufgefallen, dass sie erschrocken ist.

Wir haben nie mehr davon gesprochen nachher. Sie vermeidet sichtlich das Thema. Aber neulich, als sie Ben zusah, wie er die Karnickel fütterte, fragte sie: «Was hängt denn da für eine Trauerweide über deinem Stall?» Und er sagte: «Das ist die von dem Grab da drüben.» – «Von welchem Grab?», fragte Mary – «Von dem Selbstmörder …»

Es fiel mir auf, dass sie nicht hinschaute und auch nicht mehr davon mit mir sprach. Es steht zwischen uns wie ein Geheimnis, das man ungern berührt … Es ist mir manches nicht klar bei ihr, z. B. ihr Mann, der mir sichtlich aus dem Wege geht. Weshalb tut er das? Es ist ein großer, stattlicher, eleganter Herr, Ende der vierzig. Sehr nervös und immer viel unterwegs. Er ist selten einmal ein paar Tage zu Hause. Er hat mehrere Assessoren, die auf seinem Büro arbeiten. Er ist ein Hamburger.

Mary ist jetzt öfters verreist, einmal in Berlin, einmal in München und oft bei Verwandten auf dem Land. Aber sobald sie zu Hause ist, ruft sie nach mir. Sie hat einen großen Verkehr in der Stadt, aber ich habe sie gebeten, mich nicht einzuladen, denn ich habe «nichts anzuziehen». Früher hatte ich auch immer «nichts anzuziehen», weil ich jung und elegant war und gern die Hübscheste war, jetzt habe ich tatsächlich nichts mehr als dieses weiße Spitzenkleid, das man nur im Sommer tragen kann, und ein schwarzseidenes, das schon an den Seiten abgeschabt ist und von dem die silbernen Besätze gelb geworden sind. In einer Bluse kann ich auf den großen Diners bei Bendlers nicht erscheinen.

«Schreib doch Tante Constanze», sagt Margot. «Die reist das ganze Jahr in Kurorten und Weltbädern herum, die könnte uns doch mal ein paar von ihren Klamotten schicken.» Aber Tante Constanze ist eine reiche Frau, die trennen sich schwer von ihrem Besitz. Und ihr Geschmack ist nicht der meine. Sie trägt sich nach Onkel «aufgedonnert». Zu hell, zu jugendlich, zu auffallend und für ihr Alter viel zu modern. Sie hat weder Farbensinn noch Stil. Sie ist eine Funke, sagt Onkel.

Fräulein Timm ist ausgezogen. Ihr Abschied war kühl. Sie hat mir einiges abgezogen von der letzten Miete, weil sie Bedienung ausgemacht hatte und die Korzfleisch nicht mehr gekommen ist.

Ich habe sie ziehen lassen. Seitdem steht das Zimmer leer. Verklagt hat sie uns nicht, Gott sei Dank. Und Dieter ist nicht zitiert worden vom Direktor des Gymnasiums.

Die Studenten haben Ferien. Es interessiert sich niemand für ein Zimmer in der Heidukstraße. Ein großer Ausfall für mich.

Zwei Monate Miete, mit der ich fest gerechnet habe.

«Ihr seid ja selbst schuld, wenn wir keine Sommerreise machen können», sagte ich zu den Kindern.

«Nun», meint Margot, «für 80 Mark können wir ja doch keine Weltreise machen.»

Da Fetts eben auch verreist sind, sie fahren mit ihrem Auto in der Schweiz herum, hat sie auch kein Schwimmbad mehr, dafür dürfen wir die Loge von Mary benutzen, aber im Sommer ist die Oper geschlossen, und in die letzte Vorstellung zu gehen, lehnte Dieter ab.

«Freischütz? Nein, danke, das kannst du nicht verlangen.»

«Aber, Dieter! Die berühmte Oper von Karl Maria von Weber, der Theodor Körners Kriegslieder vertont hat und Euryanthe, Preciosa und den Oberon komponiert hat!»

«Solche Opern sind ganz veraltet und nicht nach unserem Geschmack», sagt Margot. «Du kannst sie dir ja ansehen, wenn sie dich interessieren. *Uns* interessieren sie nicht.» So habe ich denn die Korzfleisch mit Ben in den «Freischütz» geschickt. Sie meinte, es wäre ganz scheen gewäsen, aber sie hätten ein bisschen viel darin geschossen. Ben war ganz aufgeregt; er hat nur von der Wolfsschlucht erzählt, von einem Raubvogel, der nicht herunterfiel und nachher auf einmal doch unten lag, und von dem Schützen, der sich mithilfe des Teufels sieben Freikugeln verschafft hatte, von denen die ersten sechs trafen, die siebente aber vom Teufel gelenkt wurde. Es war das Einzige, was ihn an dem «Freischütz» interessiert hat. Einem Besucher der Quinta kann man seinen Geschmack auch nicht vorschreiben …

Ulla ist die Einzige, die mir hilft, die das Gemüse und das Obst vom Markt heimbringt, sich mit den schweren Körben schleppt und überraschend preiswert einzukaufen versteht, wenn sie auch sehr lange Zeit dazu braucht, weil sie angeblich so lange anstehen muss.

«Hast du den Heinz Frosenius noch mal getroffen?», frage ich sie, als sie eines Abends ziemlich spät erscheint und mir einen Korb prachtvoller Herbstbirnen auf den Boden der Küche stellt.

«Wie? Ich? Den Heinz? Wieso? Weshalb meinst du das?», fragt sie und wird rot.

«Ich meine, weil dich Onkel neulich mit ihm in den Burganlagen gesehen hat.»

«Onkel? Mich? Mit dem Heinz? Lächerlich! Nie bin ich in den Burganlagen gewesen … Und wie soll Onkel dorthin gekommen sein? Dorthin kann man doch nicht im Pyjama gehen.»

Sie hat nicht ganz unrecht, denn Onkel bewegt sich, solange es noch heiß ist, nicht mehr aus seinem Bau.

«Glaub doch nicht alles, Ma, was die Leute quatschen», sagt Ulla und bindet sich eine Gummischürze um, um mir zu helfen, Birnen zu schälen. «Wie machst du sie denn ein? Mit

Essig und Zucker sollen sie so gut sein ...» Und sie berichtet mir von allem, was sie auf dem Markt gehört und gesehen hat, und schält mit Eifer Birnen.

Aber ich weiß nicht, ihr Eifer gefällt mir nicht recht.

Manchmal weiß ich nicht mehr, was ich ihr noch glauben soll ... Onkel ist auch nicht immer eine verlässliche Quelle.

* * *

Am selben Abend fragt mich Margot. «Du, Ma, weißt du, wo unsere Ulla die Birnen so billig herhat?»

«Vom Markt doch wohl.»

«Vom Markt? Jawohl ... Den Frosenius haben sie die gestohlen.»

Ich fahre auf und lege das Messer hin. Mir ist ganz kalt geworden.

«Wie kannst du das behaupten, Margot?! Woher weißt du das?»

«Von ihr selbst. Sie sagte zwar, ich dürfte es dir nicht sagen, aber ich halte mich doch für verpflichtet, es dir mitzuteilen. Das ganze Obst, das Gemüse, das wir in diesem Sommer bekommen haben, hat sie von den Frosenius bezogen.»

«Aber doch nicht gestohlen! Sie hat es doch bezahlt!»

«Ach, Mama. Wenn ich's dir sage! Sie hat es von dem Heinz bekommen. Er hebt ihr alles auf. Wenn die Alten auf dem Wochenmarkt sind, stellt er ihr die Körbe hin, und sie schleppen sie gemeinsam über die Halde.»

«Und das Geld, das ich ihr gegeben habe?», stammle ich.

«Das hat sie eingesteckt, natürlich ...»

Ich bin sprachlos.

«Gott, Mama, du brauchst nicht so aufzufahren. Das tut jede einmal. Ich hab auch schon gestohlen. Geld aus deinem Nähtisch oder aus dem Küchenportemonnaie. Weißt du, wenn man nie welches bekommt und es doch nun mal braucht, dann verschafft man sich's eben. Meinst du denn, Dieter käme mit seinem bisschen Taschengeld aus? Aber der gibt ja jetzt Stunden, der hat eine Einnahmequelle. Aber bis dahin –»

«Was war bis dahin, Margot?»

Margot zuckt die Achseln und schweigt.

«Sprich doch selbst mit ihm, verhör ihn. Ich finde, dass das alles vorbei ist.»

Aber die Sache mit Ulla ist nicht vorbei. Nachdem ich mich so weit in der Gewalt habe, dass mein Herz wieder ruhiger schlägt, öffne ich die Tür und rufe Ulla.

Margot ist verschwunden. Dafür steht Ulla vor mir, mit einem erblassten, erschrockenen Gesicht. «Was ist, Mama?» Ich sage ihr alles auf den Kopf zu, was ich erfahren habe. Sie steht da, ihr Mund zuckt, sie schweigt, ihre dunklen Augen sehen mich trotzig an ... Sie entschuldigt sich nicht, sie leugnet nicht, sie erklärt sich nicht, sie bleibt stumm.

«Weshalb hast du das getan, Ulla? Weshalb hast du die Birnen gestohlen?»

Da schluchzt sie auf: «Gestohlen hab ich sie nicht ... Der Heinz hat sie mir geschenkt!»

«Wissen seine Eltern davon?»

«Nein, die sind ja so geizig, die würden mir keine einzige schenken.»

«Und da hast du sie trotzdem genommen und hast das Geld, das ich dir dafür gab, eingesteckt? Was hast du dir dabei gedacht? Was hast du mit dem Geld gemacht?»

Ulla wirft sich vor mich hin und weint in meinen Schoß. «Ich hab dir wollen etwas zu deinem Geburtstag schenken. Ich hab doch nie Geld. Und der Heinz hat gesagt, ich könnte die Birnen ruhig nehmen … Das merkte kein Mensch …»

«Und das andere Obst, das Gemüse?», frage ich.

«Das hat er mir auch geschenkt … Sie hätten's sonst weggeworfen. Was sie nicht auf den Markt mitnehmen, bekommen ihre Schweine … Und da hab ich gedacht … es wär einerlei … Ich hab nichts mit dem Geld gemacht, Mama, glaub mir doch!»

«Wo ist denn das Geld?»

«Unter meiner Matratze», heult Ulla …

Ich gehe in ihr Schlafzimmer und durchsuche ihr Bett und finde in Zeitungspapier gewickelt das ganze Geld, das ich ihr für das billige Gemüse gegeben habe. Ich weiß nicht, ob ich darüber weinen oder sie strafen soll. Sie hat es getan, um mir etwas schenken zu können, meine dumme, kleine Ulla …

Was nun? Ich kann den Frosenius das Geld nicht ohne Weiteres hinschicken. Soll ich einen Besuch machen und ihnen alles erklären? Dann würde der Heinz Haue kriegen von seinem Vater.

«Ich hab mir nichts dabei gedacht», schluchzt Ulla. «Der Heini ist mir im Frühjahr begegnet und hat gesagt, sie hätten so schöne Erdbeeren, und seine Eltern wären nicht da, und ich dürfte mir pflücken, so viel ich wollte.»

«Und das hast du getan?»

Ulla nickt. «Es waren so dicke Erdbeeren, wir haben Buttermilch dazu getrunken im Garten. Die haben so viel Obst, da kommt es nicht darauf an … Der Heinz sagt, er wäre froh, wenn sie einer pflückte, dann braucht er sie nicht auf den Markt zu tragen …»

Ich versuche, Ulla klarzumachen, dass das ein Diebstahl gewesen ist. «Jawohl, Ulla, heule nicht, sondern du gehst morgen hin und bezahlst die Birnen.»

«Das tue ich nicht, das kann ich nicht!», heult Ulla. «Da muss ich mich totschämen, Mama.» Sie legt aufheulend den Kopf in ihre Arme. «Du bist so grausam mit uns. Ich hab mich so gefreut, dass du wieder da bist, aber wenn du so zu uns bist, dann – dann haben wir dich nicht mehr lieb.» Dieter reißt die Tür auf. «Was ist denn hier los?»

Er erfährt die Sache mit den Birnen und zuckt die Achseln. «Das tut sie doch immer. Deshalb zieht sie's ja zu den Frosenius. Aber sie hinschicken und das bezahlen, was sie tags vorher gegessen hat, das finde ich grausam. Der Heinz würde Prügel von seinem Vater bekommen, und die Frau würde uns in der Stadt verschreien ...»

Was ist richtig, und was ist falsch in diesem Fall? Ich weiß es nicht mehr ... Ich weiß nur, dass es ein trauriges Amt ist, Richter über seine Kinder zu sein ... Aber soll ich ihnen alles hingehen lassen? Soll ich Onkel fragen? Dann würde es die Nachtigall erfahren, und wer weiß, was dann in der Stadt von meinen Kindern erzählt würde! Mit mir allein muss ich das abmachen. Ich habe das Rad bezahlt und das Küchengeschirr, das beim Sturm auf Lüttich draufgegangen ist. Ich werde die Sache mit den Birnen in Ordnung bringen. Die alten Waffen von den Nordecks habe ich von der Wand genommen und in eine Kiste gepackt und in das «Chaos» gestellt. Mögen sie da verrosten. «Lass mir nur eine Pistole!», fleht Ben. «Die alte Türkenpistole, die nicht mehr schießt ...»

«Was willst du denn dann mit ihr?»

«Ich will sie über mein Bett hängen», sagte der kleine Kerl. «Mein Vater hatte auch Waffen über seinem Bett.»

Und seine blauen Nordeckaugen funkeln kriegerisch ... Aber diesmal bleibe ich fest. Die Türkenpistole, die ein Nordeck im Türkenkrieg mitgehabt, wird mit eingepackt. Tags drauf kommt Ben an mit zwei rostigen Säbeln, die Onkel im Krieg 1870 getragen hat, und einer alten Pistole, die, Gott sei Dank, auch nicht mehr schießt ... Er hat sie von Onkel Dolf bekommen. Und drei Mark dazu.

«Wofür?», frage ich.

«Für eine Kanone», sagt Ben. «Ich weiß auch schon, welche. Sie steht bei Lippskys im Fenster ...»

Ich hatte gedacht, er würde sagen, für neues Küchengeschirr, aber so sind Kinder nicht. Er kauft sich dafür eine Kanone, die richtig knallt und die Spatzen erschreckt und den Papagei «ächert». Nun schießt er damit im Garten herum. Es ist gut, dass die alte Dame nebenan taub ist. Aber ihr Papagei fängt bei jedem Schuss an, wütend zu gackern ...

Im Juli ist die Stadt wie ausgestorben, die meisten Leute sind jetzt verreist, die Kinder haben Ferien, Bendlers sind verreist, Mary ist in Badgastein.

Sie hatte mich eingeladen, mit ihr zu gehen, aber solche Experimente kommen nach meinen letzten Erfahrungen für mich nicht mehr in Betracht. Ich bleibe in der heißen Stadt, die ich so wenig wie möglich betrete. Ich mache ein und halte Hausputz mit der Korzfleisch.

Die Kinder gehen baden und schwimmen und spielen Tennis auf den Wiesen der Universitätsplätze.

Es ist ein Sommer ohne Regen. Der August ist erstickend. Onkel Dolf hat die Läden seiner Wohnung am hellen Mittag geschlossen und arbeitet an seinem Schreibtisch bei Licht.

«Es ist verrückt», sagt die Nachtigall, «aber er hasst die Sonne.»

Er liebt den Regen, den Nebel, den Winter. Er hat immer Kohlen, folglich immer warme Stuben, er braucht nicht mit jedem Brikett zu rechnen. Für arme Leute ist die Sonne eine Gnade.

Nach diesem Winter will ich gern Hitze ertragen, die Hitze des Herdes, auf der meine Töpfe brodeln. Das Haus riecht nach Tomatenpüree, eingemachten Birnen und Essig. Die Korzfleisch macht jetzt auch ein und kommt nur noch zweimal die Woche. Sie leidet sehr unter der Hitze. «Es fliegt sie an.» Sie ist in den Jahren, in denen man sich in Acht nehmen muss. Sie rät es mir auch, obwohl jene Jahre mir, Gott sei Dank, noch ziemlich ferne sind.

Onkel wird schrecklich dick. Wenn er nur mehr spazieren ginge, aber er geht nicht spazieren. Wenn er zur Stadt muss, winkt er sich einen Wagen herbei. Alle Droschken- und Autofahrer kennen Herrn Adolf Funke. Man müsste ihm von Rechts wegen doppelte Fahrt rechnen, sagte ihm neulich ein frecher Chauffeur, weil er zwei Sitze einnimmt ... Dem hat er die Antwort gegeben. Es ging heiß her während dieser kurzen Fahrt, und alles im Landesdialekt, den Onkel ebenso beherrscht wie ein Droschkenkutscher oder ein hiesiger Chauffeur. Dass Onkel bei der Wortschlacht Sieger blieb, versteht sich von selbst.

«Wenn die verdammte Hitze nachlässt, machen wir 'ne Fahrt mit dem Schiff nach der Mayburg», verspricht er den Kindern.

Aber vorläufig ist es noch sehr heiß.

«Wir machen nie was», klagen die Kinder. «Alle verreisen irgendwohin, nur wir müssen zu Haus hocken.» Sie beklagen sich jedes Jahr darüber, aber ich kann's nicht ändern: Ich kann Onkel nicht noch einmal um Reisegeld bitten ... Onkel ist nicht für die Reiserei. Es ist eine Krankheit der Zeit, behauptet er. «Wir sind früher auch nicht gereist, meine Mutter ist in ihrem Leben seit ihrer Hochzeitsreise nicht mehr aus der Stadt gekommen.»

«Warum nicht?», fragte Ulla.

«Weil die auch solche ungezogenen Gören hatte wir ihr, euch kann man ja keinen Tag alleine lassen, dann stellt ihr was an.»

Ich habe ihn gebeten, Dieter einmal vorzunehmen, da er nicht mehr auf mich hört …

«Ja, liebes Kind», sagt Onkel, «weshalb soll *ich* denn immer den Donnergott darstellen? Ich liebe meine Ruhe auch. Ich hab die Kinder ja nicht in die Welt gesetzt … Hab, Gott sei Dank, keine zu erziehen.»

«Straf sie mal an ihren Geburtstagen», schlage ich vor. Aber das mag er auch nicht.

«Das macht mir keinen Spaß, wenn sie Gesichter machen und ich den geizigen Filz spielen soll …»

Er ist kein Erzieher und ich keine Erzieherin, wie es scheint.

* * *

Mary schreibt beglückte Briefe aus den Bergen von Gastein. Sie badet und läuft spazieren, hat Gesellschaft im Hotel, macht Autofahrten durch die Hohen Tauern. Sie kommt vor Oktober nicht zurück.

Ihr Mann macht Fußtouren durch die Vogesen.

«Das ist auch so ein modernes Paar», sagt Onkel. «Eines Tages wird die Ehe zerplatzen, pass mal auf …»

Auf diese Prophezeiung gehe ich nicht weiter ein.

Mary hat mir angedeutet, dass sie gar nicht mehr zusammenleben. Die Ehe ist gestört. Durch was und weshalb, sagte sie nicht. Als ich fragte: «Weshalb bleibt ihr denn zusammen?», sagte sie nur: «Er lässt sich nicht scheiden … Seit zehn Jahren bitte ich ihn darum.» Sie ist abhängig von ihm, aber er wird nie in eine Trennung einwilligen. «Nach meinem Tod kannst du tun, was du willst», sagt er.

Von den Tagen in Kesselstadt spricht sie nie.

Niemand, den ich hier kenne, kennt diese Industriestadt, niemand kennt Bendlers von früher, vielleicht ahnt niemand etwas von dieser zerstörten Ehe. Niemand kennt jedenfalls diesen Hans Dankwarth. Selbst die Korzfleisch hat nie etwas von dem Grab gehört, als dass es ein Selbstmörder war, der dort liegt.

Der Name des Toten ist ihr unbekannt.

Aber Mary kennt ihn. Und ich habe das Gefühl, als ob ich ihn eines Tages auch kennenlernen würde. Durch sie oder einen andern. Ich gehe zuweilen abends, wenn das Tor es Friedhofs offen steht, dorthin und plaudere mit dem alten Gärtner. Er ist wortkarg und wenig freundlich, er hat immer die Pfeife im Mund, man versteht ihn kaum. Ich lege dem Toten ein paar Blumen auf sein Grab und gehe zwischen den Reihen von alten Gräbern hin in der Abendsonne.

Es liegt so viel Poesie über solchen vergrasten, vergessenen Stätten mit regenverwaschenen Namen …

Als wir neulich bei Mary die Noten durchblätterten und ich das Lied «Auf einem Friedhof» von Brahms aufschlug, sagte sie nervös: «Nein, das nicht … das singe ich nicht …» Und sie blätterte rasch weiter …

Am selben Abend setzte ich mich an meinen Flügel und spielte das Lied «Auf allen Gräbern glänzte still das Wort

‹Genesen› …» Wie schön … So wird es einmal bei mit sein, dachte ich, später …

* * *

Die Schulen haben endlich wieder begonnen, die Leute sind aus ihren Sommerfrischen gebräunt und erholt heimgekehrt, die Stadt füllt sich wieder.

Bendlers Haus ist noch geschlossen, Mary ist eben in München. Wo er ist, ahne ich nicht.

Es ist noch schönes Wetter, ein warmer Herbst. Zuweilen schießt eine Schwalbe in raschem Flug über den Garten. Ich schaue ihr nach. Ich habe meinen Flickkorb vor die Laube gerückt, in der Ben und Ulla Schularbeiten machen … Aber ich muss fortwährend ermahnen … «Ulla, lass das, störe Ben nicht …» Sie kichern und flüstern … Ulla! Ben! … Still jetzt! … Dann sagt Ulla: «Mama, es hat mich was gebissen, hier sind so viele Ameisen!» – «Du solltest eine Zigarette rauchen, dann gehn sie fort», sagt Ben, «Ich hol dir eine von Margot.»

Ich flicke Anzüge. Die Kinder kosten jetzt so viel, ihre Anzüge sind immer gleich verwachsen. Und die Schuhe sind ihnen zu eng … Wann hab ich mir je etwas Neues gekauft? Seit dem Tod meines Mannes nicht mehr. Die schwarzen Trauerkleider habe ich mit weißer Spitze aufgehellt und sie modernisiert, meine Hüte sind auf die Köpfe von Margot und Ulla gewandert.

Ich möchte mir eine kleine, schicke Pelztoque machen für diesen Winter, lieber als diese Stücke einsetzen in alte Hosen meiner Söhne, aber es muss sein. Der Flickschneider behauptet, «so was» könne er nicht mehr flicken, und unsere kleine Näherin hat sich verheiratet und hat es nicht mehr nötig zu nähen, Manchmal bin ich alle diese Arbeiten so satt, ich möchte mich an den Flügel setzen und spielen, stundenlang, die ganze Nacht hindurch … Ich möchte wieder dichten … Aber seit dem Sommer hab ich nichts mehr geschrieben. Die Aufregungen mit Ulla haben mich sehr zurückgebracht. Ich habe den Gang zu den Frosenius angetreten und ihnen ihre Birnen bezahlt. An das frühere habe ich nicht zu rühren gewagt, ihres Sohnes wegen, der mich scheu betrachtete, als ich ankam. Ich musste eine Lügerei erfinden, um es der Frosenius, einer sehr harten, herrisch aussehenden Frau, begreiflich zu machen, dass es ein Missverständnis meiner Ulla war. Sie hatte vergessen, das Geld abzuliefern, sagte ich. Ob sie es glaubte, weiß ich nicht. Sie strich das Geld in eine leere Kaffeetasse, und ich bestellte Winteräpfel bei ihr, die sie mir sehr teuer verkaufte.

Sie steht immer auf dem Wochenmarkt und hat das feinste Tafelobst, aber sie hat auch die höchsten Preise.

«Geh, Heinz, mach der Dame die Gartentür auf», sagte sie zu ihrem Sohn. Der lange Heinz geleitete mich durch den Obstgarten, er sprach kein Wort, und ich sagte auch nichts. Schlafende Hunde zu wecken, nannte schon Anders etwas Gefährliches. Ich ließ es denn dabei. Aber ich habe Ulla verboten, die Gärtnerei je wieder zu betreten. Ich hoffe, dass sie ihr Versprechen hält.

* * *

Mein Dieter wird Ostern nicht versetzt! Er war immer Primus in seiner Klasse, ich habe mich eigentlich nie um seine Arbeiten gekümmert. Er kam mit Leichtigkeit durch die Klassen und brachte immer gute Zeugnisse heim, das hat mich etwas sorglos gemacht. Seit einiger Zeit bemerke ich, dass er weniger arbeitet und mehr draußen ist als im Hause. Er ist verändert mir gegenüber, nicht mehr offen, sondern verschlossen und wortkarg. Bei Tisch sitzt er stumm und zerstreut und fährt auf, wenn man ihn etwas fragt. Er grollt mir, weil ich ihm kein Geld gebe, das Kino zu besuchen, aber auf die Theaterplätze von Frau Mary Bendler verzichtet er.

«Ich schätze keine Freikarten, ich suche mir das aus, was ich sehen möchte. Lohengrin möchte ich *nicht* sehen», sagt er sehr bestimmt. «Im ‹Schwarzen Kater› spielen sie jeden Nachmittag ein Potpourri daraus.»

«Woher kennst du denn den ‹Schwarzen Kater›, Dieter?»

Es ist ein berüchtigtes Lokal zweiten Ranges, das von Studenten mit ihren Mädchen besucht wird, weil sie dort sicher sind, ihren Professoren nicht zu begegnen. Und abends wird dort getanzt. Dieter schweigt … Er reckt sich und schüttelt die Frage ab wie ein Insekt.

«Mein Gott, Mama, es hat mir einer aus unserer Klasse davon erzählt», sagt er höhnisch und lacht … «Du bist wirklich!! Ich glaube, es tut dir wahrhaftig leid, dass wir keine Wickelkinder mehr sind.»

«Es tut mir auch leid», sage ich. «Damals wart ihr netter.»

«Möglich», sagt Dieter. «Aber wir können nichts dafür, dass wir älter werden und nicht mehr schreien, wenn uns etwas fehlt.» Es klingt bitter.

«Fehlt dir denn etwas? Was hast du, Dieter?» Ich greife ihn bei den Schultern, zwinge ihn, mir ins Gesicht zu sehen … Aber dieselbe Schulterbewegung, dasselbe eiserne Gesicht, das mich jetzt so oft an seinen Vater erinnert, abweisend, kühl, kriegerisch und verschlossen. Ein Nordeckgesicht, auf das ein Stahlhelm passt.

«Ich kann es dir nicht erklären, Mama», sagt er dann. «Du würdest es doch nicht verstehen … Aber unser Klassenlehrer hat mir gestern eröffnet, dass ich Ostern wahrscheinlich nicht versetzt werde.»

Wie ein Donnerschlag hat mich das getroffen. Ich gehe zur Stadt, mein Herz klopft empört über Dieter, über seinen Lehrer, über das Nordeckgesicht, über alles … Das auch noch, er, mein Stolz, der Erste in seiner Klasse soll nicht versetzt werden? Wie ist das möglich?

«Ja, verehrte Frau», sagt Dr. Kruse. «Den jungen Herrn scheint augenblicklich etwas anderes mehr zu interessieren als seine Schulaufgaben …»

«Aber was denn, um Gottes willen?»

Der alte Lehrer lächelt … Lehrer und Mütter … Er hat dasselbe wahrscheinlich schon hundertmal erlebt mit sorgenvollen Müttern. Und hier braucht er ja nicht zu hören: Sagen Sie es um Gottes willen nicht meinem Mann. Ich bin ja «Vater und Mutter zugleich». Muss für alles einstehen. Ein doppeltes Schuljahr ist für meine Finanzen schlimm, abgesehen von meinen tief gekränkten Gefühlen und meiner Enttäuschung.

«Dieter ist sehr begabt», sagt Herr Kruse. «Er lernt spielend, viel zu leicht, er schwindelt sich so durch die Klassen. Er hat schon öfters an diesem Wendepunkt gestanden, aber dann nahm er sich immer zusammen und legte uns Arbeiten hin, dass wir nicht anders konnten als ihn versetzen … Aber diesmal tritt diese Verwandlung nicht ein. Und so wird man die Konsequenzen ziehen müssen. Was will er denn werden?»

«Offizier», sage ich. «Wie sein Vater und die Nordecks alle.»

«Hm», sagt Herr Kruse. «Wenn er versetzt werden soll, muss er sich sehr anstrengen. Die Chancen sind nicht sehr groß.»

* * *

Mary Bendler, die wieder aus München zurück ist, hat mich aufgeklärt. «Meine gute Oliva, es ist die Liebe …»

Ich sehe sie erschreckt an. «Die Liebe, mit sechzehn Jahren? Um Gottes willen – wenn das jetzt schon anfängt!»

Daran habe ich nicht gedacht. Sie legt mir die Hand auf die Schulter … Haben wir's vielleicht anders gemacht, mit sechzehn Jahren? … Also, die Liebe! Aber wer ist denn die Ursache? Ich will Dieter nicht fragen. Sein Gesicht ist wie versteinert seit unserer Unterredung. Ich frage nur: «Schämst du dich denn nicht, sitzen zu bleiben?»

Er zuckt die Achseln. «Angenehm ist es mir nicht. Aber das passiert doch jedem einmal … Außer unserer Margot, selbstverständlich …»

«Gott sei Dank», sage ich. «Margot ist noch nie mit einem Tadel heimgekommen und macht mir keinen Kummer wie du und Ben.»

«Danke für den Vergleich», sagt er trocken.

Aus Margot ist nichts herauszubringen. «Ich bin nicht Dieters Kindermädchen. Dass er manchmal in den ‹Schwarzen Kater› geht mit seinen Freunden, hab ich längst gewusst …»

«Und davon hast du mir nie etwas gesagt?»

«Nein, Mama. Du regst dich immer gleich so auf, und sie gehen doch alle dorthin. Weshalb soll denn Dieter eine Ausnahme sein?»

«Wer ist denn diejenige, die ihn so beschäftigt?», frage ich.

«Das weiß ich nicht, und wenn ich's wüsste, würd ich's dir nicht sagen. Ich denunziere niemand», Margot öffnet ihre Schulmappe und beginnt zu arbeiten.

Der Zufall war dann so freundlich, mir die Antwort zu geben. Gestern Abend, als ich aus der Stadt kam, vom Friseur, der mir einmal im Monat, das leiste ich mir, das Haar zurechtstutzt, sehe ich einen eleganten kleinen, roten Wagen, ein Cabriolet, an der Ecke unserer Straße halten. Ich kann keinen Wagentyp vom anderen unterscheiden und kenne den Wagen nicht; es sitzt auch niemand drin. Als ich vor unser Haus komme, höre ich Stimmen im Garten und sehe Dieter und Elli Fett vor der Laube sitzen. Sie im Liegestuhl hingestreckt, er sitzt vor ihr und liest ihr etwas vor. Sie reden und lachen … Margot sehe ich nicht. Ich gehe in mein Zimmer und öffne das Fenster. Dieter springt auf, auch Elli erhebt sich … Sie grüßen, kommen aber nicht herein. Ich trage mein Obst und den Salat in die Küche und bereite das Abendessen vor. Wir essen, um die Butter zu sparen, abends warm. Das ist billiger, aber mehr Arbeit für mich. Ulla hat angeblich jetzt nachmittags Schwimmstunden, und Ben kommt auch wieder nicht heim, und es ist schon sieben Uhr. Im Garten flüstern sie jetzt. Elli kichert, Dieter scheint etwas zu deklamieren. –

Schließlich reißt mir die Geduld. «Dieter!»

Dieter erscheint am Küchenfenster … «Mama? Du wünschst?»

«Du hast Besuch?»

«Ich nicht, aber Margot … Es ist Elli. Sie wartet auf Margot. Ich leiste ihr so lange Gesellschaft.»

«Und deine Arbeiten?»

«Mach ich nach dem Abendessen …», sagt Dieter und

setzt mit einem eleganten Sprung über das Tulpenbeet in den Garten zurück. Es schlägt sieben, es schlägt halb acht. Ich decke den Tisch, mische Salat, koche die Eier, brate Kartoffeln … Meine frisch manikürten Hände schneiden Zwiebeln, niemand kommt und hilft mir dabei … Alles andere ist wichtiger … Schularbeiten, Schwimmstunden, Turnstunden, Nachsitzen … Auf einmal fasse ich einen Entschluss. Ich wasche mir die Hände, stelle die Bratkartoffeln auf die kleine Gasflamme, setze den Hut auf und gehe aus dem Haus …

Ulla kommt mir entgegen, atemlos, heißgelaufen, die Schulbücher unterm Arm …

«Wohin, Mama?»

«Zu Frau Bendler. Ihr müsst allein essen.»

«Bist du böse?», fragt sie betroffen.

«Nein. Ich will mal etwas anderes sehen als eure Gesichter.»

* * *

Ich komme gerade zur richtigen Zeit, Mary ist zu Hause. Sie hat Briefe geschrieben und freut sich, dass ich komme. Sie wollte sich eben allein an den Tisch setzen. Ihr Mann ist wieder auf seiner Jagdhütte … Wir essen in dem schönen, ruhigen Zimmer mit den dunklen, schweren geschnitzten Möbeln, bedient von einem älteren Mädchen im schwarzen Kleid. Bei Tisch sprechen wir über neutrale Sachen. Aber sobald wir auf der Veranda unter uns sind, ergreift sie meine Hand. «Was hast du, Oliva, was ist es denn wieder?»

Und ich sage ihr alles, meine Sorgen und die Angst, dass ich nicht die Kraft habe, meine Kinder zu erziehen, wie es sein sollte. Sie hört mich an. Ihr Gesicht ist ruhig und ernst.

«Ich glaube, Oliva, du nimmst das alles viel zu schwer. Du kannst daran nichts ändern. Die Jungens werden Männer, und wenn du ihnen den Hausschlüssel entziehst, springen sie aus dem Fenster hinaus …»

«Soll ich mir denn die Augen verbinden vor dem, was ich kommen sehe, Mary?»

«Du kannst es ja nicht hindern», meint sie. Sie sucht mich zu trösten, aber sie hat keine Kinder, hat nie welche gehabt und kennt keine Sorgen um Geld und unversetzte Söhne. Bei Leuten, die Geld haben, spielt das keine Rolle, ob der Sohn ein Jahr länger auf der Schule bleibt … Ich muss aber rechnen, ich muss immer rechnen, mein Leben ist eine Rechenaufgabe geworden: Wie bringe ich sie durch, wie zahle ich meine Schulden ab? Dieters Rad, Ullas Aquarium, Bens neue Hose, die bei dem Floß draufging, das zerbrochene Küchengeschirr, Bens Doktor, Frau Korzfleischs Dienste, das leere Zimmer da oben, das die gekränkte Timm verließ, die Rederei wegen der Sekunda. Wenn es nur der Direktor nicht erfährt! –

Manchmal schlagen die Wogen über mir zusammen …

Dann kann ich nicht schlafen und muss Schlafpulver nehmen. Und ich war so glücklich, als ich wiederkam. Zwei Wochen in einem fremden Land unter einem anderen Himmelsstrich, neue Menschen, neue Eindrücke, neue Bilder. Was das ausmacht bei mir … Ich habe mich verändert, Dieter hat recht, seit meiner Reise … Ich gehe wie auf Wolken, beruhigt, erlöst und beseligt, dass ich bei «ihm» war, eine Stunde nur hab ich dort in der Sonne bei ihm gesessen und habe mit ihm gesprochen … Es war mir so leicht und so froh, als ich heimfuhr.

«Du warst einmal glücklich, das ist's», sagt Mary Bendler

mit trübem Lächeln. Sie war es nie. Die Frage, weshalb sich diese beiden so verschiedenen Menschen fanden, hat sie mir nicht beantwortet. Sie spricht nicht über ihre Ehe, sie spricht überhaupt nicht von sich. Sie will nur von mir hören, wie es war, als ich glücklich war, in den ersten Jahren meiner Ehe, und nachher, als die Kinder kamen. «Immer und immer? Wie wunderbar ... Dafür musst du jetzt büßen», meint sie. «Das Glück muss man abzahlen – in Raten ... Die Götter sind neidische Gesellen. – Und du zahlst es ihnen ab, du opferst dich, du lebst von Erinnerungen. Wenn ich das wenigstens könnte, wäre ich glücklich ...»

Den Mann habe ich bisher nur gesehen, aber kaum gesprochen. Er geht mir offensichtlich aus dem Wege. Er ist ein merkwürdiger Mensch, verschlossen und eiskalt. Dabei sehr gut und männlich aussehend, aber schroff, ablehnend, im Verkehr mit Frauen sehr zurückhaltend. Er soll ein guter Anwalt sein, ein glänzender Redner, er wird viel nach auswärts gerufen. Ich würde ihn nicht rufen, wenn ich einen Prozess hätte. Wie diese beiden zusammenleben, ist mir ein Rätsel,

Er ist sehr reich, Mary war es nicht; hat das sie bewogen? Dann hat sie es gebüßt und muss es nun weiter büßen. Bendler hasst Musik. Er ist nur glücklich in seinem Wald ...

* * *

«Da sehn Sie mal, was ich gefunden hab unter der Matratze von unserer Margot!»

Eine breitschultrige Gestalt steht in der Türe, hochgeschürzt, ein rotes Kopftuch um das Haar gebunden, und hält mir ein paar Bücher hin.

Ich hatte mich gerade hingesetzt, um eine Novelle zu schreiben, die eine rheinische Zeitung bestellt hatte, als die Korzfleisch mich aus dieser Beschäftigung aufschreckt. Ich lege die Feder hin, und wir betrachten die Bücher, die sie hervorgeholt hat, französische und amerikanische Autoren, deren Namen mir ganz unbekannt sind. Illustriert mit guten Holzschnitten die französischen, die andern sind in den üblichen roten, violetten und gelben Einbänden des Albatrosverlags.

Wo mag Margot diese Bücher herhaben, und weshalb hat sie sie unter der Matratze versteckt?

Die Korzfleisch strahlt, sie macht gerne solche Entdeckungen, sie liebt die Sensationen und verbreitet sich, während sie wieder zum Klopfer greift und aus den Matratzen Staubwolken hervordrischt, über die heutige Jugend.

«Ja, ja, gnädsche Frau … die Ginder … die Ginder …!» Ich werfe einen Blick in die Bücher, um sie abscheulich zu finden, aber zu meinem Erstaunen finde ich sie fesselnd und sehr gut geschrieben. Und statt mich in meine Novelle zu vertiefen, fange ich an, sie zu lesen … Ich mache es dabei wie Onkel Dolf im Café mit den Zeitungen, eine in der Hand, eine auf den Knien, und auf einer sitzt er.

Ich war so versunken in meine interessante Lektüre, dass ich gar nicht hörte, dass Margot nach Hause gekommen war.

«Tag, Mama … du liest?» Sie ist nicht gewohnt, mich im Sessel zu finden mit einem Buch, sondern am Herd bei meinen Töpfen. «Ja, ich lese auch einmal», sage ich und setze meine strenge Miene auf. «Ich habe mir erlaubt, deine Matratze nachzusehen, und da fand ich diese Bücher.» Ich halte sie ihr hin … «Wie kommst du zu diesen Sachen?»

Margot wirft ihre Mappe auf einen Stuhl und fängt an,

sich ihre Locken auszukämmen, was ich nicht ausstehen kann.

«Hast du mich nicht verstanden?»

Auf diesen Ton folgt Margots Steingesicht. «Gewiss, ich bin ja nicht schwerhörig.»

«Und du hast keine Entschuldigung dafür?»

«Wofür? Dass ich gute Bücher lese?»

Sie sieht mich an.

«Wenn es wirklich gute Bücher sind, brauchtest du sie nicht unter einer Matratze zu verstecken.»

«Es *sind* gute Bücher, erster Autoren. Wenn du solche Bücher lesen wolltest, Mama, würdest du mir recht geben.»

«Ihr lasst mir leider keine Zeit dazu, gute Bücher zu lesen», sage ich.

«Wir?» Margot steckt das Kämmchen in das Lederetui ... «Ich kann doch nichts dafür, dass Ulla und Ben in der Schule nicht vorankommen. Hinter mir braucht niemand her zu sein. Ich werde jedes Jahr versetzt.»

Dagegen ist nichts einzuwenden. Mir fällt wenigstens nichts ein. «Ich werde mir die Bücher einmal ansehen», sage ich, als sie Miene macht, ihre Bücher wieder einzusammeln.

«Aber, Mama, die gehören doch nicht mir!»

«Wem gehören sie denn?»

«Jedenfalls nicht mir. Wovon sollte ich mir denn Bücher kaufen? Von meinen drei Mark monatlichem Taschengeld vielleicht?»

Mein Herz fängt an zu klopfen. «Du brauchst ja nicht unbedingt Romane zu lesen. Ein Schulmädchen hat anderes zu tun. Aber seit du mit dieser Elli verkehrst, hast du ein ganz merkwürdiges Benehmen angenommen. Ist Elli auch zu ihrer Mutter wie du zu mir?»

«Elli hat nicht nötig, Bücher zu verstecken. Sie kann lesen, was sie will.»

«Das möchte ich mir doch erlauben zu bezweifeln.»

«Du kannst ja ihre Mutter fragen!», wirft Margot ein.

«Das werde ich auch ohne deine Erlaubnis. Wem gehören denn die Bücher?»

«Einem Herrn, den ich kenne ...»

«Einem Herrn? Was für einem Herrn?»

«Einem Studenten der Medizin ...»

«Woher kennst du denn den?»

«Er verkehrt bei Fetts ... Es ist ein Verehrer von Elli», kommt es etwas rasch. «Ein Ungar, wenn du's wissen willst. Du kannst ja Frau Fett fragen ...»

«Wo hast du den Herrn kennengelernt?», frage ich. Mir kommt an der Geschichte etwas unwahrscheinlich vor ...

«Neulich, als du verreist warst und wir bei Fetts zum Abendessen waren, hatte ich ihn zu Tisch. Dieter kann es dir bestätigen.»

«Ist das eigentlich jetzt Mode», frage ich, «dass Schulmädchen junge Herren besuchen, wenn ihre Mutter nicht zu Hause ist? Elli wusste doch, dass ich nicht da war ...»

«Mein Gott, machst du aber eine Geschichte aus allem!», sagt Margot. «Erstens hat sie nicht Dieter besucht, das hat Elli gar nicht nötig, sondern sie wollte mir ein Lexikon bringen, und da sie mich nicht antraf und ihr Dieter die Tür aufmachte, ist sie dageblieben, um auf mich zu warten ... War das ein Verbrechen oder ein Verstoß gegen die Sittengesetze?»

Jetzt hab ich aber genug! «Marsch, hinaus mit dir!», rufe ich. «Geh auf dein Zimmer und lass dich heut nicht mehr blicken!»

«Gern», sagt Margot, sie nimmt ihre Schulbücher und schlägt die Türe ihres Zimmers hinter sich zu, dass der Kalk von der Decke rieselt.

Ich müsste nun wieder hinter ihr herlaufen und ... aber nein, ich muss ja Mittagessen kochen ... Die andern kommen auch schon gelaufen ... Ich gehe in die Küche, suche alles zusammen, während mir das Herz klopft wie wahnsinnig. Dieses dumme Herz. Manchmal muss ich mitten in einer Beschäftigung aufhören und es festhalten, damit es sich beruhigt.

Das Essen wurde zum Glück noch fertig, bis die Kinder aus der Schule kamen. «Mama kann zaubern», sagt Ulla, die drei Flinsen auf einmal verschlingt. Flinsen mit Heidelbeeren und einer aufgewärmten Suppe. Hauptsache ist es ihnen, dass es viel ist und dass sie satt werden. Auch die gekränkte Königin Margot ist erschienen, um an unserem Göttermahl teilzunehmen, aber sie vermeidet, mich anzusehen, und überlässt vornehm einige etwas schwarz gewordene Flinsen dem ewig hungrigen Ben, dem es weniger darauf ankommt, wie etwas aussieht. «Fein, Mama, fein.» Seine Augen strahlen mich an.

Der gute kleine Kerl, niemals kann ich ihm böse sein.

Meine Novelle hab ich zerrissen und im Herd verbrannt. Feste Bestellungen liegen mir nun einmal nicht. 150 Seiten, es soll möglichst viel von Liebe darin vorkommen, und gut ausgehen muss sie auch, schrieb der Redakteur.

* * *

Die ganze Nacht habe ich in den verbotenen Büchern gelesen, bis der Morgen graute und ich die Vögel draußen im Garten erwachen hörte. Ein Roman spielte in den verschneiten Pyrenäen, eine mysteriöse, fabelhaft mitreißende Geschichte eines nie geklärten Verbrechens. Wenn ich Preisrichter wäre, würde ich ihr den ersten Preis zuerkennen. Als ich damit fertig war, entdeckte ich auf der Umschlagseite, dass das Buch tatsächlich den Grand Prix bekommen hat.

Margot spricht kein Wort mehr bei Tisch. Noch sonst. Sie ist beleidigt. Aber ich lasse mich dadurch nicht abhalten, Frau Fett endlich meinen Besuch abzustatten, den ich schon längst hätte machen müssen. «Die gnä' Frau ist zu Hause, bitte, wollen Sie hineinspazieren», sagt das Hausmädchen von Fetts, das mir die Türe öffnet. Und sie lässt mich in einen hohen, kalten Salon ein, mit roten Wänden, sehr viel Gold, großen Bildern und Spiegeln; keine Blume, kein Buch, kein Porzellan. Das Zimmer sieht aus, als habe es ein Dekorateur nach seinem Geschmack eingerichtet und es sei seitdem nicht mehr bewohnt worden.

Auf dem geschorenen Rasen im Garten um das Begonienbeet stehen ein paar steinerne Rehe und Zwerge, die mit Farren gefüllte Blumenschalen tragen ... Frau Fett lässt mich ziemlich lange warten; sicher zieht sie sich erst noch um ... Es ist eine jener Damen, die ewig beleidigt sind und mit dem Grüßen warten. Sie wartete so lange, bis ich diese Grußgeschichte aufhob. Seitdem ist sie mir böse. Sie erscheint endlich in Schwarz, feierlich und sehr kühl. Wir sitzen auf dem Sofa mit «Umbau», einem jener schrecklichen Möbel, auf deren säulengekröntem Brett Familienbilder stehen in billigen Rahmen. An den Wänden hängen große Ölgemälde, blaugrüne Seestücke mit Segelbooten, die Ben begeistern würden, oder Alpenlandschaften mit Kuhhirten in roten Westen.

Frau Fett, eine rundliche Brünette, eine reif gewordene

Elli, rosig, ein volles, ruhiges Mondgesicht, sitzt mir wuchtig und schwer gegenüber und hört meine Entschuldigungen wegen des verspäteten Besuches – er ist allerdings verdächtig spät – stumm an. Ich fühle, dass sie meinen Phrasen nicht glaubt.

«Na ja», sagt sie endlich. «Eine Hausfrau … und vier Kinder … und dann sind Sie ja auch oft verreist …»

«Ich?»

«Ja, Sie waren doch damals in Paris, wie ich höre?»

«Leider nein. Ich war nur in der Provinz von Frankreich …»

«Ach so …» Die Provinz interessiert die Dame nicht.

Ich komme auf diesem Umweg auf die geliehenen Bücher, die ich auf den Marmortisch gelegt habe. «Ich bringe vorläufig nur zwei zurück, die andern möchte ich, wenn Sie gestatten, gerne noch etwas behalten.»

Frau Fett nimmt ihre Lorgnette und betrachtet die Bücher … «Was sind denn das für Bücher?», fragt sie.

«Nun, aus Ihrer Bibliothek …»

«Wir haben ja gar keine Bibliothek», sagt sie erstaunt. «Und französische Bücher. Ich kann gar kein Französisch. Wo haben Sie die denn her?»

«Ich fand sie bei Margot, die meinte, Elli hätte sie ihr gegeben.» Von dem erfundenen Medizinstudenten will ich eher nichts erwähnen.

Frau Fett sieht mich groß an … «Das muss ein Irrtum sein», sagt sie … «Wir haben zwar einen Bücherschrank, aber an dem hab ich den Schlüssel. Mein Mann bringt nämlich von seinen Reisen oft Bücher mit, solche Schmöker, die nicht für heranwachsende Kinder passen, die halt ich fest unter Verschluss. Aber diese Bücher sind nicht von uns.»

Also hat mich Margot wieder einmal belogen. Ich stecke die Bücher wieder in meine Tasche und entschuldige mich.

«Gott ja, Bücher», sagt Frau Fett. «Die liest man einmal, und dann hat man sie vergessen. Und hinterher weiß man nicht einmal, wer sie einem gegeben hat. Ich bin in der Leihbibliothek am roten Turm (sie sagt ‹Durm›) abonniert. Da werden wir sehr gut bedient; das Fräulein weiß schon, was ich will, und legt mir allemal ein schönes Buch zurecht. Und meine Elli liest überhaupt nicht gern. Die hat ihre Weihnachtsbücher noch nicht mal ausgelesen. Auf unserm Speicher steht 'ne ganze Kiste voll Schmöker, die kein Mensch mehr anguckt.»

Von dieser literarischen Dame nahm ich bald Abschied.

Auf dem Heimweg begegne ich Mary, sie kommt aus der Stadt in einem feschen, rehbraunen Jackenkleid, einem hellblauen Lederhütchen, reizend und elegant, aber ich sehe, dass sie etwas Farbe aufgelegt hat. Ich erzähle ihr von den Büchern und zeige sie ihr. Sie bleibt stehen und lacht.

«Aber, Oliva …! Die Bücher sind ja von mir!»

«Von dir?»

«Ja, von mir, ich hab sie Dieter gegeben. Er kommt manchmal vorbei und holt sich ein Buch aus meiner Bibliothek. Er hat ja kein Geld, sich Bücher zu kaufen, und Bücher hab ich genug … Wie sie unter Margots Matratze gekommen sind, weiß ich nicht, aber dass die Korzfleisch sie dort entdeckte und du glaubst, Fetts hätten 'ne Bibliothek, nein, Oliva, du bist unbezahlbar … Aber den Verkehr mit der Elli würde ich abbrechen. Ich weiß nicht, was Margot an der findet. Es ist ein ganz oberflächliches Ding. Vielleicht ist's nur das Schwimmbecken; und die Theaterloge kann sie auch von mir haben … Die Fahrten in die Heide am Abend mit Dieter würde ich auch nicht mehr gestatten. Es wird schon darüber gesprochen. Dein Dieter ist mir viel zu schade dafür …»

Ich gehe heim mit einem leichten Nebel vor Augen … Margot und Elli, Dieter und Elli … ein Komplott? Eines ist sicher: Während meiner Abwesenheit hat sich allerlei bei uns ereignet.

* * *

Im Hause Nordeck ist Revolution.

Die Kinder zürnen miteinander, mit mir und der Korzfleisch und Frau Mary, die «nicht dichtgehalten» hat. Auf mich sind Dieter und Margot böse, weil ich zu Frau Fett gegangen bin, sie haben wohl nicht damit gerechnet. Elli ist böse, weil ich mich in Sachen gemischt habe, die mich nichts angehen – wörtlich übermittelt von meiner Tochter Margot –. Frau Fett hat sich über mich geärgert, weil ich sie nach ihrer Bibliothek gefragt habe, und hat mich am Familientisch für eine arrogante Person erklärt, der freundschaftliche Verkehr zwischen unsern Häusern ist gestört.

Dieter ist ablehnender und verschlossener als je; er spricht nur, wenn er etwas gefragt wird, und gibt knappe, trockene Antworten. Die Korzfleisch, der nichts entgeht, was in unserer Straße geschieht, hat sich mit Frau Rademacher, die uns gegenüber wohnt, gezankt, weil diese am Milchwagen gesagt hatte, meine Kinder wären ein bisschen viel sich selbst überlassen. Diesen Damen ist nicht auszureden, dass ich eine Reise nach Paris gemacht habe. Darum scheint man mich zu beneiden. Aber Frau Korzfleisch hat meine Partei ergriffen und Frau Rademacher, die keine Kinder hat, erklärt, Leute, die keine Kinder in die Welt gesetzt hätten, hätten nicht das

Recht, anderer Leute Kinder zu bekritteln. Darüber ging ein Schnellfeuer los von beiden Seiten, bis ein Schutzmann, der des Weges kam und sich einmal in die Heidukstraße verirrte, sich einmischte und auch etwas abbekam, was wieder die hohe Polizei in Zorn versetzte. Die Korzfleisch hat sich darüber sehr aufgeregt. Während sie die Teppiche bürstet, berichtet sie mir alles bei offenen Türen. Aber ich hab eben Wichtigeres zu tun.

Da man von zerrissenen Novellen nicht leben kann, habe ich etwas Neues geschrieben. «Saison morte.» Das kleine, reizende Idyll im Elsass, im Herbst … Der Generalanzeiger schickte es mir postwendend zurück, aber eine Wiener Modenzeitung hat es genommen und mir dafür fünfzehn Mark geschickt. Ich bin sehr stolz darauf, Wien bittet um meine Mitarbeit. Herr Generalanzeiger, ich brauche Sie nicht mehr.

Ich habe mich daraufhin in eine neue Arbeit gestürzt. Die Ideen kommen mir auf einmal wieder, und ich muss sie festhalten, sonst flattern sie fort wie die Schmetterlinge über den alten Gräbern, die in der Morgensonne dort schwirren und abends nicht mehr da sind.

Es ist mir gleichgültig, dass Frau Rademacher Frau Korzfleisch nicht mehr grüßt, dass die Korzfleisch Streit hat mit einem Mieter, der immer betrunken heimkommt, dass Margot in der Haltung einer gekränkten Königin im Hause herumgeht und Dieter mir grollt, weil ich mir erlaubte, statt neuer Tennisschuhe einen Kochtopf zu kaufen, und dass Ulla mich mit trotzigem Gesicht fragt, was sie von diesem grässlichen Markt heimbringen soll, wo alles viel teurer ist als bei der Frosenius. Ich lebe in meiner Welt.

Alles im Hause schläft, nur ich sitze noch bei meiner blau beschirmten Lampe und feile und male die Bilder von meiner

Reise aus … «Morgen in einem elsässischen Museum …» «Medizinische Gemälde …» Ich weiß, dass Elli nicht mehr ins Haus kommt, seit meinem Besuch, aber dass ihr kleiner Ford jeden Abend an der Ecke unserer Straße hält und auf das dreifache Hupen hin Dieter das Haus verlässt, angeblich, um mit einem Freund Griechisch zu treiben.

Ich fragte Margot, wie sie eigentlich jetzt mit Elli stünde. Sie sah mich groß an. «Warum? Weshalb soll ich nicht mehr mit ihr stehen?»

«Und Dieter?»

«Dieter? Was geht es mich an, was Dieter tut? Elli ist meine Freundin. Da hilft nun nichts, Mama, auch keine Besuche bei Frau Fett.»

Früher hätte mich diese ungehörige Antwort erzürnt. Jetzt tue ich, als hätte ich sie nicht gehört. Ich will mir die Stimmung nicht verderben lassen, ich muss arbeiten und will arbeiten. An den griechischen Freund glaube ich natürlich nicht. Ich weiß, dass er schwarze Locken und einen roten Mund hat …

Ich habe eben den letzten Satz meiner Skizze vollendet, als ich eine Türe leise, leise gehen höre. Jemand schleicht über den Flur … «Dieter!!»

Er öffnet die Tür und bleibt stehen. «O, noch bei der Arbeit, Mama?»

«Komm einmal herein», sage ich und lege die Feder fort. «Woher kommst du so spät?»

Er steht, die Hand auf der Klinke, schlank und schön da, mit verdunkelten Augen. «Ich war bei meinem Freund, wir schreiben morgen Klassenarbeit.»

Ich fühle, dass er mich belügt … Onkel hat gestern gewettert. Er hat vom Direktor gehört, dass Dieter wahrscheinlich sitzen bleiben wird. «Eine Schande ist das, Oliva. Du musst auf deine Kinder aufpassen. Die Kinder werden groß. Anbinden kann man sie nicht. Die Nordecks sind Kerle. Da kann keine Mutter was ausrichten, aber sitzen bleiben darf er nicht, einer, dem's so leicht wird wie dem …»

Dieter hört mich stumm an. Seine Augen sind kalt und fremd. Er ist mir entglitten, ist in einer fremden Hand. «Möchtest du es denn wirklich nicht versuchen, wieder wettzumachen, was du versäumt hast, Dieter? Es würde dir sicher noch gelingen mitzukommen.»

«Nein, Mama, was der Wesebeck einmal sagt, das ist so. Ich spare meinen Kopf für das nächste Jahr.»

«Wenn du nur wolltest, Dieter … Ich war immer so stolz auf dich …»

Eiserne Miene, verschlossener Mund, gerader Rücken, Schweigen.

«Statt mit dieser Elli in die Heide zu fahren …»

Jetzt kommt Leben in seine Gestalt, seine Augen blitzen. «Woher weißt du das, Mama? Und was geht das die Leute an, mit wem und wohin ich fahre?»

«Man hat euch gesehen. Du hast mich also belogen.»

Er braust auf. «Weil du keine Wahrheit verträgst! – Ja, ich bin allerdings mit Elli ausgefahren. Wem schadet das etwas? Ich weiß ja, dass ich nicht versetzt werde, also streng ich mich auch nicht mehr an. Mein ganzes Leben bin ich durch die Klassen gekommen, jeder andere ist mal sitzen geblieben. Nun passiert es eben mir einmal … Ich fahre auch mal gern im Sommer hinaus ins Grüne. Wenn Margot mitfährt, hast du nie etwas dagegen.»

«Du weißt sehr gut, dass das etwas ganz anderes ist, Dieter. Und ich bitte dich, diese Fahrten einzustellen.»

«Das kann ich dir nicht versprechen, Mama. Ich habe keinen Grund, mich mit Elli zu überwerfen.»

«Das brauchst du ja deshalb nicht.»

«Bitte sehr. Du hast dir ihre Hausbesuche verbeten, sie kommt nicht mehr her, wo sollen wir uns denn sonst treffen? Im ‹Schwarzen Kater› vielleicht?»

«Was sagt denn ihr Vater zu euren nächtlichen Fahrten?»

Schweigen.

«Er weiß es nicht, nicht wahr? Also tut ihr es heimlich. Das ist unehrlich gegen ihre Eltern. Und gegen mich.»

Schweigen, trotziges Gesicht, das Nordeckgesicht. Anders hatte es auch bei unseren Auseinandersetzungen. Aber die Elli von damals war *ich*. Wir haben uns auch heimlich getroffen, da meine Eltern gegen die Heirat mit einem Offizier waren. Darf ich den Richter spielen in diesem Fall? Alles ist so schwer für mich, so kompliziert …

Mit Musterkindern ist es einfach. Ach ja. Weshalb habe ich keine?

Zweiter Teil

Die Rosen sind verblüht, es wird Herbst. Mein Garten liegt morgens im leichten Nebel. Wenn ich die Läden öffne, sitze ich eine Weile auf der Fensterbank und lausche den Vögeln. Bald ziehen sie fort ... Der Specht ist noch da und hämmert an dem Birnbaum, dessen Blätter der Wind leicht bewegt. Ein paar grüne Birnen hängen noch an seinen Zweigen, im betauten Gras liegen dicke, gelbe Pflaumen, die Dahlien fangen an zu blühen, ein Zeichen, dass der Sommer sich zu Ende neigt. Schade. Es ist immer wie ein Abschied. Ich liebe keine Abschiede. Ich will, wenn es einmal so weit ist, niemand um mich haben, keine Kinder um mich versammeln, ich will mich dann still in eine Ecke zurückziehen und ... es wird aus sein. Im Sommer fühle ich nichts von Abschied, aber im Herbst kommt es über mich. Abschied. Wovon? Von diesem Leben, der Erde, meinem Haus, dem blauen Zimmer, den Kindern, die mich nicht vermissen werden und mich nicht mehr brauchen? Von wem sonst? Von Onkel Dolf oder Tante Constanze, die ewig auf Reisen ist? Meine rheinischen Verwandten sehe ich nie mehr. Sie kommen nicht nach dem Norden. Berlin ist für sie zu weit. Es zieht sie nichts hierher in unsere Stadt. Meine Freundin Beate schreibt immer seltener. Alles, was früher so wichtig war, verebbt einmal. Die Kinder sind mit Onkel fortgefahren. Sie wollen mit dem Schiff nach der Mayburg. Ich bin allein. Ich feire Sonntag. Die Straße ist still und leer. Die

Häuser sind geschlossen. Alles benutzt den letzten schönen, sonnigen Tag zu Ausflügen ... Es ist still um mich. Ich kann mich wieder auf mich selbst besinnen.

Über den alten Grabstätten da drüben flattern gelbe und weiße Schmetterlinge in der Nachmittagssonne, ein Rabe, sitzt unbeweglich auf der Mauer und sieht zu mir herüber. Wie ist er hergekommen? Auf der alten Burg hausen Raben, schon seit vielen Hundert Jahren. Sie gehen nicht fort von dieser finsteren Stätte, auf der einst das Femgericht tagte, sie bleiben wie die Raben im Tower auf dem Richtplatz der Anne Boleyn. In der Ferne schlägt eine Kirchenuhr langsam vier.

Ich sitze in der warmen Herbstsonne im Liegestuhl vor der Laube, neben mir steht mein Teetisch. Meine Bücher liegen da, aber ich schlage sie nicht auf. Heute hätte ich Ruhe zum Dichten, aber heut fällt mir nichts ein. Mir fällt nur etwas ein, wenn ich keine Zeit habe. Ich lasse mich von der Sonne durchwärmen. Alle Fenster der Wohnung sind geöffnet, damit die letzte Sonne meine Zimmer durchdringt. In den Vasen leuchten gelbe Sonnenblumen und große Sträuße von rosa Flox. Mein Flügel ist aufgeschlagen. Ich habe heute Morgen zwei Stunden gespielt ... Bach'sche Etüden und etwas Schubert ... Niemand hörte mir zu. Ich spiele gern, wenn mir niemand zuhört. Es zieht mich zu meinem Flügel. Ich schlage ein paar Akkorde an, und dann fang ich an zu spielen ... Die große Sonate von Schumann ... Feierlich klingt sie durch mein stilles Zimmer. Nicht immer spiele ich so gut, aber heute ist mir's, als hätte ich Flügel bekommen und flöge über diese Erde ... Schumann!! –

Er packt mich, er bewegt mich, er ist herrlich und ernst. Plötzlich schaue ich mich um ... Es ist mir, als sei doch jemand da, der mir zuhört ... Alles ist still um mich ... ich höre nichts, keine Schritte, keine Türe ... der Rabe auf der Mauer ist verschwunden ... aber statt seiner sehe ich einen Männerkopf über dem Mauerrand, der neben der Trauerweide unbeweglich zu mir herübersieht ... Ein Kopf mit einem hellen Hut ... Ich unterbreche mein Spiel, im selben Augenblick ist der Kopf verschwunden. Er ist untergetaucht wie in einer Versenkung auf einer Bühne ... Nun ist er nicht mehr da.

Sonderbar. Ich habe noch nie an einem Sonntag jemand auf dem alten Friedhof gesehen ... es muss jemand sein, der ein Grab dort drüben besucht oder sich für die alten bemoosten Grabstätten interessiert. Die Erscheinung hat mich in meinem Spiel gestört ... ich warte, ob der Kopf noch einmal auftaucht, aber ich sehe ihn nicht mehr und beginne weiterzuspielen. Da tönt meine Hausschelle.

Das ist er!, denke ich. – Mein Herz fängt an zu klopfen ... Ich bin allein im Hause ... die Straße ist leer, im Nachbarhaus ist niemand als der Papagei. Ich gehe zur Haustür und öffne.

Vor mir steht ein großer, blonder Herr, der höflich den Hut lüftet.

«Ich bitte um Verzeihung», sagt er, «wenn ich zu dieser Stunde hier eindringe. Ich kam zufällig hier vorbei und sah die Tafel an Ihrem Hause ... Darf ich fragen, ob das Zimmer noch frei ist?»

Es ist ein elegant gekleideter Herr von etwa fünfundvierzig Jahren, in hellgrauem, gut geschnittenem sportlichen Anzug. Leicht ergraute Schläfen, ein sympathisches Gesicht, helle Augen, bartlos, hellgraue, gesteppte Wildlederhandschuhe in der Hand und einen Stock mit sehr schönem Silbergriff. «Darf ich eintreten?»

«Bitte», sage ich, «aber ich glaube nicht, dass das Zimmer etwas für Sie ist.»

«Darf ich es mir ansehen?»

Ich führe ihn die knarrende enge Treppe hinauf, öffne die weiße Türe, und er schaut hinein, ohne es zu betreten. Er sieht sich nur um … Das Zimmer präsentiert sich heute, von der Nachmittagssonne durchleuchtet, besonders freundlich und hell, als wollte es sich von seiner besten Seite zeigen mit den einfachen weiß lackierten Möbeln, den frischen weißen Gardinen, sonst sieht es ziemlich kahl aus, ohne Blumen und Wandschmuck, den ich hinter das Bett gestellt habe.

Der Herr tritt an das Fenster und schaut lange hinaus. «Eine schöne, weite Sicht hat man von hier … Was ist das dort, der kleine Wald?»

«Das ist die Heide …»

«Und diese Ruine, die man von hier aus sieht?»

«Unsere Burg. Sie liegt gerade unterhalb der Halde am Wasser … Den Fluss kann man nicht sehen. Die Halde fällt steil ab zum Ufer. Sie sind wohl fremd hier?»

«Ja. Ich bin erst seit einer Woche hier. Ich wohne im Continental am Bahnhof. Aber es ist mir dort zu laut. Ich möchte ruhig wohnen. Ich bin auf den Wreschener Werken draußen beschäftigt.» Er reicht mir seine Visitenkarte. Ich lese darauf: Dr. Ing. Rolf Stetten. Oberingenieur.

«Ist Heizung hier?» Er sieht sich um.

«Nein, nur Öfen.»

«Aber ein Kachelofen wenigstens … Ich komme aus den Tropen … Ich bin etwas verwöhnt. Ich friere ungern. Aber Kohlen haben wir ja hier genug.»

Er scheint Lust zu haben, das Zimmer zu nehmen.

«Ich bin wenig zu Hause, viel unterwegs. Ich brauche nur

ein Asyl, das freundlich und warm ist. Aber wohin mit meinen Büchern? Ich habe mehrere Kisten mitgebracht, sie stehen noch auf dem Bahnhof ... Es ist eine kleine Bibliothek, von der ich mich nie trenne. Gibt es hier noch einen anderen Raum, eine Kammer vielleicht?»

Die Kammer ist schon da. Nebenan ist ein kleiner Raum, schräg und eng, mit einfachen, gescheuerten Tannendielen, die Firma Kumpel benutzte sie nie.

Es wäre möglich, dass man sie mir freigäbe.

«Das wäre schön», sagt der Herr ... «Ich würde sie natürlich bezahlen. Ist Bedienung im Hause? Eine Frau? Das genügt. Ich brauche nur hin und wieder, wenn ich abends heimkomme, einen Tee. Ich esse sonst außerhalb, in unserem Kasino oder unterwegs. Kein Frühstück morgens. Sie hätten mit mir wenig Arbeit!» Er sieht mich an und lächelt.

«Es gefällt Ihnen wirklich, das Zimmer?», frage ich.

«Ja, es gefällt mir hier draußen. Das ist es, was ich suche ...»

«Aber das Haus ist nicht immer so ruhig wie heute», wende ich ein. «Ich habe vier Kinder ...»

«Kleine Kinder?»

«Nein, von elf bis siebzehn.»

«Nun, die schreien ja nicht mehr», sagt er lächelnd. «Kinder stören mich nicht, außerdem bin ich tagsüber meist nicht da. Wenn es Ihnen also recht ist, nehme ich das Zimmer.» Es ist mir schon recht, aber ich weiß nicht, ob es seinen Ansprüchen genügt. Diese Herren, die aus den Tropen kommen, sind große Hotels und viele Diener gewöhnt. Ich zögere noch. Seine gepflegte Eleganz verrät einen Herrn, der auch sonst verwöhnt ist. Nach dem Preis hat er gar nicht gefragt. Wir gehen die Treppe hinunter. «Ist ein Bad vorhanden?» Er sieht sich um. Ich öffne ihm die Badestube, in der an allen Haken Badetücher und Mäntel hängen. «Ja, aber nur dieses eine.»

«Nun, das genügt für meine kalte Morgendusche. Ich habe schon unter weit primitiveren Verhältnissen gewohnt, wo es nicht einmal Wasser gab. Das schreckt mich nicht. Ich kann nur eins nicht vertragen: die Stadt ... Ich hasse Städte ...»

«Ich auch», sage ich. «Deshalb bin ich so weit hinausgezogen.»

Da er immer noch nichts von dem Preis gesagt hat, wende ich zaghaft ein: «Das Zimmer kostet vierzig Mark ... mit Frühstück.»

«Das ist viel zu billig», sagt er und bleibt im Flur stehen. Das hat mir noch niemand gesagt, und es nimmt mich sofort für diesen Mieter ein, der mir auch sonst sympathisch und vertrauenerweckend ist.

«Mit der Kammer würde ich einhundert Mark bezahlen, ist das recht? Ich werde unseren Schreiner vom Werk, der mir die Bücherregale aufstellt, herschicken. Und wann kann ich einziehen?»

«Wann wollen Sie denn einziehen?», frage ich etwas ängstlich.

«Am liebsten schon morgen», sagt er und sieht mich an. «Das Haus hat's mir angetan, die Gegend hier draußen, die nette Straße und der Garten ... Selbstverständlich richte ich mich nach Ihnen, das Zimmer ist ja eben unbewohnt.»

«Gut, also bis übermorgen!»

«Einverstanden. Meine Koffer lasse ich morgen herbringen.» Er wirft einen Blick in mein blaues Zimmer, auf den Flügel ... «Ich habe Sie vorhin unterbrochen, gnädige Frau. Sie spielten ... was war das noch, von Schumann?»

«Die große Sonate ...»

«Richtig, man hört sie so selten ... Wenn ich hier bin, höre ich sie vielleicht einmal ganz von Ihnen ... Sie spielen sehr gut ... Sind Sie ausgebildet? Nein? Schade ... Ich bin nicht mehr ausübend, ich liebe nur Musik ... Nicht alles, ich bin sehr konservativ. Schubert, Brahms, Schumann, Beethoven und Bach ...»

«Und Chopin», sage ich.

«O ja, den natürlich auch, alles von ihm ... Singen Sie auch?»

«Ich habe gesungen.»

«Das hört man. Sie haben eine musikalische Stimme.»

«Ich bin vom Rhein ... Wir singen alle etwas.»

«Ach, vom Rhein! Wie nett! Deshalb sieht das hier alles so freundlich und liebenswürdig aus. Wirklich, es ist reizend hier ... Darf ich eintreten?»

«Bitte ...» Er geht in mein Zimmer und sieht sofort die Madonna ...

«O ... feine Sachen haben Sie! Das ahnt man nicht von außen. Und der hübsche Platz in der Sonne da draußen, der einladend gedeckte Teetisch ... Aber ich habe Sie zu lange aufgehalten ... Sicher wollen Sie Ihren Tee trinken ... In der Küche bullert schon der Teekessel. Verzeihen Sie ...» Er greift nach seinem Hut und wirft einen Blick in meine helle, kleine, weiß-blaue Küche. «Zu nett, wirklich ... man kann sich kaum trennen ... Die Stadt am Sonntag ödet mich an. Das Hotel am Bahnhof und mein scheußliches Zimmer nach dem Hof –»

«Wollen Sie hierbleiben und eine Tasse Tee mit mir trinken?», frage ich ... Er schaut mich überrascht an ...

«Aber, gnädige Frau! ...»

«Doch, doch, er ist gleich fertig. Wir sitzen draußen, solange die Sonne scheint.»

Er legt seine Handschuhe und den Hut unter den Spiegel im Flur, dann geht er in den Garten. Ich sehe ihn herumwandern, er betrachtet Bens Kaninchen, die in ihrem Ställchen an Kohlblättern schnuppern, meine Sonnenblumenstauden und die Birnen, die über dem Teetisch hängen. Als ich wiederkomme mit dem Tee und dem Zwetschenkuchen, kommt er mir entgegen und nimmt mir das Tablett ab.

«Aber bitte, bemühen Sie sich doch nicht. Mein Gott, Zwetschenkuchen! Auch das noch! Das ist fast zu viel Gnade ... Es war doch ein guter Gedanke, der mich hierhergeführt hat.»

Dann sitzen wir in den weißen Korbsesseln in der warmen Nachmittagssonne, trinken Tee, essen Zwetschenkuchen, und er erzählt von China und Mexiko, wo er überall viele Jahre tätig war.

Er schildert anschaulich und lebendig. Er hat die Länder nicht als Cookreisender gesehen, sondern als arbeitender Mensch. Er macht den Eindruck eines Mannes, der sein Leben gelebt hat, der das Leben ohne rosa Brille sieht und sich wenig Illusionen macht, dafür aber umso interessantere Einblicke in das Leben getan hat. Er weiß jedenfalls davon mehr als viele Autoren, die Bücher über China und Mexiko schreiben und, die Länder mit dem Auto bereisend, die Menschen vom Eisenbahnzug oder von einer Gesandtschaft aus kennengelernt haben, vielmehr sie nicht kennengelernt haben. «Um sie kennenzulernen, braucht man viele, viele Jahre, ein ganzes Leben», meint er.

Stetten war gern in China, aber ungern in Mexiko. Über China hatte ich manches gelesen, von Mexiko wenig, ein paar

Geschichten von den Ölfeldern, von Texas und Mexiko, von Goldsuchern und Banditen. Er machte eine Handbewegung. «Das ist natürlich nicht Mexiko», sagt er und reicht mir sein silbernes Zigarettenetui, aus dem ich eine Zigarette nehme, die er mir anzündet. «Das Land lernt man nicht durch solche Romane kennen. Es ergibt sich nicht so leicht. Jemand, der keine strenge Moral und kein Rückgrat hat, sollte sich nie dort versuchen. Ich habe Hunderte von jungen Amerikanern gesehen, die das Land in Stücke brach …»

«Aber es ist ein freies Land», warf ich ein.

«Ein freies Land? Wo ist das? Die Freiheit liegt doch nicht im Land, sie liegt in uns. Die freiesten Völker sind Sklaven ihrer Idee, der Konvention oder der öffentlichen Meinung, Sklaven der Industrie oder des Goldes.»

«Und Sie?», fragte ich. «Sind Sie denn frei?»

Er schwieg und strich die Asche in die blaue Schale auf dem Tisch. Er lächelte flüchtig. Dann sagte er ernst: «Ich habe einmal geglaubt, es zu sein. Niemand kann sein eigner Meister sein, er muss sich nur den geeigneten Meister erwählen. Man geht den Weg, den man selbst für richtig hält … aber es gelingt uns nicht immer, ihn zu Ende zu gehen, wie man ihn gehen soll … Aber für eines ist Mexiko gut …»

«Für was?», fragte ich.

«Zum Vergessen …» Er rauchte und schwieg. Ich wartete etwas, mein Herz schlug. Er sagte es ruhig und ernst, sein Gesicht sah plötzlich alt und grau aus, wie verfallen … «Das Mittel dafür? Die Arbeit und das Leben dort … Es ist noch besser dafür als China … Ich hab es wenigstens gefunden … Es reißt einen mit, es treibt uns an, es hält uns nieder, es macht mit uns, was es will, es kostet Anstrengung, sich über Wasser zu halten … es ist ein täglicher, tödlicher

Kampf, ein krampfhaftes Bemühen um das, was uns sonst wo, in Europa zum Beispiel, mühelos in den Schoß fällt. Das Letzte, was ich in China erlebte, war die traurige Geschichte einer jungen Chinesin, die mit einem meiner Kollegen verheiratet war, einem Europäer. Die Ehe war sehr glücklich, bis eines Tages eine junge, schöne, ehrgeizige Amerikanerin einbrach, die gekommen war, um über China zu schreiben. Mein Freund führte sie in sein Haus ein, und das Unglück war da. Liebe, Eifersucht. Eines Tages sah die junge Frau ein, dass das Schicksal gegen sie war, sie ertränkte sich im Teich ihres Gartens.»

«Und der Mann?»

«Hat die andere geheiratet.»

Ich schwieg.

«Erstaunt Sie das? So sind wir doch nun einmal, wir Männer … Sie war sehr schön … und seine arme, kleine Chinesin war … eben eine Chinesin. Sie gab sich solche Mühe um ihn, aber die Macht der weißen Frau war stärker.»

«Wie konnte er denn jemals glücklich werden mit der anderen?», fragte ich.

Stetten zuckte die Achseln.

«Er war jung und robust. Er blieb sogar im selben Hause wohnen …»

«Das verstehe ich nicht …»

«Es gibt viel Unverständliches in der Welt … besonders drüben …»

Wir schwiegen, und in mir arbeitete diese kleine, traurige Geschichte.

«Wie kamen Sie eigentlich hierher?», fragte ich nach einer Weile und goss den Tee wieder auf.

«Man rief mich nach Leipzig auf ein ähnliches Werk.

Ich war chinamüde und sehnte mich nach Europa. Ich hatte schon angenommen, als sich die Sache im letzten Augenblick zerschlug. Mir wurde Wreschen angeboten, und da ich einmal in der Gegend war, nahm ich an …»

«Tut es Ihnen leid?», fragte ich, denn er sah auf einmal verändert aus, ganz fahl, als ob er fröre.

«Das nicht … Die Stelle ist gut, besser als die in Leipzig, und aussichtsreicher … Ich habe einen guten Vertrag. Man ist gebunden, aber *ich* bin es nicht.»

«Sie wollen also wieder fort?»

«Ich weiß noch nicht … Einstweilen bin ich ja hier.»

«Haben Sie keine Bekannte hier?», fragte ich.

«Nein, ich suche auch keine.»

«Menschenfeind?»

«Das nicht, aber Eremit.»

«Waren Sie das immer?»

«Nein, ich bin's geworden!»

Wir schwiegen.

«Ich bin ein einsamer Mensch, gnädige Frau. Meine Arbeit, meine Bücher und etwas Sport, das genügt mir … Alles andere habe ich hinter mir gelassen ohne Bedauern …»

Er machte eine Handbewegung. Seine Hand ist schmal und feingliedrig. Es ist die Hand des geistigen Arbeiters, eine konische und künstlerische Hand, die beweist, dass der Betreffende Liebe zur Kunst und Freude am Schönen hat in jeder Form. Menschen mit solchen Händen überlegen nicht lange, sie gehorchen der Eingebung des Augenblicks. Ihr Gehirn arbeitet rasch und sicher, sie lassen sich von ihrer Umgebung und den Menschen, mit denen sie in Berührung kommen, leicht beeinflussen. Sie sind großmütig und mitfühlend. Es ist eine feste, elastische Hand, ihr Händedruck ist bestimmend und beeinflussend, wenigstens für mich. War er immer allein? Er trägt keinen Ehering, aber das beweist nichts. Es gibt viele Ehemänner, die keine Eheringe tragen. Nordeck trug nie einen Ring.

Es ist mir unsympathisch, wenn Männer sich mit Ringen schmücken.

Er muss wohl meinen Blick bemerkt haben.

«Ich bin übrigens Witwer», sagt er.

«Sie waren verheiratet, in China?»

«In China nicht … Meine Frau lebt nicht mehr. Aber, sprechen wir nicht von mir. Erzählen Sie mir lieber, wie *Sie* hierherkamen und warum in diese uninteressante Stadt, in die Sie gar nicht passen?»

«Mein Leben war auch nicht interessant», sagte ich. «Ich bin meist zu dem gekommen, was ich nicht wollte und was mir nicht lag, und zu dem, für das ich Lust und Talent habe, habe ich keine Zeit. Nicht so viel, wie ich möchte …» Und ich sagte ihm, dass ich etwas schreibe, und dass mir seine chinesische Erzählung solchen Eindruck gemacht hätte, dass ich sie gern festhalten möchte … «Mit Ihrer Erlaubnis natürlich!»

«Aber gern, wenn ich Ihnen damit etwas geben kann … Nur eine Bedingung, darf ich sie lesen?»

«Gern. Sie sollen sie lesen. Ich schreibe sie noch in dieser Nacht.»

«In der Nacht? Dann werden Sie Herzgeschichten bekommen.»

«Die habe ich längst!», lachte ich.

«Nehmen Sie das nicht so leicht, das Herz ist –»

«Ich weiß, ich weiß, der Doktor sagt es mir immer. Er hat mir aber nicht die Medizin gegeben, mein Leben so einzurichten, wie es für mein Herz gut ist. Es ist eine dumme Angewohnheit von ihm, sich bei jeder kleinen Aufregung zu melden …»

Er sah mich lange an und schwieg … Dann nahm er meine Hand, die er stumm hielt. Und ich ließ sie ihm …

Der Tee war sehr stark geworden, viel zu stark für mich, aber diesmal war's mir einerlei …

«Wie sind Sie denn in unsere Straße gekommen?», fragte ich. Sein Lächeln verblasste plötzlich. Er sah wieder fremd und kalt aus.

«Ich habe jemand besucht, der da drüben liegt …», sagte er kurz.

«Auf dem verschlossenen Friedhof?»

«Ich habe mir den Schlüssel vom Gärtner geholt.» Ich fühlte, dass er nicht gern von diesem Besuch sprechen wollte: «Als ich dort war und zwischen den alten Gräbern umherging, hörte ich jemand spielen … Ich wusste nur nicht, was es war, und hörte eine Weile zu. Dann drehten Sie sich plötzlich um und hörten auf zu spielen; weshalb taten Sie das eigentlich?»

«Weil ich fühlte, dass jemand da war, der mir zuhörte.»

Er sah mich an. «Sie haben das gefühlt? Ich kenne das … Es ist, wie wenn man einen Vortrag hält und man merkt, ob jemand im Saal ist, dem das, was wir sagen, nicht gefällt, ob die Leute mitgehen oder nicht mitgehen, man spürt es deutlich. Sie rühren sich nicht, sie rufen nichts dazwischen, sie sitzen still da, aber was sie denken, kommt herüber zu uns wie auf Wellen. Was haben Sie denn von mir gedacht als ich dastand und Ihnen zuhörte?»

«Ich fand es sonderbar, dass der Kopf plötzlich verschwand wie im Kasperletheater …»

«Das war recht unpassend für einen Friedhof», sagte er und reichte mir die Zigaretten.

«Ich finde, wir rauchen etwas viel», meinte ich.

«Ach, lassen Sie. Es ist so schön, unter diesem alten, deutschen Birnbaum zu sitzen, in der Sonne. Wie lange haben wir sie noch? Dann ist es Herbst … Ich habe schon Angst vor dem Winter hier, vor der Feuchtigkeit, der Grauigkeit, dem Nebel und der Kälte … Nun freue ich mich darauf, auf mein hübsches, warmes Zimmer, auf das Nachhausekommen und auf Ihr abendliches Spiel, das ich durch die Decke hören werde. Oder, wenn Sie mir gestatten, in Ihrem reizenden blauen Zimmer, das mit so viel Geschmack eingerichtet ist, dass man am liebsten gleich darin bliebe … Es passt alles so gut zusammen, Möbel, Stoffe, die Farben. Das Zimmer hat Stil, wie das ganze Haus.»

Es war spät geworden, die Uhren schlugen, wir hörten sie nicht. Die Sonne war untergegangen, es wurde langsam kühl.

Plötzlich sagte er: «Würden Sie mir die Freude machen und die Sonate zu Ende spielen? Ich meine, den letzten Satz?»

«Gern.» Ich stand auf.

«Ihr Tee war wundervoll … Er hat mich erfrischt … Ich war heute etwas down. Nun ist es vorbei. Darf ich hier draußen bleiben?»

«Ja. Aber nehmen Sie lieber diese Decke um», sagte ich und reichte ihm meine blaue Diwandecke.

Er dankte und setzte sich wieder in den weißen Korbsessel. «Ja, das ist gut … Wozu soll man frieren? Sie verwöhnen mich … schon am ersten Tag …»

Ich nahm Platz am Flügel und begann zu spielen … Die weiße Flügeltür nach dem Garten stand offen. Ich konnte ihn dasitzen sehen. Die Hände auf der Sessellehne, schaute er in die Ferne, wo die Sonne hinter der Heide versunken war und den Himmel mit einem rötlichen Schein überstrahlte. Ich spielte Schumann, er liegt mir, und an diesem Abend spielte ich ihn besonders gut.

Plötzlich hörte ich draußen einen Wagen vor das Haus fahren und die Stimmen meiner Kinder.

Ich brach ab. «Da sind sie», sagte ich … Nun war mein stiller Sonntag zu Ende … Hereingestürmt kamen Ben und Ulla.

«Mama, Mama!»

Sie blieben in der Tür stehen, als sie den fremden Herrn sahen.

«O, du hast Besuch?»

«Ja, kommt nur herein», sagte ich.

Dieter und Margot folgten, sie blieben aber gleichfalls stehen. Sie sahen erstaunt im Garten den Teetisch und den fremden Herrn, der, eine blaue Decke um die Knie, im Sessel saß.

Ich stellte sie vor.

Stetten erhob sich und schüttelte Dieter die Hand. Margot reichte ihm kühl die ihre. Die Kleinen standen verlegen da wie immer, wenn fremder Besuch da ist. Ulla machte ihren raschen Schulmädchenknicks, und Ben schüttelte seine gelbe Mähne heftig bei der kleinen Verbeugung. Es entstand eine kurze Pause.

«Nun, wie war's?», fragte ich.

Dieter gab keine Antwort, und Margot sagte nur: «Ganz nett, nur viel zu voll auf dem Schiff … Und den ganzen Rückweg mussten wir Studentenlieder singen. Onkel fand, das seien wir ihm schuldig.»

«Es war himmlisch, Mama!»

Ulla hing an meinem Hals.

«Wir sind erst im Wagen gefahren bis zur Schleuse, und dann mit dem Schiff bis zur Mayburg. Dort haben wir im Garten gefrühstückt, und dann durften wir ins Strandbad. Und nachher haben wir zu Mittag gegessen, auf der Veranda. Es waren schrecklich viele Menschen da. Feine Sachen hat's gegeben, ich weiß nicht mehr, was alles. Und Eis bekamen wir auch! Erdbeer- und Vanilleeis! Und Onkel bekam Streit mit einem Kellner, weil der Tisch, den er bestellt hatte, nicht frei war.»

Onkel bekam immer Streit mit Kellnern. Er hatte noch veraltete Vorstellungen von dröhnenden Befehlen, die von fliegenden Kellnern untertänigst entgegengenommen und sofort ausgeführt wurden. «Lieber Herr, ich kann doch nicht hexen!», hatte der Kellner gesagt. Der Wirt hatte ihnen dann einen anderen Tisch frei gemacht, und dort gab es wieder einen Krach mit einer Familie, die sich ebenfalls dort niederlassen wollte. Es gab immer Krach, wenn Onkel ausging.

Und alles endete in einer köstlichen Maibowle, von der Onkel natürlich den Löwenanteil bekam, denn ihm war sehr heiß. Er hatte seinen dicken schwarzen Anzug an und schimpfte auf seinen Schneider, der ihm die Ärmel immer zu eng machte, dass sie kniffen.

«Und in dem Garten war ein Käfig!», schrie Ben in den pausenlosen Bericht Ullas. «Da war ein Affe drin, der fraß gelbe Rüben und riss einer alten Dame, die ihm eine Zwiebel durch das Gitter steckte, den Hut ab und entfloh damit auf einen Baum. Die Dame schrie Zeter und Mordio, und der Hausdiener musste kommen und den Affen herunterholen, der den Hut schon ganz aufgetrudelt hatte … Es war schön, Mama!»

Dr. Stetten stand abseits und hörte lächelnd zu. «Also eine richtige Landpartie», sagte er.

Dieter warf ihm einen Seitenblick zu, Margot nahm ihren weißen Hut lässig ab, und die beiden gingen auf ihre Zimmer.

Irgendetwas schien ihnen nicht zu gefallen. Ich entschuldigte mich und ging Margot nach. Sie stand im Badezimmer und ließ Wasser einlaufen.

«Was ist denn, Margot? Weshalb läufst du fort?»

«Ich laufe nicht fort, ich wasche mir nur die Hände!», sagte sie. «Wer ist denn dieser Herr?»

«Ein Herr von den Wreschener Braunkohlenwerken, der ein Zimmer suchte. Er kam zufällig vorbei ...»

«Der hat doch hoffentlich nicht bei uns gemietet?», sagte Dieter.

«Doch. Er wird übermorgen einziehen.»

«Dieser fremde Mensch!», rief Margot und schüttelte ihre Locken aus der Stirn. «Wie kommt der denn ausgerechnet am Sonntag in die Heidukstraße?»

«Er hat einen Freund auf dem Friedhof besucht ...»

«Das muss ja ein sehr alter Freund gewesen sein», sagte Dieter. «Dort liegen ja nur hundertjährige Gräber.»

«Es sind auch neue an der Mauer», sagte ich. «Und es ist einerlei, weshalb er hierhergekommen ist. Jedenfalls bin ich froh, dass jemand endlich das Zimmer genommen hat. Er bezahlt hundert Mark dafür.»

Dieter und Margot sahen sich an. «Komisch», meinte Margot und begann ihre Locken zu bürsten.

«Und du lädst ihn gleich ein zum Tee und spielst ihm vor? Das tust du doch sonst nie!», sagte Dieter.

«Der Herr kommt aus China», sagte ich kurz, «er hat

davon erzählt, und weil es mich interessierte, habe ich ihn zum Tee dabehalten. Außerdem ist er musikalisch. Und jetzt wünsche ich nichts mehr von dieser Sache zu hören. Geht auf eure Zimmer.»

Als ich wieder in mein Zimmer kam, stand Stetten am Flügel und hörte Ben und Ulla lächelnd zu, die ihm gleichzeitig ihre Erlebnisse erzählten. Sie sahen sehr zerzaust aus, als hätten sie sich unterwegs gerauft.

«Ich muss mich verabschieden, gnädige Frau», sagte Stetten «Ich werde also am Dienstag erscheinen. Ich rufe noch an, wann der Schreiner kommt.»

«Wir haben aber kein Telefon», sagte ich.

«Dann schicke ich einen Boten. Telefon werde ich legen lassen, wenn Sie erlauben, ohne das kann ich nicht sein ...»

Er küsst mir die Hand und geht.

Ben schließt ihm die Tür auf.

Dieter und Margot lassen sich nicht mehr blicken. Ich höre, wie sie in ihren Zimmern laut miteinander reden. An diesem Abend wurde nicht mehr von dem neuen Mieter gesprochen, aber seine Erscheinung blieb zwischen uns stehen. Ulla und Ben waren zu erfüllt von ihrer Landpartie, aber Dieter und Margot hüllten sich in feindliches Schweigen.

* * *

Seitdem weiß ich, dass es ein Fehlgriff war, was ich tat. Ich hatte zum ersten Mal zuerst an mich gedacht statt an meine Kinder. Aber der neue Mieter würde sicher taktvoll und feinfühlig sein, und es war angenehm, einmal jemand im Hause zu haben, der nicht mit jedem Pfennig knauserte und nicht den Zimmerpreis drückte, der eine Bibliothek ins Haus brachte und Regale machen ließ, der die Stadt hasste, wie ich, der die Welt gesehen hatte, mit dem man über Musik reden konnte und der so war, dass man mit ihm vom ersten Augenblick an bekannt war.

Aber ich sah ein, dass dies alles für mich, aber nicht für meine Kinder maßgebend war, die den neuen Mieter als Eindringling empfanden, weil ich ihn aufgenommen hatte wie einen Freund. Es würde mir vielleicht gelingen, das rückgängig zu machen, sodass er nicht glauben durfte, er sei bei uns zu Besuch, und er könnte nun an unseren Teenachmittagen im Garten teilnehmen, aber wie ich das auch hin und her überlegte, es blieb eine Schwierigkeit und eine Verstimmung zwischen mir und Dieter und Margot.

Am nächsten Abend hatte ich die Loge von Mary bekommen und sah mit Margot den «Tristan», den ich wie verzaubert genoss.

Margot sprach den ganzen Abend kein Wort.

Als wir heimgingen, fragte ich: «Nun, du bist ja so stumm ... Was sagst du denn zu Tristan?»

Aber sie sagte, der Kapellmeister habe die Tempi viel zu schleppend genommen, die Rheinhold tremoliere und sei viel zu dick für eine Isolde, und der Tristan sei zu klein für die Rheinhold. Er habe ausgesehen wie ihr Kind.

«Ja, so muss der Tristan gehört werden!», sagte ich.

«Du weißt ja, dass ich nicht musikalisch bin», sagte Margot. «Ich hab schon bessere Tristanaufführungen im Radio gehört.»

Wir gingen schweigend heim.

Von dem neuen Mieter sagte niemand mehr ein Wort. Am nächsten Morgen räumten wir das Zimmer für Stetten ein. Die Kammer hatte mir die Firma Kumpel überlassen, ein

Teppich fand sich im «Chaos» dafür, mit dem wir sie auslegten, der die hässlichen Dielen verdeckte, ein Klapptisch kam in die Mitte, ein Sessel ans Fenster, das ich mit weißen Mullgardinen bespannte. An die Wände hängte ich einige alte Kupferstiche, die sich auf der altmodischen, hell gestreiften Tapete gut ausnahmen und sehr ruhig wirkten, das Bett ist hinter dem gelben Wandschirm verschwunden, den Waschtisch stellten wir heraus, dafür kam ein weiß bedeckter Frisiertisch herein, den mattgrünen Teppich, den die Timm arg zugerichtet hat, rieb die Korzfleisch sauber, die weißen Stühle bekamen frische, großblumige Kissen, dann stellte ich einen Strauß Sonnenblumen auf den Schreibtisch und einen Strauß Astern vor den Spiegel. Als Stetten am Abend angefahren kam mit dem großen Wagen des Werks, ging er gleich auf sein Zimmer.

«Das ist ja reizend geworden!», rief er und stand auf der Schwelle still. In der Kammer hatte der Schreiner schon die Regale aufgestellt, die er in der Stadt gekauft hatte, die Bücherkisten waren eingetroffen. Stetten begann, sie gleich auszupacken.

Ben trug ihm den Handwerkskasten hinauf.

Dieter sah diesen Vorbereitungen schweigend zu.

Man hörte Stetten hin und her gehen, einige Möbel wurden gerückt.

«Herrje, macht der aber einen Krach!», sagte Margot.

«Der krempelt wohl alles um? Der richtet sich wohl für die Ewigkeit hier ein?»

«Ich habe den Herrn in mein Haus genommen, weil kein anderer gekommen ist», sagte ich. «Ich finde ihn als Hausgenossen jedenfalls bedeutend angenehmer als Herrn Meyer ...»

«Na, dazu gehört ja auch nicht viel», sagte Margot.

«Ich bitte euch, das zu respektieren. Noch bin ich ja Herr in diesem Haus! Was habt ihr nur gegen ihn?», fragte ich.

«Wir haben gar nichts gegen ihn. Wir finden es nur komisch, dass man ihn gleich in die Familie aufnimmt, als sei er mit uns verwandt ... Du bist mit fremden Leuten doch sonst nicht so.»

«Sie gaben mir vielleicht keine Veranlassung dazu», sagte ich kurz. Darauf schwieg Margot und begann, ihre Nägel zu polieren.

Im Badezimmer hatte ich eine neue Einteilung vorgenommen; jeder bekam seine Badezeit und sein Brettchen für die Toilettesachen. Auf die Tafel schrieb ich: Dr. Stetten, halb acht.

«Was?», rief Dieter. «Der soll mit uns in einer Wanne baden?»

«Er nimmt nur eine kalte Dusche am Morgen», sagte ich. «Ich bitte, dass sich jeder an diese Einteilung hält.»

Ich suche aus meiner Vitrine das altenglische Teegeschirr hervor.

«Ist das auch für den neuen Mieter?», staunt Ulla.

«Ja ... ich habe das Gefühl, als ob er das zu schätzen weiß.»

«Mama ist immer entzückt von neuen Menschen», bemerkt Margot.

«Wenn man sie dann im Haus hat, zeigen sie sich von ihren anderen Seiten», setzt Dieter hinzu.

Ich überhöre solche Bemerkungen.

Nachdem die Bücher ausgepackt und eingeräumt sind, ist aus der Kammer eine ganz nette, kleine Bibliothek geworden. Nur etwas eng ist sie. Aber Stetten meint, Goethe habe in seinem Weimarer Stadthaus auch keine bessere gehabt, der hatte nicht einmal einen Teppich auf den Dielen.

Um zehn Uhr war oben alles ruhig. Am nächsten Morgen hörte ich ihn punkt halb acht im Badezimmer. Nach acht holte der Wagen ihn wieder ab. Er verlangte kein Frühstück. Keine Stiefel standen vor der Tür. (Ich hatte schon einen zweiten Sturm befürchtet: Wer putzt Dr. Stetten die Schuhe?) Sein Zimmer war aufgeräumt, nichts lag herum, es sah aus, als habe niemand darin gewohnt, das Bett war ausgelegt, die Blumen hatten frisches Wasser bekommen. Die Korzfleisch bewunderte das und machte sich gleich an die Fenster, um sie blank zu putzen.

«Mein Gott, strengt ihr euch aber für den an!», fand Margot.

«Na, dafür bezahlt er ja ooch», sagte die Korzfleisch, die mir den Preis des Zimmers entlockt hatte. Da ihr Stetten gleich zehn Mark in die Hand gedrückt hatte, war sie auf meiner Seite. Sie hatte seine dicken schweinsledernen Koffer auf den Boden getragen und festgestellt, dass er nur erstklassige Kleider in seinem Schrank hängen hatte. Alles ordentlich und fein, und auf Bügeln, wie sich's gehörte. Die Schuhe ließ er sich wohl am Bahnhof putzen. Dort saß ja so ein Kerl, der das machte. Und keine Arbeit und Geschichten mit Frühstück, wie der Herr Meyer, und keine Kocherei auf Spiritus, wie bei der Timm. «Nee, nee, Ginder, seid froh, dass ihr den gekriegt habt. So was findet eure Mama nicht wieder!»

Ich hatte ihr nicht gesagt, dass Stetten mit einem Grab da drüben irgendwie zusammenhing, denn die Kombinationsgabe von Frau Korzfleisch ist schrankenlos. Ich sagte ihr nur, der neue Mieter sei ein sehr ruheliebender Herr.

«Na, da is er ja ins richtige Haus geraten», sagte die Korzfleisch und fuhr fort, die Fenster blank zu reiben … Auf Sauberkeit hält sie, und im Fensterputzen ist sie mir über. Mit den Blumensträußen auf dem Schreibtisch und den weißen Decken überall sieht das Zimmer wirklich einladend aus. Er soll sich wohl darin fühlen.

«Meine Bücher bitte ich nach Belieben zu benutzen», sagte Dr. Stetten. «Ich stelle sie Ihnen allen zur Verfügung. Es sind meist wissenschaftliche Werke, viel Philosophisches und Historisches, wertvolle alte Sachen, die es gar nicht mehr sonst gibt.» Er hat sie auf seinen Reisen gesammelt und liebt seine in Leder gebundenen Bücher sehr.

* * *

Stetten ist ein spurloser Hausgast.

Er hat keine Wünsche, man hört ihn nicht, er verlässt früh das Haus und kommt abends meist sehr spät heim. Ich nehme an, aus Rücksicht auf uns. Wenn er kommt, sind die Kinder meist schon zu Bett.

Das Badezimmer funktioniert auch. Ich halte streng darauf, dass die Badestunden innegehalten werden, was bei Margot, die immer sehr lange zu ihrer Toilette braucht, einige Ausbrüche zur Folge hat … «Alles um diesen … diesen … wie heißt er eigentlich?» Sie tut immer, als ob sie einen Namen nicht behalten könnte.

Das Geld hat er mir in einem weißen Briefumschlag am ersten Tage hingelegt. Es ist viel zu viel für das bescheidene Zimmer. Ich habe das Gefühl einer Wohltat für verschämte Arme, aber ich hab's genommen.

Man verlernt es, stolz zu sein, wenn man arm ist.

Am Sonntag kam der erste Zusammenstoß mit Dieter.

«Ich würde gerne auch wieder mal Tennis spielen», meinte Stetten, als er Dieter mit dem Racket und der weißen Tennishose im Flur begegnete ... «Wo spielen Sie denn?»

«Auf unseren Universitätsplätzen», sagte Dieter kurz.

«Ich habe früher viel gespielt, sogar Preise bekommen», meinte Stetten. «Etwas Sport möchte ich gern wieder treiben.» Dieter antwortete nicht. Ich machte Dieter «Augen», aber er schwieg beharrlich und rückte seinen roten Ledergürtel zurecht, der ihm immer zu weit ist, er hat eine so schmale Taille. Stetten hatte verstanden, er nahm seinen Hut. «Ich werde mich mal nach einem Paddelboot umsehen», meinte er. Dann grüßte er und ging.

«Du bist nicht gerade höflich gegen unseren Hausgenossen, Dieter», sagte ich.

«Wieso, weil ich mit so einem alten Kerl nicht Tennis spielen will? Er soll sich seine Leute aus dem Werk suchen. Die haben ja dort auch Plätze. Ich trainiere eben für die Frühjahrsspiele, ich kann mich nicht mit Anfängern aufhalten.»

Ich lasse diese Bemerkung unter den Tisch fallen, wie alles, was in diesen Tagen über unseren Bewohner gesagt wird.

Es herrscht eine schwüle Stimmung im Hause, obwohl Stetten uns wirklich nicht stört. Ich höre ihn abends lange auf und ab gehen. Dann tut er mir leid. Er ist einsam. Und das Zimmer ist nicht gerade geeignet für jemand, der große Räume gewohnt ist. Aber er hat es ja gewollt.

Ich würde ihn gern auffordern herunterzukommen, aber ich wage es nicht. Ich habe das Gefühl, als ob das wieder einen neuen Sturm hervorrufen würde.

«Es muss sich erst alles einspielen», meint die Korzfleisch.

Neulich, als die Tür zu Margots Zimmer aufstand und sie

nicht wusste, dass ich nebenan saß, hörte ich einer Unterhaltung zu, ohne es zu wollen.

«Wie findest du ihn?», fragte Ulla.

«Ich finde ihn gar nicht», antwortete Margot. «Er ist für mich Luft.»

«Ich finde ihn ganz nett», sagte Ben. «Er hat mir eine Kinokarte geschenkt für nächsten Sonntag, und ich darf mir von seiner großen Kiste einen zweiten Stall machen.»

«Du legst dir wohl eine Menagerie an?», sagt Dieter.

«Das geht niemand was an, das ist mein Land.» Die andern lachen.

«Jawohl, das hat Mama mir gegeben, darauf kann ich machen, was ich will», sagt Ben.

«Komisch, dass Mama so entzückt ist von dem», fängt Ulla wieder an.

«Weil er in China war, wahrscheinlich. *Ich* würde nie nach China gehen, ich verabscheue Chinesen», sagt Margot.

«Wie viele hast du denn schon kennengelernt?», fragt Dieter.

«Bitte sehr, ich hab erst neulich einen gesprochen auf dem Tanzstundenball.»

«Das war ein Siamese!»

«Das ist doch egal. Die kann man ja nicht voneinander unterscheiden.»

«China», sagt Ben, der seine Schularbeiten macht, «China ist mir eigentlich piepe. Aber wenn ich von dem chinesische Briefmarken bekäme, wär mir das nicht unangenehm.» Er ist jetzt unter die Briefmarkensammler gegangen zu meinem Kummer, denn sie interessieren ihn leider mehr als seine Schularbeiten.

* * *

Weshalb bin ich auf einmal so glücklich? Weil Herr Meyer aus meinem Hause verschwunden ist? Weil Margot im Klassenaufsatz eine Eins geschrieben hat? Weil es mir gelungen ist, im Ausverkauf billige Lackschuhe für Dieter zu bekommen? Ich weiß es nicht.

Ich bin eben glücklich. Es ist alles wie sonst, und doch ist es anders. Mit dem Einzug von Stetten ist etwas in mein Leben gekommen, was vor langer Zeit darin war und was ich später entbehrt habe. Gestern Abend haben wir im Garten gesessen und über alles Mögliche gesprochen. Wir saßen da bis Mitternacht, über uns der sommerblaue Nachthimmel und Tausende von Sternen. Es war ein stiller Abend, wir waren allein. Wir sprachen über Frau Martin Luther, die er verehrt, von Clemenceau, dem Tiger, den er hasst, über Heinrich den Löwen und Mozart, über den römischen Augustus und Franz von Assisi und über Wilhelm Raabe, den er liebt. Ich kann seinen «Stopfkuchen» nicht lesen. Es liegt natürlich an mir, dass ich ihn nicht lesen kann, aber er liegt mir nicht. Wir werden nie fertig, uns zu streiten über Raabe und Gottfried Keller und Lawrence, den er schätzt, von dem ich nur ein verbotenes Buch gelesen habe, das man eigentlich – Mary gab es mir – nicht erwähnen kann. Aber Stetten findet es gut. «Sie werden auch noch dahinterkommen!», meinte er. Durch Stetten ist wieder etwas von dem Geist meines Elternhauses bei uns eingezogen, Bücher, Kunst, Musik … Ich brauche meine Möbel nicht mehr zu verkaufen, ich kann sie meinen Kindern erhalten. Diese Empire- und Biedermeiermöbel und die Mahagonimöbel mit den Löwenfüßen werden gar nicht mehr gemacht.

Stetten hat Telefonanschluss legen lassen. Wir haben zwei elektrische Öfen bekommen für die Übergangstage, einen für oben und einen für mich, denn ich soll nicht frieren, wenn ich Klavier spiele.

Mein Zimmer ist das größte im Hause; es hat zwei Fenster und die breite Tür nach dem Garten, aber an windigen Tagen ist es das kälteste Zimmer. Wenn ich tagsüber in Bewegung bin, spüre ich das nicht, nur abends, wenn ich am Flügel sitze, ist mir oft kalt. Er hat sich sein eigenes Teegeschirr angeschafft und seinen eigenen Kocher, er macht sich sein Rasierwasser und seinen Tee jetzt oben selbst. Er hat elektrisches Licht legen lassen auf seine Kosten. Die Firma Kumpel hat daraufhin die Miete erhöht, denn das Haus ist dadurch wertvoller geworden. Die Mieterhöhung trägt Stetten, denn er ist ja an diesen Verbesserungen schuld. Alles hat er aus sich getan, und er will durchaus keinen Dank. Er ist froh, dass er ruhig wohnen kann und eine Heimat gefunden hat, sagt er.

Wenn ich an Herrn Meyer denke, der jede Woche mit seinen Pfennigrechnungen ankam und mir immer etwas abzog! «Du musst eben nicht mehr an Herrn Meyer denken», sagt Margot. «Solche Leute sind für mich erledigt.» Aber Stetten mag sie auch nicht. Sooft er das Haus betritt, verschwindet sie in ihrem Zimmer. Wir haben «das Chaos» in die Kellerstube geräumt. Es ist Ankleidezimmer für mich geworden. Da es neben dem Badezimmer liegt, ist das angenehm, und ich habe wieder einmal Tapeten geklebt und Möbel weiß gestrichen. Die ganze Woche ging mit Anstreichen und Einräumen hin.

Bis jetzt ist Stetten nur selten gekommen und hat im blauen Zimmer meinem Spiel zugehört. Er klopfte nach neun an und fragte, ob er störe. Aber er stört nicht. Er sitzt still im Sessel in seiner Ecke und hört zu.

«Kommt der jetzt jeden Abend?», fragte Dieter.

«Er kommt, wann er will, ich kann ihm das nicht verbieten. Er ist eben Musik liebend ... Ist das so schlimm? Ihr findet euch ja doch nicht ein, wenn ich spiele.»

«Ich kann ja auch zu meinem Freund gehen!», sagt Dieter und nimmt die Bücher unter den Arm ...

Sonst hat mein Spiel sie nie gestört. «Ihr könnt doch hereinkommen und auch zuhören.»

«Wenn der kommt, sind wir ja doch überflüssig», meint Margot. «Was ihr miteinander redet, interessiert uns nicht die Bohne ...»

Manchmal gebe ich nach, lasse das Spielen abends, dann kommt Stetten nicht herunter.

Aber dann vermisse ich ihn wieder. Eins steht jedenfalls fest: Die Kinder mögen Stetten nicht ... Er kann tun und lassen, was er will, meine Kinder finden, dass er uns geniert. Margot weigert sich, ihm den Tee hinaufzutragen. «Ich bin kein Zimmermädchen.»

Und Ulla meint: «Er kann sich ihn doch in der Küche holen, wie die Timm ...»

Den Balkon benutzt er nie, obwohl ich ihm den großen weißen Korbsessel hingestellt habe. Manchmal sehen wir ihn die ganze Woche nicht. Aber tagsüber hätte ich für Besuche auch keine Zeit; mein Tag ist lang und fängt um sechs Uhr früh schon an mit dem Weckruf, den ich früher hasste: «Steht auf, Kinder, es ist Zeit zur Schule.»

Wenn ich jetzt einen Tadel ausspreche, heißt es: «Findet das vielleicht Dr. Stetten?» Wenn ich etwas erzähle, meint Dieter: «Das hast du wohl von unserem neuen Hausgenossen?»

Margot schweigt sich über ihn aus. Sie sagt nichts gegen ihn, aber die Miene, mit der sie an ihm vorbeigeht, spricht von keiner Sympathie. Selbst Ulla ist davon angesteckt. Sie murrt, sooft sie ihm das Teebrett nach oben trägt.

«Aber, Ulla, du hast doch auch dem Herrn Meyer seinen Haferbrei nach oben getragen!»

«Dafür war es auch der Herr Meyer», sagt Ulla. «Die Timm hat sich ihre Geschichten alleine besorgt. Wir hätten besser wieder eine Dame genommen!»

«Toll, dass dieser Stetten jetzt jeden Abend bei dir sitzt. Wenn man die Tür aufmacht, sitzt er da», höre ich Margot sagen.

Sie wissen nicht, dass es mir eine Wohltat ist, mich mit jemand zu unterhalten, der so viel herumgekommen ist wie Stetten und der so einsam ist wie er. Wenn er nach Hause kommt, höre ich ihn oft stundenlang oben auf und ab gehen, hin und her … Er hat hier keinen Menschen, den er kennt, in die öden Lokale mag er sich nicht setzen, der Spielplan des Theaters reizt ihn nicht, also bleibt er zu Hause und liest.

Seine Bibliothek hat mir eine Fülle von Anregungen gegeben, ich freue mich den ganzen Tag auf meinen Abend, auf diese letzte Stunde mit meinen Büchern. Er hat mir die chinesische Welt geöffnet, wie die Tür zu einem Zauberland, ich verdanke ihm diese Novelle, die ich in einer Nacht schrieb und die mir endlich einmal etwas eingebracht hat, denn mehrere große Zeitungen haben sie genommen. Er fand sie gut. «Sehr fesselnd und fein», meinte er, er gab mir die Farben dazu, die Konturen der chinesischen Landschaft, ihre Stimmungen. Diese letzten Feinheiten sind nicht von mir, sondern von ihm … Wir haben sie eigentlich zusammen geschrieben, aber ich darf den Gewinn davon einheimsen.

Deshalb bedrückt es mich, dass die Kinder nicht freundlicher gegen unseren neuen Gast sind, der so gut zu ihnen ist und sich immer etwas ausdenkt, sie zu erfreuen.

Ben ist leicht zu erfreuen, Ulla auch, aber meine Großen sind empfindlich. Die chinesische Novelle haben sie nicht gelesen, obwohl sie in mehreren Exemplaren offen auf meinem Schreibtisch lag. Eigentlich gehört sie Stetten und nicht mir.

Er weiß gar nicht, wie viel er mir gibt. Alles, was ich jetzt Gutes habe, kommt von ihm. Und er will durchaus keinen Dank. Er sagt, er fühlt sich so glücklich bei uns. Aber oft steht er am Fenster und schaut zu dem Friedhof hinüber. Ich weiß doch nicht, ob es gut für ihn war, in dieses Haus zu ziehen. Das Grundstück soll auf einem alten Friedhof gebaut sein. Wir wohnen also auf einem Friedhof. Die Korzfleisch behauptet, in Mondnächten merke man es. Der Dame aus Wiesbaden von nebenan sei einmal zu Silvester in einer hellen Nacht ein Geist erschienen, der genau ausgesehen habe wie ihr verstorbener Mann.

Bei Tage sieht die Heidukstraße sehr harmlos aus mit ihren bescheidenen, freundlichen, weiß gestrichenen Häuschen und den Birken vor der Tür, aber in den hellen Nächten ist es, als stiege die Vergangenheit der Stadt aus dem Boden und umgäbe mein Haus mit einem leichten Nebel. Der Fluss und die alte Burg, das Gemäuer, wo die Raben hausen, die alten Kirchen und Klostergebäude, die Pestgassen und die mittelalterlichen Reste der Stadtmauer, alles hat seine Vergangenheit und seine Geschichte. Die Industrie hat viel davon weggenommen, die Fabriken haben das Stadtbild verändert, aber es ist immer noch etwas von ihrer interessanten Geschichte dageblieben, von ihrer Atmosphäre.

Und was Stetten hierhergezogen hat, hält ihn nun fest:

das Grab an der Mauer. Die Korzfleisch sagt, sie würde nie an ein solches Grab gehen, denn Menschen, die ihrem Leben selbst ein Ziel gesetzt haben, die man einfach verscharrt in einer Ecke, finden keine Ruhe in ihrem Grabe, und sie kommen wieder.

Von dem Freund, der dort drüben liegt, hat Stetten nie mehr gesprochen. Vielleicht war's gar kein Freund, denn die drei anderen neueren Grabstätten gehören drei Frauen, die in den Kliniken gestorben sind und die man aus irgendeinem Grunde hier bestattet hat, und die anderen Gräber sind uralt und bemoost, ihre Namen sind verwittert, man kann die meisten nicht mehr lesen.

Familie hat Stetten keine, seine Verwandten sind nach Südamerika ausgewandert, in Deutschland hat er niemand mehr. Er stammt aus Hamburg. Weshalb er nach drüben ging, weiß ich nicht, und nicht, weshalb er wiederkam, und was ihn hierhergezogen hat in diese Stadt, in der er keinen Menschen kennt.

Er ist nach China gegangen, aber er ist wiedergekommen … Warum kam er hierher, in diese Stadt? Weshalb hat er das Grab aufgesucht? Niemand kommt auf den Friedhof, der keinen Schlüssel dazu hat. Man muss ihn sich bei dem Gärtner holen.

Stetten hat sich den Schlüssel geholt …

Weshalb spricht er nie von diesem Freund, der dort liegt? Ich könnte ihn ja fragen, aber ich wage es nicht … Ich fürchte, etwas zu berühren, das begraben ist und dann plötzlich aufsteht.

Aber es beschäftigt mich.

Stetten hat hier viel Arbeit gefunden. «Das beste Opium», sagte er neulich. «Man denkt dann nicht nach … über vieles, was man schon fast vergessen hatte ... aber es kommt wieder, alles kommt wieder», sagte er. «In der Ferne verblasst es nur, aber es lässt uns deshalb nicht los ...» Er sagte es ruhig und ernst, indem er aus dem Fenster schaute. Und ich sah, dass er nach der Trauerweide hinübersah, auf der ein kleiner schwarzer Vogel saß, der unaufhörlich mit seiner hellen Vogelstimme etwas rief und rief ...

* * *

Es ist ein warmer, sonniger Herbst, die letzten Sonnentage, ehe der Winter kommt. Wir essen mittags noch draußen in der Laube, wir ruhen in den Liegestühlen im Garten, der Rasen ist noch grün wie ein Teppich, ringsum blühen Sonnenblumen, weiße Margareten und rote und gelbe Dahlien. Über Bens Laube kriecht eine Kürbispflanze, die drei dicke Kürbisse trägt. Die Stachelbeeren sind eingemacht, die Johannisbeeren stehen in Flaschen im Keller, der Birnbaum hängt schwer voller Birnen, und alle Bäume sind umklammert von Bohnen. Aus der Wildnis ist ein nützlicher, gut tragender Garten geworden, wenn auch Ulla findet, dass bei uns «nie was Richtiges» kommt.

Aber ich bin froh, dass bei meinen geringen Gartenkenntnissen überhaupt etwas gekommen ist. Nur das Tulpenbeet ist eingegangen.

Als ich neulich aus der Stadt kam mit meinem großen Netz, fand ich Stetten vor, der mit einem Gärtnerjungen und Ben ein großes Beet in den Rasen setzte mit Hortensien.

«Was macht ihr denn da?», frage ich.

«Sie lieben ja Hortensien, ich habe sie mitgebracht. Es ist mein Sonntagsgruß.»

Ich lade ihn dafür zum Abendessen ein. «Aber es gibt nicht viel», beuge ich vor.

Er nimmt gerne an. Eine halbe Stunde später sitzen wir um den runden Tisch in der Laube bei Bratkartoffeln, einer Riesenschüssel grünem Salat und harten Eiern, denen er sich erlaubt hat eine Dose Ölsardinen hinzuzufügen und einen kleinen Lachsschinken.

Der Lachsschinken hat die frostige Stimmung, in der sich Margot und Dieter gefallen, etwas erwärmt, aber nur um einige Höflichkeitsgrade.

Stetten fühlt es sicher, aber er ist dankbar dafür, einmal in der Familie zu essen. «Immer in Kneipen, das ist schrecklich. Ich lese schon die Zeitung dabei.»

«Was ist dabei schrecklich?», fragt Dieter und sieht von seinem Teller auf.

«Wenn Sie Ihr ganzes Leben in Wirtshäusern essen müssten, würden Sie es vielleicht auch finden», meint Stetten, ohne Dieters Arroganz zu beachten.

Er reicht den Kindern den Schinken und die Ölsardinen, von denen sich Margot nur eine nimmt. Dieter dankt. Er erhebt sich, ehe wir fertig sind, zieht seinen Gürtel fest und verabschiedet sich. Er muss noch arbeiten mit einem Freund.

«Wieder Griechisch?», frage ich und sehe ihn an.

«Diesmal ausnahmsweise Latein», sagt er kurz und schlägt die Hacken zusammen.

Wir beenden schweigend das Mahl. Dann deckt Ulla ab, Margot verschwindet in ihr Zimmer, Ben trägt seinen Karnickeln die Reste hinaus, und wir sitzen uns gegenüber vor der Laube, in den bequemen, etwas eingesessenen, weißen, Stühlen, auf die ich neue Kissen genäht habe. Wir schweigen und rauchen und schauen zum Nachthimmel auf. Ein großer Stern funkelt hell über uns. In den Pappeln des Friedhofs rauscht der Wind.

«Es wird Herbst», sagt Stetten.

Ja, es wird Herbst …

Ich fürchte mich vor dem Winter, vor der Kälte und den Kachelöfen.

«Ist das Haus sehr kalt?», fragt er.

«Ja, sehr, wenn Ostwind drauf steht, werden die Zimmer nie über 12 Grad warm.» Eine Heizung einzubauen, hat die Firma Kumpel abgelehnt. Es lohnt nicht mehr für das alte Haus.

«Haben Sie genug Kohlen?», fragt Stetten.

«Nicht ganz, wir müssen sehr damit sparen» …

«An Kohlen zu sparen, ist Unsinn», sagt er. «Ich werde Ihnen welche beschaffen. Ich sitze ja mitten drin. Nein, bitte, ich werde das tun, denn ich mag nicht frieren. Ich bin ein Egoist, verdorben durch das Tropenklima, ich bin die Kälte nicht mehr gewöhnt. Und Ihnen würde sie nur schaden … Sie sollen nicht frieren.» Er sieht mich an. Er sagt das so nett, fast zärtlich. Er ist so hilfsbereit, ich muss immer nur bremsen. Er möchte mich überschütten mit Geschenken, Blumen, Konfekt, Torten, gestern schickte er keinen ganzen Rehrücken zum Sonntag.

Und meine Kinder nehmen mir übel, dass ich ihn dazugebeten habe. Ich laviere beständig zwischen ihm und den Kindern hin und her.

«Was habt ihr denn nur gegen Dr. Stetten?», frage ich sie.

«Dass er da ist», antwortet Dieter.

«Stört er dich denn?»

«Ja, er stört mich. Mich stört jeder Fremdkörper im Haus.

Die andern haben mich auch gestört, aber mit denen hat man sich wenigstens nicht an einen Tisch setzen müssen.»

«Mich stört er jedenfalls nicht», erkläre ich entschieden. «Wir haben von ihm bis jetzt nur Annehmlichkeiten gehabt.»

«Zum Beispiel?»

Ich antworte nicht auf die impertinent hingeworfene Frage.

Die Korzfleisch ist die Einzige, die auf meiner Seite steht. Die erst ein Gesicht zog wegen des «viel zu feinen Mieters», kommt jetzt, durch Trinkgelder besänftigt, morgens eine Stunde früher an und macht Stettens Zimmer mit Hingabe rein, putzt sein Silber blank, staubt seine Bücher ab, und ich sorge für die Blumen. Es muss immer ein schöner Strauß auf seinem Schreibtisch stehen, er liebt Blumen sehr. Er frühstückt jetzt zu Hause, er findet mein Teegeschirr so hübsch und meinen Tee so gut, wie er ihn in ganz Deutschland noch nicht bekommen hat. Er hat mir allerdings dazu eine sehr feine Sorte mitgebracht, ich brauche damit nicht zu sparen. Ich kann ihn sogar nachmittags noch einmal aufgießen, dann ist er immer noch besser als der Tee, zu dem ich zuweilen eingeladen werde.

«Was ihr euch für diesen fremden Menschen umbringt», findet Margot.

«Wenn Tante Constanze einmal herkommt (und sie kommt immer unangemeldet, Onkel Dolf nennt Besuch ein ‹Eisenbahnunglück›), so haben wir nicht mal ein Zimmer für sie.» Tante Constanze droht seit Jahren, uns einmal zu überfallen, da sie aber zu denen gehört, die keine Briefe schreiben, und wir ihre Postkarten aus Finnland, Schweden, Rom oder Turin nicht lesen können, mache ich mir vorläufig über diesen Besuch keine Gedanken. Ich bin Fatalist. Was kommt, kommt.

Onkel Dolf meint: «Ich hab so eine Ahnung, als ob sie in der Luft hinge, ich werde mir mal für alle Fälle die Handwerker bestellen.» Wenn seine Schwester nämlich da ist, zanken sich die beiden den ganzen Tag. Mit den Anstreichern zankt er sich zwar auch, aber die kann er wenigstens hinausexpedieren.

«Ich werde im Oktober zu euch kommen», entzifferte Dieter am Rande einer Karte aus Biarritz. «Vorläufig ist es hier noch zu schön.» Im Oktober kam zwar keine Tante Constanze, aber eine große Kohlenfuhre kam an, die in meinem Keller abgeladen wurde, im Auftrag von Dr. Stetten. «Haben wir denn so viel Kohlen bestellt?», fragt Dieter.

Ich sage ihm, dass sie nicht für uns sind, sondern für Stetten, was er mit einem Schweigen quittiert und der Kopfhaltung: Dacht ich mir's doch …

«Dieser Protz», höre ich im Nebenzimmer Margot sagen.

«Margot!»

«Bitte?»

«Was hast du eben gesagt?»

«Ich hab von Onkel Dolf gesprochen.»

«Das hast du nicht getan, und es wäre auch sehr undankbar von dir.»

«Die Menschen sind undankbar, Mama, das wusste schon Herr Goethe.»

Ach ja, meine Kinder …

Am Sonntag las ich Stetten ein neues Gedicht vor … «Der Falter.» Er fand es nicht gut, er hatte allerlei daran auszusetzen und sagte, ich sollte es ändern … Aber ich schickte es doch fort, und es kam postwendend zurück … Nicht alles gelingt mir, ich bin eben zu glücklich ... Man muss unglücklich sein, um zu dichten. Die meisten Dichter waren arm und haben in elenden Mansarden gelebt. Wie gut geht es mir jetzt!

Stetten ist ein regelmäßiger Mensch, er kommt stets zur selben Zeit herunter, und dann sieht man ihn den ganzen Tag nicht mehr. Fast jeden Abend finde ich auf meiner Flurkommode unter dem Spiegel eine Überraschung, feine Schokolade, einen Kuchen oder eine Delikatesse für den Abendtisch. Er bringt mir Bücher und Noten mit aus der Stadt, und in seiner Bibliothek habe ich schon viel entdeckt, was mich sehr interessiert, zum Beispiel Geschichte.

Seit Stetten bei uns ist, flattern wieder Zeitungen ins Haus. Große, neue Blätter aus aller Welt, Bens Briefmarkensammlung bereichert sich. Er tauscht die seltenen Briefmarken mit seinen Freunden, er handelt und klebt, er ist das einzige meiner Kinder, das sich über diesen Hausgenossen freut. Ben ist nicht argwöhnisch, er nimmt, was ihm das Leben zuwirft, freudig hin, er grübelt nicht darüber nach. Er ist immer zufrieden.

Mary ist noch verreist. Sie schreibt selten und nur kurz, sie ist noch immer in München.

Bendler sah ich gestern in der Stadt. Er tat, als sähe er mich nicht, und fuhr an mir vorbei. Er spricht mich nie an. Merkwürdig, als ob er mich fürchtet.

«Wo ist eigentlich die Bendler hinverschwunden?», fragte neulich Onkel Dolf. «Sind sie schon geschieden?»

«Nein, Onkel, kein Gedanke daran.»

«Dann ist es also mal wieder Quatsch, was man hört», meint er.

Ich habe Heimweh nach Mary. Ich weiß, es bereitet sich etwas vor. Selten habe ich mich mit einem Menschen so restlos verstanden wie mit ihr und Stetten. Mit Nordeck war das etwas anderes, wir waren jung, es war eine leidenschaftliche Liebe. Aber dieses Neue ist ein anderes Gefühl, das mich erfüllt und beherrscht. Ich freue mich, wenn er kommt, ich warte auf die Abendstunde. Wenn ich seinen elastischen Schritt auf dem Gartenkies höre, klopft mir das Herz.

Ich muss mir Mühe geben, meine Freude zu verbergen, wenn er eintritt und sein erster Blick mich sucht. Oliva, nimm dich zusammen. Du bist eine alte Frau. Ich stehe vor dem Spiegel und suche nach einem grauen Haar ... Ich bin noch dunkel, kastanienbraun ... Falten? Ich finde keine ... Ich kleide mich sorgfältiger, ich ziehe mich jeden Nachmittag um. Ich ändere meine Kleider, modernisiere meine Haartracht, gehe öfters zum Friseur.

Und alles muss heimlich geschehen, damit es niemand merkt. Aber ich fürchte, sie merken es doch, meine Kinder.

* * *

Wir haben ein Quartett zusammengebracht. Ich bin selig. Lange schon suche ich nach diesem Quartett, nun hat es Stetten gefunden. Es sind Herren vom Werk, die sich zusammengetan haben, um einmal in der Woche zu spielen. Es fehlt ihnen nur der Begleiter. Aber Stetten meint, dass ich sicher genug bin, alles vom Blatt zu spielen. Er hat meinen Flügel stimmen lassen und stiftet den Wein zu den Abenden, die Herren kommen nach Tisch am Sonnabend zu mir heraus. Als ich's meinen Kindern mitteilte, schwiegen sie und schauten auf ihre Teller. «Und wohin sollen wir an diesen Abenden?», fragt Margot.

«Ihr könnt ja dabei sein und zuhören.»

«Wir sind aber nicht musikalisch, Mama. Und wenn die hier anfangen zu geigen, können wir unsere Arbeiten nicht machen», meint Ulla.

«Dann müsst ihr sie eben mal früher machen und nicht den ganzen Nachmittag draußen herumstrolchen», sage ich.

Darauf schweigt alles.

Ich schweige auch, denn ich bin entschlossen, mich nicht durch ihre Mienen stören zu lassen.

Da mir die Zeit gefehlt hat, mich vorzubereiten, hatte ich etwas Angst vor diesem Abend. Die Herren kamen an mit ihren Instrumenten. Sie hatten die Noten zu den ersten Klavierquartetten von Brahms mitgebracht. Zwei herrliche Meisterwerke, die ich zwar gehört, aber noch nie gespielt hatte, aber Stetten stellte mir die Noten hin, die Herren nahmen ihre Instrumente, ich gab den Ton an, dann setzten sie ein.

Dieses erste Quartett ist reich an Schönheiten. Das romantische Intermezzo, das reizende, spielerische, anmutige Rondo, das anmutige Scherzo mit dem kühnen Trio, und dann das süße Adagio, die geheimnisvolle Atmosphäre, die tiefe Leidenschaft, die wieder in die gedämpfte, zarte Stimmung des Anfangs übergeht, riss mich mit hin, ich spielte und spielte, und als wir fertig waren, schwiegen alle, und Stetten kam zu mir, um mir zu danken. Es war gut gegangen, ich hatte nicht umgeworfen, ich war mitgegangen, mitgerissen von Brahms' gewaltigem Werk.

Es war elf Uhr geworden, das Haus war ruhig, die Kinder waren heimgekommen und auf ihre Zimmer gegangen. Ich hatte sie vergessen. Vergessen über Brahms.

«Schade, dass Ihre Kinder nicht musikalisch sind», meinte Stetten.

«Ja, sehr schade», sagte Dieter. «Wenn wir auch noch musikalisch wären! Ich Geige, Margot Klavier, Ulla rührt die Trommel und Ben bläst die Flöte. Was würde Frau Melchiors Kakadu dazu sagen?»

Stetten war so liebenswürdig, diese Bemerkung zu überhören.

Gestern Abend ging Dieter mitten im Adagio fort. Die Haustür fiel hinter ihm zu.

Wohin mag er gegangen sein? Ist er böse auf mich? Ich fürchte, ich kann ihm überhaupt nicht zürnen. «Nach diesem Sohn», sagte sein alter Klassenlehrer, als ich mich nach Dieter erkundigte, «brauchen Sie sich, glaube ich, in Ihrem ganzen Leben nie mehr zu erkundigen» … Er ist immer durch die Klassen gekommen, er kommt aus mit seinem bisschen Taschengeld, er hält Ordnung unter seinen Geschwistern, er macht mir niemals Sorgen. Er ist auch diesmal nicht sitzen geblieben, er hat in letzter Stunde alles eingeholt. Ich weiß, dass er das kann, wenn er will. Es macht mich stolz auf ihn. Nun sitzt er in Unterprima. Aber es kommt mir vor, als ob er wieder etwas hätte, das ihn von der Arbeit abhält. Er ist auffallend still und blass. Seitdem kommen die Herren jeden Sonnabend zu mir. Um acht Uhr sind sie da. Es sind sehr sichere Spieler, und durchaus musikalisch. Wir fügen uns reibungslos in das gemeinsame Spiel ein.

Stetten ist glücklich, dass er mir das Quartett ins Haus gebracht hat, aber meine Kinder sind es nicht.

Sie haben etwas gegen dieses Quartett, weil wir es Stetten verdanken. «Dieses grässliche Quartett», hörte ich Margot sagen. «Das hat uns noch gefehlt. Jeden Samstag haben wir nun das Vergnügen. Der eine lässt schon seine Bassgeige bei uns stehen.»

Er bat mich darum, weil sie unbequem zu befördern ist und die Straßenbahnen immer überfüllt sind am Sonnabend. Ich gestattete es gern. «Ich möchte gern einmal mit Ihnen ein Musikfest mitmachen», sagte Stetten nachher zu mir. «Ein Regerkonzert in Leipzig oder ein Musikfest in Heidelberg.» Aber das alles sind schöne Träume für mich.

«Später, vielleicht», sagte ich.

«Warum später?», fragte er und sah mich an. «Jetzt, jetzt! Kommen Sie doch mit! Ich muss nächste Woche geschäftlich nach Heidelberg, wie wär's?» Ich schüttelte den Kopf. «Es geht nicht, es geht wirklich nicht.»

«Schade, dass es immer nicht geht», meinte er. «So muss ich allein fahren.»

«Sie werden mir davon erzählen», sagte ich.

Das nächste Mal spielten wir Beethoven. Es war eine feierliche Stimmung in meinem blauen Zimmer. Der Flügel klingt neu abgestimmt noch einmal so voll und rein. Das nächste Mal wollen wir Schubert spielen, meinen über alles geliebten Schubert, der so arm war, dass er sich nicht eine Reise aufs Land gestatten konnte, als er schon sehr krank war.

Ich spielte am nächsten Tag Stetten «Die Winterreise» vor. Wir waren beide wie bezaubert.

«Wenn du nun jeden Abend spielst», sagte Ulla, «müssen wir ausrücken!»

«Ich spiele nicht jeden Abend, ich spiele nur ausnahmsweise», sagte ich.

«Wenn Ben in seiner Stube hämmert und ihr den Lautsprecher dröhnen lasst, stört es uns auch. Aber die Annehmlichkeiten von Stetten nehmt ihr gerne mit.»

«Dass wir sie gerne mitnehmen, ist nicht richtig, Mama», sagte Dieter. «Ich würde meine Theaterkarten viel lieber selbst bezahlen. Für Antipathien kann man nichts. Du hast den Herrn Meyer ja auch nicht gemocht.»

Er sagte mir das an dem Vormittag, als ich mich vorbereitete auf Schubert. Ich habe nichts darauf erwidert. Manchmal fehlt mir die Kraft dazu, ihnen zu entgegnen, was ich entgegnen müsste.

Meine Kinder scheinen sich unter sich geeinigt zu haben. Sie setzen mir keinen offenen Widerstand entgegen, sondern stumme Opposition.

Ich tue, als bemerke ich das nicht, und gehe im Hause umher mit einem heiteren Alletagegesicht und singe in der Küche vor mich hin, damit sie hören, wie vergnügt ich bin. Aber ich bin gar nicht vergnügt. Es bedrückt mich, dass in meinem Hause keine frohe Stimmung mehr herrscht und dass ich die Ursache dazu bin. Ich, die ich immer so für frohe Gesichter bin, die ich mir alles verbeiße, was mir die Laune verdirbt, ich bin traurig, dass es so ist und ich es nicht ändern kann.

Diese schwüle, feindliche Stimmung verdirbt mir alles, ich möchte so gern, dass sie alle strahlen und zufrieden sind.

Wir hätten jetzt allen Grund, zufrieden zu sein, nachdem die Herbstzeugnisse gut ausgefallen sind, Dieter und Margot versetzt worden sind – Dieter sogar Primus geworden ist: Er hat drei Bänke auf einmal übersprungen, der Direktor hat es mir in einem sehr liebenswürdigen Brief mitgeteilt –, Margots Zeugnisse waren glänzend, sie ist die Beste in ihrer Klasse, es wird ihr alles leicht, Ben hat sich diesmal noch durchgeschafft dank meiner Nachhilfestunden. Nur Ulla ist sitzen geblieben.

«Aber das macht nichts bei Mädchen», findet Onkel Dolf. «Hauptsache, dass die Buben vorankommen. Ulla ist eine Funke, die kommen auch so durch die Welt.»

Stetten hat mich zum Symphonie-Konzert eingeladen. Es schlägt sieben. Um halb acht beginnt das Konzert. Der Weg ist weit. Ich setze meinen Hut auf. Ulla gibt mir den Mantel, und sie sind froh, dass ich gehe, ich weiß es. Dann muss ich laufen, um die 58 zu erwischen, die immer besetzt ist um die Abendstunde. Unterwegs begegnet mir Heinz Frosenius, dieser lange, strohköpfige Junge von fünfzehn Jahren, der immer rot wird, wenn er mich sieht. Er sieht aus wie das personifizierte schlechte Gewissen. Was hat er in unserer Straße zu suchen um diese Zeit? Er weicht mir immer im weiten Bogen aus und tut, als sähe er mich nicht, und studiert interessiert die Porzellanzwerge im Garten von Herrn Rademacher. Wartet er auf jemand? Es sieht so aus. Sicher wartet er auf Ulla. Ich habe leider keine Zeit, ihn zu stellen. Aber ich traue ihm nicht. Da kommt schon die Straßenbahn, besetzt, wie immer. Ich schwinge mich auf die Plattform und fahre zwischen den heimkehrenden Formern von Kumpel und Söhne zur Stadt, um die fünfte Symphonie von Beethoven zu hören.

* * *

Der dritte Quartettabend verlief nicht wie sonst.

Er fing mit einer Halsentzündung Margots an. Sie muss zu Hause bleiben, ich mache Umschläge, sie ist heiser und spricht kein Wort. Margot ist immer sehr ärgerlich, wenn sie krank sein muss und nicht zur Schule gehen kann. Abends kommen zwei Freundinnen zu ihr. «Stören sie euch?», fragt sie mich. Natürlich stören sie uns nicht. Sie weiß das ganz genau. Ich bin in dem kalten Wind zur Stadt gelaufen, um Einkäufe zu machen, dann habe ich die Wohnung aufgeräumt und Essen gekocht, abgewaschen und Aufgaben überhört, Aufsätze durchgesehen, mit Ermahnungen und Ohrfeigen, Ohrfeigen, weil Ulla so widerspenstig war.

Nach dem Kaffee habe ich abgeräumt, Geschirr gespült und Abendessen gemacht, und dann habe ich mich in Eile umgezogen und frisiert, Umschläge gemacht, Freundinnen empfangen, wir hatten zum ersten Mal Feuer, und es war gegen Abend ausgegangen, so hab ich es rasch wieder angemacht, und als ich damit fertig war, erschien Stetten. «Ist die Mama drin?», fragte er Margot. «Weiß nicht», hörte ich sie sagen. Das ärgerte mich. Immer geht sie mit solcher Bemerkung an ihm vorbei.

«Sie sind krank?», hörte ich ihn.

«Nur Halsweh», sagt Margot kurz und schlägt die Türe zu. Ich muss mich bei ihm entschuldigen, aber er lächelt und meint: «Lassen Sie nur, das sind Kindermanieren …»

Und dann kamen die Herren, das Quartett.

Aber als ich mich an den Flügel setzte, war mir auf einmal nicht gut, und ich spürte Stiche am Herzen.

Der Quartettabend, auf den ich mich gefreut hatte, verlief nicht wie sonst. Ich begleite zerstreut, nicht so sicher wie sonst. Einmal schlage ich zwei Blätter um und habe es gar nicht gemerkt … Es gibt einen Missklang, die Herren hören auf. Ich entschuldige mich, und wir fangen wieder an. Stetten sieht mich erstaunt an … Er fragt nicht, er fragt nie, aber ich weiß, dass er sich Gedanken macht, was mir fehlt? Gestern waren wir so losgelöst, so frei, wir schwelgten in anderen Welten … Diese Quartettabende sind für mich so viel wert, ich übe wieder, ich spiele mich ein, ich lerne und befreie mich von den Schlacken, die mir anhängen. Zuweilen habe ich das nötig.

Aber diesen Abend musste ich an Heinz Frosenius denken, der in unserer Straße herumstrolchte, an die faule Ulla und warum Ben noch nicht zu Hause ist. Und dass ich Margot morgen wegen ihrer Ungezogenheit zur Rede stellen muss. Es ist sicher nicht richtig, dass ich die Bemerkungen meiner Kinder schweigend hinnehme, aber es fehlt mir die Kraft, ihnen zu entgegnen. Soll ich mich mit ihnen herumstreiten? Mich aufregen, weil sie Antworten geben? Dieter und Margot sind keine Kinder mehr, denen man verbieten kann zu sprechen ... Es sind Menschen geworden, die denken und reden, was ihnen einfällt. Dabei werden gerade diese beiden von allen Menschen wegen ihres guten Benehmens gelobt. «Wenn doch mein Sohn etwas von Dieters guten Manieren hätte», sagte mir neulich die Frau des Landgerichtsdirektors. «Ihre Margot, auf die können Sie wirklich stolz sein», findet man ... «Eine so artige, gewandte junge Dame. Und so unterhaltend.» Die Herren, besonders die älteren, sind entzückt von ihr. Die jüngeren haben vor ihr, glaube ich, etwas Angst ... Vor ihren kühlen Augen und ihrem Witz. Zu Hause gibt sie sich nicht aus. Sie hält das nicht für nötig.

«Du machst es wie die Clowns», sage ich, als sie wieder stumm bei Tisch sitzt. «Die heben auch alles auf für die Abendvorstellung.»

«Mama ist so boshaft in letzter Zeit», meint Dieter.

«Ja, du hast dich sehr verändert», stimmt Margot ihm bei. Es fehlt nur, dass sie sagt: seit dieser Steten im Hause ist.

* * *

Ich sitze am Fenster mit dem Flickkorb, diesem treuen Begleiter meines Lebens. Er ist über den Rand geschwollen, und die Korzfleisch hängt im Garten im Wind schon wieder eine endlose Reihe frisch gewaschener Strümpfe auf. Ich muss Strümpfe stopfen, statt zu dichten.

Ich brüte dabei an einem historischen Roman. Das Thema fand ich in einem alten Buch von Stetten. Es ist die Tragödie eines Ritters, der auf unserer Burg gehängt wurde wegen einer Liebesgeschichte mit einer Italienerin, die sein Vorgesetzter, der Erzbischof, sich hatte aus Rom kommen lassen. Er war das Opfer des verliebten Erzbischofs, der eifersüchtig auf diesen Ritter war und ihn kaltblütig dem Femgericht überließ ... Der Platz, auf dem der arme Ritter endete, heißt heute noch der Galgenberg ... Ich bewege alles im Kopf, die düsteren Bilder aus dem Mittelalter, das schöne Porträt des Ritters, ein alter Kupferstich, der vor mir liegt. Das schmale Gesicht des Ritters sieht mich ernst und melancholisch an, als ob er sein Ende wüsste. Es ist mir sympathisch, dieses Bild. Die Dame, um die es ging, ist eine Adelheid, eine Schlange ... Stetten meinte, ich müsste das so schildern, dass jeder im Recht sei, so zu handeln, wie er es tat, der Erzbischof, der Ritter und die Schlange.

Seit Frau Korzfleisch die Rokoko-Novelle von mir gelesen hat, ist sie darauf versessen, mir Stoff zu neuen Novellen zu geben. Sie bringt ihn an, während sie Fenster putzt oder, wie heute, in der Küche Dieters Hemden plättet. Sie hat die Türe offen gelassen, und jede ihrer Geschichten fängt an: «Und nu bassen Sie mal auf ...». Und ich erfahre, ob ich will oder nicht, ob ich zuhöre oder mir erlaube, an etwas anderes zu denken, alle Komödien und Tragödien, die sich in ihrem Hause mit den siebzehn Parteien abspielen, in dem sie Hausverwalterin ist. Ein Brief von Mary Bendler aus München liegt vor mir. Sie ist entschlossen, gerichtlich vorzugehen gegen ihren Mann, nachdem sie alles versucht hat, um sich mit ihm in Frieden auseinanderzusetzen und er nicht darauf eingegangen ist. Sie will herkommen, um sich mit ihrem Anwalt zu beraten. Man hat Bendler einen letzten Termin gesetzt. Sie will endlich frei sein.

Diese Frau, die alles besitzt, was man sich wünschen kann, Jugend, Schönheit, Reichtum, Geschmack, ist sehr unglücklich. Sie beneidet mich um meine Freiheit, meine Unabhängigkeit, und dass ich wenigstens einmal glücklich war. Sie war es nie ... Aber sie will es jetzt werden, und sie kämpft um ihr Glück mit letzter Entschlossenheit. Aber es ist ein Kampf gegen eine Granitmauer, an der alles abgleitet. Es zermürbt. Bendler antwortet immer stoisch, sie soll heimkommen.

Keine Gründe, keine Vorwürfe, nichts als dieser lakonische Befehl ... Briefe beantwortet er nicht mehr, sie verkehren nur durch ihre Anwälte miteinander. Und dieser Kampf geht nun schon seit mehr als zwölf Jahren. Immer wieder ist sie zurückgekehrt und hat geglaubt, das Leben weiterführen zu können, aber es geht nicht.

Ihr Brief klingt verzweifelt. Sie beneidet mich! Ahnt sie, dass in mein Leben etwas eingetreten ist, auf das ich nie mehr zu hoffen gewagt? Eine Luft umgibt mich, weich und zärtlich, die mich einhüllt. Jeder neue Tag ist eine Hoffnung, jedes Wiedersehen ein Gewinn. Sein fester, rascher Schritt auf der Treppe lässt mir das Herz rascher schlagen. Es genügt mir, ihn in meiner Nähe zu wissen. Was ich noch vor Kurzem weit von mir gewiesen hätte, heute ersehne ich es fast ...

* * *

Ein Wagenrollen vor dem Haus. Vor der Gartentüre ein kleiner Auflauf, die Kinder, der Wagen, der vor dem Gartentor hält. Ich sehe Koffer, Schachteln, Pakete, eine dicke Dame im hellen Pelzmantel, die schwerfällig aussteigt, meine Kinder umdrängen den Wagen ... Ulla stürmt ins Haus: «Mama, Mama, Tante Constanze ist angekommen!»

Die Strümpfe fliegen in den Flickkorb, ich stürze hinaus: Umarmungen, ein schiefer Hut, ein Kuss auf beide Wangen: «Da bin ich.» Tante steht vor mir. «Frisch dem Meer entstiegen! Ich komme aus Biarritz, mein Kind ... Auf Umwegen natürlich. War noch in Rom und Florenz. Bezahlt den Chauffeur! Ich hab kein Wechselgeld, Kinder ... Oliva, wie siehst du denn aus! Ein Schatten! Da, was ist denn? Was zankt ihr euch denn? Der Kutscher hat nicht genug? Gebt ihm ein Trinkgeld, diesem Gauner. Sie sind überall dieselben, in Paris oder Rom. «On a toujours des histoires» mit ihnen. Ich hab mich in einem Sanatorium im Harz angemeldet, da wird es hoffentlich noch nicht zu rau sein ... Ja, Dieter, gib ihm ein ordentliches Trinkgeld, ich mache das später mit dir ab.»

Sie marschiert ins Haus und zückt die Lorgnette. «Also, hier wohnt ihr! Na ja, früher war das keine Gegend ... Die grässliche Halde daneben, wo Kesselflicker und Zigeuner hausten. Ah, Olivas blaues Zimmer, sehr hübsch, sehr gemütlich, sehr elegant ... Die vielen Blumen ... Und wo wohnen die Kinder, deine Herde? Ich hab was erlebt unterwegs! Man muss nur reisen, sich bewegen, nicht in seiner Höhle sitzen, wie mein Bruder ... Ich werde diesmal nicht bei ihm wohnen. In der Seerobbenstraße sind die Anstreicher. Ein bisschen veraltet ist das hier, man kann mit der Hand an die Decke klopfen. Hoffentlich ist's warm bei euch? Die Reise war fürchterlich … Diese Gesellschaft in den Schlafwagen! … Ein kleines Kind war mit, das die ganze Nacht brüllte … Ja, nehmt mir mal meinen Pelz ab. Was sagst du, Oliva? Neu erstanden in Hamburg. Kostet genau so viel wie in Bergen auf meiner Nordlandreise voriges Jahr. Alles Schwindel. Alle Pelze werden ja erst nach Leipzig geschickt und da gemacht. Und was macht mein Herr Bruder, der alte Poltron? Und seine Nachtigall, die liebe Seele? Ins Hotel wollt ich auch nicht für die paar. Tage. Kannst du mir ein Lager richten, Oliva? Ich bin todmüde … In Florenz wohnte ich in einer reizenden Pension, beste Gesellschaft, und ein Essen! Der Mann kocht selbst. Brüsseler Küche. Die Franzosen können ja nicht kochen, und diese Ölküche Italiens in Ehren, aber nichts für mich … Ich hab mich für Weihnachten wieder in Florenz angemeldet … Jetzt bleib ich im Harz. Ich hab ein Vitaminsanatorium dort entdeckt. Ich muss etwas abnehmen … Sieh mich an! …»

Sie ist sehr in die Breite gegangen, die gute Tante. Sie mustert mich kopfschüttelnd. «Oliva, du bist zu schlank. Rackerst dich sicher zu sehr ab? Kochst wohl selbst? Keine Bedienung? Grauenhaft! Wo kann ich denn ablegen und mich etwas zurechtmachen? In der Kammer da oben? Herrje, die Treppe! Kinder, wenn ich da nicht den Hals breche! Bringt nur die Koffer schon hinauf. Kann man sich irgendwo die Pfoten waschen?» Sie sinkt in meinem blauen Zimmer in den ersten besten Sessel. «Uff … das Reisen strengt doch an. Besonders nachts. Ich freue mich auf das Sanatorium. Nur Rohkost, man lebt in kleinen Hütten im Wald wie die ersten Menschen, morgens muss man um sieben heraus, eine Trompete weckt einen, nichts als 'ne Badekappe über und dann gleich an die Quelle. Man läuft den ganzen Tag ohne Kleider herum, abends sind Vorträge von dem Doktor, und nachher wird getanzt …»

«Wie war's denn auf den Bananeninseln, Tante?», fragt Ben.

«Das erzähl ich euch später, Kinder. Erst muss ich mich ein bisschen zurechtmachen. Habt ihr Seife? Habt ihr ein Badezimmer?»

Während sie sich die Hände im Badezimmer wäscht, unterhält mich Tante Constanze durch die offene Türe – die Türen stehen bei uns immer alle offen – über die neuen Denkmäler in Rom und ihre Schildpatteinkäufe in Neapel. «Mein Gott, habt ihr hier noch Fliegen? Hast du nicht 'nen Fächer, Oliva?» Margot bringt einen alten Karnevalfächer von mir an. Sie sitzt da und fächelt sich. «Was für Menschen man unterwegs trifft! Was für Verhältnisse es gibt! Da war in Florenz in der Pension ein Paar, aus Budapest, eine bildschöne Person, und er auch ein gut aussehender Mann, ein spanischer Grande, sag ich dir … er soll auch aus Spanien gewesen sein, man hielt ihn für einen Fürsten, nachher war's ein Croupier. Sie haben Tür an Tür mit mir gewohnt. Eines Abends, ach, Margot, geh doch bitte mal hinaus, geh in die Küche. Muss denn das Kind überall dabei sein?» Das «Kind» kränkt Margot viel mehr als die Aufforderung, in die Küche zu gehen. «Ich soll aber den Tisch decken», sagt sie und klappert mit dem Geschirr.

«Das ist wohl nicht deine Lieblingsbeschäftigung?», fragt die Tante.

«Nein. Ich werde mich schon deshalb einmal verheiraten, um nicht mehr zu hören, Margot, deck den Tisch.»

Die Tante lacht. «Auch ein Grund. Du wirst sicher mal studieren. Jura oder Kunstgeschichte?»

«Ich studiere Medizin», sagt Margot sehr bestimmt.

«Na ja, die jungen Damen müssen heut alle einen Beruf haben, ob sie ihn später mal brauchen oder nicht. Und Dieter will unter die Soldaten? Und muss haben ein Gewehr …» Die Tante schultert ein imaginäres Gewehr, was ihr einen Blick voll Todesverachtung von Dieter einträgt. Aber Tante ist seine Patin, und es fällt hin und wieder mal etwas für ihn ab, obwohl sie sich lange besinnt, ehe sie ihre Börse öffnet.

«Und Ulla, was wird einmal aus dir?», fragt die Tante, während Ulla rasch ihre Strümpfe heraufzieht, in denen wieder ein großes Loch sichtbar ist.

«Ich will aufs Land», sagt sie und schüttelt das Haar aus der Stirn.

«Aufs Land? So siehst du aus. Aber deshalb kannst du dir doch die Beine waschen, und habt ihr hier keine Kämme? Du siehst ja aus wie ein Irländer, denen hängt auch immer das Haar ins Gesicht. Die Funkes sind geborene Landwirte, mein Kind, nimm dir ein Beispiel an deinen Großmüttern, die haben ihre Schweine noch eigenhändig durchs Dorf getrieben und verstanden etwas vom Melken. Und du, Ben, was willst du werden?»

«Matrose», kommt es sofort.

«Aha, auf ein Schiff, im Mastkorb sitzen, bei Windstärke zwölf ums Kap Horn. Das ist kein Funke, dieser Junge, er ist auch so klein für sein Alter.»

«In meiner Klasse sind sie alle nicht größer!», ruft Ben.

«Der macht nämlich die Klassen alle zweimal durch», bemerkt Dieter.

Ben bringt seine Schätze an, die Briefmarkenalben und sein Lieblingskarnickel, er holt es aus dem Stall und führt es vor. Aber Tante weicht entsetzt zurück, denn es riecht nicht gut … sie kann Kaninchen nicht ausstehen. «Es gibt sogar

Menschen, die sie essen. In Lothringen zum Beispiel. Als ich mal in Colmar deine Eltern besuchte –»

«Das liegt zwar im Elsass», bemerkt Dieter.

«Ach, das ist doch egal … Und nun bringt mir mal meine große Reisetasche. Kinder, ich hab euch was mitgebracht!»

Ulla und Ben stürzen sich sofort mit unziemlicher Eile darauf und bringen die schwere Rindledertasche an, eine jener grässlichen Taschen mit Einrichtung, die so schwer sind, dass sich selbst die Dienstmänner darüber beklagen. Sie kramt daraus allerlei hervor, Pantoffel aus rosa Sammet mit weißem Schwanbesatz, Strümpfe und Haarnadeln, gebrauchte Taschentücher, an denen Schokolade klebt, alte Briefe und Zeitungen, Kölnischwasser, das ausgelaufen ist, und lila Haarnetze für die Nacht. «Hier, Dieter, mein Sohn.» Sie reicht ihm eine eingedrückte Schachtel mit Keks … «Für deine Tennistage, Keks sind zum Trainieren gesund, Keks kann man immer essen. Sie sind etwas zerbrochen, aber das macht nichts. Und hier das Taschenmesser aus Neapel. Und das ist für Ulla, damit sie sich schmücken kann.» Sie reicht Ulla eine Mosaikbrosche, die auf einem Pappstückchen steckt. Man kauft sie auf der Straße in Italien, die Händler laufen einem damit nach. Aber Ulla, die in ihrem Leben noch kein Schmuckstück besessen hat, nimmt die Brosche in Ehrfurcht an. «Die Peterskirche ist darauf, die Italiener arbeiten diese Broschen mit unendlicher Geduld …» Ulla ist glücklich, sie wird sie in der Klasse herumzeigen morgen. Von meiner Tante aus Rom …

«Und hier für Margot ein Paar Handschuhe für den ersten Ball … Aus Genua, wie Sammet so weich das Leder.»

«Danke, Tante.» Margot küsst der Tante die Hand, womit sie sich bei allen älteren Damen in den Sattel hebt.

«Und Ben? Was hab ich denn für dich?» Die Tante durchwühlt ihre Handtasche ... «Guter Gott, dich hab ich ganz vergessen.»

Ben macht ein enttäuschtes Gesicht. Er wird meist vergessen bei solchen Gelegenheiten. Er ist dem Weinen nahe, aber er verbirgt es tapfer.

Die Tante sieht es ... «Na, was denn ...? Du kannst dir etwas wünschen. Man kann sich nicht unterwegs mit Geschenken schleppen ... Ich reise gerne unbeschwert.»

Seit Tante einmal auf ihren vielen Reisen ein Koffer abhandengekommen ist, reist sie nur noch mit Handgepäck, der ganze Flur steht voller Pakete, Koffer und Schachteln, es sind siebzehn Stück.

«Also, was wünschst du dir, Ben?»

Ben tut einen tiefen Atemzug: «Eine Windjacke, Tante!»

Die Familie ist starr. Meine «Augen» nützen nichts.

Das große Wort ist ausgesprochen, dieser Wunsch, mit dem er mich seit einem Jahr verfolgt: «Alle in unserer Klasse haben Windjacken, nur ich nicht ...»

«Also gut, du sollst deine Windjacke haben», sagt Tante gnädig. «Und nun bringt mal das Essen auf den Tisch, Margot. Du bist ja wohl die Zuständige? Ich hab einen Löwenhunger ... Was man in den Speisewagen bekommt, hält ja doch nicht vor ...»

Und dann sitzen wir um den runden Esstisch, der frisch gedeckt und mit dem besten Porzellan bestellt ist und mit frischen Astern aus dem Garten geschmückt, bei der Suppe. Ich habe die Korzfleisch rasch zum Metzger nach Koteletten geschickt, für jeden ein halbes, für die Tante ein ganzes, habe Salat gemacht und Kartoffeln geröstet, die Tomatensuppe war schon fertig. Ich entschuldige mich bei Tante, dass es bei uns nicht ist wie in «Stadt Hamburg», aber ihr Besuch kam zu unvorbereitet …

«Aber, ich bitte dich, Kind, es ist doch alles ausgezeichnet! Ist dieses große Kotelett für mich? Und Bratkartoffeln ess ich für mein Leben gern.»

Sie nimmt sich große Portionen, meine Kinder sehen hungrig zu, wie das alles auf ihrem Teller verschwindet. Sie lässt eine halbe Flasche Rotwein aus ihrem Koffer holen, es sind gerade noch drei Glas, aber die Kleinen bekommen sowieso keinen Wein, und ich trinke tagsüber nichts. Margot und Dieter bekommen jeder ein Glas. «Habt ihr keine Zitronen, Oliva? Die Koteletts isst man sonst damit belegt. Oder Sardellen, Margot … Eine saure Gurke tut's auch … Und Brötchen habt ihr wohl keine? Na, lasst nur, es kann auch eine Scheibe Schwarzbrot sein. Wer ist denn die Frau in der Küche, die kommt mir so bekannt vor? Korzfleisch, ja, warte mal, so was hab ich schon gehört … ich glaube, von Dolf … Wie geht es meinem liebenswürdigen Herrn Bruder, diesem alten Poltron? Schimpft er immer noch über alles? Dass sich die Nachtigall mit dem verträgt! … Gebt mal den Senf her, Kinder … Die Koteletten sind ausgezeichnet, Oliva, du kochst gut, oder die Frau da draußen? Wenn ich wieder in Dresden bin, müsst ihr mich besuchen … Margot darf den Anfang machen. Meine Bridgedamen haben auch erwachsene Töchter, sie geben oft kleine Tanzgeschichten. Kannst du tanzen?»

«Wir haben Tanzstunde bei der Primaballerina vom Stadttheater», sagt Margot.

«Das ist meist nichts. Was lernt man da? Eine Gavotte, ein Menuett à la Reine, eine Quadrille à la Cour … alles, was man heute nicht mehr tanzt. Ich hab vorigen Winter N**** in Paris auf N****bällen tanzen sehen, ich sage dir, Oliva, man wagte gar nicht hinzusehen ...»

«Wie tanzen denn die?», interessiert sich Ulla.

«Scheußlich, gemein ... wie die Verrückten ... Die Bälle beginnen erst um zwölf Uhr.»

«Mittags?», fragt Ben kauend.

«Nein, nachts natürlich. Um zwölf mittags schläft man dort ... Ah, es gibt noch ein Dessert? Pfirsichkompott? Kalifornische sogar, mein Lieblingskompott ...» Sie füllt sich ihren Teller ... Gott sei Dank hatte ich noch eine Büchse davon aus Stettens Delikatesskorb neulich. Ich mache den Kindern Augen, dass sie sich bescheiden nehmen, eine, höchstens ... Tante Constanze nimmt sich drei, sie hat einen guten Appetit.

«Sag Dolf nur nicht, dass ich schon angekommen bin, Oliva ... Sonst legt er mich gleich an die Kette. Und ich bin gerne frei. Ich muss viel in der Stadt einkaufen zu den Althändlern am Trödel muss ich gleich morgen.»

«Auf dem Trödel gibt's bloß alten Kram», wirft Ben ein.

«Den suche ich ja gerade, mein Junge ... Morgen machen wir Stadttag, da gehen wir einkaufen, und ihr könnt euch mal in der Konditorei an Cremeschnittchen satt essen, dies machen sie doch hier in der Vollendung. Gott, es ist meine alte Heimat, man freut sich doch immer, sie mal wiederzusehen. Und nun möchte ich mich etwas aufs Ohr legen. Wo ist denn meine Kemenate?»

Ich entschuldige mich. «Die muss erst aufgeräumt werden, Frau Korzfleisch geht mittags immer heim, ich bin allein, es wohnt nämlich ein Herr darin ...»

«Ein Herr, in meiner Stube? Was für ein Herr?», wundert sich Tante.

«Ein Herr, der auf den Wreschener Braunkohlenwerken Oberingenieur ist …», sagt Margot und weidet sich an Tantes rundem, entsetztem Vollmondgesicht. «Wir vermieten jetzt möbliert», bemerkt sie …

«Mein Gott, Oliva, muss denn das sein?»

«Ja, es musste sein», mache ich dieser Unterhaltung kurz ein Ende. Ich stehe auf. «Leg dich so lange auf meine Couch in meinem Zimmer, Tante, wir rufen dich dann zum Kaffee.»

Man bringt ihr Decken und Kissen herbei, sie wird verstaut und eingewickelt. Dann gehe ich hinauf in Stettens Zimmer und mache es zurecht für Tante Constanze. Ich danke dem Himmel, dass er jetzt in Budapest ist.

* * *

Seit acht Tagen wohnt Tante Constanze bei uns. Acht Tage hat sie über die Kälte in ihrem Zimmer gestöhnt, achtmal haben wir ihr Bett verrückt, immer zog's ihr gerade auf den Kopf. Achtmal haben wir festliche Tische gedeckt, achtmal ist Ulla zur Stadt gelaufen, um in einer entfernten Konditorei den gefüllten Streuselkuchen zu holen, den Tante so gerne isst. Jeden Morgen sind wir zur Stadt gefahren, um die Althändlerläden nach antiken Ohrringen, geleimten Louis-Quinze-Kommoden und gekittetem Meißner Porzellan zu durchstöbern. Sie bringt die Verkäufer zur Verzweiflung. Wenn sie einen Laden betritt, um einen Biedermeierspiegel zu kaufen, entdeckt sie eine Altardecke und will die haben. Es ist ein ewiges Hin und Her, ein Feilschen mit den Preisen, das ihr ebensolche Freude zu machen scheint, wie es Frau Frosenius auf dem Markt keine zu machen scheint, denn die hat feste Preise. Dazwischen sieht sie eine Bekannte von früher, und es gibt eine endlose Begrüßung, wir kommen verspätet zu den Mahlzeiten heim, Frau Korzfleisch verzweifelt in ihrer Küche, – sie hilft mir in diesen Tagen ausnahmsweise mal aus. Sie hat einen großen Respekt vor dieser Tante … Aus welchem Grunde Tante eigentlich überall so beliebt ist, weiß ich nicht. Ist es ihr Reichtum, der ihrer imposanten Gestalt das Relief verleiht? Möglich … Man reißt die Türen vor ihr auf, und sie schreitet durch das Leben mit einer verblüffenden Sicherheit eines Menschen, der sich alles gestatten kann, was er will. Sogar die Korzfleisch ist davon angesteckt und meint bei jeder Gelegenheit, das können wir nicht, solang die Tante da ist. Es muss Bohnenkaffee her und mehr Butter, und Honig ist nicht genug auf dem Frühstückstisch, es muss auch Marmelade dazu, und geröstetes Brot ist nicht gut genug, es müssen frische Brötchen sein. Wir machen Umstände, wir strengen uns mächtig an. Bei Tisch gibt Tante die Wortgefechte zum Besten, die sie mit ihrem Bruder am Telefon gehabt hat. Meine Kinder grinsen in die Servietten, denn für sie war Onkel Dolf bisher eine Respektsperson, aber die Erzählungen Tantes entkleiden ihn dieser Würde.

Einmal ist sie auch mit Dieter ausgegangen, sie haben sich im Stadttheater den «Götz» angesehen, «ein langweiliges Raubritterstück, in dem schrecklich viel geschossen wird», aber Dieter hatte es sich gewünscht, und für Dieter hat sie eine Schwäche. Er sieht so gut aus, er hat Haltung, er ist ritterlich gegen sie und schon sehr männlich, er ist ein Nordeck, er hat Stil und gute Formen. Sie ist nach dem Theater mit ihm ins Austernstübchen gegangen, und da Tante gern Austern isst, hat er zum ersten Mal in seinem Leben auch welche bekommen. Aber er hat keine reine Freude von diesem Abend gehabt, denn es war eine bekannte Familie dort, und sein Klassenkamerad hat ihn am nächsten Tag gefragt, was für ein Schlittenpferd er denn da bei sich gehabt hätte?

Tante hat leider die Angewohnheit, sich etwas sehr mit Schmuck zu behängen, und da nach ihrer Meinung die Welt nur noch aus Räubern und Beraubten besteht, lässt sie ihren echten Schmuck daheim im Safe.

«Wenn ich eine Perlenkette trage, hält sie jeder für echt», behauptet sie. Mit Margot verträgt sie sich nicht so gut, Margot hat die Eigenschaft, sie zu verbessern, wenn sie falsche Geschichtszahlen anbringt oder Städte und Flüsse durcheinanderwirft in ihren Erzählungen über Italien und Spanien. Mit Tante Constanze kommt man nur aus, wenn man ihr schweigend zuhört, alles, was sie einkauft, schön findet, was sie tut, richtig, und was sie sagt, hinnimmt wie eine Offenbarung.

Ich habe es nach Möglichkeit durchgehalten, aber als sie am zehnten Tag begann, ihre vielen Koffer zu packen, hat sie niemand zurückgehalten. Wir waren alle schachmatt. Und die Korzfleisch sagte, das hätte sie nicht mehr lange mitgemacht.

Der Abschied war ein Theater, ein Lustspielakt, mit versteckten Schlüsseln, verlegten Fahrkarten, dem Suchen nach Handschuhen und Geldbörsen. Die Kinder liefen treppauf, treppab, bis alles zusammengesucht und wieder verlegt war. Als sie schon im Wagen saß, vermisste sie ihren Pass, und als er gefunden war, vermisste sie einen Handschuh … Er fand sich später in Bens Kaninchenkiste. Wie er dorthin gekommen war, weiß nur Gott. Und als der Wagen endlich fortfuhr, entdeckte sie, dass sie ihren Schleier nicht hatte. «Oliva, mein Schleier! … So halten Sie doch, zum Kuckuck, Kutscher! …»

Ohne Schleier kann sie nicht reisen. «Ben, lauf rasch und such ihn! Er liegt, glaub ich, im blauen Zimmer auf der Kommode.» Ben stürzt ins Haus, er findet den Schleier, den jemand über den Schwan gehängt hat. Er reißt ihn herunter, ein Klirren, ein Schrei … Ich stürze ins Zimmer … da steht Ben, dem die Knie zittern, und auf dem Teppich liegt in tausend Scherben mein geliebter Schwan. Die Korzfleisch steht daneben, den Besen aufgestemmt, sie ist vor Schreck versteinert. Und ich sammle die Scherben in meine Schürze.

Ich müsste eigentlich weinen. Es ist mir zumut wie einem Bankier am Schwarzen Tag der Börse. Ich glaubte ein Vermögen zu besitzen, und es ist hin … Herr Soliman wird betrübt seinen schwarzen Bart schütteln, er war vernarrt in diesen Schwan, aber Herr Soliman ist ein Türke, sie halten alles, was geschieht, für Schicksal. Der Schwan war nicht für ihn bestimmt. Sela.

Die Kinder sind fortgefahren, Tante winkt und winkt, ihr blauer Reiseschleier flattert wie eine Fahne, alles in der Heidukstraße steht an den Türen und schaut dem Wagen nach. Die Kinder finden alles sehr lustig. Auf dem Bahnhof wird Tante wieder ihre Fahrkarte suchen und alle Dienstmänner verrückt machen, sie freuen sich schon darauf, es ist, wie wenn man eine Landpartie mit Onkel Dolf macht … Das Sesselunglück war das letzte aufregende Erlebnis mit Tante.

Sie hatte sich an einem sonnigen Mittag auf den Balkon gesetzt, und der Sessel, der Fräulein Timms Gewicht heroisch ausgehalten hat, hatte, als sich Tante Constanze darauf niederließ, erschreckt alle viere von sich gestreckt und sie unsanft auf den Boden gesetzt. Wir haben sie zu viert daraus befreien müssen, es war nicht einfach, sie stöhnte und glaubte, sich das Rückgrat gebrochen zu haben, wir mussten einen Arzt holen, der dann feststellte, dass sie sich nur einige Schrammen zugezogen hat. Dieses Sesselunglück bewog sie abzureisen … «Ich muss in ein Sanatorium, Oliva ich bin reif dafür.»

«Nee, gnädsche Frau», sagte die Korzfleisch. «Das Gewerche mit der Tante! Von dem Herumreisen wern die Mensche nur närrisch. Das Reisen ist nischt für unsereinen.»

Ich gebe das zu, obwohl ich nicht unglücklich wäre, wenn mir mal wieder eine schöne Reise in den Schoß fiele vom Himmel. Ich spiele jetzt heimlich in der Lotterie. Die Korzfleisch war enttäuscht von ihrem Trinkgeld, sie hatte etwas ganz Besonderes erhofft. Da aber Tante dem Grundsatz huldigt, entweder gibt man nobel oder gar nicht, hat sie sich für das Letztere entschieden. Ich habe der Korzfleisch dann meine letzten drei Mark hingelegt, die sie schweigend in ihre Schürzentasche strich … «So 'ne reiche Dame, nee, nee …» Auch sonst hat Tante keine großen Gaben hinterlassen. Dieters Taschenmesser ging schon am zweiten Tage entzwei, obwohl darauf stand «Vulkan». Margots Handschuhe sind ihr zwei Nummern zu groß; da sie aus Genua stammen, kann man sie nicht umtauschen. Ullas Brosche hat in der Klasse nicht den gewünschten Eindruck gemacht, weil eine wusste, dass man diese Mosaikdinger in Rom an den Straßenecken das Dutzend für einen Lire bekommt. Mir hat Tante eine Menge guter Ratschläge, wie ich mein Leben anders einrichten soll, hinterlassen, aber nicht die Mittel dazu, es zu ändern. Ben ist der einzig wirklich Beglückte, und er geht selig in seiner neuen Windjacke zur Schule und braucht nicht mehr den verhassten Regenschirm mitzunehmen. Als wir die Jacke im Warenhaus kauften, sagte die Verkäuferin: «Und sie kann auch Wasser vertragen.» Sie sagte das mehrmals, bis Tante schließlich erwiderte: «Jawohl mein Fräulein, wir haben es gehört, aber sie soll ja nicht ausschließlich im Wasser getragen werden, sie ist ja nicht für einen Taucher bestimmt.» Es war ein prophetisches Wort, denn seit Tante fort ist, regnet es in Strömen.

* * *

Am nächsten Morgen, als wir die Spuren dieses Besuches verwischten und das wüste Zimmer aufräumten, das sie uns hinterlassen hat, kam Onkel Dolf an, um sich über seine Schwester zu beklagen. Er hat sie nur einen Nachmittag erlebt, aber der hat ihm gelangt. Sie hat in seiner Wohnung die Bilder umgehängt und ist zur Nachtigall in die Küche gegangen, um sie über die Zubereitung französischer Soßen zu belehren, und las ihr Rezepte eines Florentiners Kochs vor, bis dieser der Hasenbraten anbrannte. Und mit ihm hat sie sich über die heutige Weltlage gestritten und ihm mitgeteilt, was die Türken über uns denken. «Man hat die Fenster zumachen müssen.» Sie hat ihm eine Flasche Alpenkräuterlikör» mitgebracht, den er verabscheut.

Das Einzige, was ihn an diesem Besuch gefreut hat, war das Sesselunglück. – Er lachte diabolisch in seinen grauen Spitzbart, als ihm Dieter schilderte, wie wir Tante Constanze aus dem Sessel gezogen haben. Mein sterbender Schwan dagegen hat ihn weniger gerührt ... «Ich weiß nicht, was an dem Ding war», meinte er. «Und wenn mal diese schauerliche Dame da oben», damit ist meine gotische Madonna gemeint, «heruntergeschmissen würde, wär's kein Unglück. Vielleicht besorgt das auch mal Ben ...» Und mit jener gönnerhaften Geste, die Onkel zuweilen, stets im ungeeignetsten Augenblick, an den Tag legt, greift er in seine Weste und schenkt Ben zwei Mark … «Damit du dich mal wieder an M***enköpfen satt essen kannst in der Bäckerei am roten Turm …»

«Wieso?», frage ich. «Wie kommt denn Ben dorthin? Er hat doch kein Geld dazu.»

«Na, lass mal», sagt Onkel. «Ich sehe den jungen Herrn da öfters, wenn ich zu meiner Bank gehe … Ich bin da früher auch hingegangen, dort gibt's nämlich die größten.»

Als Onkel uns verlassen hat, vernehme ich Ben. Aber er leugnet alles. Der Onkel lügt, er hat das erfunden, es war «einer aus seiner Klasse», der ihm ähnlich sieht … Er versichert es mir so treuherzig, dass ich es ihm im Augenblick glaube …

Aber in meinem Portemonnaie in der Küchenschublade fehlt am nächsten Morgen wieder ein Fünfziger. Ben bleibt dabei, er habe kein Geld genommen.

Mir ist das unheimlich. Die Korzfleisch ist ehrlich, sie hat nicht nötig, Geld zu stehlen. Sie ist eine stolze Bürgerin, die sehr auf andere herabsieht, die auf dem Markt oder bei Nussbaum Geld entwenden. Ich spreche Onkel ‹über den Fall›. «Na was denn?», sagt er ungerührt. «Geld stehlen sie doch alle … Hab ich auch gemacht, wo ich's fand. Was ich tun würde? Gehörig versohlen … mit dem Teppichklopfer … oder es seinem Lehrer anzeigen …»

Aber das kann ich nicht. Ich fürchte, Bens Konto ist schon ohnehin so sehr belastet, dass das seine Versetzung wieder erschüttern würde. Ich hab es bei der Verwarnung belassen. Dieter und Margot sind empört. «Du hättest es ihm ordentlich geben sollen Mama, diesem Dieb», sagt Margot. Für Dieter ist sein Bruder Luft, er sieht ihn nicht mehr an. Und ich habe bestimmt, dass Ben acht Tage lang in der Küche essen muss. Aber das hat nicht die gewünschte Wirkung getan, denn er sagte zu Ulla, in der Küche sei es auch ganz schön, und man sei dort dem Brotkasten näher.

Viel wichtiger ist jetzt, dass das Floß funktioniert. Jeden freien Nachmittag kommen seine Genossen an, um ihn abzuholen, vier Quartaner, ausgerüstet wie die Indianer mit Messern am Gürtel und Beilen. Einer hatte sogar ein Gewehr mit, der junge Fett, der die anderen an Größe überragt, ein gutmütiger Junge, der auch schon alle Klassen zweimal durchmacht. «Mache hin», sagten sie zu Ben, sie hatten es sehr eilig. Der Himmel bezog sich schon wieder. Nachdem sie mir versprochen hatten, nicht in die Nähe des Wehrs zu fahren, – sie versprachen es mit den kleinen ruckartigen Verbeugungen der Quarta, – zogen sie über die Halde herunter zum Fluss. Und ich machte mich fertig zu einem Vortrag in der Aula der Universität über spanische Literatur. Als ich gegen neun Uhr abends heimkam, war alles sonderbar still und dunkel. Dieter und Margot waren noch nicht im Hause, Ulla schlief, und von Ben sah ich nur ein Stück seines blonden Haarschopfes unter dem Federbett herausragen ... In der Küche aber waren Seile gespannt, und darauf hing eine Menge nasses Zeug, Lederhosen und Hemden, Socken und Schuhe baumelten dort, sogar nasses Papiergeld steckte an Klammern darauf. Ich weckte Ben und erfuhr von dem Unglück am Wehr.

Sie waren natürlich gar nicht schuld daran, schuld war ein dämlicher Holzkahn, der ihnen entgegengerudert kam und sie in seine Ketten verwickelte, und als sie sich befreien wollten, schossen sie ans Wehr ... Und die Leute schrien am Ufer, und auf der Brücke stand eine Dame, die wie die Nachtigall aussah, und schwenkte ihren Regenschirm und rief ihnen zu, sie sollten doch um Gottes willen ihre Schuhe und Strümpfe ausziehen! Bis endlich zwei Studenten in ihrem Paddelboot ankamen, die sie herausfischten, denn sie lagen alle im Wasser, und das Floß war weg, über das Wehr, denk nur, Ma, wie schrecklich! «Unser schönes, neues Floß. Du musst nicht böse sein, es ist ja gut gegangen, und wir sind alle am Leben, nur ein bisschen nass sind wir geworden, aber die Windjacke hat mir das Leben gerettet.» Daran glaubt er fest.

Nachdem Bens Abenteuer im Anzeiger gestanden hat: «wieder einmal hätte der Leichtsinn und die Abenteuerlust unserer Jugend vier Opfer gefordert am Wehr», hat Onkel Dolf seine Kleiderschränke geöffnet und zwei seiner Mäntel gespendet. Ich habe mich gleich darangemacht, den einen für Dieter umzuarbeiten, da er in seinem alten nicht mehr zur Schule gehen kann, wenigstens sagt er, lieber ginge er nackend als in diesen abgeschabten Klamotten. Nun gefällt er ihm nicht, ich bin ja kein Schneider, und da auch Ben sehr nötig einen warmen Mantel braucht, hat der ihn bekommen, was mich einige Nächte gekostet hat an der Nähmaschine. Margot beklagte sich, dass sie nicht habe schlafen können, wegen der Näherei. «Warum schreibst du nicht wieder mal etwas?», meinte sie ... «Das Schreiben stört niemand, und es bringt doch was ein.»

Wenn mir jemand die Zeit dazu schenkte, ich wüsste schon etwas. Ich habe nur geschrieben «Verwandtenbesuch». Die Zeitung in Berlin, die mir öfters kleine Skizzen abnimmt, druckte es sofort, und noch einige Zeitungen in der Provinz. «Wenn Tante das in die Finger kriegt», sagt Dieter, «ist unsere ganze Erbschaft flöten.»

«Die ist sowieso flöten», meint Margot. «Von Tante Constanze erben wir nie etwas.»

Und das glaube ich auch. Da ich aber unbedingt neue Bettwäsche brauche, die meine ist schon so dünn, dass sich Ben jede Nacht darin verstrickt wie eine Schlange im Schilf, so hat die Skizze zwei Bettbezüge ergeben. «Seht mal Kinder, ich kann zaubern», sagte ich, als ich sie ihnen abends auf den Tisch legte.

Wenn ich nur sonst zaubern könnte. Aber ich muss täglich vier Öfen heizen, die Küche ist ein Eiskeller, der Winter ist nicht angenehm in meinem Hause. Es ist eine Sommerwohnung, Onkel Dolf hatte ganz recht. Über 12 Grad wird kein Zimmer warm, wenn der Ostwind auf das Haus steht. Stetten ist verreist. Die Kinder haben Masern. Ulla fing damit an, sie brachte sie aus der Schule heim. Ben steckte sich an, und nun liegt Margot auch.

Ich komme zu nichts anderem mehr.

Das Jahr ist mir unter den Händen vergangen. In vier Wochen ist schon wieder Weihnachten, sagte meine gute Mutter früher immer im November. Es klang, als ob dann ein Begräbnis sei.

Ich kann's ihr jetzt nachfühlen. Sie hatte ein großes Haus voll Menschen, viel Personal, eine Menge guter Freunde, und arme Verwandte, die das Fest bei uns verlebten. Für alle musste sie sorgen. Tante Constanze hat geschrieben, dass sie Weihnachten vielleicht zu uns kommen wird, aber vorläufig ist sie in Wien, wo sie einen reizenden Kreis Menschen gefunden hat, mit denen sie Weihnachten verleben wird. Der Kelch ist gnädig an uns vorübergegangen. Onkel Dolf freut sich. Wenn es nach mir ginge, würde ich Weihnachten verreisen. Ich habe die Menschen immer beneidet, die Weihnachten mit einem Handkoffer zum Bahnhof gehen und die Sorgen hinter sich lassen. Aber die Kinder wollen ihren

Baum, ihren Aufbau und erwarten das Fest mit Ungeduld. Sie basteln, leimen und kleben in ihren Zimmern, die abgeschlossen sind. Ich höre Bens Laubsäge knirschen, Margot stickt etwas, und Dieter durchstöbert die Buchhandlungen. Es schneit draußen, die Welt ist still geworden und weiß … Die Gräber liegen weiß bedeckt, die Trauerweiden neigen sich tief über die stillen Stätten …

Der Winter hat keine Schrecken mehr für mich. Meine Öfen ziehen auf einmal alle, seitdem ein Heizer vom Wreschener Werke sie nachgesehen hat. Ich habe nie viel vom Heizen verstanden. Die doppelte Miete ist auch nicht unangenehm, wenn ich auch Herrn Kumpel für seine Kammer etwas davon abgeben muss, es bleibt doch noch etwas für mich übrig. Das Weihnachtsfest kann kommen. Stetten besorgt den Baum und wird jedem Kind etwas auf den Weihnachtstisch legen, und wie ich ihn kenne, wird es keine unbedeutende Gabe sein.

Es schneit und schneit, als wollte der Schnee die ganze Welt begraben. Alles um uns ist weiß, die Straße, der Garten, die Dächer. Es ist schön, in einem warmen Haus zu sitzen am Fenster und dem Schneetreiben zuzusehen … Stetten hat uns zu einer Schlittenpartie eingeladen. Morgen um elf soll es losgehen … In den weißen Harz, drei Tage, über Sonntag. Die Kinder strahlen. Noch nie haben sie eine Schlittenpartie mitgemacht, die ganze Schule weiß es schon, dass Ulla und Ben mitfahren. Margot zerbricht sich den Kopf, was sie dazu anziehen soll. Nur Dieter weiß noch nicht, ob er Zeit haben wird mitzufahren.

Ich war mitten in den Vorbereitungen zu unserer kleinen Winterfahrt, als ich die Tür gehen hörte, und Dieter kam herein. Er setzte sich auf einen Stuhl, er war totenblass. Er hat Schmerzen in der Seite, der Lehrer hat ihn heimgeschickt. Ich lasse den Arzt kommen. Er kommt, untersucht Dieter, und eröffnet mir, dass er sofort ins Krankenhaus muss. Verdacht auf Blinddarmentzündung. Der Krankenwagen kommt. Ich soll nicht mitfahren, wünscht der Arzt, er wird mich rufen lassen, wenn es Zeit ist.

Dann packen wir den Jungen in Decken, und er fährt mit dem Krankenwagen zur Stadt.

Ich rufe sofort auf dem Büro von Stetten an, er ist nicht da ... Ich warte und zittre vor jedem Türengehen, vor der Haustürschelle. Aber es kommt nichts. Es schneit und schneit weiter, weiß und dicht ... Aus der Schlittenpartie ist nichts geworden.

Als ich um drei Uhr nachmittags, von Unruhe gepackt, ins Krankenhaus kam, sagte mir die Empfangsschwester: «Dieter Nordeck? Der ist ja vor einer Stunde operiert worden.»

Es sei ganz nahe vor dem Durchbruch gewesen, sagte mir der Chirurg, der ernst aussah, als er mir im weißen Kittel Bericht abstattete. «Sie hätten uns ja doch nicht helfen können, gnädige Frau, und der Junge wollte es durchaus nicht, dass wir Sie beunruhigten ...»

Seit acht Tagen laufe ich zwischen der Heidukstraße und den Universitätskliniken hin und her. Ich habe zehn Pfund abgenommen. Ich habe das Gefühl, ein Vogel zu sein, so leicht laufe ich über die Erde mit meinen allzu kleinen Füßen. Ich habe nur einen Gedanken: Wenn er nur durchkommt, mein Dieter!

Stetten musste seine Schlittenpartie allein machen, die Kinder sind nicht mitgefahren. Ein andermal, sagte ich. Aber sie wollten auch gar nicht mehr. Ullas Klasse genießt alle Sensationen, die ich durchmache, mit.

Endlich sind wir über den Berg. Dieter ist außer Gefahr. Der Chirurg versichert mir, dass alles gut abgelaufen sei. Tante Constanze hat mich zu einer Fahrt nach Wien eingeladen. Es gibt ebendort «den Ring». Ich muss ihr leider absagen. Ich habe andere Sorgen.

Onkel Dolf wettert am Telefon. «Ihr seid immer noch nicht in einer Krankenversicherung? Das ist doch toll! Das ist das Erste, was ich dir damals geraten hab! Aber du hörst einem ja nie zu! Alles nach dem eigenen Kopf … Dichten? Jawohl, und das Notwendigste vergesst ihr dabei.» Ich hatte gehofft, er würde den Arzt bezahlen. Aber er hat sich nicht gerührt. Mein grauer Perser ist das Opfer geworden. «Mama blutet das Herz», sagte Margot, als Herr Solimans Wagen damit abfuhr … Es war mein schönstes Stück. In meinem blauen Zimmer liegt jetzt ein einfacher mattblauer Kokosteppich. Tante Constanze ist mit dem «Columbus» unterwegs nach Madeira. Sie hat eine ungarische Gräfin dazu eingeladen, denn ich habe ja doch nie Zeit. Womit sie leider recht hat.

Eine Fahrt in den Schnee, der Harz im Winter, ein stilles Weihnachtsfest in einer fremden Stadt, in der mich niemand kennt, diese Wünsche werden wohl immer schöne Träume bleiben …

* * *

Dieter ist aufgestanden, das Leben kommt wieder in normale Bahnen. Stetten ist aus Bad Harzburg zurück. Nicht sehr begeistert von seiner Winterreise. Ich hatte die Nächte dazu benutzt, vier Skizzen zu schreiben. Als ich mich im Spiegel betrachtete, sah ich einen blassen Schatten in einem dunklen

Kleid dort, der Ähnlichkeit mit meiner verstorbenen Mutter hat, und ich entdeckte beim Frisieren das erste graue Haar in meinem Scheitel. Ich zupfte es aus. Es tat weh.

Stetten bringt mir, was ich haben will, aus der Stadt im Wagen mit, er besucht Dieter täglich im Krankenhaus, er spricht mit den Ärzten, und er hat mich getröstet, wenn ich die Nerven verlor. Ich verliere sie nicht so leicht, aber wenn eines der Kinder krank ist, bin ich nicht mehr zurechnungsfähig. Ich glaube, ich hab zu viel Fantasie … Ich dürfte nie in einen Krieg ziehen. Ich stelle mir alle Schrecknisse vor und male sie mir aus, das ist nicht gut für eine Mutter.

«Du lieber Gott», sagte die Korzfleisch, «ich hab doch ooch welche gehabt, un sie sind ooch mal krank gewäsen. So darf man sich das nicht zu Herzen nehmen wie Sie, Frau Nordeck …»

Stetten bringt frische Eier vom Lande mit, Butter und Schinken. Ich soll mich stärken. Aber erst muss Dieter wieder ganz gesund sein.

Wenn mein Tag zu Ende ist, beginnt die Nachtarbeit. Man hat eine Liebesgeschichte bei mir bestellt, in der viel Liebe vorkommen soll. Eine Wochenzeitung will mir dafür hundert Mark bezahlen. Ich hasse Liebesgeschichten, aber ich habe sie fabriziert. Sie wird in einem «Magazin» in Heftchen zu zwanzig Pfennigen gebracht. Ich schreibe nur Kindergeschichten, Betrachtungen über die heutige Mode, was mir einfällt. Ich habe eine praktische Reisehutschachtel erfunden. Für die Zeichnung hat mir eine Berliner Modenzeitschrift neun Mark geschickt. Ich mache Gedichte über den Schnee, in Erinnerung fröhlicher Schlittenpartien durch das Elsass und die Vogesen. Die «Schlittenpartie» wird mir zurückgeschickt, man wünscht jetzt etwas mit österlichem

Einschlag. Über das Osterfest kann ich nichts schreiben, es war mir schon als Kind unsympathisch. Es war dann immer kalt und die Erde noch gefroren, es war windig und regnerisch, und man suchte mit blauen Nasen die Ostereier in den Buchsbeeten. Ulla hat eine Freundin, deren Vater Gelegenheitsgedichte macht zu Hochzeiten, Taufen und Geburtstagen. Er bekommt fünf Mark für jedes Gedicht. Wenn Stetten wüsste, dass ich nachts schreibe, würde er böse werden. Er predigt mir immer: «Schonen Sie sich, Sie reiben sich noch auf. Niemand wird es Ihnen danken.»

Niemand? Ach, ich weiß es, Kinder sind nicht dankbar ... Waren wir es denn gegen unsere Eltern? Ich weiß es nicht, man nahm das alles so hin.

Aber ich will gar keinen Dank, ich muss Geld schaffen um jeden Preis. Dieters Krankheit hat mich «auf den Hund gebracht», nach Onkel Dolf.

Die Skizzen sind fertig. Die Frühlingsnovelle ist mir endlich auch gelungen. Der «Generalanzeiger» will sie bringen. «Aber schreib nur nicht wieder deinen Namen drunter!», sagt Dieter. «Sonst ziehen sie mich in der Klasse damit auf und lesen mir Stellen daraus vor.»

Ich schreibe jetzt unter dem Pseudonym «Stella Wagenried». Ich weiß, dass meine kleinen Skizzen Spreu sind, die der Wind verweht. Aber ich kann ja nur nachts schreiben oder zwischen zwei aufzuwärmenden Mittagessen, denn die Kinder kommen jetzt zu ganz verschiedenen Zeiten heim, und Ben kommt meist sehr spät wegen Nachhilfestunden oder Nachsitzens. Ich dichte vormittags, wenn ich Zimmer aufräume und koche, aber wenn ich es dann niederschreiben will, ist mein Kopf leer. Es verträgt sich nicht miteinander: Wirtschaft und Poesie. Ich habe meine historische

Geschichte, 250 Zeilen, nach Berlin geschickt. Man hat sie angenommen, fünf Pfennige pro Zeile, macht RM 12,50. Das gibt schon den Krankenwagen für Dieter.

Ich erwarte den Geldbriefträger täglich mit Sehnsucht … Meine Kasse ist schrecklich leer.

* * *

Ich bin mit meinen Vorbereitungen fertig geworden. Tag und Nacht hab ich gearbeitet, das Haus ist blank und geschmückt. Ich backe Lebkuchen, wie Frau Sebastian Bach, in den alten Lebkuchenformen meiner Urgroßmutter. Stetten kam, angezogen von dem Duft, in meine Küche.

«Ah, es riecht nach Weihnachten.»

«Wohin werden Sie denn dieses Jahr reisen?», fragte ich, während er von dem Kuchenblech ein paar heiße Lebkuchen nahm.

«Diesmal möchte ich gar nicht verreisen», sagte er. «Ich muss so viel herumfahren jetzt, ich habe nicht Lust, das Fest in fremden Hotels zu verleben mit fremden Gesichtern … Ich möchte zu Hause bleiben, wenn Sie das nicht stört … Das heißt, wenn es Ihre Kinder nicht stört», fügte er hinzu.

In diesem Augenblick kommt Margot heim, sie geht mit einem flüchtigen «Tag» vorbei … Ihr trotziger Gruß ärgert mich, und ich sage: «Ja, kommen Sie. Wir sind dann am Weihnachtsabend zusammen.»

«Ich danke Ihnen», sagt er erfreut. «Ich habe nur den Wunsch, dass ich Ihnen etwas abnehmen darf, wenn Sie Ihre Einkäufe machen. Ich schlage vor, ich nehme Sie mit dem Wagen zur Stadt, wir essen dann zusammen irgendwo, und ich fahre Sie dann mit Ihren Paketen heim.»

Wir verabredeten einen Tag vor Weihnachten, denn vorher muss ich backen. Es war etwas Ungewöhnliches für mich, einen ganzen Tag in der Stadt zu verbringen und Buchläden und Spielwarenläden zu durchsuchen nach Geschenken. Die alte Stadt sah so hübsch aus, festlich und weiß beschneit. Die hohen gotischen Türme hoben sich schneebedeckt von einem grauen Himmel ab, der Weihnachtsmarkt war voller Buden, an den Ecken brieten die Rostbratwürste, und die Maronen dampften in großen Kesseln. Die Konditorjungen eilten mit großen Brettern weiß verzuckerter Weihnachtsstollen durch die Straßen, überall duftete es nach Tannenbäumen … Ich konnte einmal wieder sorglos kaufen und schenken.

Ich hatte das Buchhonorar für die chinesische Novelle in meiner Tasche. Wien bringt sie heraus und hat sie sehr anständig bezahlt. Ich malte mir die strahlenden Gesichter meiner Kinder aus, wenn ich ihnen ihre Geschenke am Weihnachtsabend aufbauen konnte. Wie schön ist es, anderen Freude zu machen! Und wie seltsam, dass die meisten Menschen sich dieser Freude freiwillig berauben. Zum Beispiel Tante Constanze, die Weihnachten in St. Moritz feiert und schreibt, es sei so umständlich, Pakete aus der Schweiz zu schicken, und Onkel Dolf öffnet seinen eisernen Geldschrank immer erst am Festabend. «Du bist leichtsinnig, Oliva. Du gibst zu gern Geld aus. Du bist eine vom Rhein …»

Diesmal kann ich kaufen!

Als ich alles eingekauft und in mein Köfferchen verstaut hatte, nahm ich auf dem Weihnachtsmarkt einer armen Alten, die in ihrem dünnen Fransenschal Christrosen hielt, einen großen Strauß ab, dann ging ich ins Hotel, wo mich Stetten in der Halle erwartete. Wir gaben meine vielen Pakete in der

Garderobe ab, ich stellte den Christrosenstrauß auf unseren Tisch, den er bestellt hatte, und in einer Ecke des Speisesaals der «Stadt Hamburg» nahmen wir ein verspätetes Mittagsmahl. Das Lokal war schon fast leer. Der alte Oberkellner bediente uns. Stetten bestellte eine Flasche Sekt, und wir waren fröhlich wie Kinder, die sich auf Weihnachten freuen. Nach dem Kaffee fuhren wir heim.

Als ich in mein Haus kam, entdeckte ich zu meinem Schrecken, dass mir mein Köfferchen mit allen eingekauften Geschenken fehlte. Wir fuhren zurück in die «Stadt Hamburg», aber in der Garderobe dort fand es sich auch nicht. Wir fuhren zu allen Geschäften, in denen ich gewesen war, aber nirgends erinnerte sich jemand meines Köfferchens. Im Fundbüro fanden wir stehen gebliebene Regenschirme in reicher Auswahl, Hutschachteln und Kinderwagen, Geigenkästen und Überzieher, aber mein Köfferchen war nicht dabei. Das Einzige, dessen ich mich erinnern konnte, war, dass ich es noch hatte, als ich der armen Frau auf dem Weihnachtsmarkt den Christrosenstrauß abgekauft hatte, denn ich hatte es, um zu bezahlen, in den Schnee gestellt. Wenn ich es dort vergessen hatte mitzunehmen, war es in dem Weihnachtstrubel sicher verschwunden. Und so war es auch. Die alte Frau wusste nichts davon. Und nun war es fort, mit allen schönen Sachen und Büchern für die Kinder, auch das historische Buch für Stetten war fort, Margots Kette, Dieters Wecker, kurz alles. Ich weinte, ich war sehr unglücklich. Meine ganze Weihnachtsfreude war hin. Stetten suchte mich zu trösten, die Kinder umstanden mich ratlos mit betrübten Mienen. «Aber, Mama, wie kann man auch», fing Margot an. Dieter fuhr sie an. «Lass das jetzt, Margot! Es ist ja nichts mehr dran zu ändern.»

Es war auch nichts mehr daran zu ändern, aber mir war das Fest verdorben. Stetten ergriff die Initiative. «Versprechen Sie mir, dass Sie sich nun nicht mehr grämen und sich um nichts mehr kümmern, Oliva. Ich werde das mit den Kindern schon machen. Wir werden ein Weihnachten feiern, das schön sein soll.» Ich kümmerte mich um nichts mehr. Ich überließ die Vorbereitungen den anderen, zum ersten Mal in meinem Leben. Ich war gebrochen. Ich hatte so viel zusammengespart, so viel gearbeitet, um alle zu beschenken, und mir ist in meinem ganzen Leben das Schenken immer wichtiger gewesen als das Beschenktwerden, das mich immer beschämt … Nun konnte ich niemand mehr etwas schenken. Ich ging auf mein Zimmer, stellte die Christrosen unter Nordecks Bild und hängte ein paar glitzernde Lamettafäden darüber, das war alles. Währenddessen schleppten Dieter und Ben den Baum herein, unser Wohnzimmer wurde die Weihnachtsstube, Margot gab die Tafeltücher heraus, Stetten kam angefahren, mit Paketen beladen, es kamen Boten ins Haus, Konditorjungen mit Tortenschachteln. Alles verschwand in der Weihnachtsstube, die diesmal vor mir verschlossen blieb, und ich merkte, dass es den Kindern viel mehr Spaß machte, selbst die Tafel mit den «Überraschungen» aufzubauen, was ich sonst tat.

Selbst um das Weihnachtsessen durfte ich mich diesmal nicht kümmern, hatte ich Stetten versprochen. Es wurde das schönste Weihnachtsfest, das ich erlebte. Nach der Christfeier im Dom wurde beschert, Stetten klingelte, und wir kamen herein und standen vor dem strahlenden Christbaum, ich musste Weihnachtslieder spielen, die alle mitsangen.

Dann führte Stetten die Kinder an ihre Plätze und nahm die weißen Decken fort. Es war ein Jubel ohnegleichen. Was hatte er ihnen nicht alles aufgebaut! ... Dieter bekam Bücher und das langersehnte Radio. Margot eine vollständige Reitausrüstung, bis auf Handschuhe, Reitpeitsche, Stiefel und Hut; Ulla bewunderte sich vor dem Spiegel in einem neuen, dicken dunkelgrünen Wintermantel und einer pelzbesetzten Mütze. Es ist das erste neue Stück, das sie je besessen hat, sie kann gar nicht sprechen vor Glück. Warme Handschuhe für jeden, Ben hat sein Segelschiff bekommen, das Prachtstück des Spielwarenladens Lippsky, und neue Schlittschuhe, Und Margot probt ein paar lange schwedische Handschuhe an; sie sind nicht aus Genua, und sie passen diesmal. Dann führt mich Stetten zu meinem Platz, an dem in einem Kranz frischer roter Rosen ein Stapel neuer Bücher liegt, das Beste der in- und ausländischen Literatur. Ich bin so glücklich darüber, dass ich ganz den schwarzen kleinen Lederkasten übersehe, der bescheiden dasteht, eine Karte zum Gewandhauskonzert am zweiten Feiertag, ein Abonnement zum Theater, zwei Logenplätze, und dann öffnet er das kleine Etui, und es ist eine Perlenkette. Ich stehe sprachlos da.

«Es sind Zuchtperlen», sagt er lächelnd ... «Eine ganz bescheidene Gabe ... Ich dachte, sie machen Ihnen Freude ... Darf ich sie in Ihre Hände legen als meinen Dank?»

«Dank .... wofür?»

«Dafür, dass ich bei Ihnen sein darf», sagt er und sieht mich an. Dann klatscht er in die Hände, und aus dem Nebenzimmer rollt Dieter einen Teewagen herein, auf dem eine Schwedenplatte angerichtet ist, reich und bunt und einladend wie das Horsd'œuvre riche der Madame Bastien in ihren spiegelglänzenden Lokal.

Dic Kinder umringen den kleinen Wagen. «Sieh doch, Ma, einen Teewagen hast du bekommen! Der hat uns doch immer gefehlt ... Und die feinen Sachen.» Hummer und Kaviar, kalte Salate von allen Sorten, kaltes Geflügel, Sardinen in Öl und Tomatensauce, schwedische Vorspeisen und Artischocken, kalte Fische, Pasteten, Gänseleber mit Trüffeln ... Er hat das alles beim Traiteur bestellt. Und nun setzen wir uns zu unserem Weihnachtsessen. Er braut einen Punsch dazu, wir lassen den Baum brennen, und dann tritt Dieters Rundfunk in Tätigkeit und spielt Weihnachtslieder. Und wir sind froh wie seit langer Zeit nicht mehr. Den ganzen Abend konzertiert der Lautsprecher, und Dieter fragt, ob wir Rom oder Budapest, Wien oder Berlin haben wollen, Mailand oder Paris?

Ich bin beschämt, dass wir Stetten nichts anderes geschenkt haben als meine chinesische Geschichte, die ich in mattgelbem Brokat eingebunden habe ... Aber er ist entzückt davon, er sagt, sie sei fein wie ein chinesisches Gemälde.

* * *

Am ersten Feiertag durften sie sich alle ausschlafen. Nur Ben war in der Frühe schon im Weihnachtszimmer, er saß in seinem Nachthemd vor seinem Segelschiff und bewegte es durch das Zimmer. Er sah aus wie ein kleiner Chorknabe in dem langen, weißen Gewand. Ich stand in der Küche und schnitt Weihnachtsstollen, auch Stetten bekam davon auf sein Teebrett, das ihm Ulla hinauftrug.

Um elf fing ich an zu treiben, «Kinder, zieht euch an, wir müssen zum Onkel.» Am ersten Feiertag wird, wie immer, bei ihm beschert, und Punkt eins wird die Weihnachtsgans dort gegessen. Er macht sich die Sache einfach, die Nachtigall putzt einen Baum, und er hängt an die Zweige Briefe mit Papierscheinen «je nach Alter und Verdienst». Die Nachtigall bekommt den Löwenanteil, dann komme ich mit zwei Hundertmarkscheinen, dann Dieter und Margot mit je einem Fünfziger, zuletzt Ulla und Ben mit je zehn Mark. Ben ist außer sich darüber. «Sieh doch, Ma, zehn Mark hab ich gekriegt!» Er weiß schon, was für Tiere er sich dafür anschaffen wird für seine Menagerie. So viel hat er noch nie besessen. «Wenn du wieder nicht versetzt wirst», baut Onkel vor, «musst du's mir zurückgeben.»

Als wir bei der Suppe sind, fragt er Dieter. «Nun, wie geht es dem schönen Fräulein Elli?»

Und Dieter antwortet, ohne rot zu werden – das tut man in Unterprima nicht mehr. «Ich hoffe, es geht ihr gut.»

«Er hofft? Sieh mal an ...» Onkel zwinkert mit einem Auge ... «Ist die Sache ex?» Er amüsiert sich sichtlich über Dieters hoheitsvolle Miene, der Onkels taktvolle Bemerkungen bei Tisch vor den andern damit pariert, dass er gar keine Antwort gibt und aufsteht, um den Wein einzuschenken.

«Na, denn nicht», sagt Onkel ... «Die kleine Fett hat nämlich längst einen andern, ich hab sie neulich gesichtet im Café Venezia. Auch ein netter Kavalier, Student oder so was. Ah, da kommt endlich unsere Gans ... Ich meine, die gebratene», sagt er, als die Nachtigall erscheint mit der großen gebratenen, von gebackenen Äpfeln umlegten, knusprigen Gans. Das Füllsel ist ihre Spezialität, mit Rosinen, Weintrauben, Nüssen und dicken Backpflaumen. «Es macht zwar dick und ist mir verboten, aber zu Weihnachten wird man immer fett, außer dir, Oliva, du hast ein Geheimmittel, jugendlich und schlank zu bleiben ... Was ist denn das für eine Perlenkette, die heute deinen schönen Hals schmückt?»

Ich hatte gehofft, sie würde Onkels Blicken verborgen bleiben, denn er versteht nichts von Perlen ... aber Onkels Blicken bleibt nichts verborgen ... «Ist sie echt oder aus dem großen Hause Nussbaum?»

«Es sind Zuchtperlen, Onkel.»

«Ach so, die Dinger, die die Japaner machen ... Hast du übrigens dein Köfferchen wiederbekommen? Die Nachtigall hat so was gehört.»

«Nein, leider nicht.»

«Du bist ein Pechvogel, Oliva ... Das siehst du nie wieder. Aber du hast einem Unbekannten damit ein schönes Weihnachten beschert. Du wirst dafür in den Himmel kommen. Was grinst denn der Bengel, dieser Ben?»

Ich mache Ben große Augen. Sie hatten mir versprechen müssen, nichts von unserem Weihnachtsfest zu erzählen, aber es fiel ihnen offenbar schwer. «Ich habe in letzter Stunde noch eine Novelle verkauft», sage ich.

«Hast du, Oliva? Nun, dann ist ja das Köfferchen verschmerzt ... Und nun geht mal feste an die Gans ran, damit nichts übrig bleibt als das Gerippe ... Und schenk noch mal Rotwein ein, Junker Dieter, ach was, heut sollen sie alle mal was haben, schenk auch diesem Bengel, dem Ben, ein halbes ein, wenn er's auch nicht verdient.»

Das Mittagmahl, dreimal gereichte Gans, eine große Schüssel Mandelspeise mit frischen Zimtwaffeln, Kaffee und Baumkuchen und gefüllter Kranz, ging vorüber, ohne dass etwas Besonderes geschah. Um sechs Uhr drängten die Kinder nach Hause zu ihrer Weihnachtstafel, Ben zu seinen Schildkröten, die er im Festtrubel vergessen hatte zu füttern, Margot ging zu einer Freundin, Dieter zu «einem aus seiner Klasse», Ulla wollte sich in ihrem neuen Mantel ihrer

Zeichenlehrerin zeigen, mein Haus war ruhig. Um sieben kamen einige aus der Quarta an, und der neue Lautsprecher wurde vorgeführt. Stetten war ausgegangen.

Ich setzte mich an den Flügel und spielte die Kreisleriana von Schumann … «Du kannst ruhig spielen», sagte Ben, «du störst uns nicht.»

Am zweiten Feiertag fuhr ich mit Stetten nach Leipzig zum Gewandhauskonzert. Ein Genuss, an dem ich lange zehren werde.

Am ersten Januar legte sich Margot an Halsentzündung. Sie hatte gar keine Stimme mehr, und ich musste einen Halsspezialisten holen.

Sie lag den ganzen Januar im Bett, ich machte, nachdem wir alles durchgeprobt hatten, schließlich warme Umschläge mit Öl, wie zu Hause auf dem Land die Bauern. Es war zwar eine scheußliche Geschichte, aber es half, und ihre Stimme kam wieder.

Der Februar war sehr kalt, und es schneite ununterbrochen. Ich musste früh um sieben Uhr Schnee fegen, aber im Hause war es wenigstens warm. Die kalten Tage sind kein Schrecken mehr für mich, seit der Junge nachmittags kommt, den mir Stetten bestellt hat, um die Öfen zu heizen, und der die Kohlen trägt. Wir brauchen mit Kohlen nicht mehr zu sparen. Für die Ostwindtage habe ich meine Heizsonne unten, und Stetten hat oben seinen Heizofen. Niemand soll frieren.

Frieren ist schrecklich. Lieber will ich hungern. Hungern kann ich gut. Ich kann mir Fakire vorstellen, die sich vierzehn Tage oder noch länger eingraben lassen und ohne Nahrung leben.

Ich glaube, ich könnte das auch.

Ehrenberg, der alte Freund, schreibt mir jeden Sommer aus einem anderen Sanatorium, das er erprobt, um abzunehmen. Er hackt Holz und lebt von Limonade und einem Apfel und bezahlt dafür zwanzig Mark pro Tag. Dafür nimmt er täglich ein Viertelpfund ab.

Solche Sorgen habe ich nicht. Ich wiege mich nie. Ich mache mir nur von Zeit zu Zeit meine Röcke und Blusen enger.

Ehrenbergs Frau geht es sehr schlecht, sie schwindet immer mehr dahin. Die eine Lunge ist schon zerstört. Er hat sie jetzt in einen Höhenkurort in der Schweiz gebracht, sie weiß nicht, wie krank sie ist, sie hofft immer, bald heimkehren zu können zu ihren Kindern. Er hat eine Hausdame, die seine Kinder bewacht, aber es ist doch nicht dasselbe, schreibt er. Er hat mich schon so oft gebeten, ihn zu besuchen, aber ich kann ja nicht fort. Zum zweiten Mal möchte die Korzfleisch die Verantwortung nicht übernehmen, sagte sie. Und es ginge auch aus anderen Gründen nicht. –

Meine Theaterkarten haben Dieter und ein Freund von ihm abgesessen. Sie hatten Glück diesmal. Es gab den «Kammersänger» von Wedekind mit einem Gast aus Berlin. Die nächsten, alle vierzehn Tage sind wir dran, hat Ben mit einem Freund bekommen. Es gab «Iphigenie» von Gluck. Er wollte wissen, was darin vorkäme, und ich erzählte ihm die Handlung. «Sie ist etwas langweilig für euch, aber die Musik ist sehr schön.» Darauf zog er ab. Als er mir abends noch davon berichtete, war er sehr begeistert. «Aber, du, Ma! Das ist durchaus nicht langweilig! Gleich im ersten Akt kam ja ein Segelschiff auf die Bühne. Ein prachtvolles Segelschiff und ein Kapitän mit einem schwarzen Bart, und die Spinnerinnen sangen so nett –» Ich ließ mir die Zeitung geben.

Darin stand, dass infolge der erkrankten Iphigenie heute der «Fliegende Holländer» gegeben würde.

* * *

Es ist in diesem Jahr früh warm geworden, im März blühten die Veilchen mit den Schneeglöckchen ums Haus, und man konnte schon draußen in der Mittagssonne sitzen. Im April eröffneten wir unsere Laube.

Für Stetten ist es ein unruhiger Sommer, er ist eben viel unterwegs. Das Quartett haben wir eingestellt.

Ich komme nicht mehr zum Üben, ich muss den Garten in Ordnung bringen, in dem das Gras und die Büsche schon grünen, ich muss pflanzen und gießen und die große Gießkanne schleppen.

«Dieser grässliche Garten», sagt Margot, wenn man ihr zumutet, auch einmal anzufassen. «Und diese olle Gießkanne, die immer rinnt und einem die Schuhe nass macht … Und es wächst ja doch nichts darin!»

«Du solltest Kohlrüben und Gurken pflanzen, Mama», sagt Ulla, «und Tomaten.» Aber Gemüse braucht Sonne, und wir haben zu viel grünes Gebüsch und zu viele alte Bäume, die Schatten machen. Und die Firma Kumpel erlaubt nicht, dass man etwas aus dem Garten wegnimmt. Jedoch, wenn man ernten will, muss man säen und jäten und düngen. Der Gärtner hat mir auf vieles Bitten hin endlich eine Fuhre Dung gebracht. Da ich gerade einholen war und niemand zu Hause, hat er sie mir vors Haus gelegt und fuhr davon. Und wir mussten nachher den Dung selbst hineintragen.

«Das auch noch», sagt Dieter, der aus der Schule kommt. «Ich habe gleich Stunden zu geben.» Er wirft seine Jacke ab und lässt sich herab, mit alten Handschuhen zehn Eimer hereinzutragen; aber da nahen seine Quartaner, und er geht mit ihnen ins Haus und lässt die Mistgabel stecken.

Margot ist verschwunden, Ulla schürzt sich die Röcke auf, zieht sich Holzschuhe an und schafft einige Eimer über den Gartenzaun, klatsch, klatsch ... «Dass du dir das auch noch aufladen musst, Mama! Dieser olle Garten! Es wird ja doch im Leben kein Paradies ... Und der Rasen, den wir so bearbeiten und alles Unkraut ausstechen, wird doch immer nur Heide.»

Dann machte ich mich daran, den Dung auszustreuen, den Rest wirft Ben schnaufend und schwitzend über den Zaun, und Ulla muss nachher die Straße fegen, weil die Dame von nebenan herüberruft, es röche entsetzlich, und sie habe Kaffeebesuch. Zum Glück war Stetten abwesend, er kam erst sonnabends heim. Er freut sich immer auf seinen Sonntag, es ist sein Ruhetag, an dem er zu Hause bleiben kann.

* * *

Seit die Kinder wissen, dass sich Stetten auf den Sonntag freut, haben sie an diesem Sonntag immer etwas vor, das sie zu Hause beschäftigt.

Sie bekommen Besuch, Ullas Freundinnen kommen zum Kaffee in die Laube, Ben hat seine Kameraden da, mit denen er Briefmarken tauscht, das ist sehr wichtig, denn von seinen Geschäften leben seine Kaninchen, für die er sogar schon einen dritten Stall gebaut hat. Dieter findet es auf einmal erholender, im Liegestuhl im Garten zu bleiben, statt Ausflüge zu machen, und Margot unterhält sich mit ihrer neuesten Freundin, einem ätherischen Wesen, das hier bei einer polnischen Großmutter lebt, über russische Literatur, sie sitzen auf ihrem Zimmer, aber man hört sie bis in den Garten. Wenn Stetten um halb fünf erscheint, wimmelt es im Garten von Kindern und jungen Mädchen, die lachen, schwatzen und Kaffee trinken.

«Schade», meint er, «ich dachte, wir wären allein.»

Wir sitzen im blauen Zimmer, wir rauchen und plaudern. Er erlebt immer viel auf seinen Reisen, aber ich fühle, er ist zerstreut. Wir rauchen und schweigen. «Wollen Sie nicht etwas spielen?», meint er.

Aber ich habe keine Lust dazu. Es ist, als ob meine Kinder mich bestrafen wollen mit ihrer Gegenwart, als ob sie mir beweisen wollten: Wir sind noch da, wir lassen uns nicht verdrängen. Uns gehört das Haus so gut wie dem fremden Gast … Haben sie das untereinander ausgemacht, oder ist es schweigende Verabredung? Jedenfalls sind sie sich einig darin, nicht zu weichen. Der Garten gehört ihnen … und der Sonntag auch. Ich weiß nicht, ob Stetten fühlt, was in der Luft liegt. Es ist wie eine heimliche Verschwörung gegen ihn. Man kann kein Wort sprechen, das Dieter nicht durch die offene Türe hören kann, ich kann diese Türe nicht schließen, denn das sähe merkwürdig aus.

Endlich meint Stetten mit einem Blick auf seine Uhr: «Wollen wir etwas hinausgehen, nach der Heide vielleicht?» Aber die Heide ist an warmen Tagen ein wimmelnder Ameisenhaufen von Menschen, und am Flussufer ziehen sie in langer Prozession, die Familien, Paare und Kinder. Und die Stadt ist verödet, die Cafés überfüllt, die Straßen sind leer und melancholisch. Ich bin in der Woche so viel darin herumgelaufen, dass ich meine Füße lieber einmal ausruhen möchte.

«Also nicht», sagt er und verabschiedet sich mit einem Blick auf den geschlossenen Flügel. «Schade», meint er.

«Gott sei Dank», sagt Dieter und sieht von seinem Buch auf. «Ist er endlich fort?»

Ich antworte nicht und setze mich an meinen Schreibtisch. Ich suche meine Mappen durch nach angefangenen Arbeiten. Meine Kasse hätte es sehr nötig, dass ich wieder etwas verkaufte. Aber ich kann nicht schreiben, die Stimmen im Garten lenken mich ab, und das Kichern in der Laube stört mich.

«Was hast du denn, Ma?», fragt Ulla, die mit der Kaffeekanne durch das Zimmer kommt.

«Nichts, nichts …»

«Doch hast du etwas. Haben wir dich vertrieben? Du kannst dich doch auch in den Garten setzen. Wir genieren euch doch nicht.»

Das «euch» ärgert mich. Ich sage, dass ich keine Lust dazu habe, mich in den Garten zu setzen. «Lasst euch nicht stören.»

Und sie lassen sich nicht stören, ich höre sie lachen und reden. Nebenan ist ein Scharren und Schleifen. Der Lautsprecher spielt Tänze … einen schmissigen Fox. Dieter kommandiert. Er gibt den Geschwistern Tanzstunde … «Da schau her, eins zwei, eins zwei … rechts herum, Kopf hoch … Erst trittst du in die Gegend, du Esel, dann zurück … halt!»

«Au!», ruft Ulla.

«Sei nicht so empfindlich … Du lernst's im Leben nicht … Margot, pass auf … eins zwei, eins zwei … so ist's recht …»

Stetten hat sich nicht mehr gezeigt an diesem Sonntagabend. Ich habe das Gefühl, dass er etwas gemerkt hat, und bin sehr unglücklich. Er macht mir überhaupt den Eindruck, als ob ihn etwas bedrückt seit einiger Zeit. Er ist schweigsam und zerstreut.

«Über diesen Stetten kann man aber fallen, er grüßt einen nicht», sagt Ulla ärgerlich, als sie aus der Schule kommt am Montag. «Ich hab ihm meinen Knicks gemacht, aber er hat mich gar nicht angesehen.»

«Er hat dich wohl nicht gesehen», meine ich.

«Doch, doch, er ging in der großen Burgstraße vor mir her und blieb vor einem Blumenladen stehen.»

«Darüber würde ich mich nicht aufregen», sagt Margot. «Musikalische Männer sind immer in anderen Welten.»

«Zu mir ist er immer sehr freundlich», verteidigt ihn Ben. «Ich rufe immer ‹Guten Tag, Herr Doktor›, dann grüßt er militärisch und lacht. Wir grüßen uns nur militärisch», sagt er wichtig. «Er hat mir wieder Briefmarken versprochen, wertvolle chinesische, kein Mensch hat die hier, nicht mal der Laden in der Dohlengasse.»

«Ich würde mich an deiner Stelle weniger um chinesische Briefmarken bekümmern als um mein Latein», findet Dieter. «Hast du wieder so 'n Zettel mitgekriegt? Halt, da ist er! Gib ihn her!»

«Nein, nein», schreit Ben. «Ich habe keinen mitgekriegt! Lass mich gehen, au, au, Mama, Mama! Er hat mich gehauen!»

Sie rennen um den Esstisch, es fällt etwas hin, fliegt herunter, Scherben. «Kinder, Kinder, könnt ihr nicht Frieden halten?», rufe ich.

«Ulla, wir müssen noch abrechnen!», ertönt dann wieder Dieters Stimme.

Montag ist immer große Abrechnerei unter ihnen. Dieter hat das meiste Taschengeld und leiht es unter den Geschwistern aus, aber am Montag treibt er es ein, unerbittlich und auf den Pfennig.

«Du solltest Gerichtsvollzieher werden», sagt Margot. «Das wär ein Beruf für dich.»

«Passt auf euer Geld auf, wie ich», sagt Dieter, und «verplempert es nicht. Mir schenkt auch keiner was.»

* * *

Die Leute haben sich allmählich darüber beruhigt, dass Bendlers in Scheidung leben. Wenn die Sache auch noch nicht entschieden ist, so wird es doch eines Tages dahin kommen. Frau Korzfleisch regt sich über Marys unbegreifliche Weigerung, zu diesem schönen, eleganten, netten Mann zurückzukehren, auf. «Die Frau weiß nicht, was sie will. Hat 'ne Villa am Zoo, keine Kinder, keine Sorgen, und der Mann den ganzen Tag nicht daheeme, was will sie denn noch mehr? Und kann in der Welt herumreisen. Wie im Paradiese könnte sie leben, wenn sie vernünftig wäre.»

Aber wenig Menschen sind vernünftig. Sie tischt mir jeden Tag, wenn sie erscheint, neue Geschichten auf von neuen Scheidungen und neuen Skandalen, sie bringt sie in ihrer Markttasche mit, und sie versäumt nie hinzuzufügen, dass ich davon einen Roman schreiben könnte. Wenn sie Zeit hätte, würde sie das tun. Romane liegen jetzt auf der Straße, denn die Welt ist so schlecht geworden, dass sie zum Untergang reif geworden ist. Er ist außerdem ja prophezeit für nächstes Jahr von einem Mönch, der vor siebenhundert Jahren gelebt hat.

Das Stadttheater schließt nächste Woche seine Pforten. Ich bin dabei, mir im Flur meine weißen Handschuhe überzustreifen, um mir mit Margot die «Macht des Schicksals» anzuhören, als es schellt und man mir meinen Ben auf einer

Tragbahre ins Haus bringt. Er ist beim Turnen vom Reck gestürzt und hat sich das Bein gebrochen.

Ich stürze ans Telefon, der Arzt kommt angejagt mit seinem Wagen, der arme Ben verbeißt sich tapfer seine Schmerzen. «Musst nicht traurig sein, Ma, aber ich konnte wirklich nichts dafür ... Ich bin ausgerutscht ... sei nicht böse ...»

Wir schaffen ihn mit dem Krankenwagen ins Krankenhaus. Das Bein wird dort noch einmal untersucht und in Gips gelegt.

Seitdem laufe ich täglich wieder hin und her zwischen dem Krankenhaus und meinem Hause, bis ich die Gewissheit habe, dass das Bein heilt und nicht steif bleiben wird. Stetten hat mich getröstet, so gut er das kann. Er ist hin und her gefahren, um mir alles zu bringen, was ich brauchte, er besucht Ben in der Klinik täglich, er hat den Jungen gern.

«Der gute, kleine Kerl», sagt er. «Lassen Sie ihn nicht studieren, dazu taugt er nicht, lassen Sie ihn etwas Praktisches lernen, irgendein Handwerk ...»

Von diesen Tagen weiß ich nicht mehr viel, sie sind über mich hingegangen wie ein Traum.

Seit Ben wieder zu Hause ist und fest liegen muss, hat er täglich Besuch. Die halbe Quarta findet sich ein mit Spielen und Büchern und Obst. Ben strahlt, er ist interessant geworden. Vorher hat nie jemand nach ihm gefragt, jetzt kommen sie an. Sogar die Nachtigall hat den weiten Weg heraus gemacht, um ihm einen Kuchen zu bringen. Der Junge war schon immer ihr Sorgenkind.

«Und jetzt machst du das noch deiner Mama ins Haus.»

«Ich kann doch nichts dafür, ich bin nicht zum Vergnügen vom Reck gefallen», verteidigt sich Ben. Er ist, seit er keine Schmerzen mehr hat, sehr vergnügt; es geht ihm gut, die Mahlzeiten werden ihm ans Bett gebracht, wie den vornehmen Gästen im Hotel, seine Stube sieht aus wie die einer Kaserne, in der Marokkaner gehaust haben, und zwischen seinen Besuchern kriecht ein Igel herum, den ihm wieder einer angebracht hat. Bens größte Sorge ist, dass seine Kaninchen ihr Futter kriegen und nicht fortlaufen. Die Alte hat nämlich Neigung dazu, sie hat sich durch den Zaun in den Nachbargarten begeben und dort den Salat weggefressen, die alte Dame hat mir einen Brief geschrieben und droht mit einer Klage, wenn ich den Zaun nicht flicken lasse.

Als Ben aufstand, war es Sommer.

Ich hatte ihm versprochen, wenn er brav sei und still läge, würden wir am ersten schönen Tag einen Ausflug machen. Nun ist es warm, die Sonne brennt heiß, ich freue mich über die Sonne. Ich habe mir in diesem Winter Rheuma in die eine Schulter geholt, und mein linker Arm schmerzt mich oft nachts. Mary schreibt, ich müsste einige Moorbäder nehmen, in Kissingen oder Kudowa, aber ich lege diese Briefe zu Tante Constanzes Einladungen. Ich habe zu Rheumakuren keine Zeit.

«Rheumakuren?», sagt Onkel Dolf. «Verrückt, verrückt! Ich hab mein ganzes Leben Reißen in der linken Schulter gehabt, deshalb bin ich doch nicht in ein Bad gereist. Das kommt von eurem verdammten Haus! Du solltest den Kumpel verklagen. Ein Haus mit Schwamm vermietet man nicht ... Deshalb hat er dir's ja so billig gelassen ... Alles, was billig ist, Oliva, taugt nichts, das musst du dir merken. Bei mir in der Seerobbenstraße ist wieder 'ne schöne Wohnung frei, acht Zimmer mit Bad und Parkett und Heizung. Ich würde sie euch für die Hälfte lassen, aber ich will sie dir nicht aufdrängen, um Gottes willen. Bleib bei Herrn Kumpel in deiner Schwammvilla mit der Aussicht auf die schöne Halde, mir soll's recht sein, aber dann klag auch nicht über Rheuma …»

Ich klage ja nicht, Onkel Dolf, ich ziehe auch nicht um. Ich will nie mehr einen Umzug erleben. Lieber will ich leiden und weite Wege laufen und bei Ostwind frieren. Aber ich will heimkommen und die Türe hinter mir zumachen und in meinen vier Wänden sein. Und ich hänge an meinem Garten, wenn er mir auch noch so viel Arbeit macht.

* * *

Es ist heiß geworden, und Ben ist wieder auf, das Bein ist gut geheilt, und er drängt nun auf seinen Ausflug, aber alle müssen mit, es darf sich keiner davon drücken, gibt er die Parole aus.

Und obwohl Margot ein Gesicht schneidet und Dieter nur mit der heroischen Miene eines Mannes, dem seine Zeit wertvoller ist, versprochen hat, sich an diesem Vergnügen zu beteiligen, machen wir uns an einem Sonntagnachmittag dazu auf. Ein anderer Tag kommt bei den vielen wichtigeren Beschäftigungen meiner viere nicht in Betracht.

Ich erscheine zuletzt, die Handschuhe überstreifend, den weißen Hut auf dem Kopf. «Kinder, macht mir mal die Bluse zu im Rücken. Ulla, halte die Tasche nicht schief, es ist Eiersoße drin in einem Glas. Wer hat meinen Sonnenschirm gesehen und meinen Fächer?»

Endlich sind wir so weit, wir setzen uns in Marsch über die schattenlose Halde nach dem Flussufer hinunter, wo schon Scharen von Menschen wandern. Alle ziehen in die Heide. Es ist der einzige Spaziergang hier. Als wir in den «Waldkater» kommen, haben die Studenten schon alle Tische besetzt. Wir wandern weiter in den «Heidekrug», wo wir einen Tisch in einer schattigen Ecke finden, und ich packe aus. Der «Heidekrug» ist billiger als der «Waldkater». Hierher gehen Familien mit ihren Kindern, die sich ihr Essen mitbringen. Sie bestellen nur Kaffee oder Bier. Der Wirt ist an uns wenig interessiert, und Dieter muss dem Kellner nachlaufen, der große Tabletts voll Gläser mit Bowle und Limonade herumträgt. Es dauert eine Stunde, bis er uns den dünnen Kaffee in der großen Blechkanne bringt. Am Nebentisch schiebt eine Mutter ihr Kleines im Wagen hin und her, das Kind schreit mit hoher Stimme, bis es seine Flasche bekommt, die erst gewärmt werden musste.

Margot stellt zu ihrer Erleichterung fest, dass keine Bekannten unter den Gästen sind. Fetts würden ein solches Lokal nie besuchen. Es ist schwül unter den Bäumen. Die Bänke haben keine Rücklehnen. Ich wehre den Fliegenschwärmen mit meinem Fächer, was Dieter geniert. «Mama, der Fächer, das fällt hier auf ...» Ich sage ihm, dass in Italien und Spanien jeder Gemüsehändler einen Fächer hat, und er beruhigt sich ... Nach dem Kaffee gehen Ulla und Ben in den Wald in die Brombeeren. Margot hat sich ihre Hängematte mitgebracht und legt sich unter die Bäume und liest. Dieter bleibt gelangweilt bei mir sitzen.

«Geh doch und sieh dir die Gegend an», ermuntere ich ihn.

«Wozu? Die kenn ich zur Genüge ... Ich finde es scheußlich hier.»

Ich auch, aber ich sage es nicht ... Ich würde viel lieber mit dem weißen Schiff den Fluss herunterfahren und in einem stillen Gasthaus auf der schattigen Terrasse sitzen, als in dem stickigen Heidekrug bei den Fliegenschwärmen. Margot hat das beste Teil erwählt. Die Hängematte ist eine Stiftung Tante Constanzes, deren Gewicht keine Hängematte mehr aushält. Plötzlich verändert sich Dieters hübsches Gesicht, er nimmt Haltung an, eine Familie naht und zieht vorbei, ein junges, hübsches Mädchen im rosa Kleid grüßt herüber. Dieter erhebt sich und macht seine Verbeugung. Die Familie lässt sich in der Nähe nieder an einem Tisch, der Papa bestellt Kaffee und Kuchen.

«Erlaubst du, Mama?», fragt Dieter. Und fort ist er, und ich sehe, wie er sich der Familie vorstellt, die dicke Mama neigt gnädig ihr Haupt, er wird eingeladen, und es ist auf einmal sehr schön hier.

In der Ferne dröhnt Musik. Eine schrille Trompete und die Trommel. Ich sitze auf der harten Bank und wünsche, ich wäre in meinem Garten im Liegestuhl mit einem Buch ... Gegen sieben zieht ein Gewitter auf, ich versammle meine kleine Herde, und wir brechen auf ... Ulla und Ben haben sich arg zugerichtet bei den Brombeeren, sie haben mir ein Glas voll Beeren mitgebracht. Margot wickelt die Hängematte zusammen und gähnt, Dieter verabschiedet sich von der Familie.

«Wer war denn das?», frage ich Margot.

«Das war niemand», sagt sie.

«Aber Dieter schien das Mädchen doch sehr zu interessieren?»

«Beruhige dich, Mama, Dieter interessiert sich jede Woche für eine andere.»

Wir ziehen mit den Scharen heimwärts, es ist eine endlose Prozession, der Weg ist schmal und sandig, und es ist immer noch schwül ... Der Himmel bezieht sich, es wetterleuchtet schon. Wir erreichen gerade unser Haus, als das Gewitter ausbricht. Ich bin froh, wieder in meinen vier Wänden zu sein, in meinem blauen, ruhigen Zimmer. Der Sonntagsausflug wäre überstanden. Dass Sonntagsausflüge ein Vergnügen sind, habe ich schon als Kind nicht gefunden. Nordeck schwärmte auch nicht dafür.

* * *

Der Himmel hat endlich seine Pforten geöffnet und den ersehnten Regen auf die vertrocknete Erde geschüttet. Es gießt. Ich feire Geburtstagsfeste. Zum Glück hat sich mein Papierhimmel auch wieder geöffnet, eine Wiener Zeitung nahm zwei Skizzen von mir und bezahlte sie auch, und ich konnte Geburtstagsgeschenke machen. Bens Wunsch ist eine Uhr … Alle in seiner Klasse haben schon Uhren, nur er nicht. «Deine würde ja doch das ganze Jahr beim Uhrmacher sein», sagt Dieter, dem Tante Constanze eine alte Zwiebel von ihrem verstorbenen Mann hinterlassen hat, die immer nachgeht. Eine unmögliche Uhr. Aber was Tante verschenkt, ist immer irgendwie unmöglich. Sie schenkt das, was sie nicht mehr gebrauchen kann und was andere naturgemäß meist auch nicht mehr gebrauchen können. Immerhin ist sie seine Patin und wird vielleicht einmal ein Testament machen, in dem sie vielleicht, vielleicht, auch an Dieter denken wird.

Der Junge gefällt ihr. «Er ist der geborene Adjutant. Mit dem kann man Staat machen.»

Zu Dieters Geburtstag erscheinen vier junge Herren. Aber sie wünschen, «unter sich zu bleiben». Sie rauchen und reden, ihre Lachsalven sind das Einzige, was ich von ihnen höre, nachdem ich sie begrüßt habe.

Margots Freundinnen sind junge Damen, die Tennis spielen und Romane lesen, ins Kino gehen, seidene Strümpfe zum Kummer ihrer Mütter tragen, aber die Klasse ist eine Mauer, an der alle mütterlichen Ermahnungen abprallen. Bei dieser Visite gibt es Tee und pikante Brötchen. «Wir sind ja keine kleinen Kinder mehr, Mama.»

Ullas Herde, die sie mir ins Haus schleppt, verlangt Schokolade und dicke Kuchen.

Und Bens Rotte ist es gleich, was es gibt, wenn's nur viel ist. Da wir nicht vom Konditor bestellen können, muss ich Kuchen backen. Ulla schleppt das Obst dafür herbei. Und nach der Geburtstagsfete stehe ich in der Küche und wasche Geschirr. Stetten ist wieder verreist.

Ben hat man Ostern noch so durchgelassen, aber er muss «feste» Nachhilfestunden haben, sagt sein Lehrer, sonst fliegt er heraus.

Nun besorge ich das Aufpassen, man kann ihn keinen Augenblick alleine lassen. Leider bin ich schon zu lange der Schulbank entrückt, und Latein haben wir nie gehabt. Während ich ihn überhöre, machen meine drei anderen im Nebenzimmer ihre Aufgaben und unterhalten sich dabei. Ich fange einzelne Sätze auf. Sie sprechen von meinen Dichtungen, wie mir scheint ... Margot zitiert etwas und sagt: «Das ist doch einfach unmöglich, so etwas kann man doch nicht schreiben.» Dieter erwidert etwas, das ich nicht verstehen kann. Darauf Ullas Stimme: «Dichten ist doch keine Schande, ich wäre froh, wenn ich's könnte»!»

«Zum Glück kannst du's nicht», bemerkt Dieter.

«Die Nachtigall sagte neulich zu mir: ‹Wenn du dich einmal verheiratest, Margot, kannst du unser Esszimmer haben, das heißt, wenn ich dann nicht mehr lebe.› Onkel hat ihr nämlich die ganze Einrichtung vermacht.»

«Deshalb hält sie's ja bei ihm aus», sagt Ulla. «Aber wie kommt sie dazu, dir das Esszimmer zu vermachen? Du bekommst doch schon unseres. Du brauchst doch keine zwei.»

«Ich will auch keine zwei, ich will nicht mal eins davon … Ich werde mir, wenn ich heirate, Stahlstühle anschaffen und Glastische, nicht solchen Kram wie wir haben mit Spitzendecken. Von der ganzen überlebten Einrichtung möchte ich nichts als die Kupferstiche.»

«Ich hab mir den Flügel gesichert», sagt Dieter.

«Ja, du nimmst dir immer das Beste.»

«Ich bin auch der Erstgeborene. Du könntest ihn ja doch nicht gebrauchen mit deinen Musikkenntnissen, du kannst ja nicht mal Schumann von Beethoven unterscheiden.»

«Dafür kann ich anderes, was ihr nicht könnt», wehrt sich Ulla.

«Was denn, zum Beispiel?», fragt Dieter.

Das Übrige kann ich nicht verstehen, denn Ben sagt eben seine Vokabeln auf … Dann schreibt er wieder in sein Heft mit tief geneigtem Kopf, und drüben geht es weiter …

«Und was kriege ich?», erkundigt sich Ulla.

«Du kannst dir ja das blaue Zimmer nehmen.»

«Das blaue Zimmer ist sehr hübsch, aber das gibt sie ja nicht her, solange sie lebt.»

Gelächter …

«Nimm dir die Betten», sagt Margot.

«Worauf wollt *ihr* denn schlafen?»

«Wir schlafen auf Couchs. In Betten, das ist spießig … Betten hat kein Mensch mehr, außer uns …»

«Und was kriegt Ben?»

«Die himmelblaue Küche …»

«Er findet das blau so schön», sagt Ulla und lacht.

«Ich hab das Grün so gern!», trällert Margot.

«Der Rest wird meistbietend versteigert», sagt Dieter.

«Mama, kannst du mich weiter abhören?», fragt Ben und stößt mich an.

Das ist also das Schicksal meiner geliebten Möbel, die ich mein Leben lang behütet und gepflegt habe, die ich täglich blank reibe und abstaube und die zu mir gehören: Die Versteigerung an Meistbietende ... – Ich bin an diesem Abend traurig. Stetten ist verreist, Mary ist noch nicht da. Wenn sie zurück wäre, würde ich zu ihr gehen.

Ich setze mich an meinen Schreibtisch, nachdem ich mit Ben fertig bin, und versuche, etwas zu schreiben. Eine Novelle «Herbst». Sie ist etwas melancholisch und passt in meine Stimmung. Im Esszimmer spielen Ullas Freundinnen, die nie nach Hause finden können, das Reisespiel; im nächsten Zimmer führt Dieter einem Freund den Lautsprecher vor, an dem er immer herumbastelt. Margot liest in ihrem Schlafzimmer der ästhetischen Polin Gedichte von Stefan George vor, und Ben arbeitet mit «einem aus seiner Klasse» an einem neuen Flugzeug. Sie hämmern drauflos, als seien sie in einer Schmiede.

«Was ist, Mama? Kopfschmerzen?», fragt Dieter, der sich etwas aus meinem Nähtisch holt.

«Nein, nein ... ich schreibe.»

«Das sehe ich ... Soll ich dir etwas aus der Apotheke holen?»

«Danke, ich brauche nichts.»

Er steht eine Weile an der Türe. «Du bist traurig. Haben wir dich gestört?»

«Ihr habt mich nicht gestört, aber müssen denn diese Kinder immer bei uns sein? Können sie nicht sonntags wenigstens auch mal in ihren Häusern bleiben?»

Nun ist die Reihe des Gekränktseins an ihm. Er sagt ruhig und eisig: «Meine Freunde haben keinen Garten, und der heute da ist, will mir helfen, eine neue Antenne einzubauen, er versteht davon mehr als ich ... Und Margots Freundin wohnt bei ihrer Großmutter in der düsteren Stadtwohnung, sie kommt zu uns wie aufs Land ... Wir haben doch immerhin jeder seine eigene Bude. Wenn die Wände so dünn gebaut sind, dass man jedes Wort dadurch hört, bin ich nicht daran schuld, sondern Herr Kumpel.»

«Es ist gut», sage ich ungeduldig. «Geh jetzt, ich habe genug von euch.»

Und ich überlasse sie heut ihren Vergnügungen und ziehe mich an und gehe über die Halde hinunter an den Fluss.

Es ist kein heiterer Weg, im Wind und unter einem dunkelgrauen Himmel über die Halde. Am Fluss kommen mir lauter Spaziergänger entgegen, Familien, Paare und einzelne Junggesellen. Einige grüßen mich. Ich gehe gegen den Wind, und die Wolken wandern mit mir ... Die Landschaft ist grau und öde, welke Blätter wehen mir entgegen, und vom Wasser her weht es mich kalt an.

Ich fühle wieder Schmerzen im Nacken und Stiche am Herzen, aber es ist mir einerlei. Ich laufe, so weit ich kann. Und ich bin sehr unglücklich heute.

Als ich heimkomme, sind die Kinder in ihren Betten. Auf dem Flur auf dem silbernen Teller liegt von Dieters fester Hand eine Notiz. «Frau Bendler hat angerufen, sie ist hier, du möchtest morgen Nachmittag ins Hotel Continental kommen.»

Ich atme auf. Mary ist hier! Und ich bin sofort wieder froh. Ich werde sie sehen und sprechen ... Dass sie nicht zu Hause ist, sondern in dem fremden Hotel am Bahnhof, macht mich etwas stutzig. Aber immerhin, ich werde sie wiedersehen, morgen …

* * *

Ich fuhr am Nachmittag zu ihr ins Hotel am Bahnhof. Ein großes, düsteres Reisendenhotel für Durchreisende. Ein Kellner führte mich auf Marys Zimmer, es lag am Ende eines langen, dunklen Ganges, in dem Licht brannte. Sie lag auf der Chaiselongue und sah sehr angegriffen aus, aber immer noch schön, nur ihre Frische hatte sie verloren.

Wir hatten uns viel zu erzählen.

Ihr Anwalt hat alles getan, um die Scheidung zu beschleunigen, aber Bendler geht auf nichts ein. Er bleibt dabei, Mary soll heimkommen.

Es ist natürlich nicht ihre Absicht, noch einmal in sein Haus zurückzukehren; denn sobald sie da ist, fängt der alte Kampf wieder an. Die letzten Jahre waren für sie zu schwer.

Ohne ihr leichtes, glückliches Temperament hätte sie es nicht ertragen.

«Aber man erträgt viel, Oliva, viel mehr, als man glaubt.»

«Was willst du nun anfangen?», fragte ich.

«Was ich anfangen will?», sagte sie mit müdem Lächeln. «Warten und hoffen. Auf ein Wunder, auf das ich die ganzen Jahre gehofft habe, und es ist nie gekommen. Ich habe diesen Winter in der Pension einen Inder kennengelernt, der sich auf Chiromantie versteht, er sagte mir, ich würde mein ganzes Leben um meine Freiheit kämpfen, aber niemals frei werden, wenn nicht ein Wunder geschähe. Darauf warten wir nun. Glaubst du an Wunder, Oliva?»

«Ich weiß nicht, ich glaube, dass heute noch Wunder geschehen, seltsame Zufälle, die uns das Schicksal beschert, aber zwingen lässt es sich nicht.»

«Nein», sagt Mary, «zwingen lässt es sich nicht. Ich war schon oft nahe daran, diesen Winter alles aufzugeben. Auch mich.»

«Aber, Mary!»

«Ja, dazu bin ich gekommen in diesem entnervenden Kampf.»

«Aber es muss doch einmal ein Ende nehmen», sagte ich. «Weshalb bist du auch immer wieder zu ihm zurückgegangen? Dadurch hast du alles wieder umgeworfen, du weißt ja, es genügt ein Tag, den man wieder im eigenen Hause unter einem Dach verbringt, eine Stunde des Alleinseins genügt …»

«Ich weiß, ich weiß», sagte sie traurig. Sie saß da, in die Kissen gestützt, und schaute mit einem verlorenen Blick in den Regen, der an den Scheiben dieses trostlosen Hotelzimmers herabströmte wie ein Weinen.

Das Zimmer war mit der üblichen schablonenhaften Eleganz großer Hotels eingerichtet, in denen jede Nacht ein anderer Reisender schläft. An den dunkelgrün tapezierten Wänden hingen ein paar schreckliche Stahlstiche, ein Edelweiß suchender Jüngling, der in einen Abgrund stürzt, und eine Sauhatz im Schnee … Auf dem Tisch lag eine grüne Plüschdecke, auf der ein großer Aschenbecher aus rotem Glas stand, es roch nach kalter Zigarrenasche und Staub.

Mary war meinem Blick gefolgt und sah mich an. «Ja, so lebe ich nun, in diesen öden Hotelzimmern oder in einer Pension Tür an Tür mit fremden, gleichgültigen Menschen. Ich hab angefangen, französische Stunden zu geben, ich muss mich etwas beschäftigen. Ich will mich selbst erhalten, nichts mehr von ihm annehmen. Er schickt mir nach wie vor Geld, als ob ich auf irgendeiner Reise sei. Als ich es ihm zurückschickte, kam es wieder … Selbst meinem Anwalt ist ein solcher Fall in seiner Praxis noch nie vorgekommen. Meine Familie ist der Ansicht, dass ich nicht die rechte Art habe, ihn zu behandeln, aber sie kennen Bendler nicht.»

Ich nahm ihre Hand, sie war eiskalt und leblos. «Mary, soll ich vielleicht zu ihm gehen und mit ihm sprechen? Ich könnte dir vielleicht helfen.»

«Du? Nein. Um Gottes willen tu das nicht! Es würde ihn nur in seinem eisernen Willen bestärken und ihn misstrauisch machen, wie er es gegen alle meine Freunde ist.»

«Weiß er – von dem andern?», fragte ich.

«Ich glaube es fast … Das ist es ja … Er muss es wohl erfahren haben … Wir sind sehr vorsichtig, wir sehen uns selten, immer möglichst ohne Zeugen. Es ist ein schreckliches Leben, Oliva, dieses Versteckspiel. Ich bin es so satt, das Lügen und Hintergehen. Und warum nur, warum? Weil ich einen anderen kennengelernt habe, den ich liebe und der mich wiederliebt, und Bendler hasst mich jetzt, er hat es selbst gesagt … Und gibt mich nicht frei. Niemals, sagte er, würde er sich dazu hergeben. Ich könnte tun, was ich wollte … Und jetzt, wenn ich wieder in sein Haus gehe, bin ich sicher, dass er mir daraus wieder einen Strick dreht, ich bin dann bei ihm gewesen, er erfährt es und kommt, und dann … hat er wieder einen Beweis in Händen … Und es dauert wieder die drei vorgeschriebenen Jahre …

«Kann ich denn dir die Sachen nicht holen, Mary?»

«Nein, er würde sie dir nie herausgeben, er hat die Schlüssel zu meinen Schränken und zum Schreibtisch, Doppelschlüssel natürlich. Es wäre Hausfriedensbruch, würdest du dort eindringen, ohne ihn zu fragen … Nein, es geht nicht, ich muss noch einmal in sein Haus. Ich ging damals so rasch fort, es ist noch zu viel Wichtiges zurückgeblieben … Schriftstücke und Briefe, auch solche von meinem Freund. Es wäre gefährlich. Er hat sie vielleicht schon gelesen. Wenn ich nun offen gegen ihn vorgehe, kann es sein, dass er sich rächt …»

«An dir?»

«An meinem Freund. Er wird ihn fordern, und er ist ein guter Schütze, das weißt du … Er würde den andern niederschießen im ersten Gang … Es ist ja immer so, dass der Bessere fällt … Wir haben das alles erwogen und beraten. Es ist nichts zu tun, als sich zu bescheiden und zu warten, was das Schicksal über uns beschließt …»

«War er immer so», fragte ich, «gegen dich?»

«Immer, von Anfang an. Es war eine Hölle, mein Leben …»

«Und weshalb hast du ihn geheiratet?»

«Ach, Oliva. Ich war jung, achtzehn Jahre, man redete mir zu. Er ist ein gut aussehender Mann, ein Blender, er besticht, wenn er will, jeden Menschen, er versteht zu überzeugen.»

«Hat er dich denn geliebt?»

«Auf seine Art wohl, er ist sehr ehrgeizig, es waren noch andere da, aber er wollte mich, und er ist so: Wenn er etwas besitzt, verachtet er's und stößt es von sich … Und dann quält er einen … Ich mag nicht mehr daran denken. Ich machte ihm gleich den Vorschlag, uns zu trennen, aber er ging nicht darauf ein. Er hielt mich fest, wie er mich jetzt noch festhält, trotzdem er weiß, dass ich einem anderen gehöre. Ich glaube, es freut ihn sogar, mich zu quälen.»

Ein Kellner unterbrach uns. Er brachte den bestellten Kaffee und setzte das Tablett auf den Tisch zwischen uns. Es war ein bleicher, ondulierter Lockenkopf, der mich an den Jüngling erinnerte, der mir in Veudrezan den Kaffee ans Bett brachte in seiner grünen Schürze. Er balancierte das Brett mit derselben erhabenen Miene. «Noch etwas, gnä' Frau?»

«Danke», sagte Mary, und er ging, indem er der schönen Frau einen langen Blick zuwarf.

Der Kaffee war lauwarm und der Sandkuchen trocken.

«Du wärst besser zu mir gekommen, Mary, ich hätte uns einen guten Tee gemacht. Ich hab jetzt eine wunderbare Sorte von unserem Zimmerherrn bekommen.»

«Wohnt Herr Meyer immer noch bei euch?», fragte sie.

«Nein, ein Herr von den Wreschener Werken, ein Dr. Stetten.»

«Wer?» Mary stellte ihre Tasse hin, der Löffel klirrte auf den Boden. «Was sagst du? Wie heißt der?» Ihre Augen waren groß und erschreckt.

Ich wiederholte den Namen ... «Er kam aus China ...»

«Mein Gott», sagte sie und schwieg dann ...

«Weshalb bist du erschrocken?», fragte ich. «Hast du ihn vielleicht gekannt?»

Sie nahm ihr Zigarettenetui und reichte es mir. Dann zündete sie sich eine Zigarette an. Ich sah, dass ihre Hand zitterte ...

«Natürlich hab ich ihn gekannt, wenn es derselbe ist, der in Kesselstadt war ... Aber er muss es wohl sein, denn der ging damals nach China ... Und er ist also hier, und wie kommt er zu euch ins Haus?»

Ich erzählte ihr von dem Nachmittag, als ich am Flügel

saß und der Kopf über der Mauer des Friedhofs dort auftauchte …

«Was hat er denn auf dem alten Friedhof gemacht?», fragte sie. «Bei den alten Gräbern?»

«Er sagte, er hätte dort einen Freund liegen …»

«Was für einen Freund?»

«Ich glaube, es ist das Grab an der Mauer, auf dem nur ein Name steht … und ein ‹Warum?› Es soll ein Selbstmörder sein …»

«Und wie heißt er?»

«Hans Dankwarth …»

«Nein!» Sie saß aufrecht und starrte mich an. Ihre graublauen Augen waren ganz dunkel geworden vor Erregung. Sie atmete rasch. Dann rauchte sie wieder und schwieg … «Hans Dankwarth», wiederholte sie …

«Hast du den vielleicht auch gekannt?»

«Ja», sagte sie kurz. «Er gehörte ja dazu … zu dem Drama von Kesselstadt. Hat dir Stetten nie von mir gesprochen?»

«Niemals … Ich hab deinen Namen allerdings vermieden zu erwähnen, weil ich fürchte, gefragt zu werden … ich nahm gar nicht an, dass er dich kennen könnte …»

«Hat er dir denn nie von Kesselstadt erzählt?»

«Nie. Er spricht nie von sich, es ist, als ob sein früheres Leben für ihn abgetan und versunken sei, er spricht nur von China und Mexiko und sagte, dass er Witwer sei, aber von der Frau hat er noch nie gesprochen … Er hat auch auf seinem Zimmer kein Bild von ihr stehen …»

«Das kann ich mir denken», sagte Mary und rauchte …

Der Regen rann an den Fenstern herab, melancholisch und grau, die Stadt lag in einem wogenden Nebel, es dunkelte bereits, und das Zimmer wurde düster und kalt und fremd. Ich begann mich zu fürchten vor dem, was nun kam, was ich würde hören müssen, ich hatte Angst davor … Ich schwieg … Ich fühlte mein Herz heftig klopfen …

«Weshalb hast du mir das eigentlich nie geschrieben … von Stetten?»

«Weil ich nicht dachte, dass es dich interessieren würde, wer bei uns zur Miete wohnt. Er ist ein sehr verschlossener Mensch, er verkehrt mit niemand in der Stadt, er ist tagsüber auf seinem Werk und abends auf seinem Zimmer mit seinen Büchern; zuweilen kommt er herunter, wenn ich spiele. Er ist sehr musikalisch.»

«Spielt er noch Bratsche?», fragte Mary.

«Ich weiß es nicht, er hört nur zu, wenn er kommt. Er ist viel verreist, in Geschäften für seine Firma, er scheint noch mit China in Verbindung zu stehen, er bekommt viele Briefe von dort. Von seinem übrigen Leben weiß ich nichts …»

Mary rauchte und schwieg.

«Was war eigentlich mit der Frau? Hast du sie gekannt, Mary?»

Mary strich die Asche in die Rauchschale. Sie zögerte. Dann sagte sie: «Ja, ich habe sie gekannt, wir verkehrten zusammen, und sie war in unserem Klub. Sie wohnten in einer Villa am Wald vor der Stadt, es war ein sehr geselliges Haus, die Frau war jung und ehrgeizig, in der Gesellschaft zu glänzen, sie war sehr hübsch.»

«Und die Ehe?»

«Galt für glücklich, wenigstens glaubten das die meisten. Sie war jedenfalls sehr in ihn verliebt. Er ist ja ein schöner Mann, sieht gut aus, sympathisch, vornehm, energisch und klug.»

«Und die Frau?»

«Sie war Schauspielerin an einer Provinzbühne. Sie muss ihn da bezaubert haben, denn er hat sie von der Bühne weg geheiratet. Sie kam aus ganz kleinen Verhältnissen, sie konnte keine fremden Sprachen, sie suchte das durch großartiges Auftreten zu verdecken, durch elegante, auffallende Toiletten, die Männer fanden sie reizend. Sie hat noch andere bezaubert, außer ihrem Mann. Sie spielte immer Theater, schlechtes Theater, weißt du ... Sie musste sich in Szene setzen, sie war immer da, sie wollte die erste Rolle spielen in der kleinen Stadt, und es gelang ihr natürlich, die Menschen zu täuschen. Jedermann war entzückt von ihr. Nur ich nicht.»

«Weshalb?»

«Ich hatte sie durchschaut. Deshalb hasste sie mich. Mich und Dankwarth.»

«Und Hans Dankwarth? Was für eine Rolle hat er eigentlich gespielt in dem Drama von Kesselstadt?»

«Er war Stettens bester Freund.»

«Und die Frau? Was war mit ihr, weil sie so jung starb?»

«Sie wurde erschossen. Man fand sie in ihrem Schlafzimmer nach einer Gesellschaft, auf der wir auch gewesen waren, Bendler und ich.»

«Und Stetten?»

«War an dem Abend nicht zu Hause. Er war verreist und kam spät zurück mit dem Zuge. Es gab ein Unwetter in der Nacht, und er blieb bei seinem Freund, der gleich am Bahnhof wohnte.»

Wir saßen schweigend und hörten dem Regen zu.

«Da die Frau schon tot war, als er nach Hause kam, und die Ehe ja für glücklich galt, hat man keinen Verdacht geschöpft. Es kamen einige mutmaßliche Täter in Verdacht, ein entlassener Gärtner, der gestohlen hatte, ein Mädchen, das einen Schatz hatte, der öfters in der Villa nächtigte ohne Wissen der Herrschaft, und ein Handwerksbursche, der sich während des Unwetters in der Nähe untergestellt hatte, aber man musste sie alle laufen lassen. Sie konnten ihr Alibi beweisen.»

«Und Stetten?», fragte ich.

«Der war ja die Nacht bei seinem Freund ... Wenigstens hat es Dankwarth beschworen ...»

In diesem Augenblick klopfte es, Mary rief «herein», wir dachten, es wäre der Kellner, aber ein kleiner, grauhaariger Herr stand vor der Tür mit einer schwarzen Aktenmappe. Es war ihr Anwalt, der sie sprechen wollte. Ich brach auf. Mary reichte mir die Hand. Sie war immer noch eiskalt, wie leblos. Ich ging heim durch den Regen. Die Stadt war nass und grau. Die Straßenbahn fuhr mich bis an die Haltestelle «Alter Friedhof»; dann ging ich quer durch die Felder auf die Heidukstraße zu, die im Nebel fast verschwunden war. Mein Kopf war heiß und mein Gehirn leer. Welke Blätter trieben vor mir her. Ich ging heim, ohne zu sehen, wo ich ging. Der Regen fegte mir entgegen, die Halde lag verlassen und feucht im rieselnden Grau. In der Ferne hörte ich die Raben krächzen, die dort im Burghof hausen, wo im Mittelalter das Femgericht abgehalten wurde. Unten gurgelte hochgeschwollen vom Regen der Fluss.

Ein Alibi! Was ist ein Alibi? Wenn man nachweisen kann, dass man zu einer bestimmten Zeit an einem bestimmten Ort gewesen ist. Man muss Zeugen dafür aufbringen. Mir stiegen plötzlich Zweifel auf, die sich in mir festkrallten. Dankwarth hat ihm das Leben gerettet, Dankwarth war ein Richter ... Er schwor ... und später hat er sich erschossen ... Warum tat er das? «Warum?» ließ seine Schwester ihm auf seinen Grabstein eingravieren … Nichts als seinen Namen und dieses nagende «Warum?»

Ob man das jemals loswird, diesen Schatten? Ich werde ihn fragen, aber kann ich das? Nein, ich kann das nicht, es ist sein Geheimnis, das er mit sich trägt, das ihn fortgetrieben hat und wieder hergezogen, wie einen Verbrecher, den es an den Tatort zurückzieht. Und wenn er weiß, dass es ihn das Leben kostet, er muss hin … Eine unsichtbare Macht führt ihn an die Stelle, wo das Verbrechen geschah … Ein Verbrechen? Wer beging es? Was wissen die Menschen davon? Es war niemand dabei, sagt Mary … Die Richter haben Selbstmord angenommen. Der Schuss in den Spiegel blieb ungeklärt …

«Wo bleibst du denn so lange, Mama?», empfängt mich Margot. «Ich muss doch in meine Tanzstunde, und Dieter hat sich auch verabredet, wir müssen gleich essen, und es ist noch nicht gedeckt. Ulla ist eben erst heimgekommen.» Ich gehe rasch in die Küche und richte das Essen. Ben hat sich auch eingefunden.

Wo Dieter hingeht heute Abend, hat er mir nicht gesagt, und ich mag ihn nicht danach fragen. Hoffentlich ist's nicht der «Schwarze Kater». Gegen dieses Lokal kann ich nichts ausrichten.

Ben möchte zu «einem aus seiner Klasse», der ein Kasperletheater bekommen hat. Sie spielen «Die Räuber» … Ulla deckt den Tisch und vergisst wieder alles. Bei Tisch zanken sich Ben und Ulla um den größten, gebackenen Apfel … Der Tee ist nicht warm. Margot vergisst immer ihn auf das Lämpchen zu stellen … Sie findet das spießbürgerlich mit der Teemütze. Meinetwegen. Mir ist heute alles recht, alles gleich. Wenn sie mich nur allein lassen …

Im Fortgehen wirft Dieter hin: «Du, Ma, Stetten ist oben. Er hat nach dir gefragt. Er will dich nachher sprechen. Er hat einen Eilbrief bekommen … aus China.»

«Die Briefmarken sind für mich!», ruft Ben … Er tauscht sie in der Schule gegen Futter für seine Tiere.

* * *

Das Haus ist ruhig, Ulla ist zu Bett gegangen, die anderen sind fort. Man hört nur die Uhren leise ticken. Gegen die Fenster prasselt der Regen. Ich sitze in meinem Zimmer bei der Lampe mit dem mattblauen Schirm. Der zarte chinesische Schirm, eine Gabe von Stetten, macht ein angenehm weiches Licht, in dem alles beruhigt und sanft aussieht. In mir arbeitet eine Angst, eine Angst … Dieser Eilbrief … die chinesische Marke und die Stunde heute bei Mary … Ich ahne, was das bedeutet … Ich habe meinen Sessel an den warmen Ofen gerückt und ein Buch aufgeschlagen, in dem ich nicht lese. Mein Herz zittert und jagt. Oben höre ich eine Tür gehen, die Holztreppe knarrt, dann klopft es … Das Schicksal, das an meine Pforte klopft … Ich lasse es herein … Stetten steht vor mir, einen Brief in der Hand … «Darf ich? Oder störe ich?»

«Sie stören nie», sage ich. «Wollen Sie Tee haben?»

«Danke, dazu ist es zu spät. Ich wollte Sie nur sprechen …»

Seine Augen sehen mich fragend an. Hat er meine Verstörtheit bemerkt? Dass mir das Herz zuckt und zittert und ich mich vergebens bemühe, ruhig zu sein? Es fällt mir heut wirklich schwer … «Wir haben uns lange nicht mehr gesehen, Oliva», sagt er und nimmt mir gegenüber in dem großen Sessel Platz, in «seinem Sessel», in dem er immer sitzt, wenn wir hier sind.

«Sie waren viel unterwegs in letzter Zeit.»

«Ja, das war ich, und ich glaube, man hat es nicht sehr bedauert ..., ich meine die anderen, nicht Sie ...» Er sieht mich an. Wieder dieser fragende Blick, der an mir hängen bleibt. «Was haben Sie, Oliva? Sie sind so verändert ... Wieder Kummer? Neue Sorgen? Was ist es, das Sie quält?»

Ich bezwinge mich, und meine Antwort bleibt mir in der Kehle stecken.

«Nichts, nichts», sage ich. «Ich bin in der Stadt gewesen.»

«Bei dem Wetter? Sie sollten das nicht, bei dem hässlichen Nebel ... Sie sind so leicht erkältet in letzter Zeit ... Sie sollten sich ...» ... «Mehr schonen», sage ich und muss lachen ...

«Ja, es ist mein Ernst, dass ich Ihnen das rate. Ich bitte Sie darum, auch einmal an sich zu denken und nicht nur an andere ... Sie reiben sich auf ... Und Sie verdienen es nicht ... Sie verdienen, dass man Sie schont und verwöhnt. ... Ich möchte es so gern ... Wenn es in meiner Macht stünde ...» Ich sehe ihn an, und er schweigt vor meinem Blick. Dieses Thema ist gefährlich, und ich fürchte jeden Augenblick, wenn jemand gut zu mir ist, in Tränen auszubrechen. Tränen sind töricht, sie machen nichts besser, deshalb sage ich mit einer Handbewegung: «Sie haben mich sprechen wollen? Doch sicher nicht, um mir zu sagen, dass ich mich vor dem Nebel in Acht nehmen soll ...? Sie haben einen Brief aus China bekommen, sagte mir Dieter ...»

«Ja, Oliva ... China meldet sich wieder», sagt er.

«Lesen Sie.» Und er reicht mir den Brief.

Ich überfliege ihn. Es ist der Vertrag seiner Pekinger

Firma ... Mein Herz flattert und schlägt wie im Fieber Ich gebe ihm den Brief zurück.

«Von Verträgen verstehe ich nichts», sage ich ... «Sie gehen also fort?»

«Und schon in drei Tagen.»

«So rasch?» Es wird mir trocken im Halse.

«Ja, leider ... Das Schiff geht so bald ... Es ist das beste Schiff für diese Route. Ich kenne den Kapitän, ich habe mir heute telegrafisch eine Kabine gesichert ... Es ist nicht sehr besetzt, erster Klasse wenigstens nicht ... Hätten Sie nicht Lust mitzufahren, Oliva?»

«Nach China?!»

«Warum nicht? Ist das etwas so Schreckliches? Sie interessieren sich doch für das Land! Wollten Sie es nicht kennenlernen, statt Novellen darüber zu schreiben?» Er lächelt und faltet den Umschlag zusammen und legt ihn in seine Brieftasche ...

«Das täte ich gerne, wenn ich tun könnte, was ich wollte», sagte ich ...

«Und weshalb können Sie das nicht?»

«Weil ich vier Kinder habe», sage ich.

«Ach, Oliva! Denken Sie doch einmal an sich und nicht immer an andere!», ruft er. «Es ist eine Gelegenheit, wie sie sich vielleicht nie wieder bietet ... Kommen Sie mit!»

«Und die Kinder?»

«Die nehmen wir natürlich mit.»

«Das werden sie nicht wollen», sage ich.

«Warum nicht? Es gibt in China auch deutsche Schulen, sie können dort ebenso gut etwas lernen wie hier ... Sie würden unter ganz anderen Verhältnissen dort aufwachsen. Ich habe ein großes Haus, das vollständig eingerichtet ist, habe

Gärten, Diener, Personal, Pferde und Wagen. Was könnten Sie dort für ein Leben führen! Ein anderes als hier …» Er sieht sich um … «In diesem Haus …»

«Nein, nein», sage ich. «Spiegeln Sie mir keine Bilder vor, die sich nie verwirklichen lassen … Mein Platz ist hier, nicht in China …»

«Auch nicht als meine Frau … Oliva?», sagt er und sieht mich an … Er sieht so verändert aus, ganz jung auf einmal, seine hellblauen Augen sind dunkel geworden, er lächelt. «Sie wissen doch, dass ich Sie liebe … Nein, entziehen Sie mir nicht immer Ihre Hand! Lassen Sie mich davon sprechen! Ich wollte es ja schon immer, aber ich wagte es nicht. Ich wusste, was Sie mir antworten würden: Meine Pflicht, die Kinder. Aber denken Sie einmal an sich … Ich hab Sie ja so lieb, Oliva.» Das alte Zauberwort … Wie lange hatte ich es nicht mehr gehört: Ich hab dich ja so lieb … Ich ließ ihm meine Hände und ließ ihn sprechen. Und er sagte mir, dass er mich geliebt hatte vom ersten Augenblick an, als er mich spielen gehört und in mein Haus gekommen war und ich ihm das Zimmer oben gezeigt, hatte, sein Zimmer, in dem er dann so glücklich war. «Ich habe bei Ihnen das gefunden, wonach ich in der ganzen Welt vergeblich gesucht habe, eine Heimat. Ohne Sie kann ich mir ein Leben nicht mehr denken. Kommen Sie mit!»

«In drei Tagen? Das ist unmöglich!», rief ich.

«Auch nicht mit meiner Hilfe? Man kann viel schaffen in drei Tagen. Sie brauchten nur zu sagen, was geschehen soll, brauchten keine Hand zu rühren bei diesem Umzug, und mitzunehmen brauchten Sie gar nichts als ein paar Kleider, alles andere finden Sie ja drüben vor … Gepackt ist rasch. Wenn man etwas will, kann man es auch vollbringen. Man muss nur wollen. Ihre Schultern haben schon viel getragen … Und nie haben Sie geklagt … Oliva. Sie haben es getragen mit einer Selbstverständlichkeit, die mir Bewunderung abnötigte. Ihr Talent würde sich entfalten. Sie würden die Welt kennenlernen, das fremde Land, das immer Ihre Sehnsucht war, das Sie so gut verstanden haben, dass Sie es schildern konnten, ohne es gesehen zu haben. Wie würde Ihnen erst alles dort gelingen! Sie hätten es bei mir gut … Glauben Sie mir, Oliva … Ich liebe Sie, wie ich noch nie eine Frau geliebt habe …»

Ein Schauer rann mir über den Nacken. Ein Schatten stieg vor mir auf, er stand plötzlich schmal und deutlich sichtbar an der hellen Wand … Er stand unbeweglich dort. Die Frau stand vor uns …

«Was ist?», unterbrach er sich und schaute sich um …

«Nichts, nichts.» Ich fuhr über meine Augen, um das Bild wegzuwischen. Er fuhr fort, mir Zukunftsbilder auszumalen. Ich hörte ihm zu. Es war, wie wenn jemand seinen Arm um uns legt und uns aus dem Schneegestöber in ein warmes Haus führt, das hell erleuchtet ist. China … Mit ihm … Aber dazwischen standen meine Kinder … Das war nicht wegzuwischen mit der Hand über die Augen, der Schatten an der Wand stand da, unbeweglich … Die Frau. Und meine Kinder. Sollte ich sie mitnehmen in das fremde Land, in eine neue Ehe? Die Schwierigkeiten, die kleinen Kämpfe, die ich mit ihnen durchgefochten hatte, solange Stetten im Hause war, würden auf einmal ernst werden, sich zwischen uns stellen, sie würden unser Glück zerstören. Ein neues Leben. Ohne meine Kinder war das nicht möglich, und mit ihnen konnte es nicht sein … Ich kannte sie. Sie hatten sich von Anfang an gegen Stetten gestellt. Er war für sie der fremde Mann, der ihnen die Mutter nehmen wollte. Sie fühlten, dass zwischen mir und ihm etwas spielte, erst leise und unbewusst, und dann immer stärker … Wir wussten's vielleicht beide nicht, wie wir zueinanderstrebten, wie einsam wir waren und wie glücklich, wenn wir zusammen sein konnten … Aber ohne den Schatten, der jetzt zwischen uns stand … Nun stand er da … an der hellen Wand, ganz deutlich sah ich ihn. Er stand unbeweglich und hörte uns zu … Und er würde immer zwischen uns stehen …

«Sie hören mir nicht zu, Oliva, was haben Sie?», fragte er plötzlich und unterbrach sich. Dann sagte ich ihm, dass ich bei Mary Bendler gewesen sei.

Es entstand eine schwere Pause. Er stand auf und ging an das Fenster. Es war dunkel draußen, man konnte nichts mehr sehen, aber er stand schweigend, unbeweglich und stumm und schaute hinaus.

Dann drehte er sich um und kam zurück und setzte sich mir gegenüber. Sein Gesicht war verwandelt, es zuckte darin, er sah aus wie gealtert, es war ein hartes Gesicht, ohne Ausdruck, wie versteinert. «Die Tragödie von Kesselstadt», sagte er … «Sie haben sie gehört und kennen sie nun. Aber, wie sie wirklich war, wissen nur drei Menschen … Mein Freund da drüben … und sie … und ich …» Er fuhr fort: «Ich hätte sie Ihnen erzählt, Oliva, wenn auch nicht gerade heute Abend. Aber da Sie davon anfangen …, gut, sprechen wir davon, ich will kein Geheimnis vor Ihnen haben … Vielleicht denken Sie darüber wie ich, dass gewisse Handlungen, die man spontan begeht, nichts mit unserem Menschen zu tun haben, mit unserem Charakter. Auch wenn Sie nicht so denken, ist es notwendig, davon zu sprechen, ehe wir hier unsere Zelte abbrechen … Ich glaubte, Sie zwar zu kennen, aber man kennt eine Frau ja doch niemals ganz. Meine größte

Schuld ist», fuhr er fort, während er in die Nacht hinaussah, «dass ich eine Frau geheiratet habe, ohne sie zu kennen … Aber lernt man sich denn kennen, vorher …? Die meisten Paare gehen blind in die Ehe, auch ich habe es getan, aber es spricht mich nicht frei … Ich hätte so viel Menschenkenntnis haben müssen, dass ich erkannte, dass Enja keine Frau für mich war. Aber ich war blind. Sie spielte die Naive in einem Provinztheater. Sie reizte mich, weil sie schön war, frisch und natürlich und jung. Unwiderstehlich war sie. Weshalb ihre Wahl auf mich gefallen ist, weiß ich nicht. Sie war begehrt von vielen, sie hätte glänzendere Heiraten machen können, aber sie verfiel unglücklicherweise auf mich. Ich war damals ein bescheidener Ingenieur in den Kesselstädter Eisenwerken. Ein irgendjemand, ohne Namen, ohne Vermögen und ohne Familie. Wir waren beide sehr jung, als wir heirateten. Enja war die schönste Frau von Kesselstadt, groß, schlank und reizend, wenn sie jemand gewinnen wollte. Sie verstand es, Menschen zu blenden, aber ich merkte schon auf der Hochzeitsreise, dass das alles nur Schein gewesen war. Sie war eigenwillig und von den Männern vergöttert worden und hatte nie Widerstand gefunden. Sie fand den ersten nun an mir. So sehr ich sie auch zuerst liebte, war ich doch nicht gesonnen, mich von meiner jungen Frau beherrschen zu lassen. Sobald sie einen Widerstand fühlte, wurde sie heftig, und es gab Kampf. Unsere Hochzeitsreise war ein Gewitter von Szenen. Ich lernte Enjas Charakter kennen, ihre Hemmungslosigkeit, wenn sie ihren Willen durchsetzen wollte, und ihre Perfidie, wenn sie auf Widerstand stieß.

Mein Freund Dankwarth, der Enja kannte, warnte mich vor ihr und vor ihrem Charakter, aber ich glaubte, dass sie sich ändern würde, sobald wir uns eingelebt hätten. Ich bekam eine leitende Stelle an den Eisenhütten von Kesselstadt, ich nahm sie an. Sie war sehr gut bezahlt, und es war eine große Dienstwohnung damit verbunden und andere Annehmlichkeiten, ein schön gehaltener Park, ich hatte einen Wagen zur Verfügung, einen Gärtner, ein Reitpferd. Wir zogen nach Kesselstadt. Die Stadt war klein, aber wohlhabend, und die Geselligkeit ziemlich lebhaft und elegant. Mein Haus, eine Villa am Walde, war groß genug, einen gesellschaftlichen Verkehr darin zu eröffnen, wie er Enjas Geschmack entsprach. Sie war nicht mehr die Gattin eines kleinen Ingenieurs, sie wollte mehr sein. Und kaum waren wir eingerichtet, als sie begann, das Geld auszustreuen, als ob es nie ein Ende nehmen könnte. Für sich und ihre Toiletten. Sie kaufte kostbare Pelze und Spitzen, sie, die früher nie Geld in Händen gehabt, begann es nun wegzuwerfen.

Es ist immer eine undankbare Aufgabe für einen Ehemann, seiner Frau Sparsamkeit zu predigen. Wir hatten nicht nötig zu sparen, wir konnten auf großem Fuße leben, aber dieses Leben musste seine Grenzen behalten, und sie kam nie mit dem aus, was ich ihr gab.

Wir verkehrten mit ein paar reichen Familien, Industriellen, die Millionenvermögen hatten und demnach auftraten. Mit diesen jungen Frauen zu wetteifern, war ihr Ehrgeiz. Sie war wie besessen davon, sich zu schmücken und in Gesellschaft zu glänzen, sie wollte immer die Eleganteste sein. Sie wäre mir im einfachen Hauskleid ebenso lieb gewesen, aber in diesem Kleid sah ich sie selten.

Da ich eine sehr verantwortungsvolle Stellung hatte, musste ich auch dementsprechend mehr arbeiten, und ich hatte Enja in den ersten Jahren überlassen, wofür sie das Wirtschaftsgeld ausgab. Ich hatte, um ihre steten Klagen nicht mehr zu hören, ihr ein Konto auf der Bank angelegt, aber mit dem war sie immer gleich fertig. Ich bezahlte fortwährend Rechnungen für Schneider und Modistinnen, für Pelzhändler und Juweliere. Wenn sie ein Schmuckstück bei einer anderen Frau sah, musste sie es haben, wenn wir reisten, kaufte sie unterwegs, was ihr gefiel, und wenn ich keine Szene haben wollte, musste ich es schweigend bezahlen. Manchmal wurde mir das zu viel. Ich sagte ihr, dass das so nicht weiterginge, dass sie mich dazu brächte, mich in Schulden zu stürzen. Aber sie lachte nur und meinte, ich sei ein Knicker, die anderen Männer schenkten ihren Frauen, was sie wollten. Nur sie musste sich tadeln lassen, weil sie gerne hübsch angezogen war. Dieser Toilettenluxus artete derartig bei ihr aus, dass sie zuletzt überhaupt keine Rechnungen mehr bezahlte, die Händler schickten diese schließlich an mich. Es gab Aussprachen und Tränen, Versprechungen und schließlich Versöhnungen, wir waren beide jung, und ich hatte sie damals noch gern. Aber wir passten nicht zusammen.

Diese Frau verbreitete eine Unruhe um sich, die unerträglich war. Sie konnte keinen Abend zu Hause bleiben, sie musste immer Menschen um sich haben, als ob sie sich fürchtete, mit sich allein zu sein. Besprechungen mit Schneidern, Sitzungen beim Friseur, das Reiten morgens mit einem Gefolge von Herren, das tägliche Tennisspiel und abendliche Gesellschaften füllten ihren Tag aus. Sie war eigentlich nie zu Hause. Unsere Mahlzeiten wurden zu den verschiedensten Tageszeiten eingenommen, nicht wie es mir, sondern ihr passte. Wenn ich abgearbeitet heimkam, fand ich immer eine Menge fremder Menschen vor, die mein Haus als Gasthaus anzusehen schienen und darin tafelten, tanzten und musizierten. Und was für eine Musik! Jazzband, Tänze und die neuesten Schlager. Enja hatte einen hellen Sopran. Es fiel ihr ein, wieder Gesangstunden zu nehmen. Kam ein neues Instrument auf, so wurde es angeschafft, und es spielte dann bis in die Nacht hinein, ohne Rücksicht auf mich. Man konnte in diesem Hause keine ruhige Nacht mehr erleben, und ich musste am nächsten Morgen wieder früh aufs Werk. Ich hatte keine Zeit, morgens in die Wälder zu reiten und den Nachmittag auf dem Tennisplatz zu verbringen … Enja warf mir täglich vor, dass ich zu wenig Zeit für sie habe … ‹Ich muss mir fremde Menschen einladen, weil du mich den ganzen Tag allein lässt› … Und sie kamen gern, die jungen Herren, zu der liebenswürdigen Gastgeberin, die sie nobel bewirtete und die eine so ausgezeichnete Tänzerin war … An Regentagen wurden die Bridgetische aufgestellt, Enja spielte ausgezeichnet Bridge, sie gewann immer, es war ihr Stolz. Sie beklagte sich, dass ich keinen Geschmack daran fand, Bridge zu lernen … Ein Buch nahm sie kaum zur Hand, höchstens einen Detektivroman. Ernste Bücher fand sie langweilig … Sie war unbelehrbar und unbekehrbar. Wir gingen auf keine Gesellschaft mehr, ohne dass sie eine Szene machte, vorher oder nachher. Ihr Widerspruch reizte mich, ich ließ mich hinreißen, ihr Wahrheiten zu sagen, die sie so gegen mich aufbrachten, dass sie mehr als einmal drohte, sich oder mich zu töten. Von diesen Szenen erfuhr die Welt nichts, da sie sich meist in unserem Schlafzimmer abspielten und es Enja meisterhaft verstand, zehn Minuten später, frisch gepudert und lächelnd, als liebenswürdige Hausfrau ihre Gäste zu begrüßen. Nicht einmal unsere Dienstboten wussten, wie ich mit Enja stand. Vor Fremden spielte sie die Rolle der liebenden Gattin. Sie war eine mittelmäßige Schauspielerin gewesen, aber die Rolle der Verstellung beherrschte sie meisterhaft. Sie hatte von ihrer Laufbahn nur das Talent zurückbehalten, Szenen zu machen, Auftritte und Aussprachen herbeizuführen, die sehr stürmisch waren. Ihre Natur war heftig und hemmungslos. Mein Freund Dankwarth war einer der wenigen, die sich nicht täuschen ließen, und sie wusste das. Er hatte anfangs viel bei uns im Hause verkehrt, und sie hatte versucht, ihn zu gewinnen, als ihre Künste aber an seiner eisigen Zurückhaltung abprallten, hasste sie ihn und verbreitete allerlei Gerüchte über ihn, die ich erst später erfuhr ...

Dankwarth war Junggeselle geblieben nach einer schlimmen Erfahrung mit einer Frau, die ihn betrogen hatte. Er lebte für sich, arbeitete nur noch an seinen juristischen Werken, er gab damals ein juristisches Buch heraus, und ich beneidete ihn oft um seine Ruhe. Er hatte Zeit zum Arbeiten, er wohnte am Bahnhof in einem kleinen Haus für sich allein. Von der Geselligkeit, der ich meine Nächte opfern musste, hatte er sich zurückgezogen.

Ich hatte damals sehr viel tagsüber im Werk zu tun und musste, wenn ich für mich etwas arbeiten wollte, die Abendstunden dazu nehmen. Diese Arbeit war Enja verhasst, sie war eifersüchtig auf sie. Was brauchte ich zu arbeiten? Ich war ja in der Lage, uns zu erhalten ... Da ich weder auf dem Werk noch zu Hause ungestört war, ging ich nach meinem Tagewerk zu Dankwarth, um bei ihm in Ruhe ein paar Stunden zu arbeiten. Aber das war Enja erst recht nicht recht. Sie behauptete, Dankwarth intrigiere gegen sie. Sie war von stetem Misstrauen gegen diejenigen beseelt, die ihr nicht bedingungslos huldigten. Ich hatte damals schon Beziehungen zu anderen Industrien angeknüpft und bereitete mich darauf vor, die Stadt zu verlassen. Enja betrachtete meine Tätigkeit als etwas ganz Nebensächliches. Wenn ich sie niedergelegt hätte, Rentner gespielt, auf die Jagd gegangen wäre mit ihr, hätte sie das lieber gesehen, ich wäre dann den ganzen Tag zu ihrer Verfügung gewesen ... Sie hatte fortwährend neue Pläne, sie modernisierte das Haus nicht ohne künstlerischen Geschmack und viel praktischen Sinn. Aber wir hatten auf diese Weise das ganze Jahr die Handwerker im Haus. Sie liebte es, sich mit einem Hofstaat zu umgeben, der ihren Befehlen gehorchte und den sie nobel bezahlte. Gegen jeden, der ihr nützliche Dienste leistete, war sie sehr freigebig. Dass ihr Vermögen dabei allmählich hinschwand, ließ sie kalt.

Eines Tages wurde mir eine leitende Stellung in Westfalen auf einem großen Hüttenwerk angeboten, wir waren schon mitten in den Verhandlungen, als ich merkte, dass ich meine Mappe hatte zu Hause liegen lassen mit der Korrespondenz. Ich fuhr sofort nach Hause, aber es war zu spät. Enja hatte die Mappe gefunden, sie geöffnet und durchsucht und die Verhandlungen gelesen. Sie war außer sich, dass ich hinter ihrem Rücken diese Verbindung angeknüpft hatte. Sie drohte, die Sache rückgängig zu machen. ‹Du denkst doch nicht im Ernst, dass ich von hier fortgehen würde aus unserem schönen Haus in eine schwarze, rußige Industriestadt nach Westfalen!› Wir hatten eine heftige Aussprache, die damit endete, dass mir Enja die Mappe vor die Füße warf und den aufgesetzten Vertrag zerriss. Ein paar Tage später kam eine Absage aus Westfalen, sie war sehr kurz und kühl gehalten, die Stelle sei leider anderweitig besetzt worden ... Ich habe den Grund nie erfahren, aber ich vermute, dass Enja die Hand dabei im Spiel gehabt hatte. Ich habe dann später erfahren, dass sie auf jenen Werken einen Freund im Aufsichtsrat hatte, sie hatte überall Freunde, und wenn sie etwas wollte, fand sie die Wege, es durchzusetzen. Seitdem war es zwischen uns aus. Ich wusste jetzt, mit wem ich es zu tun hatte, und ich richtete mich danach. Ich zog mich von ihr zurück. Wir lebten nur noch äußerlich zusammen, wir sagten uns Bitterkeiten. Enja machte zuweilen naive Versuche, mich durch Liebenswürdigkeit und Schmeichelei zurückzugewinnen, aber ich wollte nicht mehr. Sie hatte letzten Rest von Liebe in mir getötet … Von da ab war mein Leben eine Hölle … Ich hatte keine ruhige Stunde mehr. Sie begann mir nachzuspüren. Ich konnte nicht gehen, ohne dass sie wissen wollte, wohin ich ginge. Ich machte keine Dienstreise, ohne dass sie in dem Hotel, in dem ich abstieg, anrief, ob ich auch dort sei. Sie wusste nachher, mit wem ich dort zusammen gewesen war, und wusste, wann ich zu Dankwarth ging und was wir taten. Wenn ich auf dem Werk war, ließ sie mich unter nichtigen Vorwänden ans Telefon rufen. Ich verbat mir das, aber am nächsten Tag tat sie es wieder. Es war nichts dagegen zu tun. Das Einzige war, fortzugehen in eine andere Umgebung. ‹Aber wenn du fortgehst›, sagte Enja, ‹gehe ich mit … Ich lasse dich keiner anderen, das weißt du. So einfach ist es nicht mit mir. Ich bin keine von den Frauen, die man sitzen lässt … Ich würde mich niemals scheiden lassen. Und wenn *ich* nicht will, wirst du nie frei …› Das wusste ich auch, denn eine Schuld konnte ich Enja ja nicht zuschieben, einen gesetzlichen Scheidungsgrund hatte ich nicht, denn sie war zu klug, sich eine Blöße zu geben. Ich hätte ihr nichts nachweisen können … Ich beschloss, ins Ausland zu gehen, ich wollte heraus, aber der Krieg kam dazwischen. Ich ging an die Front, ich war in Saloniki und im Osten, ich wurde mehrmals verwundet, aber ich bin wiedergekommen. Ich kehrte in meine Hölle zurück, in meine alte Stellung … Inzwischen hatten sich die Verhältnisse geändert, die Inflation hatte die Vermögen aufgezehrt, und Enja war auf den Ausweg verfallen, an der Börse zu spekulieren. Sie hatte ihre Kesselstädter Aktien gut verkauft und wirtschaftete mit dem Geld nach ihrem Kopf. Es waren alles nur Scheingewinne, die der nächste Tag wieder verschwinden ließ. Sie lief täglich zu ihrer Bank, sie kaufte und verkaufte Papiere, gewann und verlor. Die Unruhe in meinem Hause hatte nur noch zugenommen. Der Garten war zum Tennisplatz hergerichtet, auf dem man täglich zusammenkam, man schoss sich auf einem Scheibenstand ein. Enja schoss sicher und traf immer ins Schwarze, es war ein Sport von ihr geworden, den sie mit Hingabe betrieb, wie das Spiel an der Börse. Sie hatte die Reitpferde abgeschafft und sich dafür einen neuen Wagen gekauft, mit dem sie im Land umherfuhr mit ihren Freunden.

Ich ließ sie gehen, ich wusste ja, dass nichts daran zu ändern war. Weder der Krieg noch die Trennung hatten uns zusammengeführt. Ins Ausland zu gehen, war inzwischen schwieriger geworden. Aber diesmal sollte es mir nicht passieren, dass ich meine Mappe liegen ließ. Ich ließ meine Korrespondenz aufs Werk kommen. Wenn wir uns bei Tisch gegenübersaßen, kam der Augenblick, der einer Ehe so gefährlich ist, nämlich die Erkenntnis, dass man sich nichts mehr zu sagen hatte … Mir war sie schon auf der Hochzeitsreise aufgegangen, aber Enja begann sie jetzt auch zu fühlen, und sie langweilte sich mit mir … Da ich für ihre Interessen kein Verständnis zeigte und sie auf die meinen nicht eingehen wollte, blieben uns nur zwei Wege, entweder sie änderte sich, oder ich überließ sie ihrem Schicksal. Da Enja keinen

Zwang vertrug, wählte ich das Letztere. Kein Mensch in Kesselstadt ahnte, wie es hinter den Kulissen unserer Ehe aussah, selbst das Hauspersonal wusste nichts davon, nur Dankwarth.

Dass Enja noch eben im Schlafzimmer bei einer heftigen Aussprache Taschentücher zerrissen und Porzellan zertrümmert hatte, sah ihr nach zehn Minuten niemand mehr an. Ich hatte in den ersten Jahren gehofft, sie würde sich ändern, wenn wir Kinder hätten ... Aber als sie das erste Kind erwartete, ließ sie sich nicht davon abhalten, eine Schnitzeljagd mitzureiten, sie stürzte dabei und hatte eine Fehlgeburt ... Das zweite Mal waren wir in Westerland, und sie schwamm trotz meiner Warnung, oder vielmehr wegen dieser Warnung, weit hinaus, geriet in eine Gegenströmung und wurde mit Mühe gerettet. Aber das Kind war verloren. Nach dieser zweiten Frühgeburt erklärte sie, keine Kinder mehr haben zu wollen. Diese Erfahrungen besserten unser Verhältnis nicht. Im Gegenteil, denn Enja, die von den Fehlgeburten gelitten hatte und ihre Schönheit schwinden sah, begann mit Männern zu kokettieren, um mich eifersüchtig zu machen. Als ihr das nicht gelang, warf sich ihr Hass auf ein paar junge Frauen, mit denen ich mich gern unterhielt, und es gelang ihr, diese aus dem Hause zu vertreiben. Sie bewachte mich so gut, dass es mir nicht gelungen wäre, eine andere Frau allein zu sprechen. In der Oper machte sie mir Vorwürfe, wenn ich eine Künstlerin mit dem Opernglas betrachtete oder eine Dame in der Nachbarloge fixierte. Kurz, es war ein unerträgliches Leben geworden, und ich sehnte den Tag herbei, an dem ich ihr den Vertrag mit einer ausländischen Gesellschaft vorlegen und ihr sagen konnte, ich gehe.

Was sie dann tun würde, war mir einerlei.

Zu dieser Zeit lernte ich Mary Bendler kennen. Sie war die Frau eines jungen Anwaltes, ich hatte von Dankwarth von ihrer unglücklichen Ehe gehört. Sie war sehr schön. Schöne Frauen waren für Enja das rote Tuch. Sie fasste sofort ein Vorurteil gegen Mary. Sie erklärte sie für oberflächlich und gefallsüchtig und an ihrer Ehe selbst schuld. Das Gegenteil war der Fall, Mary war eine sehr gebildete Frau, belesen, viel gereist und klug, sie trat taktvoll und bescheiden auf und drängte sich nie, wie Enja, in den Vordergrund. Die beiden Frauen waren vollständige Gegensätze, es war kein Wunder, wenn ich mich zu Mary hingezogen fühlte. Es war Erholung und Genuss, sich mit ihr zu unterhalten, man hatte immer Themen mit ihr. Enja hätte viel von ihr lernen können, aber Enja hasste diese Frau und behauptete, nur Schlechtes von ihr gehört zu haben. Der Klatsch hatte um ihre Ehe ein wahres Netz von Lügen gesponnen, und Enja glaubte immer gerne an Klatsch. Mary Bendler wusste, dass ich mit Dankwarth befreundet war, und bat mich, ihr eine Zusammenkunft mit ihm zu verschaffen. Er war ein ausgezeichneter Jurist, er kannte ihren Mann, sie hoffte, von ihm einen Rat zu bekommen, was sie tun sollte. Sie war in einer sehr unglücklichen Lage. Mit diesem älteren Mann verheiratet, ohne eigenes Vermögen, von ihm abhängig, war ihr Leben durch seine Launen, seine Gefühllosigkeit ein so unglückliches, dass sie sich von ihm trennen wollte, aber er gab sie nicht frei. Er hatte ihr erklärt, dass sie tun und lassen könnte, was sie wollte, reisen oder im Hause leben, es sei ihm einerlei, aber scheiden ließe er sich nie … Sie befand sich in ziemlich der gleichen Lage wie ich, das hatte uns zusammengeführt. Da es ihr Wunsch war, Dankwarth zu sprechen, kamen wir eines Abends bei ihm zusammen und besprachen die Schwierigkeit ihrer Lage. Dankwarth gab ihr die gewünschten Auskünfte und vermittelte ihr einen Anwalt, der für solche Sachen der beste war. Von dieser Zusammenkunft hatte Enja erfahren, und sie machte mir eine furchtbare Szene … Sie drohte, Bendler alles zu schreiben. Ich ließ sie reden und sagte ihr dann, dass sie bei dem ersten Versuch, sich in diese Sache einzumischen, einen Skandal heraufbeschwören würde, in den nicht nur ich verwickelt würde, und dass dabei mancherlei zutage käme, was ihr nicht lieb sei, denn ich würde dann auch offen sprechen. Daraufhin wurde sie etwas ruhiger, aber sie bewachte uns. Mary kam nicht mehr in unser Haus. Enja war damals sehr nervös, die Geschäfte an der Börse gingen schlecht, und die Papiere sanken täglich. Sie hatte Angst, ihr Letztes zu verlieren, und stürzte sich immer auf die Morgenpost. Aber ich bekam ja meine Briefe auf das Werk. Eines Tages schickte mir Mary einen Brief dorthin, dass sie Montagabend bei Dankwarth sein würde. Der Brief hatte mich sonnabends auf dem Büro nicht mehr erreicht, der gefällige Bürodiener brachte ihn mir ins Haus, und Enja, die Marys Handschrift kannte, hatte ihn geöffnet und gelesen. Er lautete: ‹Bin Montag gegen sieben bei D. wie immer. M. B.› Mehr brauchte man nicht zu wissen, fand Enja. Sie machte mir eine fürchterliche Szene, und als mir die Geduld riss und ich ihr zurief: ‹Ich gehe, ich halte es nicht mehr aus›, sagte sie lachend … ‹Geh nur, geh nur! Aber allein gehst du nicht! Oder glaubst du, dass ich dich dieser Mary lassen würde? Nun habe ich den Beweis in der Hand.› Von da ab wusste ich, dass es nur ein Mittel gab zu entkommen: ins Ausland zu gehen, so weit als möglich von Kesselstadt und von ihr. Ich knüpfte die Verbindung mit China an.

Als ich abends mit Mary zu Dankwarth kam, erfuhr ich, dass Bendler einen anonymen Brief bekommen hatte, in dem seine Frau beschuldigt wurde, ihn mit einem Herrn aus Kesselstadt zu betrügen. Es war kein Name genannt, aber es wurde angedeutet, dass er dem Schreiber bekannt sei. Mary gab mir den Brief, und ich erkannte die Handschrift Enjas, obwohl sie verstellt war … Bendler hatte ihr den Brief gegeben und gesagt, sie möchte ihn nur aufheben, er habe kein Interesse an anonymen Briefen. Wahrscheinlich hielt er es für eine abgekartete Geschichte, um ihn zu einem Entschluss zu zwingen … Mary war in großer Erregung, ihr Anwalt wusste keinen Rat mehr. Ohne die Einwilligung Bendlers konnte sie die Scheidung niemals durchsetzen. Fortgehen ohne Mittel konnte sie nicht, also musste sie in dieser Ehe ausharren, die längst keine Ehe mehr war. Es war alles verloren. Zu solch einer Tat hätte ich Enja doch nicht für fähig gehalten. Ich brachte Mary zum Bahnhof, dort sahen wir uns zum letzten Mal. Dann ging ich zu Fuß nach Hause. Es war ein gewitterschwüler, heißer Julitag, und der Himmel bezog sich dunkel. Als ich durch die Allee kam, sah ich mein Haus hell erleuchtet, es standen mehrere Wagen vor der Tür, und ich hörte Musik. Wir hatten wieder einmal Gäste. Da es mir unmöglich gewesen wäre, an diesem Abend Komödie vor Fremden zu spielen, machte ich kehrt und fuhr noch einmal hinaus auf das Werk, um die Abendpost durchzusehen. Ich fand einen lang erwarteten Brief von der Pekinger Gesellschaft mit meinem Vertrag … Ich atmete auf. Dankwarth beglückwünschte mich … Nun konnten mir die letzten Höllentage gleichgültig sein. Ich verbrachte den Abend bei ihm, wir saßen auf seiner Veranda beim Abendessen, als ein Unwetter losbrach und ein Wolkenbruch niederging, der die Straßen fußhoch unter Wasser setzte. Mein Wagen war nicht da, Droschken gab es nicht, so blieb ich bei Dankwarth und legte mich auf ein Sofa. Es war mir einerlei, wie mich Enja empfangen würde. Gegen Morgen ließ der Sturm nach, und ich ging nach Hause. Das Gewitter grollte noch, es wetterleuchtete stark, und es regnete immer noch. Die Straßen waren leer, niemand begegnete mir. Mein Haus lag dunkel und still. Alle Fenster standen offen, um den Rauch herauszulassen. Ich fand die Spuren der Gesellschaft, abgedeckte Tafeln, verwelkte Blumen in Vasen, leere Weinflaschen und Kübel mit Eisstücken standen umher.

Als ich mein Zimmer betrat, sah ich in Enjas Zimmer noch Licht. Sie war noch wach. Sie begann, mich mit Vorwürfen zu überschütten, weil ich nicht nach Hause gekommen sei. Ich sagte ihr, dass ich ihren Brief gelesen hätte an Marys Mann. Sie schäumte vor Wut und kam mit geballten Fäusten auf mich zu. Sie schleuderte mir ins Gesicht, dass ich sie betrüge und dass ihr jedes Mittel recht sei, diese Frau zu vernichten. Sie keuchte vor Zorn. Ich sagte ihr, dass ich nach China ginge. Darauf war sie einen Augenblick still. ‹Das ist ein Scherz›, meinte sie … Und ich sagte ihr, dass sie mit ihrem Brief an Bendler Marys Leben zerstört hätte, denn nun ließe er sich erst recht nicht scheiden; dass ich ihre Schrift erkannt habe und nach dieser Erfahrung keine Lust mehr habe, mit ihr weiter unter einem Dach zu leben. Sie stand mit geballten Fäusten da, ohne ein Wort zu erwidern, dann ging sie an ihr Bett und zog den Revolver, den sie immer bei sich trug in letzter Zeit, unter ihrem Kopfkissen hervor und sagte, indem sie den Lauf auf mich richtete: ‹Das wirst du rückgängig machen … Nach China gehe ich nicht mit› … ‹Dann werde ich allein gehen›, sagte ich ruhig. Sie kam auf mich zu, und als sie vor mir stand, ganz dicht, zischte sie mir ins Gesicht: ‹Wenn du mich hier zurücklässt, kannst du dir deinen Begräbnisplatz schon jetzt aussuchen ...›– ‹Das soll heißen, dass du mir wieder etwas in den Weg legen willst?›, fragte ich. – ‹Das werde ich, so sicher ich dieser Mary ihren Weg verbauen werde›, sagte sie. ‹Du wirst diese Frau niemals wiedersehen, und du wirst nicht nach China gehen! Ich bin noch da! Ich habe dich jetzt in der Hand.› – Ich griff sie beim Handgelenk, aber sie riss sich los und rief: ‹Ich weiß, weshalb du gehen willst! Du willst mich los sein, um diese Mary zu heiraten! Deshalb kommt ihr zusammen! Das sind eure Zusammenkünfte bei Dankwarth! Ich weiß, warum ihr euch trefft! *Ich* habe den Brief geschrieben, damit ihr Mann weiß, woran er ist, und ich werde ihm sagen, wer der Freund ist! Du wirst nie nach China gehen! Ich stehe zwischen dir und jeder anderen Frau! Ich gebe dich nicht frei, nie, nie, nie!» Der Hass verzerrte ihren Mund, ihre Augen leuchteten wie die einer Irren. Sie hob den Arm und schoss ... Der Schuss ging dicht an meinem Kopf vorbei in den Spiegel. Das Glas zersplitterte. Ich riss ihr die Waffe aus der Hand und schoss sie nieder.» Er schwieg. Ich wusste nichts zu sagen. Mich fror ...

«Ja, Oliva, das hab ich getan, und ich bereue es nicht. Hätte ich sie nicht getötet, so lebte ich nicht mehr. Es war nicht viel Zeit, darüber nachzudenken. Sie lachte, als ich sie erschoss ...»

«Und dann?», fragte ich, nachdem wir lange geschwiegen hatten.

«Dann legte ich sie auf ihr Bett, und dann ging ich durch den Regen zurück zu Dankwarth. Er machte mir auf und wusste sofort, was geschehen war. Er fragte mich, ob mich jemand gesehen hätte, und ich sagte: ‹Nein, kein Mensch.› –

Und dann kam das Übliche. Die erschrockenen Mädchen fanden Enja am Morgen, dann kam das Gericht, die Verhöre, die Verhandlungen, die Zeitungsartikel mit den sensationellen Überschriften, das Suchen nach dem Täter. Man nahm erst an, dass es sich um einen Einbruch handelte. Im Erdgeschoss standen alle Fenster offen, wie immer nach einer Gesellschaft, Enja schlief nach dem Garten, wo leicht jeder einsteigen konnte, das Haus lag einsam, die Mädchen schliefen im Chauffeurhaus am Ende des Parks, sie hatten wohl zwei Schüsse gehört, hatten sie aber für Schüsse von Wilderern gehalten, die sich oft in den Wäldern herumtrieben. Man nahm an, dass Enja jemand hatte einsteigen sehen durchs Fenster und einen Schuss auf den Einbrecher abgegeben hatte – der Spiegel stand zwischen den beiden Fenstern –, dass der andere sie dann überwältigt und erschossen hatte und geflüchtet war durch den Wald. Ihre Freunde hielten es für Selbstmord, was Enja zuzutrauen gewesen wäre. Man hat jahrelang den Täter gesucht. Ich las zuweilen in einer deutschen Zeitung etwas darüber. Auf die Wahrheit ist nie jemand gekommen. Wir führten ja eine so mustergültige Ehe, alle Freunde Enjas bestätigten es und das Hauspersonal auch.»

«Und dann?», fragte ich.

«Dann ging ich nach China», sagte Stetten.

* * *

Ich war von diesem Geständnis vernichtet.

Die ganze Nacht lag ich da und dachte darüber nach.

Ich konnte ihm keine Schuld geben, sosehr ich auch alles hin und her erwog und es von allen Seiten betrachtete.

Nicht die Tatsache, dass er sich von dieser Frau befreite, dass er sie niederschoss, aber sie lachte, als er sie erschoss … Sie wusste, er würde sie nie loswerden, nie ihr Bild vergessen, nie diesen letzten Augenblick und nie ihr Lachen … Sie lachte, weil sie Siegerin blieb.

Siegerin über ihn und mich.

Sie würde sich zwischen uns stellen, wie ein Schatten, wohin wir auch fliehen würden. Sie war ihm gefolgt übers Meer, sie hat ihn drüben festgehalten, er wurde sie nicht los. Sie hat Dankwarth hineingezogen in ihren Kreis, er ist schuldig geworden, er war ein Richter, und er schwor … Er hat seinem Freund das Leben gerettet …, und dann ging er in die Heide und erschoss sich … Aber die Selbstmörder, sagte die Korzfleisch, finden keine Ruhe, sie kommen wieder … Er ist wieder da, er lebt da drüben, er hat ihn hergezogen. Er hat kommen müssen, Dankwarth wollte es so … Und er kam … und kam in mein Haus … Er hat Mary hergezogen … in unseren Kreis, in dem wir nun gefangen sind und aus dem wir nie mehr herauskönnen, was auch geschehen würde …

Sie wusste wohl, diese Enja, weshalb sie lachte …

Dritter Teil

Mein Tagebuch hat lange geschlossen gelegen. Ich habe in den letzten Jahren nicht mehr hineingeschaut. Man soll nur Tagebücher schreiben, wenn man etwas zu sagen hat. Aber wenn man zu viel zu sagen hat, kann man sie erst recht nicht schreiben.

Ich bin nicht nach China gegangen und bin nicht mit dem nächsten Schiff nachgefahren. Ich habe Stetten allein reisen lassen. Aber Abschied nehmen hab ich nicht mehr von ihm gekonnt. Ich ging an dem Tage zu Mary. Meine Kinder haben den Auszug mitgemacht wie jeden anderen. Als ich abends heimkam, war sein Zimmer leer, und die Bibliothek war verschwunden. In dem niedrigen, hellen Zimmer hing noch ein schwacher Duft nach seinen Zigaretten und Lavendelseife. Ich öffnete die Fenster weit. Der Himmel hing rau über der Stadt. In den ersten Tagen war mir zumute wie einer Blinden, die sich ihren Weg durch das Dunkel sucht. In Romanen werden die Frauen nach einer starken Erschütterung ohnmächtig, sie sinken hin oder bekommen Nervenfieber. Das dauert etwas länger. Und sie erwachen dann in dem weißen Bett eines Hospitals, und eine Schwester neigt sich liebreich über sie und reicht ihnen eine Limonade. Ich wurde nicht ohnmächtig, ich sank nicht um und bekam kein Nervenfieber. Mein Leben ging einfach weiter.

Es geht weiter mit Sparen und Kochen, Geschirrwaschen und Strümpfestopfen.

Mein Tag gehört der Arbeit und … den andern.

Zuweilen unterbricht ihn ein Vortrag in der Universität, die ich immer noch besuche, oder ein Schauspiel, oder es kommt ein Bücherpaket aus München von Mary, die dort in einer Fremdenpension ihre Scheidung abwartet. Sie lädt mich immer ein, sie zu besuchen, aber ich fahre nicht hin. Ich habe eine abergläubige Furcht vor Reisevorbereitungen. Ich werde noch wie Onkel Dolf …

Wenn mein Tag vorbei ist, freue ich mich auf mein Buch, das ich, in die Kissen meines Bettes gestützt, beim Schein meines selbst gefertigten Lampenschirmes lese. Es ist meine Erholung, die letzte Abendstunde, in der ich mich in Schlaf und Traum lese. Ich lese oft die Nächte durch bis zum Morgen.

Von Stetten habe ich nichts mehr gehört. Ich habe ihn gebeten, mir nicht mehr zu schreiben, er hat es mir versprochen.

Ich habe von diesem Abschied nur einen stechenden Schmerz in der Herzgegend behalten, der mich oft morgens überfällt, dass ich auf meinem Bettrand sitze und nicht weiß, ob ich aufstehen kann. Ich müsste einen Arzt fragen, aber ich weiß, was er mir sagen würde: Ruhen Sie sich einmal aus … Gehen Sie nach Nauheim … Aber er gibt mir das Geld nicht dazu. Tante Constanze, die das ganze Jahr in Bädern herumreist, würde es mir sicher nicht geben. Sie klagt jetzt immer, dass alles so teuer geworden ist, die Mieten, die Löhne und das Reisen, und da man in der zweiten Klasse keinen Sitzplatz mehr findet, muss sie erster Klasse fahren, die arme Frau. Ich weiß schon, was sie mir antworten würde, wenn ich ihr sagte, dass ich in ein Bad gehen möchte, der Arzt hätte es mir geraten. Du musst nicht auf die Ärzte hören, liebes Kind.

Sieh mich an! Lebe vernünftig, dann geht es auch so. Solche Lehren sind mir nicht mehr nötig. Und Onkel Dolf ist gegen Badereisen überhaupt. Er hat in seinem ganzen Leben keine gemacht, und so brauchen andere auch keine zu machen. «Man muss nicht immer gondeln, Oliva.»

Vielleicht hat er recht, und ich werde ruhiger werden, wenn mein Herz sich beruhigt hat …

* * *

Es wird wieder einmal Frühling. Nach langen, harten, eisigen Wintermonaten mit endlosem Schnee und kalten Häusern. Ein Lächeln des Himmels glänzt über der erstarrten Erde, die sich dankbar dehnt und sich von der Schneelast befreit. Die Flüsse steigen, geschwollen von aufgelöstem Schnee, auf den Feldern wird schon gearbeitet, geackert und gesät, die Wintersaat zeigt sich bereits schüchtern, die Wiesen sind überschwemmt, aber langsam weicht das Wasser, die Kühe stehen im Gras und schauen den Zügen nach, die vorüberrollen. Frühling! Endlich ist er da, er breitet seine Wärme über die Erde und löst die letzten Schneemassen und schwemmt sie fort und füllt Flüsse und Seen, und das Meer rollt schwere Wogen ans Land. Überall grünen Büsche und Bäume, weiß blühen die Kirschbäume und rosa die Pfirsiche, zarte Apfelblüten streut der Wind über die Landstraßen, an denen die Obstbäume stehen mit ihren schneeigen Kronen. In den Gärten leuchten die gelben Forsythien und blühen die ersten weißen und roten Tulpen, die Schneeglöckchen machen blauen Veilchen Platz, deren Duft sich verbreitet wie ein zartes Parfüm. In dem Garten steht mein Birnbaum, prätentiös und breit geästet, aber leer von Blüten dieses Jahr.

«Späte Birne» steht auf dem kleinen Zettel, der an seinem Stamm hängt. Der Rasen ist von Maßliebchen übersät wie bestickt. Immer werden sie weggemäht, und immer wieder erscheinen sie. Es sind dumme, kleine Blümchen für Kinderhände. Der Platz unter der Kiefer in der Rasenmitte ist für den Tee gedeckt, eine Gruppe weißer Gartenmöbel steht unter einem blauen Schirm mit weißen Schwalben, buntes Teegeschirr, die gelbe Decke. Es ist Sonntag. Ich halte im Liegestuhl Nachmittagsruhe. Alles ringsum ist still. Man hört nur die Vögel zirpen, und der Specht hämmert unermüdlich an einem Baum; sooft er die Antenne trifft, gibt es jedes Mal einen schnarrenden Ton wie von einer Jahrmarktsrassel. Das scheint ihm Spaß zu machen, denn er lässt unermüdlich die Schnarre rasseln wie ein Kind, das ein Lieblingsspielzeug hat. Eine Katze sitzt auf dem Zaun und beobachtet das Vogelnest, aber die Alte da oben ist wachsam und schaut misstrauisch über die Köpfe ihrer Kleinen nach der Räuberin unten, deren Augen schillern vor Begierde. Ein sanfter Wind bewegt die schmalen Blätter der Trauerweide, die sich tief über meine Gartenmauer neigt, ein blauer Vergissmeinnichtkranz umblüht den alten Birnbaum, als wollte er ihn trösten, dass er so hässlich und knorrig ist und keine Früchte mehr trägt. Im Garten wandelt ernst und schweigsam, in sein Buch vertieft, ein großer Chinese. Er trägt keinen Zopf und ist nicht braun, er ist schon europäisiert, Herr Ying. Er hat noch einen zweiten Namen, aber der ist mir zu kompliziert. Wir nennen ihn einfach Herr Ying. Und er verneigt sich lächelnd und schweigt.

Stetten hat ihn mir geschickt. Es war seine letzte Liebestat. Es gibt kaum einen angenehmeren Hausgenossen als Herrn Ying. Den Kindern hat Stettens Auszug Spaß gemacht, es gab allerlei zu erben. Dieter half die Bücher einpacken, nur Ben bedauerte seinen Auszug wegen der chinesischen Marken. Aber nun hat er Herrn Ying.

Der neue Mieter ist ihnen interessant, weil es ein Chinese ist, weil er viel gereist ist, viel gesehen hat und man ihn viel fragen kann. Herr Ying studiert deutsches Recht an der hiesigen Universität und wird hier seinen Dr. jur. machen, er ist still und rücksichtsvoll und hat keinerlei Wünsche. Man sieht ihn nur, wenn er durch meinen Garten geht. Ich habe ihm das erlaubt, denn er stört mich nicht, man hört ihn nie; er ist wie eine Wolke, die vorüberzieht. Man weiß nie, ob er auf seinem Zimmer ist oder nicht.

Von dem Friedhof hat er noch nichts gesagt.

Vielleicht geniert einen Chinesen ein deutscher Friedhof nicht, er geht ihn ja auch nichts an. Dieter und Herr Ying gehen zusammen auf die Sportplätze, sie unterhalten sich über chinesische Zustände und chinesisches Recht und deutsches Recht.

Meine Kinder sind höflich zu ihm, ohne dass ich sie dazu auffordern muss, und Margot findet Herrn Ying interessant, obwohl er noch nichts besonders Interessantes von sich gegeben hat. Er schweigt meist und lächelt und hört zu.

Das wäre etwas für Tante Constanze.

Sie würde ihn totreden an einem Tag,

Onkel Dolf behauptet ja immer, sie habe ihren Mann totgeschwatzt. Die Heidukstraße findet es sonderbar, dass ich einen Chinesen ins Haus genommen habe. Aber es ist mir gleichgültig, was die Heidukstraße findet.

Wir gehen einer neuen, großen Zeit entgegen, behauptet Herr Ying, die ganz Europa in Flammen versetzen und die Welt erschüttern wird. Mir ist davor etwas Angst, denn ich habe die Schwäche, dass ich an Prophezeiungen glaube, obwohl es schon viele falsche Prophezeiungen gegeben hat. Aber es hat immer Menschen gegeben, die ihnen geglaubt haben.

Herr Ying ist abgetrennt von seinem Vaterland durch den Krieg, den China eben mit Japan führt. Seine Koffer sind aus Rindsleder und mit den Marken großer ausländischer Hotels beklebt. Er trägt im Winter einen Gummimantel, und wenn man ihn fragt, ob er darin nicht fröre, lächelt er nur ... Krieg, sagt er bescheiden. Er hatte sich die erdenklichste Mühe gegeben, ins chinesische Heer einzutreten, aber der Weg nach China ist weit und kostspielig. Seine Regierung hatte auf die Anfrage des Botschafters, was mit all den chinesischen Studenten werden sollte, erwidert, sie sollten ruhig dableiben und weiterstudieren. Soldaten zum Kriegführen hätten sie genug. Und so bleibt Herr Ying hier und studiert weiter. Er hört abends den Lautsprecher in Dieters Zimmer und liest ausländische Zeitungen dabei.

Er sagt, dass Japan den Krieg machen musste gegen China und China es nicht hindern kann, denn Japan ist jung und strebsam und hat zu viele Menschen und zu wenig Raum. Aber China ist unendlich groß und sehr alt. Vielleicht schon überaltert. Er ist sehr stolz darauf, dass Chinas Kultur mehrere Tausend Jahre älter ist als die von Japan. Ich hatte etwas Angst vor einem neuen Mieter. Aber Herr Ying geniert mich nicht, und es ist gut, dass die Kinder ihn gernhaben. Einen Herrn Meyer hätte ich jetzt schwer ertragen, und erst recht kein Fräulein Timm mit ihren Sonnenbädern.

Margot hat nur noch Interesse für den Sport, Turnen, Tanzen, Schwimmen. Sie bekommt überall Preise. Sie hat ihr Abiturium mit Auszeichnung bestanden und bereitet sich auf die technische Assistentin vor. Dann wird sie sich ein Zimmer in der Stadt nehmen. «Dann bist du mich los und kannst mein Zimmer vermieten», sagt sie. Ich widerspreche nicht als vernünftige Mutter. Ich liebe den Frieden und habe etwas von meiner Kampfkraft eingebüßt … Außerdem tun sie ja doch, was sie wollen, meine Kinder. In meiner literarischen Tätigkeit kann ich einen Aufschwung verzeichnen. Ich hab mir eine Schreibmaschine angeschafft, die Redakteure können jetzt meine Schrift lesen. Ich schicke meine Novellen jetzt nicht mehr ins Blaue ein, sondern habe einen sicheren Abnehmer dafür gefunden, nämlich ein Büro, das sie mir abnimmt und vertreibt. So brauche ich sie nicht mehr selbst zu verschicken und zu warten. Das Büro weiß, was jede Zeitung braucht und nicht braucht, es schickt seine Reisenden herum wie die Fabriken ihre Vertreter mit Seife und Baumwollstoffen und anderen Waren. Ein Verlag forderte mich auf, einen Roman über die Dubarry zu schreiben. Und ich holte mir ihre Briefe. Als ich mit den Briefen der Dubarry fertig war, erfuhr ich, dass sie gefälscht sind, und ich habe nun keine Lust mehr, mich mit dieser Dame zu beschäftigen. Ich habe mich anderen Frauen zugewandt, aus deren Leben ich das herauszuschälen versuche, was meinem Verlag gefällt.

Es ist ein Geschäft wie jedes andere.

Gedichte schenken Autoren, wie ich, meist noch dazu. Aber Gedichte mache ich nicht mehr. Ich schreibe auch keine chinesischen Novellen mehr, ich bin zum historischen Roman übergegangen.

In der Universitätsbibliothek finde ich meine Stoffe. Das 18. Jahrhundert ist unerschöpflich. Diese kleinen Erzählungen werden gut honoriert. Aber es ist nicht ganz einfach, sich in vergangene Jahrhunderte zu versetzen.

Da ich natürlich wenig Zeit habe, in Bibliotheken zu sitzen, nehme ich mir die alten Bücher mit nach Hause und lese sie des Nachts, und wenn ich am Tag eine Stunde finde, in der mich niemand ruft, sucht und braucht, niemand essen will oder Knöpfe angenäht haben muss, so dichte ich.

Ich traf neulich auf einem Tee bei einer Professorenfrau eine Schriftstellerin, die Vorträge über ihre Auslandsreisen hält. Eine stattliche Blondine mit einem Einglas, einem Frack aus Silberlamé und einem Silberturban mit einem langen, schwarzen Paradiesvogel und roten Locken. Sie war sehr umdrängt. Sie macht diese Reisen für eine große Zeitung und hat alles frei: Fahrt erster Klasse, die Hotels, Autos überall zur Verfügung. Sie durchquert die Wüste und Afrika und reitet durch die ungarische Steppe, sie war auch in Russland und Indien. Und von allem, was sie sieht, ist sie begeistert. Sie hat so viel Stoff, dass sie von Zeit zu Zeit ihrem Schreibtisch entfliehen muss. Wenn sie heimkommt, schließt sie sich vier Wochen ein, lebt wie ein Eremit, niemand darf sich ihr mit einer Frage nahen, geschweige denn mit einem Wunsch. Dann schreibt sie, und was sie schreibt, wird ihr aus den Händen gerissen und sofort gedruckt. «So muss man es machen, mein Kind, aktuell muss man sein», sagte sie und sah mich mitleidig an. «Geschichte interessiert nicht mehr. Nur was heute geschieht, ist interessant.» Und sie weiß es festzuhalten … Ich ging sehr ermutigt von diesem Tee heim. Ich bat die Professorenfrau, mir etwas von dieser Dichterin zu leihen. Ich bekam es am nächsten Tag. Es war ein Roman von 600 Seiten. Eine Arbeit von vier Wochen, welche die Dichterin ihrer Sekretärin in die Maschine diktiert hat. Es war die Geschichte einer vielköpfigen Familie, die glücklich auf einem Bauerngut lebt. Man hätte sie in zwanzig Zeilen erschöpfend beschreiben können, da sie aber nach Zeilen bezahlt wird, hat sie ein Buch von sechshundert Seiten darüber geschrieben. Ich könnte sie um ihr Talent beneiden …

So weit wie Madame Genlis, von der ich nun eine Kollegin geworden bin, und die so viel schrieb, dass man sie «une pondeuse» (eine Legehenne) nannte, werde ich es ja nie bringen, aber das Leben dieser Damen des 18. Jahrhunderts ist es immerhin wert, dass man acht Bücher über sie liest, um einen Roman zu schreiben, für den man zweihundert Mark bekommt. Eine märchenhafte Summe für mich! Der Verlag rechnet damit, dass ich jeden Monat mit einem Zweihundertbänder niederkomme. Der genialen Schriftstellerin würde das eine Kleinigkeit sein, aber ich muss erst dieses Jahrhundert studieren, seine Sitten und Gebräuche, die Einrichtungen, die Gewänder. Ich muss wissen, wie man damals gesprochen hat, wie man gekleidet war, was man gegessen und getrunken hat. Dass einem morgens die Jungfer eine Tasse Schokolade ans Bett brachte mit einem Biskuit und der König von seinem ersten Kammerherrn sich das Hemd überreichen ließ, genügt nicht. Ich habe zwei Monate damit verbracht, mir Notizen über den Hof von Versailles im 18. Jahrhundert zu machen. Außerdem muss ich mir alles aus einem sehr veralteten Französisch ins Deutsche übersetzen, ehe ich den Roman herausschäle. Der Verlag telefonierte mich an, ob der Roman fertig sei, als ich noch keine Zeile davon niedergeschrieben hatte. Ich sagte, ich sei erst an dem Studium. Wozu Studium?, sagte der Herr. Wir brauchen Liebesgeschichten mit historischem Einschlag, alles andere ist uns egal. Bei diesem Studium bin ich auf ein Buch gestoßen, das mir sehr Interessantes über die «mœurs intimes du passé» übermittelte, z. B. über den Gebrauch des ersten Taschentuches, der ersten Badewanne und des ersten Zahnstochers. Die «indiscretions de l'histoire», die «morts mysterieuses de l'histoire» interessierten mich noch mehr, und ich vergrabe mich in sie. Ohne sie kann man die Kulissen des 18. Jahrhunderts nicht schildern.

In vier Monaten war ich so weit, dass ich eine dünne Liebesgeschichte über Madame Pompadour fertig hatte von zweihundert Seiten wie gewünscht. Der Verlag hat sofort alles gedruckt, aber das Honorar, das ich sehr nötig hab, um meine Miete, die Kohlen und Dieters Reitausrüstung zu bezahlen, erschien nicht. Ich schrieb einen höflichen Brief. Darauf kam ein höflicher Brief zurück. Sie sind sehr ungeduldig, gnädige Frau, Sie haben uns fünf Monate warten lassen mit dem ersten Band. Wir haben jährliche Abrechnung ausgemacht, und Sie können vor Januar kein Honorar erwarten. So ging ich an die zweite Geschichte der Julie Lespinasse, die an ihrer Liebe gestorben ist. Im 18. Jahrhundert kam das vor. Aber dem Verlag ist der Stoff zu traurig. Er hat ihn abgelehnt. Während ich mit Madame Maintenon in ihrer vergoldeten Sänfte durch die zauberhaften Gärten von Marly schwebe und mich mit dem König durchs Fenster unterhalte, der neben mir hergeht, den Hut in der Hand, kommt Frau Korzfleisch herein und meldet, dass sie Schuhwichse und Kartoffeln kaufen muss und die Schuhe von Herrn Dieter erst nächste Woche fertig und die Latschen von Ben nicht mehr zu flicken sind …, und sie will Geld haben. Geld, das jeder von mir verlangt, täglich, stündlich, unermüdlich und ohne Gnade. Ich gebe ihr, was in meinem viel zu kleinen, roten Portemonnaie ist. Und unterhalte mich weiter mit Ludwig dem Vierzehnten über den Herrn Voltaire, der am Hofe Friedrichs des Großen lebt, über Madame de Saint-Géran und ihre heimlichen Soupers mit der Herzogin von Bourbon, die der König verboten hat. Ich muss gestehen, dass mich diese Zeit sehr interessiert, obwohl ich ihre Sitten abscheulich finde, wie die mangelnde Hygiene, die mir Doctor Cabanes «mœurs intimes du passé» vermittelt haben. Aber man brauchte wenigstens damals seine Zeit nicht mit Einkäufen von Kartoffeln, gelben Rüben und Stiefelwichse zu verzetteln. Ich würde mich sogar getröstet haben, dass man damals kein fließendes Wasser hatte, wir haben auch keins, nur eine Badewanne aus abgestoßener weißer Emaille.

* * *

Ich habe wieder meine Sprachstudien aufgenommen und lese Französisch, Englisch und etwas Italienisch wie früher.

Ich predige meinen Kindern immer, lernt Sprachen, aber außer Dieter macht keiner Miene, mir darin zu folgen.

Margot lehnt es ab, irgendetwas zu lernen, was außerhalb ihres Zieles liegt. Das wird sie erreichen auch ohne fremde Sprachen.

Meine Kinder sind Funkes oder Nordecks. Was habe ich ihnen eigentlich mitgegeben? Gar nichts? Das wäre betrübend für mich. Eine Mutter ist doch immer stolz darauf, ihren Kindern etwas von ihrem eigenen Blut mitgegeben zu haben, nicht wahr?

Mary Bendlers Roman soll nun endlich zum Abschluss kommen. Sie ist noch immer in München. Bendler hat seine Anwaltschaft aufgegeben, das schöne Haus ist verkauft, eine Familie aus Chemnitz ist darin eingezogen mit sieben Kindern, er wohnt in seiner Jagdhütte im Harz.

Ich habe neulich eine Geschichte gelesen von einem Mann, der aus den dunklen Wäldern kam und eine schöne junge Frau in Kentucky heiratete und, nachdem sie einen Sohn hatten, wieder zurück in seine Wälder ging und dort von Indianern ermordet wurde. Es zog ihn in seine Wälder zurück, magisch, um dort zu sterben.

* * *

Was alles in diesen letzten Jahren, seit Stetten uns verließ, über mich hinweggegangen ist, weiß ich kaum noch. Ich hätte es festhalten müssen, wenn es interessant gewesen wäre, aber es ist nicht interessant, dass meine Kinder im Winter die Masern hatten, gepflegt von mir, dass sich Ulla einmal beim Wettturnen den Arm gebrochen hat – es war sehr schmerzhaft, aber sie fand sich interessant, mit der Binde herumzugehen, die ganze Heidukstraße sprach sie darauf an –, dass meine chinesische Novelle in der dritten Auflage erschienen ist. «Für eine so feine Arbeit wirklich ein ungewöhnlicher Erfolg», meinte mein Buchhändler in der kleinen Luthergasse. Denn die feinen, stillen Arbeiten sind nur etwas für Kenner. Er ist ein Kenner und ist entzückt davon. «Wie sind Sie nur zu diesem reizenden Stoff gekommen? Waren Sie denn in China?»

Die Nachtigall hat sogar darüber geweint. «So was müssten Sie öfters schreiben», meinte sie. «So was lese ich gern.» Aber so was wirft uns das Schicksal leider nicht zweimal in den Schoß, und ich weiß, dass ich «so was» nie wieder schreiben werde. Ich schreibe jetzt Modeartikel für eine Wiener Zeitung, jeden Monat einen Aufsatz für zwanzig Mark.

«Wo nimmst du denn das nur her?», fragt mich Margot.

«Hier sieht man doch nichts von neuen Moden ... Die Frauen ziehen sich hier ja so schauderhaft an.»

Ja, wo nehme ich es her? Ich fahre nicht nach Paris und nicht nach Wien, um Moden zu studieren. Ich lebe in der Heidukstraße. Ich achte bei meinen eiligen Gängen durch die Stadt etwas auf die Schaufenster in der Burgstraße und durchstreife zuweilen die großen Damenmagazine, in denen sich die reichen Leute ihre Toiletten machen lassen. Das ist alles.

Aber es ist merkwürdig, seit ich mehr Geld verdiene, reicht es auch nie. Es kommt daher, weil meine Kinder größer geworden sind, und ihre Bedürfnisse sind auch gewachsen, oder die Welt ist teurer geworden. Es reicht nie bei uns, und ich muss mich immer beeilen.

Ich möchte gern auch einmal meinem Schreibtisch entfliehen, wie jene Silberlamédame, um ferne Länder zu befahren, aber die Gaben des Schicksals sind ungleichmäßig verteilt, ich muss zu Haus bleiben und kochen.

Frau Korzfleisch kommt nur noch einmal in der Woche, sie hat eine Erbschaft gemacht. Ihre Schwiegermutter in Wettin ist gestorben, und sie hat Geld auf der Bank. Ihre Söhne haben wichtige Posten im Magistrat und bei der Steuer, sie wollen nicht, dass ihre Mutter in andere Häuser arbeiten geht. Sie kommt zu mir nur noch hin und wieder aus Gnade ... Es ist mir eigentlich ganz lieb, denn sie ist teurer geworden, und die Kinder kosten eben mehr als je. Margot muss zu Hause arbeiten, und Ullas Geplärr stört sie, und da Ben und Ulla zu groß sind, um in einem Zimmer zu schlafen, hat jeder sein eigenes Zimmer bekommen, nur ich wohne und schlafe im «blauen Wunder» nach wie vor. Ich habe neulich einen Vortrag einer Dame gehört, die aus Amerika kam und uns schilderte, was die Damen drüben alles selbst tun. Es ist also nichts Besonderes, dass ich meine Zimmerböden anstreiche und unsere Wäsche wasche und plätte. Das Waschen besorgen drüben allerdings die N****innen. Sie kommen dazu in ihren eigenen Wagen angefahren.

* * *

In diesem Jahr habe ich, ich will nicht undankbar sein, etwas erlebt. Ich habe eine Reise nach Dresden gemacht zu Tante Constanze, die Grippe hatte und deren Jungfer ebenfalls krank geworden war.

Sie schickte eine Depesche, und ich fuhr hin.

Ich fand sie zu Bett, sehr aufgeregt, sie glaubte, sie müsste sterben, weil sie nachts nicht liegen und nicht sitzen konnte und keine Luft bekam. Ich sprach mit ihrem Arzt, aber der viel beschäftigte Herr meinte, sie sei zu dick. Wenn sie Diät hielte und sich mehr Bewegung machte, würde sie sich schon besser fühlen.

Darüber war Tante empört. Ihr das zu sagen, wo sie von Sanatorium zu Sanatorium reiste. «Und Bewegung hatte ich doch, weiß Gott, genug. Ich bin im Harz täglich zwei Stunden marschiert, und auf dem Schiff habe ich mich niemals nach dem Essen hingelegt wie die andern.»

Ich blieb drei Wochen bei ihr, ich kochte ihr Diät, weil ihre Köchin das nicht verstand oder verstehen wollte, und pflegte sie. Von Dresden habe ich wenig gesehen. Ich kam einmal in die Oper zu einem Ballettabend und einmal ins Körnerhaus, das mich sehr interessiert. Sonst hatte mich Tante mit Beschlag belegt.

Im Herbst fuhr ich nach Irland.

Diese Reise war mir in den Schoß gefallen.

Ich hatte bei einem Rote-Kreuz-Bazar an der Tombola ausgeholfen und zwei Lose genommen. Ich gewann einen Schrankkoffer und diese Reise auf einem Lloyddampfer nach Irland.

Man gratulierte mir dazu, denn es war August, und die berühmte horse show hatte dort begonnen, ich freute mich schon auf die schönen irischen Pferde und auf die Reise übers Meer.

Aber als wir von Hamburg abfuhren, regnete es, und das Meer hatte sich in Nebel gehüllt. Die Mitreisenden waren reiche Leute, die von ihren Erholungsreisen erzählten, von Bayreuth und Oberammergau, von Wien und Berlin und Potsdam. Aber sie sprachen eigentlich nur von Hotels und was sie gegessen hatten.

Ich lag in warme Decken gehüllt im Liegestuhl auf dem Deck und genoss die frische Salzluft und hörte die Möwen schreien, die man nicht sah. Man sah überhaupt nichts auf dieser Fahrt, man bekam nur hin und wieder einen Spritzer über die Füße.

«Was wollen Sie denn in Irland?», fragten mich die Amerikaner. «Dort ist doch gar nichts los. Von der horse show werden Sie keinen Pferdeschwanz sehen, und wenn Sie kein Zimmer bestellt haben, werden Sie nirgends unterkommen.» Daran hatte ich nicht gedacht.

Ich hatte mir die Insel grün vorgestellt, aber im Regen sah sie grau aus wie ein Gespenst im Nebel. Der Dampfer hielt auf dem offenen Meer, er fuhr nicht an die Insel heran, ein kleiner Tender kam uns abholen, er tanzte über die Wellen und verschwand darin, aber immer wieder tauchte er auf, und als wir einstiegen, war er nass, und wir kletterten hinein mit Lebensgefahr, drei Irländer, zwei Franziskanerpater und ich.

Wir schwankten über das stürmende Meer, und die Pater waren beide sehr krank, die Irländer waren vergnügt, sie schienen etwas betrunken, und das Haar hing ihnen über die Stirn ins Gesicht wie Ben, wenn er vom Schwimmen kommt. Als wir drüben ankamen im Nebel, ging ich mit den Patern in das nächste Hotel am Ufer. Es war ein schlecht beleuchteter, düsterer Kasten, eine Saalgroßmutter in Filzschuhen schwamm darin herum und fragte uns nach unseren Wünschen. Da ich die Speisekarte mit den merkwürdigen, ich glaube gälischen, Worten nicht lesen konnte, bestellte ich das Menü. Aber ich konnte es auch nachher nicht essen. Nach Tisch saß ich am Kaminfenster im Salon, und mir gegenüber saß einsam der eine Franziskanerpater. Wir rührten beide in unserem schwarzen Kaffee und schwiegen, und draußen hörte man das Rauschen des Meeres und die Nebelhörner, die schaurig durch die Nacht heulten. Und der Regen prasselte gegen die Scheiben. Die Saalgroßmutter schlidderte herein und fragte uns etwas, der Pater sah mich hilflos an und sagte, er könnte die Leute hier nicht verstehen, ob ich Deutsch spräche. Und er war sehr erfreut, dass ich das konnte, denn er konnte kein Wort Englisch, geschweige denn Irisch. Ich fragte ihn, woher er käme, und er sagte, ach, den Ort kennte ich sicher nicht, aber ich wollte es wissen, denn seine Sprache kam mir bekannt vor, und er sagte, er sei aus Wiederitzsch … Er sei Austauschgeistlicher und sollte zwei Jahre in Irland bleiben. Wie mir das Land gefiele? Ich sagte, vorläufig hätte ich noch nichts von ihm gesehen als Nebel. Dann gingen wir auf unsere Zimmer. Es war windig und kalt, und die ganze Nacht klapperten die Fensterläden und klirrten leise die Fenster im Sturm.

Ich fror sehr unter meiner dünnen Decke. Ich legte mir

alle Kleider, die ich mithatte, auf mein Bett, aber ich wurde davon auch nicht wärmer. Das Haus war mir unheimlich, es war so düster und kalt und so nahe dem Meer … Im Speisesaal hatte ich überall Schatten gesehen, und er schien mir von einer unheimlichen Atmosphäre erfüllt.

Ich fragte am nächsten Morgen einen Angestellten, ob dieses Haus früher irgendein Schicksal erlebt habe, und er meinte, davon wüsste er nichts, aber als die «Lusitania» in der Nähe untergegangen sei, habe man die Ertrunkenen hierhergebracht, ihre Bahren hätten unten im Speisesaal gestanden, und die wahnsinnig gewordenen Frauen seien dazwischen herumgelaufen. Diese Atmosphäre hat das Haus festgehalten, ich fühlte es bei meinem Eintritt, dass etwas Ungewöhnliches darin geschehen sein musste, es war alles so kalt und gespensterhaft wie meine erste Nacht auf der Insel … Am nächsten Morgen war ich froh, als ich mein Schiebefenster in die Höhe schob, dass die Sonne wieder schien und ich das Meer sah, graugrün und schimmernd, eine leuchtende Fläche. Es hatte sich beruhigt. Ich fuhr mit einem Omnibus zur nächsten Stadt, die Fahrt war hübsch und ging durch einen schönen Laubwald, bis der Wagen plötzlich hielt. Da er nicht weiterfuhr und niemand ein- oder ausstieg, fragte ich, was denn die Ursache sei. Und der Kutscher antwortete seelenruhig, die Pfeife im Mund: «Un accident …» Die Lenkstange war gebrochen, weiter nichts. Ich war erstaunt, dass die übrigen Passanten das so ruhig hinnahmen, sie saßen da, hatten ihre Kragen hochgeschlagen, rauchten und lasen ihre Zeitungen. Endlich, nach zwei Stunden, kam ein zweiter Omnibus, der uns weiterbeförderte, und wir kamen gegen Mittag in der kleinen Stadt an. Ich bekam ein einfaches, kleines Zimmer in einem bescheidenen Hotel – bis hierher schien die horse show nicht gedrungen zu sein –, und ich begab mich zur Stadt. Ich stieg auf einen der sidecars und ließ mich herumfahren. Die Stadt bot keine großen Sehenswürdigkeiten, und es war regnerisch und kühl, so ließ ich mich vor ein Kino fahren. Als ich mich kaum hingesetzt hatte, teilte sich der Vorhang, und das Niederwalddenkmal erschien … der Rhein, mein Rhein, meine Heimat … zog in vielen, schönen Bildern an mir vorbei. «Their beloved Rhine is free again …» Mir kamen die Tränen, denn unser Rhein war ja wieder frei geworden …

Meine übrigen Fahrten durch Irland waren nicht gerade vom Glück begünstigt. Zu Irland gehört schönes Wetter, aber es regnete Tag für Tag. Ich durchquerte die Insel mit der Bahn und den Omnibussen, aber ich sah nicht viel mehr als triefende Wälder, nasse Weiden, zusammengebrochene Zäune und eingestürzte Hütten und weidendes Vieh im Regen, das dem Zuge traurig nachsah … Wohin ich kam, waren die Hotels besetzt, wenn ich ein Zimmer bekam, musste ich am nächsten Tag wieder heraus, weil der Herr, der das Zimmer «gebooked» hatte, angekommen war. Es gelang mir zwar, ein irisches Theaterstück zu sehen, das Geburtshaus von Oskar Wilde, einen schönen zoologischen Garten, ein Museum in Dublin und kleine Städte, in denen ich einige Stunden Aufenthalt hatte, die mir im Regen sehr langweilig und triste vorkamen, aber von der horse show sah ich, wie der Amerikaner mir vorausgesagt, keinen Pferdeschwanz, denn die Plätze auf den Tribünen waren alle vorausbestellt und die Zimmer auch. Ich endete schließlich im Regen in einer Hotelpension am Meer, die mich aber auch nach zwei Tagen hinaussetzte, weil ein Horseshowbesucher erschien, und einmal musste ich in Galway, wo auch wegen einer kleinen «horse race» alles bestellt und besetzt war, in einem Gasthof dritten Ranges mit einer fremden Dame in einem Zimmer übernachten, in dem außer zwei riesigen Himmelbetten nichts stand als ein Stuhl und ein Tisch mit einer Waschschüssel, die nicht größer war als die von der Königin Maria Antoinette im Schloss von Versailles … In der Nacht weckte uns ein Poltern an der Türe, und ein Gast erschien mit zwei Handkoffern, der Einlass verlangte und sehr schwer zu bewegen war, sich zurückzuziehen, aber die Irin streckte ihren Kopf aus den Falten des Himmelbettes und überschüttete ihn mit einer Flut von Worten, die sicher keine Komplimente waren, und der Eindringling zog sich knurrend zurück.

Ich war sehr froh, als ich nach diesen Erfahrungen im Regen wieder mein schönes Schiff bestieg und eine blitzsaubere Kabine vorfand, in der ich allein war und die niemand «gebooked» hatte. Den ganzen Weg bis Hamburg regnete es, und die Möwen schrien wieder … Aber als wir in Hamburg ankamen, schien die Sonne. Ich ließ mich daher verleiten, noch einen Tag in Hamburg zu bleiben, und ich habe es nicht bereut, ich hatte ein schönes, ruhiges Zimmer in einem guten Hotel und sah mir Ausstellungen und Galerien an und wanderte durch die Stadt. Ich besuchte das Geburtshaus von Brahms … Ich war erschüttert. So eng und ärmlich hatte ich es mir nicht vorgestellt, und doch hat er dort jenes Regenlied gedichtet, eines der «Lieder, die wir auf der Türe sangen, als wir Kinder noch gewesen …». Er hat es in Erinnerung an seine Kindheit geschrieben. Und während ich durch die schöne Stadt wanderte, musste ich an Stetten denken, er war ja von hier …

Es war meine erste Auslandsreise nach der Frankreichfahrt und wird wahrscheinlich meine letzte sein. Ich werde lange davon zehren.

Die große Schriftstellerin aus Berlin würde sicher eine Vortragsreise über Irland daraus gemacht haben und ein Buch «Wie ich Irland sah». Aber ein solches Talent bin ich nicht.

Zu Hause empfing mich diesmal nicht Frau Korzfleisch, sondern Margot. Sie stand auf dem Bahnhof mit einem ernsten Gesicht und sagte, als sie mir den Koffer abnahm: «Du, Mama, mit unserer Ulla stimmt etwas nicht.»

* * *

Ich habe lange nichts mehr in mein Tagebuch eingetragen, und ich dichte nicht mehr. Die Ereignisse sind auf mich eingestürmt, Ullas Schicksal hat mich mitgerissen.

Ich hatte mich in der letzten Zeit vor meiner Reise nicht viel um sie kümmern können, als ich meine Reise vorbereitete und Tag und Nacht an meinem historischen Roman arbeitete. Ich habe ihn zweimal zurückbekommen. Das erste Mal, weil er «zu sehr mit Stoff überlastet sei, was die Handlung aufhielte», und das zweite Mal gefiel er dem Verlag nicht, weil er zu kurz geraten war. Dann habe ich ihn von Neuem umgearbeitet und abgeschrieben, am letzten Tag vor meiner Abreise kam endlich das Honorar. Mit diesem in der Tasche konnte ich die Reise antreten. Margot versprach mir, für alles zu sorgen, ich könnte ruhig reisen. «Aber ein Kindermädchen bin ich nicht», sagte sie. Und sie erzählte mir in der Straßenbahn, dass Ulla oft abends fortgegangen sei, ohne zu sagen, wohin, dass ihr verstörtes Aussehen ihr aufgefallen sei und sie sie oft in ihrem Zimmer weinen gehört habe. Warum, hatte sie ihr nicht sagen wollen. Auf den ersten Blick wusste ich es, als ich meinem Kind gegenüberstand. Ulla hatte sich sehr verändert … Sie sah verhärmt und verstört aus und hatte ihre ganze Frische verloren ... Sie war scheu und ängstlich mir gegenüber und wich mir aus, als ich sie fragte, was ihr fehle. «Aber gar nichts, Mama», sagte sie scheu und trotzig, und in ihren Augen glänzte es verräterisch auf wie von verhaltenen Tränen.

Um Gottes willen, das Kind! Irgendetwas war geschehen, das sie so verändert hatte.

In der Nacht hörte ich ein Geräusch in der Küche ... Ich rief: «Wer ist da?»

«Ich», sagte Ullas schüchterne Stimme. Sie klang wie erstickt.

«Was tust du nachts in der Küche?», fragte ich.

«Ich hole mir Wasser, ich hatte Durst.»

Ich wartete, aber sie kam nicht wieder ... Ich stand auf und ging ins Badezimmer, da kam sie mir entgegen, bleich, mit tiefen Rändern unter den Augen.

«Kannst du nicht schlafen, Ulla?»

«Nein ... ich habe was Schreckliches geträumt, davon bin ich wach geworden.»

Aber ich wusste nicht, ob das wahr sei. Ein Verdacht war mir gekommen, ich ließ die Ärztin kommen.

Das Ergebnis der Untersuchung: Ulla bekommt ein Kind.

* * *

Nach dem Vater brauchen wir nicht lange zu suchen. Es ist Heinz Frosenius, der Gärtnerssohn, der eben als Soldat dient. Ich schrieb an die Eltern und bat sie zu einer Unterredung zu mir. Sie kamen nicht und antworteten auch nicht.

Seit einem Jahr spielt die Geschichte zwischen Ulla und ihm. Sie hat auf der Halde angefangen in dem alten Eisenbahnwaggon, der dort zwischen den Brombeeren steht wie ein in die Erde gesunkenes vorsintflutliches Ungeheuer. Auf dem anderen Flussufer liegen die Gärtnereien der Frosenius. Ich hatte Heinz immer für ihren einzigen Sohn gehalten, aber er hat noch einen älteren Bruder, der nach Russland gegangen ist.

Vor seiner Mutter scheint Heinz große Furcht zu haben. Ich kenne sie vom Markt. Sie hat immer das schönste Gemüse und das beste Obst, ich habe früher meine Himbeeren und den Spargel von ihr bekommen. Es ist eine stattliche Frau mit einem gut geschnittenen, strengen Gesicht. Sie sieht gut aus in ihren frischen, hellen Waschkleidern, sie spielt eine Rolle auf dem Markt, sie lässt sich nichts gefallen, sogar die Schutzleute haben Respekt vor ihr, und die Damen machen ihr den Hof. Im Winter war Rebellion unter den Marktfrauen, man wollte ihnen eine Markthalle bauen vor der Stadt, aber sie weigerten sich hineinzugehen. Sie sitzen lieber im Winter im Schnee unter ihren großen Schirmen, und wenn es friert, haben sie kleine Kohlenbecken unter dem Stuhl und trinken heißen Kaffee. «Man kann die Menschen ja nicht zur Vernunft zwingen», sagt Onkel Dolf, der im Magistrat sitzt und für die Markthalle gestimmt hat. Weiter weiß ich von den Frosenius nichts. Wenn man nach der Heide geht, kommt man an ihren großen Gärtnereien vorbei, die sehr in Ordnung gehalten sind. Es sind wohlhabende Leute. Der Vater Frosenius ist schon etwas vertroddelt, er hat immer die Pfeife im Mundwinkel. Er hat mir früher die Kartoffeln gebracht auf einem offenen Wagen mit einem Schimmel davor. Das sind meine Zusammenhänge mit den Frosenius. Da sie keine Lust zu dieser Unterredung zu haben scheinen, habe ich mich auf den Weg gemacht. So schwer ist mir noch kein

Gang geworden wie der über die Halde nach dem Flussufer hinunter zur Gärtnerei.

Es war ein grauer, stürmischer, herbstlicher Tag mit flatternden, braunen Blättern und rotem Ginster … «Die Heide ist braun, einst blühte sie rot.» Das alte Lied von Robert Franz summte mir im Kopf, während ich meinen Hut und Schal festhielt und gegen den Wind ankämpfte. Frau Frosenius war im Garten beim Birnenabmachen. Sie empfing mich eisig. Sie legte ihre Holzschuhe ab, und wir gingen ins Haus, ein kaltes, sauberes, einfaches Haus, in dem man Essen kocht und schläft. Es roch nach Äpfeln und Essigbirnen.

In der Küche saßen wir uns gegenüber, und sie ließ mich sprechen … Sie sagte kein Wort dazu. Ihre strengen Züge sind braun gebrannt wie die einer Holzstatue. Die hart gearbeiteten Hände im Schoß hörte sie mich unbewegt an.

Ich fragte, was nun geschehen solle und weshalb sie nicht geantwortet hätten.

Sie zuckte die Schultern. «Was soll man denn tun, nachdem es geschehen ist? … Es sind doch noch zwei Kinder … Und der Heinz ist bei den Soldaten …»

«Und das Kind?», fragte ich.

«Das Kind ist nicht so wichtig. Ein Kind kann man auf dem Land bekommen, es gibt ja genug Heime für solche Mädchen … Hier geht das natürlich nicht, wegen des Geredes.» Sie war sehr aufgebracht, dass ich verlangte, dass die beiden heiraten sollten, und zwar sofort.

Sie hörte mich stumm an. In dem harten, sonnenverbrannten Gesicht regte sich nichts. Und dann sprach sie. Heiraten? Ihr Junge? Und warum? Weil die Ulla ihm nachgelaufen war? Sie hatten's nie haben wollen, dass die beiden immer zusammensteckten, ihr Heinz hatte von seinem Vater oft genug deshalb Haue gekriegt. Sie hatten kein Interesse daran, dass ihr Junge die Ulla heiratete. Wir passten nicht zusammen, das wolle sie mir gleich sagen. Ich hätte sollen besser auf meine Tochter aufpassen.

Ich stand auf. Ich hatte genug. Die Frau gibt nicht nach. Ihre hellen Augen funkelten, als ich von der Heirat sprach.

Ich ging zu Onkel Dolf und sagte ihm alles. Er wetterte fürchterlich und wünschte den Fluch des Himmels auf Ulla und die Frosenius herab. Nie ist in seiner Familie so etwas vorgekommen. Das ist Rheinländerart. Auf Rheinschiffen Lieder singen und Bowle trinken und auf Eseln auf dem Drachenfels reiten! Solche Geschichten! Ich habe ihn nur mit Mühe davon abhalten können, zu den Frosenius zu gehen und ihnen seine Meinung zu sagen. Wenn Onkel Dolf jemand seine Meinung sagt, gibt es eine Klage oder einen Prozess. Und was würde das uns helfen?! Die Nachtigall, die an den Türen lauscht, war bleich vor Entsetzen, als ich herauskam. Ich stehe allein, niemand wird mir helfen. Meine arme, kleine, veränderte Ulla sieht aus wie ein Geist … Sie weint sich die Augen rot, weil sie uns alle so unglücklich gemacht hat, und ich muss sie trösten. Aber was kann ich ihr zum Trost eigentlich sagen, wenn sich die Familie Frosenius so stellt?

«Es wird noch alles gut werden, Ulla, du hast es ja gewollt.»

«Nein, Mama», schluchzt das Kind. «Ich hab es nicht gewollt. Ich hab es doch nicht gewusst … Es war an einem Sonntag, wir waren allein, und er war immer so nett zu mir … Ich weiß nicht, warum ich das getan hab, ich weiß es wirklich nicht …»

* * *

Ich liege schlaflos und denke nach, über Margots Zimmer in der Stadt, über Dieters Geld, das er einem Kameraden geborgt hat und nicht wiederbekommen kann, über Bens Zukunft, wenn er noch einmal sitzen bleibt, wie mir sein Klassenlehrer sagt. In ein Internat kann ich ihn nicht schicken, die Schule wird ihn entlassen, und was fange ich dann mit ihm an? …

Ben strebt zur See, auf ein Schiff, am liebsten ein Kriegsschiff oder einen Segler, Schiffsjunge werden, auf den Mast klettern, und bei Windstärke 12 Ausschau vom Mastkorb halten im Sturm, wenn die Matrosen mit Tauen an die Maste gebunden werden, damit sie nicht ins Meer rollen … In seiner Stube hängen lauter Bilder von Schiffen, die sich durch die Wellen kämpfen, von Seglern neuen und ältesten Datums, mit Reißzwecken angenagelt. Die Schule interessiert ihn nicht. «Wenn sie mich weiter so triezen», sagte er zu Dieter, «dann türme ich einfach und lass mich in Hamburg oder Bremerhaven anheuern.» Ich habe große Mühe, ihm das auszureden.

Es ist Oktober. Die Verhandlungen mit den Frosenius sind nicht weiter gediehen, sie scheitern an der starren Haltung der Mutter. Onkel Dolf ist dafür, dass sie abgebrochen werden und Ulla ihr Kind irgendwo auf dem Lande bekommen soll. Das Weitere wird sich dann finden. Aber wohin mit Ulla? Hier kann sie nicht länger bleiben, ihre Freundinnen dürfen nichts davon erfahren … Sie will aufs Land zu Bauern, grobe Arbeit tun, nur jetzt niemand sehen, nicht unter Menschen sein, die sie kennen und ausfragen. Heinz schreibt nicht. Briefe sind nicht seine starke Seite, aber Ulla grämt sich darüber. Sie schreibt ihm jeden Abend. Ich sage ihr, dass das nicht gut ist.

Männer wollen keine solchen Briefe, jedenfalls keine tränenbetauten, wie Ulla sie bei einer Kerze abends anfertigt. Ich bin überzeugt, dass Heinz sie in seinen Soldatenrock steckt, ohne sie zu öffnen.

Wenn wir darauf dringen, muss die Hochzeit natürlich stattfinden. Hochzeit? Ich meine, die standesamtliche Trauung. Aber zwingen wollen wir den Jungen nicht. Seine Eltern sind dagegen. Auf solcher Ehe würde kein Segen ruhen.

* * *

Ich sitze an meinem Schreibtisch und zähle mein Geld. Das ist für Dieter, das für Margot, das für Ben, was übrig bleibt, ist für Ulla. Aber die Miete, die Kohlen für den Winter, der schon naht. Die Wohnung ist bei dem ewigen Regen frostig und feucht. – Ich krame heimlich aus meinen Kisten altes Wickelzeug hervor, verfilzte Jäckchen, teils sind sie schon ganz vermottet. Ich habe eine kleine, bescheidene Kinderausstattung zusammengebracht, hab genäht und gestrickt bis in die Nächte. Ulla besorgt die Hausarbeit. Sie sieht elend aus und hat rot geweinte Augen … Frau Korzfleisch sagt gar nichts dazu. Das ist ein schlimmes Zeichen. Sie will mich nicht kränken und sieht Ulla immer von der Seite kopfschüttelnd an … «Es ist sicher die Bleichsucht», meinte sie neulich.

Ihr Mann weiß von einem jungen Mediziner ein Mittel gegen Bleichsucht. Ulla hat schon gar keine Farbe mehr im Gesicht. Die arme Ulla schnürt sich ihr Leibchen enger und macht sich heimlich ihre Röcke weiter.

Sie wartet auf einen Brief von Heinz, der nicht kommt.

Ich habe die Dörfer der Umgegend abgelaufen nach einer Unterkunft für Ulla und habe sie gefunden auf einem einsamen Gehöft an der Landstraße zwischen zwei großen Bauerndörfern bei zwei älteren Leuten, denen ihre Magd weggelaufen ist. Die Frau wollte erst nicht. Junge Mädchen aus der Stadt seien nichts für sie. Aber als ich ihr dann die große, kräftige Ulla anbrachte, meinte sie, die sähe aus, als ob sie arbeiten könnte. Das andere ist ihnen einerlei, das spielt auf dem Lande keine Rolle, ob ein Kind unterwegs ist. Wenn sie nur melken lernt, das ist die Hauptsache … Es ist weder ein Knecht noch eine Magd auf dem kleinen Hof, nur das alte Ehepaar. Sie wird tüchtig anpacken müssen. Als wir Ullas Sachen in dem einfachen, kleinen Dachzimmer untergebracht hatten, fiel sie mir um den Hals.

«Gute Mama. Was du alles mit uns erleben musst! Aber später machen wir es wieder gut an dir, das verspreche ich dir …»

«Liebst du ihn denn wenigstens?», fragte ich.

«Doch, doch, Mama», versichert sie mir unter Tränen. «Ich kenn ja keinen andern … Es war immer nur der Heinz!»

* * *

Frau Korzfleisch ist nun dahintergekommen, was Ulla fehlt, und sie versucht, mich zu trösten. Ich erfahre, wem das in der Stadt schon einmal passiert ist und wie sich dann alles schließlich noch ganz gut abgewickelt hat, und heute weiß kein Mensch mehr, ob diese vielen Kinder, die hier herumlaufen, vor oder nach der Hochzeit ihrer Eltern angekommen sind. Es ist ihr Lieblingsthema bei den Damen am Milchwagen, die auch etwas murmeln gehört haben.

«Was die Leute für ein Gemähte machen wegen so einem Gind», findet sie. «Wenn's da ist, ist alles vergessen. Ich hätt mir nur einen andern ausgesucht als den Heinz Frosenius mit seinem dämlichen Vadder und *der* Mutter. Die als Schwiegermama! Mit der hab ich auf einer Schulbank gesessen, die hat mir manchen Pusch Haar ausgerissen, die Alte … Die soll sich nur nicht so anstellen! Die hat ja selber ihren Ältesten vor ihrer Hochzeit gehabt, und man weiß noch lange nicht, ob der alte Frosenius sein Vadder war. Aber der is ja nun kein Kirchenlicht, und den Jungen hat sie so lang verzogen, bis er ausgekratzt ist, nach Russland … Da gehört er auch hin.»

Ullas Freundinnen kommen jetzt eine nach der anderen an. Sie wissen natürlich längst, weshalb Ulla auf dem Lande ist. Aber ich sage ihnen immer lächelnd, es ginge ihr gut. Ulla hat ja immer fürs Land geschwärmt. Aber wenn ich abends an meinem Nähtisch sitze und, statt Romane zu schreiben, vergilbte Wickelschnüre ausbessere und Windeln säume, denke ich oft, dass ich mir diese Vorbereitungen, die von den Dichtern besungen und von den Musikern vertont worden sind, etwas anders vorgestellt habe. Ich denke darüber nach, wie ich Ulla mit ihrem Kind durchbringen kann. Ich muss mir einen Beruf suchen, der mehr einbringt als das Dichten.

* * *

An einem kalten Märztag fliegt mir ein Telegramm von meiner Freundin Beate aus Godesberg ins Haus. Sie kommt auf der Durchreise hier vorbei, sie fährt nach Berlin, um einen Chirurgen zu konsultieren. Sie will hier aussteigen und mich wiedersehen … Ich soll ihr Quartier besorgen. Wir haben uns lange nicht mehr gesehen. Sooft sie mich einlud, sie zu besuchen, kam etwas dazwischen, ein Kind, ein Umzug oder sonst etwas. Ich war gerade dabei, ihr Zimmer zurechtzumachen, als ein Telefonruf aus der Klinik in Besenheim mich zu Ulla rief. Da ich mein Kind nicht im Stich lassen konnte, fuhr ich nach Besenheim und ließ die gute Beate vorbeifahren. Ich tat es mit sehr schlechtem Gewissen, aber was sollte ich tun? Ihre Depesche klingt ernst. Einen Chirurgen in Berlin? Sie schrieb schon neulich von Beschwerden, die wiedergekommen seien ... Ich bat sie, mich auf der Rückreise zu besuchen. Dann hörte ich nichts mehr von ihr.

Ullas Kind wurde an einem kalten, windigen Märztag geboren. Die Wehen hatten schon eingesetzt, als ich ankam, und alles ging dann ziemlich rasch und normal vonstatten. In ein paar Stunden war alles vorbei. Ein Junge von fünf Pfund, eine leichte, glückliche Geburt. Es ist ein gesundes, mageres Kind mit rötlichem Haar. Ein Glück, dass Ulla es selbst nähren kann!

Ulla lächelt tapfer, sie drückt das kleine Bübchen fest an ihre Brust. Wie ich einst sie ... Sie liegt da wie ein Kind, das eine Puppe bekommen hat. «Sieh doch, Mama, es hat dieselben Augen wie Heinz und seine rötlichen Haare.»

Den Frosenius habe ich es nicht mitgeteilt. Ich bezahlte die Rechnung und den Arzt. Ich mag von diesen Eltern nichts verlangen. Es gibt keine Klage, keinen Prozess. Heiratet er Ulla oder nicht, das mag er entscheiden, ich werde ihn nicht dazu zwingen. Wir werden das Kind schon durchbringen ... Niemand hat mir zu meinem ersten Enkelkind gratuliert. Nur die Korzfleisch brachte sechs Windeln von ihren Söhnen an, Fräulein Nachtigall zwei hellblaue Jäckchen, und die Bauersfrau, bei der Ulla gearbeitet hat, schickte ein Paket Butter und Speck. Die Gaben der Feen ...

* * *

Ich bin wieder lange nicht mehr zum Schreiben gekommen. Ullas Schicksal hat sich gewendet. Heinz erschien eines Tages, um sein Kind zu sehen. Er hat es, nach einer Szene mit seiner Mutter, durchgesetzt, dass sie heiraten. Es war eine kleine, bescheidene Hochzeit, vielmehr gar keine Hochzeit. Sie wurden standesamtlich getraut und fuhren dann mit dem Kind zu seinen Eltern, wo sie zunächst wohnen sollen und er in der Gärtnerei arbeitet wie jeder Angestellte. Die Eltern haben ihnen über der Scheune zwei Stuben ausgebaut, sie essen mit ihnen, und Ulla wird der Mutter den Haushalt abnehmen, wenn Frau Frosenius auf dem Markt ist und in ihrem Waschkleid stattlich und sauber unter ihrem grauen Schirm zwischen ihren Gemüsekörben thront. Die Frage der Ausstattung habe ich auch erledigt. Etwas Wäsche aus meinem stark zusammengeschmolzenen Wäschevorrat. Ullas Schlafzimmer und zwei Betten mit neuen Matratzen, etwas Küchengeschirr, das ist alles, was ich ihr mitgeben kann. Nun ist Ulla bei den Frosenius. Der Junge gedeiht gut, Ulla ist wieder schlank und hübsch.

Meine Freundin Beate, die ich über meinen Sorgen ganz vergessen hatte, ist wieder hier durchgekommen, aber … in ihrem Sarg. Ihr Mann hat mir die schwarz geränderte Anzeige geschickt und mir ein paar Worte dazu geschrieben … Sie hat die Operation glücklich bestanden, oder es schien so, sie stand auf, fiel um – Embolie … Er verliert alles mit dieser tapferen, liebenswürdigen Frau … Es war eine glückliche Ehe … Ich habe lange dagesessen und auf ihren Namen gestarrt, bis ich es fassen konnte, dass dieser liebe Mensch, den ich von Jugend auf kannte, der mir eine so treue

Freundin war, von mir gegangen ist, ohne dass wir uns noch einmal gesehen haben. Ich möchte mich zerreißen, dass ich damals nicht auf den Bahnhof ging! Aber Ulla ging vor …

* * *

Wenn man früher einen Trauerfall, der einem naheging, oder sonst ein Unglück erlebte, reiste man nach Ägypten oder nach Norwegen, man machte eine schöne Mittelmeerreise mit einem Gesellschaftsdampfer, es wurde immer als bestes Rezept empfohlen zu vergessen, was man vergessen wollte.

Ich hatte mir in den kalten Märztagen in der ungeheizten Kleinbahn auf meinen Fahrten über Land eine tüchtige Halsentzündung zugezogen. Früher legte ich mich damit ins Bett, der Arzt wurde geholt, und ich ließ mich pflegen, aber das ist schon lange her, so lange, dass ich fast nicht mehr daran glaube. Ich darf ja nicht krank werden, alle dürfen es, nur ich nicht. Um Gottes willen, wer würde das Haus besorgen, die Öfen, die Einkäufe und das Kochen? An einer Halsentzündung stirbt man nicht, sagt Onkel Dolf. Die Funkes wickeln sich einen Wollstrumpf um den Hals, und es wird auch gut. Aber ich bin keine Funke. Und wollene Strümpfe habe ich überhaupt keine.

Ich bin eine vom Rhein. Ich möchte in ein warmes Sanatorium, um mich einmal auszuschlafen; aber ich muss zu Hause bleiben. Jetzt reisen meine Kinder. Sie werden von den Schulen aufs Land verschickt, sie helfen bei der Heuernte und beim Kartoffelausmachen im Herbst.

Ich mache ihre Garderobe zurecht für ihre Ferienreisen und bewache Bens Kaninchen. Er hat mir gesagt, was sie fressen und was nicht, und dass ich auf die Alte Acht geben soll, die sich gern von ihrer Familie entfernt und Ausflüge in die Nachbargärten macht, was uns schon Klagen zugezogen hat. Es ist also wichtig. Ich habe Dieters Hund in Pension. Dieter hat in Berlin eine Wohnung, in der keine Hunde erlaubt sind. Es ist ein sehr niedlicher, aber noch junger Drahtterrier, vor dem man Teppiche und Sofas schützen muss und der sich nachts trotz heftiger Abwehr auf mein Plumeau legt. Aber wenn ich ihn heraustue, verkratzt er mir die Türen, die ich erst neu gestrichen habe. Und wenn die Ferien zu Ende sind und die Kinder wiederkommen, überreichen sie mir überquellende Koffer voll schmutziger Kleider, die sich die Korzfleisch weigert zu waschen. Die Kinder haben dazu keine Zeit, sie müssen arbeiten, auf die Sportplätze, sie marschieren und machen weite Gänge durch die Heide und über Land. Sie tragen Uniformen, in denen sie sich sehr fesch vorkommen, und keine Hüte mehr. Margot trägt jetzt kurze Locken, die sie sich von einem Friseur zu Dauerlocken machen ließ. Sie sieht sehr gut darin aus, die Leute sehen ihr nach. Sie trägt keine Strümpfe mehr, bis es friert, sie ist sehr abgehärtet auf dem Land. Sie hat Rüben gehackt und Kartoffeln gelesen bei den Bauern, eine Tätigkeit, von der sie weniger begeistert war, die sie aber mitgemacht hat, weil jetzt alle helfen müssen, damit Deutschland nicht hungern muss.

Dieter ist auf der Kriegsakademie. Er schreibt selten und immer sehr kurz, anderthalb Seiten, wie sein Vater. Er hat dieselbe knappe, etwas hingehauene Schrift. Als ich noch Anders' Briefe verstecken musste vor meinen Eltern, hat diese Handschrift mir immer einen Schrecken eingejagt. Dieters Briefe sind sachlich und etwas trocken, aber das ist ja wohl soldatisch. Für Überschwänglichkeiten ist er nie gewesen. Und was er sagt, ist richtig. Widerspruch verträgt er nicht, es wäre zwecklos, ihn überzeugen zu wollen. Er spricht eine Nuance zu laut, als ob wir alle schwerhörig wären. Er ist ein sehr eleganter, junger Mann, stolz und schlank mit einem festen, schön geschnittenen Profil und straff zurückgekämmtem blondem Haar und hellen, grauen, kühlen Augen.

«Der wird seinen Weg schon machen», sagt Onkel Dolf. «Jetzt geht das mit den Weibern los. Schick ihm nur nicht zu viel Geld!»

«Was soll er dir denn viel schreiben?», sagt Margot. «Das, was uns interessieren würde, darf er ja nicht schreiben, und für schöne Phrasen im Sinne des vorigen Jahrhunderts ist er nie gewesen.»

Im Sinne des vorigen Jahrhunderts. Ich muss das jetzt sehr oft hören. Ich kann nichts dafür, Margot, dass ich aus dem vorigen Jahrhundert stamme.

Mit Ben habe ich allerlei durchgemacht, bis er durch Onkels Vermittlung als Volontär auf einem Eisenwerk bei Wiederitzsch unterkam. Er wollte durchaus durchgehen, auf ein Schiff ... Er fand es an der Zeit, nachdem ihn die Schule wegen dreimaligen Nichtversetzens entlassen hatte. Er hatte seine Brücken hinter sich verbrannt, seine Kaninchen verkauft und sein Briefmarkenalbum einem Freund zur Verwahrung gegeben, nun wollte er in die weite Welt auf das Segelschiff, das ihm seit seiner frühesten Jugend vorschwebte ... Ein Glück, dass unsere alten Dielen immer krachen, wenn man sie betritt. Er stand schon mit seinem Bündel vor der Tür, um nach Hamburg abzudampfen, als ich es merkte und aufstand und ihn rechtzeitig am Kragen packte.

Onkel Dolf hat ihm die Stelle besorgt, der Werkmeister ist zufrieden mit ihm, er ist geschickt und fleißig und kommt sonntags heim, um mir seine Wäsche zu bringen und sich bei mir satt zu essen. Wenn er heimkommt, ist sein erster Gang immer in unseren Garten. Er ist der Einzige, der sich um den Garten kümmert. Er hat sich ein Stück Land neben dem Fabrikgelände gekauft – von einer Novelle von mir –, und darauf pflanzt und gräbt und erntet er jetzt. Er zimmert sich eine Wohnlaube, er kann nicht in Mietkasernen schlafen, lieber schläft er unter einem Baum. Immer, wenn er hier ist, schleppt er etwas mit, einen kleinen Ofen für die Laube, einen Tisch, ein Bett, Stühle und Schränke hat er mir schon fortgetragen. «Und etwas Geld, nicht wahr, Mama, brauch ich auch für meine Laube.» Sie brauchen alle Geld, mehr als je, meine Kinder ... Der Herr Leutnant in Berlin kommt mit seinem kleinen Sold nicht aus, er macht Gesellschaften mit, er ist sehr beliebt als Tänzer und Tischherr, die Damen verwöhnen ihn, besonders die älteren ... Er wird Karriere machen, mein Dieter ... Aber die macht man auch nicht ganz ohne Geld ... Margot hat immer Wünsche, der Friseur, die Näherin, die Handschuhe, die Hüte.

Margot hat einen guten Geschmack, aber billig ist er nicht. «Ich bin ja bald aus deiner Tasche heraus, Mama. Wenn ich selbst Gehalt bekomme, zahl ich dir alles zurück.»

Und zu Ulla kann ich auch nicht mit leeren Händen kommen.

Ich lasse zwar nicht, wie die Kavaliere des achtzehnten Jahrhunderts, das Geld diskret auf dem Kamin zurück in einem versiegelten Umschlag; Ulla nimmt es auch so und lässt's in der Schürzentasche verschwinden, damit es die Frosenius nicht sieht. Sie wird sehr kurz gehalten. Die Alte rückt keinen Pfennig heraus. Das muss von mir kommen, wo die Ulla doch sonst nichts mitgebracht hat und ihr Heinz solche Partien hatte machen können; sie hatte sie ihm schon ausgesucht, reiche Bauerntöchter aus Wettin und eine Försterstochter mit dreißigtausend Mark Bargeld auf der Bank. Das bekommt sie oft zu hören, die arme Ulla. Aber sie klagt nie, sie lacht immer schon von Weitem, wenn ich komme, und das Bübchen lacht auch. Er ist dick und gesund und rotbäckig, nicht so anfällig, wie meine waren. Herr Ying wohnt noch immer bei mir und trinkt sonntags nachmittags mit mir seinen dünnen chinesischen Tee. Er spricht schon sehr gut Deutsch. Er liest abends auf seinem Zimmer Schopenhauers «Die Welt als Wille und Vorstellung». Er liest es laut, und es hört sich an, als ob einer predigt. Als ich neulich an seiner Tür vorbeikam, war er gerade an dem Kapitel über Musik. Er las es langsam und laut … «So gewiss die Musik eine selbstständige Kunst, ja die mächtigste unter allen ist und ihre Zwecke aus eigenen Mitteln erreicht …»

Ach ja, die Musik! Wie lange habe ich meinen Flügel nicht mehr aufgeschlagen! Wo ist das Quartett hingekommen und die schönen Abende, als wir hier unten musizierten? Neulich begegnete ich wieder einem der Herren von unserem Quartett. Er fragte mich, wie es Dr. Stetten ginge, was ich von ihm hörte. Aber ich habe nie wieder etwas von ihm gehört. Er meinte, wir könnten doch unsere Quartettabende wieder aufnehmen, und ich stimme freudig zu. Aber dazu ist es nicht mehr gekommen.

Mitten in unseren Frieden platzte die Bombe: Krieg …

* * *

Sie fiel unerwartet in unsere Häuser und schreckte uns auf. Was nun? Dieter ist schon ausgerückt. Ich brauche nicht nach Berlin zu kommen … Ben ist nach Kiel abgedampft, seine Wohnlaube bleibt unfertig … Ullas Mann muss sofort einrücken, noch ehe er sein zweites Kind gesehen hat, das in diesen Tagen erwartet wird.

Ich habe mich zum Bahnhofsdienst gemeldet und stehe in einer weißen Kittelschürze am Bahnhof, koche Suppe und bediene die Soldaten … In meiner Wohnung, in die ich abends heimkehre, bleibt alles liegen.

Die Ereignisse gehen weiter, Siege und Kämpfe stürmen auf uns ein …

Heinz schickt Feldpostkarten aus dem Osten! Dieter ist nach Frankreich unterwegs … Er kam hier durch. Ich sah meinen schönen Jungen fünf Minuten auf dem Bahnhof … Es war ein heißer Tag, ich hatte alle Rosen aus dem Garten für ihn mitgebracht und war in einem weißen Kleid hingegangen. «Gott, die Mama!», sagte Dieter und sprang aus dem Zug. «Ich dachte, es sei ein junges Mädchen!» Er umarmte mich stürmisch. Er war so anders als sonst. Der Krieg hat ihn verändert, er sieht ernster aus, männlich und gestrafft. Er ist noch schöner geworden. Ich gehe stolz an seinem Arm auf dem Bahnsteig auf und ab. Fünf Minuten haben wir, um uns alles zu sagen … Er nimmt meine Hand. «Du, Mama, eine große Neuigkeit …» Seine schönen hellgrauen Augen strahlen. «Ich habe mich verlobt …» Er war zwei Tage in Berlin. «Mit Lisa. Ich schrieb ja öfter von ihr. Sie ist reizend, wir kennen uns schon lange. Die Mutter wollte es erst nicht, der Vater lebt nicht mehr. Sie sind vom Land, sehr wohlhabend, von einem großen Gut in Pommern, aus einer Gegend, in die du niemals kommen wirst, und das Gut hat einen Namen, der einer Rheinländerin unmöglich wäre zu behalten. Also Lisa und ich sind verlobt, und sobald der Krieg aus ist, werden wir heiraten.» Er erzählt mir von seinem Glück. «Der Vater war

Legationsrat, sie waren früher in Spanien, sie ist das einzige Kind, frisch und strahlend, wie eine Rose, aschblondes Haar, eine entzückende Gestalt. Ich schicke dir die Bilder. Wir werden keine Anzeigen senden, nur eine Zeitungsnotiz.»

«Bist du denn glücklich, mein Junge?», frage ich. «Und passt sie auch zu dir und zu uns?»

Er lacht. «Aber, Mama, sonst hätte ich sie mir doch nicht ausgesucht. Zu mir passt sie auf jeden Fall. Ob sie in unsere komische Familie hineinpasst, weiß ich nicht.»

Dann muss er einsteigen, es geht weiter. Der lange, lange Soldatenzug setzt sich in Bewegung nach dem Westen. Wie 1914 der Zug seines Vaters. Mein Dieter! Ich winke, und er winkt mir wieder. Die Rosen in der Hand steht er in dem Abteil erster Klasse am Fenster. Ich weine nicht wie die anderen Frauen auf dem Bahnsteig, obwohl sich in meiner Brust etwas fest zusammenkrallt … Ich sehe nur seine strahlenden Augen. Ich sehe dem Zug nach, bis ich nichts mehr von ihm sehen kann als eine Wolke von Rauch. Nun fährt mein Dieter nach dem Westen …

Margot hat mir gestern ihren Verlobten gebracht, einen blonden Mediziner, der Assistenzarzt an der Universitäts-Frauenklinik in Gießen ist. Ein schlanker Norddeutscher aus Breslau mit einer Brille. Er wird natürlich auch bald mit müssen, deshalb wollen sie sich in diesen Tagen trauen lassen.

«Alles andere nachher, Mama», sagt Margot … «Wir brauchen ja keine Fünfzimmerwohnung und keine Ausstattung, nur das Esszimmer und die Lederstühle möchte ich haben. Die hast du mir versprochen … Du brauchst ja keinen großen Tisch mehr.» Und dann möchte sie die Kupferstiche aus dem Flur und einige Familienporträts der Nordecks. «Dieter macht sich ja doch nichts aus Familienbildern, und in Bens

Gartenlaube oder Ullas Scheune passen solche Bilder nicht. Da ich sonst nicht viel mitbekomme, nehme ich sie gleich mit. Dann bist du sie los und brauchst sie nicht zu schicken.»

Meine Margot muss man schon lieb haben, um sie zu heiraten. Und das scheint bei dem jungen Herrn der Fall zu sein. Er bewundert sie, ihre selbstsichere Art imponiert ihm. Er ist ruhig und bescheiden. Ich bitte ihn, nicht von mir zu verlangen, ihn gleich du zu nennen. «Mama ist darin komisch», sagt Margot. «Aber wir verlangen das auch nicht, wenigstens nicht gleich.» Das ist alles so nebensächlich bei Margot, und er scheint auch keinen großen Wert auf derartige Familiaritäten zu legen. Sie wollen keine Hochzeit machen, natürlich, nur standesamtliche Trauung. Dann muss er mit seinem Regiment fort nach Polen.

Ich werde nicht gefragt. Ich sehe zu, wie Margot mit einem jungen Mann, von dessen Existenz ich bis vor einer Stunde noch nichts wusste, in meiner Wohnung umhergeht und Bilder von den Wänden nimmt. «Das nehmen wir, und das dort auch. Du erlaubst doch, Mama?» Nur mein blaues Zimmer verteidige ich. Da darf mir niemand etwas wegnehmen ... «Es nimmt ja auch niemand etwas weg», sagt Margot. «Sei froh, dass wir dir deine schönen Sachen erhalten!» – «Wir werden sie in Ehren halten», versichert der glückliche Bräutigam.

Dieter schreibt eine Feldpostkarte «aus einer Stadt, in der es guten Rotwein gibt, aber kein Wasser». Er rasiert sich mit Tee. Ben ist vom Werk reklamiert, aber er kann jeden Tag seine Einberufung nach Kiel bekommen.

* * *

Gestern habe ich meinen Besuch bei den Frosenius gemacht, um mir Ullas zweiten Jungen anzusehen, der in diesen Tagen angekommen ist. Ich traf sie schon wieder im Garten unter den Bohnen in Holzschuhen, frisch und wohl aussehend. Ihr blau-weiß kariertes Dirndlkleid mit den kurzen, weißen Puffärmeln, das bunte Tuch um den Kopf ist die richtige Tracht für Ulla. Sie sieht darin aus wie eine blühende junge Bäuerin.

Heinz war gerade ein paar Tage auf Urlaub gekommen, Ulla zeigt mir voll Stolz ihre Hühnerschar, die sie allein besorgt, sie hebt vor Tagesanbruch die Eier aus und nimmt die Birnen ab, die ihre Schwiegermutter auf dem Markt verkauft. Das Obst ist so wichtig, jetzt, im Krieg … Sie füttert die Schweine und zieht die jungen Ferkel mit der Flasche auf, und abends melkt sie die Ziegen. Sie haben zwei im Stall. Ulla hat Talent zu allen diesen Dingen, selbst ihre Schwiegermutter muss ihr das zugestehen … Mit Heinz weiß ich immer noch nicht viel anzufangen. Er ist mir gegenüber wortkarg und verlegen wie als Junge, der davonlief, wenn er mich von Weitem erblickte.

Wir sprechen von Belgien, Brüssel und dem Krieg. Der alte Frosenius sitzt dabei, raucht die Pfeife, spricht kein Wort und betrachtet mich misstrauisch, als ob ich gekommen sei, etwas mitzunehmen. Sie werden jetzt von Hamsterern überlaufen. Von den «Stadtfräcken». Die Kleinen liegen in dem niedrigen Giebelzimmer und schreien mörderlich. Ulla legt sie trocken und gibt dem Kleinsten zu trinken. Viel Zeit für ihre Kinder bleibt ihr nicht, aber sie gedeihen in der guten Landluft auch so.

«Bei uns werden keine Geschichten mit Kindern gemacht», sagt Frau Frosenius. Viel Umstände werden in diesem Hause auch sonst nicht gemacht.

Ich kam an der Küche vorbei, wo der Kaffeetisch gedeckt stand. Vier Blechtassen auf dem Holztisch, ein Laib Brot, ein fliegenumsurrter Siruptopf, und auf dem Herd stand die Blechkanne mit dünnem Kaffee.

Ich wurde nicht dazu aufgefordert. Ich sah, wie sich Ulla verlegen nach Heinz umdrehte, aber der wagte es seiner Mutter gegenüber nicht vorzuschlagen. Besuch gehört in das Bereich der «Umstände».

Ich empfahl mich.

Sie ließen mich gehen, und ich ging.

Es regnete, als ich heimging über die Halde, und alles sah braun und herbstlich aus. Dunkle Wolken zogen mit mir. «Einst ging ich zu zwein, jetzt geh ich allein», summte der Wind mir nach und schüttelte das feuchte Gras zu meinen Füßen.

Ich war in bedrückter Stimmung. Wie wenig habe ich mir noch mit Ulla zu sagen. Ich habe sie hergegeben und verloren. Woran es liegt? Weiß man das? Weshalb sie sich zu den Frosenius hingezogen fühlt und dort schafft wie eine Magd, mit solcher Freude, mit der sie nie bei mir etwas tat? Mütter und Töchter ... Das Kapitel Väter und Söhne ist bekannt. Es ist auch nicht immer erfreulich.

Ich schließe die weiße Tür meines Hauses hinter mir zu, ich bin daheim. Meine Blumen warten auf mich in den Vasen, mein Teetisch mit der gelben Decke und dem bunten, altmodischen Geschirr, mit Blumen und Vögeln bemalt, die silberne Barockteekanne mit den Füßchen, der weiße Korb mit dem heißen Toast und die Bücher, die ich mir schon hingelegt habe. Wenn ich allein Tee trinke, lese ich immer dabei.

Aber diesmal habe ich keine Stimmung, allein Tee zu trinken. Ich gehe hinauf und klopfe an Herrn Yings Tür ... Er ist zu Hause. Er sitzt am Fenster und stopft seine Socken. Er hat niemand, der ihm das besorgt; seine Mutter lebt nicht mehr, und seine Schwestern sind in Schanghai. Er kommt gleich herunter, er hat ein paar Bücher unterm Arm … Goethe … Herr Ying war früher einmal reich, er besaß mehrere Häuser in Schanghai und hatte sieben Diener. Nun hat er niemand mehr, von seiner Familie weiß er nichts mehr, der arme Kerl ist von seinem Vaterland abgetrennt und hiergeblieben, wie ein Schiffbrüchiger, den der Sturm irgendwohin geschleudert hat. Ich habe ihm das Zimmer für einen sehr niedrigen Preis gegeben, den ich niemand sagen werde. Ich würde es ihm umsonst gegeben haben, denn er tut mir leid, aber leider ist für mich das Mitleid ein Luxus. Ich freue mich, dass es ihm bei mir gefällt. Er sieht viel, kennt alles, versteht etwas von Kunst und Literatur. Er betritt nie meine Schwelle, ohne sich tief zu verneigen, ehe er eintritt … Er breitet seine neuen Schätze vor mir aus, während wir auf das Sieden des Teewassers warten: Nur Goethe … Er hat seinen Dr. jur. gemacht in diesen Tagen und sich dafür zur Belohnung eine dreitägige Reise nach Weimar gegönnt. Er hat sich die historischen Stätten angesehen und die Schlösser von Dornburg. Er liest seitdem nur noch Goethe … 39 Bände, eine alte Ausgabe von 1840, auf die er sehr stolz ist. Während ich ihm Tee eingieße, zitiert er mir Stellen aus «Wilhelm Meister»: «Ich kenne den Wert eines Königreichs nicht, aber ich weiß, dass ich ein Glück erlangt habe, das ich nicht verdiene, und das ich mit nichts in der Welt vertauschen möchte» … Er sagt es ruhig lächelnd und sieht mich dabei mit seinen guten, braunen Augen an … Es ist entzückt von Weimar. Er sagt, wenn er zu wählen hätte, würde er seinen Wohnsitz dort aufschlagen. «Aber niemand kann sich seine Wohnstätte selbst bestimmen. Sie wird uns zugeteilt vom Schicksal», meint Herr Ying. Und ich muss an Ulla denken, die um diese Zeit die Ziegen von Frau Frosenius melkt.

* * *

Am Pfingstsonntag brachte mir Ben seine Braut. Es ist die Tochter seines alten Lehrers, der kürzlich gestorben ist. Ein nettes, bescheidenes, junges Mädchen, blond und zierlich, so klein wie Ben. Er stellt sie schon in seinem Garten an, und sie hilft gießen und pflanzen. Sie entschuldigte sich wegen ihrer zerstochenen Hände, aber ich sagte ihr, dass das nur ehrenhaft sei. Solche Hände hätten jetzt alle Frauen.

Sie wollen bald heiraten. Da es aussichtslos ist, eine Wohnung zu bekommen, ziehen sie vorläufig in die Wohnlaube. Ein Zimmer mit Küche und der Glasveranda, das ist alles, und die Ställe für die Kaninchen und Hühner.

Ben möchte wissen, was er von meinen Möbeln bekommen kann. Auf Bilder verzichtet er gern. Wo wollte er sie auch hinhängen? Er sieht die leeren Stellen an meinen Wänden. «Da hat Margot ja nett geräubert.» Sie brauchen keine Kupferstiche, sie brauchen ein Bett, Geschirr und Küchenmöbel. «Die blaue Küche bekomme ich, nicht wahr, Mama?» Er liebt sie, weil sie himmelblau ist. «Selbst angestrichen von Mama», sagt er zu der stillen Braut. Sie ist etwas zu sehr ins bayerische Blau geraten, aber Ben gefällt sie so, und seiner Braut gefällt der Küchenschrank, weil er Butzenscheiben hat. Der Schrank hat schon viel mitgemacht, die vielen Umzüge und den Sturm auf Lüttich hat er auch überstanden. «Wenn der Krieg aus ist, komm ich ihn mir holen», sagt Ben … Wir haben die ganzen Pfingsttage gepackt, Kisten und Schachteln. Draußen regnete es leise, ein warmer, rieselnder Sommerregen, der meinen verstaubten Garten erfrischt.

Als sie fortgingen, gestand mir Ben, dass das erste Kind schon unterwegs sei, deshalb habe es mit der Hochzeit so geeilt. Sie werden noch in dieser Woche getraut. «Wir laden niemand ein, natürlich, du wirst das verstehen, Mama, in dieser Zeit …»

Ich verstehe alles. Meine Kinder heiraten nicht wie ich einst, mit Brautjungfern, Blumen streuenden Kindern und einem Brautkleid mit langer Atlasschleppe. Das ist voriges Jahrhundert, alter Stil. Wir sind eine neuzeitliche Familie.

* * *

Dr. Bendler ist in diesen Tagen in seinem Wald verunglückt. Frau Korzfleisch hat es auf dem Markt gehört. Sie kam gleich damit an, um es mir mitzuteilen. Er war nachts auf die Jagd gegangen, hatte sich im Nebel verirrt und war in der Nähe seiner Jagdhütte von einem Felsen abgestürzt. Holzhauer hatten ihn am nächsten Morgen gefunden. Sein Notizbuch lag neben ihm mit einem Gruß an seine Frau … Wahrscheinlich hat er noch einige Stunden gelebt.

Merkwürdiges Schicksal, das ihn in seinem eigenen Wald ereilte. Er kam aus diesen Wäldern. In einem Forsthaus geboren, hat es ihn immer in den Wald gezogen. Der Wald hat ihn gerufen, er ist seinem Ruf gefolgt, der Wald hat ihn behalten und getötet.

Einen Tag nach seinem Tod wurde die Scheidung ausgesprochen. Mary schrieb es mir aus München. Es hat mich sonderbar ergriffen. Dieser düstere Mensch, der keine Freude mehr am Leben hatte und nicht lachen konnte, der seine

Frau geliebt hat und gequält ... Es gibt sonderbare Arten von Liebe. Und die Wege Gottes sind voller Geheimnisse ...

Ich erinnere mich, dass mir Mary einmal erzählte, ein Inder habe ihr gesagt, sie würde lange um ihre Freiheit kämpfen, aber niemals frei werden ... Während ich dies niederschreibe, geht ein leichter Regen über den stillen Friedhof nieder, sanft wie ein Weinen, und Stetten stand plötzlich wieder vor mir. Aber «le temps des lilas et le temps des roses ne reviendra plus ...»

* * *

Ulla hat eine Frühgeburt gehabt ... Noch ehe sie zur Klinik gebracht werden konnte. Wahrscheinlich hat sie zu viel im Garten geschafft. Sie hat sehr leiden müssen, die Arme. Wir hatten keine Hebamme in der Eile bekommen können. Ich musste den Bahndienst unterbrechen ... Ulla ist noch sehr schwach von der Blutung. Es war lebensgefährlich. Sie weiß es nicht.

Der Arzt kam schon in Uniform, er ist auch eingezogen. Die Gefahr ist nun vorbei. Ich kann wieder aufatmen. «Du musst dich schonen», sage ich. Ulla lächelt und sieht Frau Frosenius an, die, ärgerlich über die «vielen Geschichten, die man mit Ulla macht», in der Stube herumwirtschaftet. Wenn ihr ein Markttag entgeht, das ist ihr viel wichtiger. Margot ist jetzt in Gießen. Ihre Stellung im Laboratorium ist angenehm, und sie hat ihr Gehalt. Sie lebt mit der Freundin zusammen, die in einem Lazarettzug als Schwester viel unterwegs ist. Bei Margot klappt immer alles. Sie hat eine nette Wohnung, ihr Mann ist in einem Feldlazarett, vorläufig hinter der Front. Ben ist nun auch einberufen nach Kiel. Er kam noch einmal her, auf ein paar Stunden, in seiner blauen Matrosentracht, die ihm so gut steht zu seinem blonden Gesicht und den hellen, blauen Augen. Die Matrosenmütze sitzt auf seinem kurz geschorenen hellen Kopf wie draufgegossen. Er freut sich so, er kann es kaum erwarten … Das Meer, das Schiff, die Weite, das Abenteuer, der Krieg …

Wir haben noch einmal Kaffee getrunken vor der Laube. Es ist ein warmer Sommer, die Rosen blühten, der bunte Flox und die blauen Glockenblumen, mein Garten zeigte sich noch einmal von seiner schönsten Seite. Ben ging im Garten umher und betrachtete alle Pflanzen, die wir gesetzt und die er begossen hat und die wir gemeinsam im Herbstwind schnitten und im Winter zudeckten mit Laub. Er stand lange vor seinem Dschungel mit dem leeren Kaninchenstall.

«Es war doch schön hier bei dir, Mama! Das alte Haus und unser Garten. Ich wollte, ich könnte ihn mitnehmen. Du hast ihn doch geschaffen, aus der Wüste … Ich weiß noch, wie das hier aussah, als wir ankamen. Nichts als Schutt und Gras und Brennnesseln … Man hat sich die Beine dran zerstochen. Jetzt blühen die Rosen hier, deine Rosen.» Er schnitt sich eine weiße Rose ab und steckte sie an seine Matrosenbluse. «Ich muss wenigstens etwas mitnehmen von dir», meinte er.

Seine Frau wohnt schon in der Laube. Sie wird das Kind in einem Krankenhaus bekommen und im Winter zu ihrer Mutter gehen.

«Gelt, du vergisst sie nicht, meine Erni? Sie ist so gut, wirklich. Die richtige für mich … Und wenn das Kind da ist, kümmerst du dich etwas darum? Es wird ein Mädchen sein, glaube ich … Aber Mädchen braucht man ja auch. Es müssen doch Frauchen sein für die Männchen, später.»

Nach dem Kaffee wurde er still und schaute mit einem verlorenen Blick in den Garten. «Du könntest mir noch einmal etwas spielen, Mama», bat er, «aber nichts Trauriges … Du hast mal so was Schönes gespielt, von Liszt …» Ich setzte mich an den Flügel, streifte die Ringe ab und spielte ihm «Liebesträume». Es klang feierlich und zart in die warme, milde Sommerluft. Es war das Letzte, was ich auf meinem Flügel gespielt habe. Als der letzte Ton verklungen war, fuhr Ben auf wie aus einem Traum. «Ja, das war schön, Mama, es war, wie wenn man etwas träumt …»

Wir gingen zur Bahn. Und dann ging alles so furchtbar rasch. In der vollen Straßenbahn wurden wir getrennt, auf dem Bahnhof war ein Gewimmel von Menschen, abreisenden Soldaten, beladenen Gepäckträgern.

Der lange Zug steht schon bereit. Um uns lauter Soldaten, alte und junge, meist Infanteristen mit schwerem Gepäck und Pappschachteln mit den letzten Gaben der Mutter oder der Frau. Ben hält meine Hand fest, er sieht mir immer nach den Augen. «Gelt, Mama, du hast keine Angst, wenn du mal längere Zeit nichts von mir hörst? Ich werde nicht immer schreiben können. Aber du bist ja nicht ängstlich, du bist tapfer, Mama.» Dann setzt sich der lange Zug in Bewegung und fährt langsam in den Abend hinein, und ich bleibe zurück. Ich stehe und sehe ihn entschwinden, wie damals Nordeck in dem warmen, rosigen Sommernebel entschwand. Immer ferner, immer kleiner wird mein Ben. Und auf einmal biegt er sich weit zur Türe hinaus und schwenkt seine Mütze hoch: «Es lebe Deutschland!», ruft er, und seine Augen strahlen mich an. Ich stehe da und winke, winke … Um mich flattern Tücher, weinen Frauen. Ich sehe meinen Ben entschwinden wie ein Bild, das verblasst und vergeht.

Nicht wie bei Dieter, es ist ganz anders, es ist, als nähme der lange Soldatenzug ihn mit fort – weit – weit in eine andere Welt. Wie damals seinen Vater … Es war derselbe warme, dunstige Sommerabend, derselbe lange Soldatenzug, der im Nebel langsam entschwand wie etwas, das sich in nichts auflöst. Damals ging ich mit meinen drei Kleinen nach Hause. Nun bin ich allein. In der Straßenbahn zwischen Menschen, die von ihren Einkäufen sprechen, ihre Obstkörbe auf dem Schoß, die Netze am Arm, fahre ich heim.

Nun ist er fort, mein Ben …

* * *

Eine Berliner Redaktion will Humoresken von mir. Ich habe daraufhin meinen Schreibtisch durchsucht und einige Skizzen gefunden aus den Kindertagen. «Abend in meinem Garten» gefiel nicht. Zu viel Stimmung. Der Redakteur wünscht mehr Handlung, nichts zu Ernstes für diese Zeit. Vielleicht ein netter, kleiner Roman, in jeder Fortsetzung muss etwas vorkommen, sonst werden die Leser ungeduldig. Ich habe ihm ein paar Kinderskizzen von Ben geschickt. Ich tat es mit sehr schlechtem Gewissen. Es kommt mir vor, als hätte ich nicht das Recht dazu, seine Streiche und seine vielen Unglücke zu benutzen, um andere zu erheitern. Ich wollte schon bitten, er solle sie mir zurückschicken, aber man nahm sie sofort. So etwas will man haben! Der Redakteur hat Tränen gelacht über meinen guten Ben. Nein, nein, es war nicht recht von mir. Ich komme mir vor wie ein Clown, dessen Frau krank ist, und der lustige Sprünge machen muss, um den Zirkus zu ergötzen. Ich habe keine Freude an dem Geld gehabt, das mir der Briefträger brachte. Ich habe es Erni geschickt für das Kind. Ich bin wieder ganz arm. Ich muss wieder dichten. Von Herrn Ying kann ich nicht leben. Und die anderen Zimmer haben mir meine Kinder ausgeräumt, sie haben die Betten und Möbel mitgenommen, die kann ich nicht mehr vermieten.

Weshalb also soll ich mich nicht abends, wenn ich vom Bahnhofdienst komme, hinsetzen und dichten? Balzac hat seine großen Romane in einer kalten Mansarde geschrieben, in der ihm das Regenwasser auf den Kopf tropfte, Mozart hat seine Zauberflöte in einem Gartenhäuschen mit kahlen Wänden komponiert, und Tschaikowsky schrieb seine Pathétique auf einem Küchentisch … Bin ich ein so kleines Talent, dass ich meinen Gedanken nicht gebieten kann, zu mir zu kommen, wenn ich sie haben will? Ein Verlag in Wien möchte wieder einen historischen Roman von mir haben. Gut, schreiben wir Historisches … Es gibt interessante Stoffe genug in der Geschichte, aber ich habe keine Bibliothek mehr im Haus. Ich müsste in die Universitätsbibliothek gehen und Quellenstudien machen. Dazu muss man mehr Zeit haben, als ich sie habe … Jetzt, da mir niemand mehr im Hause hilft und ich erst meine Arbeit getan haben muss, ehe ich zum Bahnhof gehe, habe ich immer zu rennen und zu laufen und anzustehn um das bisschen Essen. Manchmal isst Herr Ying bei mir, zum Beispiel sonntags. Und immer sind Pakete zu machen, Margot will etwas geschickt haben, etwas, das in der ganzen Stadt nicht aufzutreiben ist, Ulla hat keine Zeit, in Läden zu laufen. Besorg mir dies, besorg mir das, du hast ja jetzt Zeit, Mama … Ich habe Zeit? … Nachts habe ich Zeit, wenn die andern schlafen und ich vor Herzklopfen nicht schlafen kann … Humoristisches wünscht ein rheinisches Blatt, es will die Skizzen sogar illustrieren …

Etwas Heiteres, etwas Hübsches wie die «Quartaner», die mir immer noch in den Zeitungen nachlaufen …

Ich nehme mich zusammen und schreibe.

Wenn ich abends heimkomme vom Bahnhofsdienst, ist mein Haus ganz still. Es ist niemand da als der Chinese. Er sitzt in seinem Zimmer am offenen Fenster und liest Goethe. Jetzt habe ich Muße zum Dichten, aber ich kann nichts denken als «Krieg». Ich habe gute Nachrichten von Dieter, der jetzt im Osten steht. Dafür ist Ullas Mann nach dem Westen gekommen. Margot ruft öfters aus Gießen an. Es beruhigt mich immer, ihre Stimme zu hören. Ich glaube zwar, dass sie mir grundsätzlich nur Gutes mitteilt, aber es macht mir doch Mut, man betrügt sich ja so gern. Von Ben höre ich nichts mehr nach seiner fröhlichen Feldpostkarte aus Kiel: «Es geht jetzt los, Mama! Dein Ben.»

Margot hat ihren Mann in Breslau besucht. Sie waren acht Tage im Riesengebirge. Eine nachträgliche Hochzeitsreise. Unsere Verbindung ist etwas abgekühlt, weil ich Dieter den Flügel und Ben die Küchenmöbel versprochen habe und Ulla die Betten bekommen hat. Margots Mann ist wieder an der Front, und sie arbeitet weiter in ihrem Institut, bis das erste Kind da ist.

Frau Korzfleisch kommt nur noch selten. «Der Chinese macht ja keinen Staub», meint sie, «und Sie sind den ganzen Tag nicht daheeme. Was soll man da putzen? Im Kriege ist das alles eechal.» Ihre Söhne sind, Gott sei Dank, zurückgestellt, der eine sitzt auf einem Büro in der Etappe, der andere auf einem Büro bei der Steuer. «Da müssen ja auch welche sein!»

* * *

Ich habe die Nacht nicht schlafen können Mein armes, unruhiges Herz ist aufgescheucht ... Es hastet und klopft. Dieter ... und Ben ... Dieter und Ben ... und Ullas Mann – großer Gott, beschütze und erhalte sie uns alle!

* * *

Dieter hat das Eiserne Kreuz Erster bekommen. Onkel Dolf ist sehr stolz auf seinen Neffen. Hat er's nicht immer gesagt, dass etwas aus ihm werden wird, trotz seiner Weibergeschichten? Ich habe sein Bild vor mir stehen, ich betrachte es oft lange und suche nach Ähnlichkeiten in diesem schönen Profil, das wie aus Erz gegossen ist. Die lange, gerade Nase, der fest geschlossene Mund, das glatt zurückgestrichene helle Haar und die grauen, kühlen, kritischen Augen ... Genauso sah Nordeck aus, als er um mich warb und den Sieg davontrug ... Ich verstand damals nicht viel von Psychologie, ich wusste nur, dass mir Nordeck gefiel. Er war einer der schönsten männlichen Erscheinungen, die ich je gesehen habe. Dieter ist genauso ... Und doch ist noch etwas anderes dabei, etwas, das mich an den Rhein erinnert, ich weiß nicht, warum? An meine sorglose Jugend! Wie schattenhaft das alles hinter einem versunken ist! Ehe und Glück und der Weltkrieg, die Gräber in Frankreich mit den schwarzen Holzkreuzen, auf denen der Regen die Namen sicher längst verwaschen hat, unvergessen von denen, denen er Wunden schlug. Die alte Frau damals im Zug, mit dem versteinerten Lächeln und den Dornen an ihrem schwarzen Rock, lebt sicher längst auch nicht mehr. Sie trug die Dornen mit sich. Sie hatte ihre Schmerzen lieb. Für die Mutter war sonst nichts übrig geblieben.

Mein Leben ist still geworden. Ich bin allein mit einem Chinesen. Tagsüber stehe ich auf dem Bahnhof, koche Suppen und bereite Limonaden für die Soldaten, zuweilen helfe ich aus in einem Lazarett im Büro.

Ich habe das Gefühl, wenn ich hin und her laufe zwischen dem weit entlegenen Bahnhof und meiner Wohnung, als sei ich kein Körper mehr, nur eine kleine Seele. So leicht bin ich geworden.

* * *

Ulla sieht schlecht aus, sie hat Schatten unter den Augen, sie erwartet wieder ein Kind. Das dritte in vier Jahren. Es ist etwas viel für ihre jungen Schultern. «Aber du hast ja auch vier Kinder gehabt, Mama.» Sie wollen noch einen Jungen. Und dann noch einen … möglichst sechs, sagt Ulla … Ihre Schwiegermutter ist wenig entzückt davon. Das Haus wird zu eng für die vielen Menschen.

Der älteste Sohn ist mit seiner Frau, einer Lettin, heimgekommen und hat zwei Kinder mitgebracht. Sie wohnen alle in der Gärtnerei. Frau Frosenius vergöttert diesen Sohn, er ist ihr Stolz, obwohl er nichts gelernt hat und nach Russland ausgewandert war, weil man ihm dort das Paradies versprochen hatte. Er hat aber kein Paradies dort vorgefunden! Nun ist er heimgekehrt. Er ist vorläufig wegen einer Knieverletzung zurückgestellt und arbeitet in den Gärten.

Seine Frau ist jetzt Herrin im Haus. Die Mutter wagt ihr nichts zu sagen. Sie hält zu dem Sohn, und Vater Frosenius schweigt. Wenn er den Mund auftut, gibt es Streit, denn er und dieser Sohn sind nicht immer ganz einer Meinung. Die Lettin behandelt Ulla schlecht und macht spöttische Bemerkungen über sie hinter ihrem Rücken. Am liebsten fährt sie mit zum Markt. Arbeiten mag sie nicht. Sie füttert ihre Kinder, das ist alles. Im Allgemeinen scheint sie uns zu verachten. Deutschland? Sie verzieht den Mund und zeigt die Zähne. Einen Hochmut hat dieses Weib, sagt die empörte Ulla, die schweigen und stillhalten muss, denn sie erwartet wieder ein Kind. Sie arbeitet für zwei. Alles, was die anderen nicht tun mögen, halsen sie ihr auf.

Onkel Dolf kann die Frosenius nicht leiden. Er hat noch nie ihr Haus betreten. Was soll er auch dort? Er findet es nicht richtig von Ulla, dass sie sich so von der alten Frau unterdrücken lässt. «Aber Ulla ist eine Funke, von dir hat sie leider wenig mitbekommen, Oliva.» Es ist das erste Lob, das er mir gespendet hat. Und ich weiß nicht einmal, ob ich es für eins halten darf. Ich bin in meinem Leben nicht mit Lob verwöhnt worden.

Onkel geht fast nie mehr aus, er hat seinen Stadtrat niedergelegt und besucht keine Kneipe mehr, seit das Bier so dünn geworden ist. Er sitzt jetzt immer zu Hause und liest die Zeitungen. Und über alles, was er hört, muss er sich ärgern. Die Nachtigall hat es nicht leicht mit ihm.

* * *

Von Ben ist immer noch keine Nachricht da. Auch Onkel hat nichts gehört. Sein Werk hat schon einmal bei ihm angerufen, sie wollen ihn gern reklamieren, es mangelt an Arbeitern. Die Stadt breitet sich immer mehr aus, Fabriken und Werkstätten schießen nur so aus dem Boden. Es gibt fast kein leeres Gelände mehr, keinen Bauplatz. Die Halde wird jetzt zu Bauplätzen hergerichtet, man legt Unterstände dort an.

Hohe Reihenhäuser schießen aus dem Boden und verrammeln uns die Aussicht nach der Heide … Die Heidukstraße ist keine stille Villenstraße mehr, sie ist belebt von Maurern und Zimmerleuten und von Zuschauern, die eine große Geduld darin entwickeln, anderen bei der Arbeit zuzusehen.

* * *

«Wie siehst du denn aus, Mama? Du isst sicher nichts mehr», sagt Ulla, als sie neulich bei mir war. Aber ich kann nicht essen, ich denke an Ben. Er schreibt gar nicht mehr. «Soldaten schreiben oft nicht», sagt Ulla. «Heinz schreibt auch wochenlang nicht. Wenn ich die Kinder nicht hätte, würde ich verzweifeln.» Ein paar von Bens Klassenkameraden sind in Afrika. Von denen hört man auch schon lange nichts mehr. Wer weiß, wo Ben jetzt ist … Ich wage nicht mehr, den Lautsprecher anzustellen, den mir Dieter dagelassen hat, meine Verbindung mit der Welt … Es hilft nichts, wenn ich mich zerstreue … Musik, Bücher, die Zeitungen, meine Gedanken sind doch immer bei Ben.

Weshalb habe ich um Dieter keine Angst? Weshalb nur um meinen kleinen Ben? Ich weiß es nicht, aber es ist so … Die Angst verzehrt mich. «Muss Schularbeiten machen, Ma. Darf ich heut mit welchen aus meiner Klasse auf das Floß? Du kannst ganz ruhig sein, Ma, es passiert uns nichts.» Immer ist er in meiner Nähe, ich sehe ihn und höre seine Stimme … «Schularbeiten machen.» Immer musste er das! Wir haben ihn so damit geplagt, und es wurde ihm so schwer …

Beim Aufräumen meines Bücherschrankes fand ich ein Gedicht über einen jungen Feldgrauen, der im vorigen Krieg vor Ypern fiel … mit 17 Jahren … «Schon bis die ersten Zähne glücklich kamen und bis das große Einmaleins gedieh …» Was hatte er vom Leben bisher gehabt? Die Schule, das Lernen und den Krieg. Und dann die große Stille … Aber ich will tapfer sein und ruhig wie alle Mütter jetzt.

* * *

Frau Korzfleisch hat neulich an einer Weckgläserschlange im Warenhaus ein Fräulein Anna Dankwarth kennengelernt, die Schwester des Amtsrichters, der hier auf dem alten Friedhof liegt. Der Krieg hat sie auch aus ihrem Bau getrieben, und sie steht jetzt Schlange wie alle, was Frau Korzfleisch mit Genugtuung erfüllt. Alle müssen ran, ohne Unterschied … Sie hat sie gefragt, warum denn ihr Bruder eigentlich so früh gestorben sei. Und die alte Dame sagte, er sei freiwillig aus dem Leben gegangen wegen unheilbarer Krankheit. «Ja, so sind sie, die Männer», sagt Frau Korzfleisch. «Se leben drauflos, und dann gehen sie in die Heide und schießen sich dot.» Aber ich glaube nicht an diese Krankheit. Er hat seinem Freund das Leben gerettet, hat den Eid geschworen, das hat ihn in den Tod getrieben, den armen Hans Dankwarth. Nein, es ist gut, dass ich nicht nach China gegangen bin, es wäre zu viel gewesen für mich, zu viel des Schönen, zu viel Glück und zu viel Schatten um dieses Glück. Ich muss meinen festen, geraden Weg gehen, wenn er auch hart ist und mir die Füße oft wehtun von den Steinen. Ein gutes Gewissen ist auch etwas wert, nicht wahr, Hans Dankwarth? …

* * *

Ein Telefongespräch aus Berlin. Eine junge, kühle Stimme, Dieters Braut, teilt mir mit, dass die Hochzeit, die schon zweimal verschoben werden musste, weil immer eine Urlaubssperre dazwischenkam, nun bestimmt am 10. Januar stattfinden wird, im Kaiserhof. Die Wohnung ist auch so weit fertig, und da die Transportschwierigkeiten immer größer werden, fragt sie an, ob sie den Flügel abholen lassen darf, den ich Dieter versprochen habe. Ich bin natürlich einverstanden, denn es ist meine Hochzeitsgabe, aber nun ich ihn hergeben soll, tut es mir leid … Er hat mich durch mein Leben begleitet, er war mein bester Freund … Er war immer für mich da, er wartete auf mich, wenn ich heimkam, er hat einen so milden, warmen Holzton, wie man ihn selten findet. Ich liebe diesen Ton, wie man die Stimme eines sympathischen Menschen liebt. Ich halte viel von Stimmen … Von der jungen Stimme Lisas wehte es mich kühl an, ich weiß nicht, warum. Aber Dieter hat sie sich ausgesucht, er muss ja wissen, warum. Er hat nicht die erste Beste genommen. Er hat lange gesucht und gewartet. Elli Fett ist längst verheiratet an einen Fabrikanten in Magdeburg. Sie hat ihm noch einige Male ins Feld geschrieben, ob er geantwortet hat, weiß ich nicht. Die Eltern sehe ich zuweilen im Theater. Wir grüßen uns, aber wir sprechen uns nicht. Ich bin froh, dass ich keine Hochzeit mit Familie Fett zu feiern brauche, aber vor der Berliner Hochzeit graut mir etwas. Die kalte Stadt im Winter, die vielen Menschen, die ich nicht kenne. Die Unterredung war kurz und geschäftsmäßig. «Mama lässt sich unbekannterweise empfehlen.» Diese Mutter kenne ich auch nicht. Wir haben ein paar höfliche Briefe gewechselt. Aber in Briefen lernt man sich nicht kennen. Es gibt wenig Menschen, die das Talent haben, Briefe zu schreiben. Meine

Kinder haben es jedenfalls nicht. Dieters Briefe sind knapp, kurz, sachlich, Margot schreibt gewandte Briefe in gutem Stil, aber sie schreibt immer, als stände sie zwischen Tür und Angel und habe Wichtigeres zu tun, als an ihre Mutter zu schreiben. Ullas Talente liegen auf anderem Gebiet. Ihr Geist schrumpft vor denn Tintenfass ein. Und mein guter Ben hat es nie weiter als zu zwei Seiten gebracht. Nordeck konnte auch keine Briefe schreiben, es liegt also in der Familie. In meiner Familie schrieb man sich lange, ausführliche Briefe. Ich glaube, es ist ein Talent, wie das Zeichnen und die Musik.

Ein paar Tage später, gegen Mittag, ich war gerade dabei, im Garten Wäsche aufzuhängen, klingelt es, ich gehe öffnen, vier Riesen in blauen Blusen stehen vor meiner Türe. Sie kommen, den Flügel abholen im Auftrag von Herrn Oberleutnant Nordeck.

Ich war so erschrocken, dass ich nur sagen konnte, was die zum Tod Verurteilten sagen, wenn der Henker morgens vor ihnen steht, um sie abzuholen … «Ach, schon so bald!» Ich hatte noch etwas darauf spielen wollen zum Abschied, das große Klavierkonzert von Grieg oder ein paar Etüden von Chopin, aber die Männer hatten es eilig.

Ich ging mit ihnen in mein Zimmer und nahm dem Flügel die blaue Seidendecke ab, und dann stand er vor mir nackend und traurig, wie beschämt. Ich strich ihm noch einmal über die Tasten, ich schluckte etwas hinunter … encore un moment, monsieur le bourreau, rief die Dubarry auf dem Schafott. Aber die Männer hatten ihn schon gepackt und schoben ihn hinaus. Doch mein Flügel wehrte sich, er wollte nicht, er machte Schwierigkeiten. Er ging nicht durch die enge Türe. Sie mussten sie erst ausheben und ihn dann auseinandernehmen, es war mir, als risse man ihn in Stücke, als sie zupackten und ihm die Beine abschraubten und ihn zerlegten. Es war mir, als trüge man mich selbst stückweise zum Hause hinaus. Als er dann oben stand auf dem staubigen Rollwagen, bekleidet mit einer alten, grauen Pferdedecke zwischen Weinkisten und Fahrrädern, mein guter alter Flügel, ging ich rasch ins Haus, um nicht zu weinen. Ist es lächerlich, an einem Instrument zu hängen wie an einem geliebten Menschen?

Ich sah ihm durch die Vorhänge nach, wie er die Heidukstraße hinunterfuhr. Ein Stück meines Lebens zog mit ihm von dannen … ein Teil meiner Jugend … Ich fühlte mich auf einmal alt …

* * *

Ich habe etwas erlebt, was ich nicht mehr glaubte zu erleben. Ich war ebenso wenig darauf vorbereitet, wie wenn man mir gesagt hätte, wir bekämen Krieg mit Japan oder Ägypten oder der Türkei. Ich bin noch davon erschüttert, denn es kam zu unerwartet. Ich saß allein an meinem Schreibtisch, hatte meine Blätter ausgebreitet, die mir eine Dame in der Stadt abschreibt, weil die Redakteure meine Schrift nicht lesen können, als es draußen schellt.

Da ich keinen Diener habe und sonst niemand zu Hause war, gehe ich öffnen, und vor mir steht ein stattlicher Herr im Reiseanzug mit einem Trauerflor um den Arm … «Sie kennen mich nicht mehr, Oliva?» Mein Gott, nein! … Es ist Ehrenberg …

«Ja, ich bin's … darf ich hereinkommen? Ich komme von Berlin und wollte doch einmal nach Ihnen sehen …»

Es fällt ihm etwas spät ein, aber ich führe ihn herein. Er

legt im Flur ab und schaut sich um und findet es, wie jeder, der mein Haus betritt, ganz reizend hier ... Mein blaues Zimmer hat seine ganze Bewunderung. «Es war immer schon blau, auch früher ...» Und wir haben uns in diesen weichen, bequemen, tiefen Sesseln oft genug gegenübergesessen, wie jetzt. «Haben Sie schon etwas gegessen? Nein?» Ich will rasch in die Küche, aber er hält mich zurück. «Nein, nein, das gestatte ich durchaus nicht. Ich habe im Speisewagen gefrühstückt. Ich freue mich, Sie allein zu treffen. Ich habe nämlich ... Sie wissen ja, meine arme Frau ... Sie haben die Anzeige ja erhalten ...»

Ich reiche ihm die Hand. Ich habe diese Frau nicht gekannt, aber er tut mir leid ... Er hat jetzt eine Dame, die seine Frau vertritt, denn seine Kinder sind noch jung, jünger als meine. Er hat auf seinem Gut so viel zu tun, dass er sich nur wenig um seine Schar kümmern kann. «Und die Damen, nun, Sie können sich das vorstellen, Oliva. Es ist nicht die Mutter ... die ersetzt niemand in der Welt.» Ich kann es mir vorstellen. Er ist grau geworden und gealtert. Er ist abgemagert und sieht verändert aus, ein Mensch, der viel durchgemacht hat. Er erzählt mir von den letzten Leidensjahren seiner Frau. Sie hat entsetzlich gelitten, zuletzt nur unter Morphium gelebt ... Man konnte ihr nicht mehr wünschen, länger zu leben. Man hielt das Leben trotzdem hin, jahrelang ... jahrelang ... es war eine Quälerei für sie und für alle ... Nun hat er sie begraben, und nun ... «Ja, nun komme ich zu Ihnen, Oliva!» Er sieht mich an und nimmt meine beiden Hände ... «Wir haben uns doch immer verstanden, nicht wahr?»

Mein Herz klopft. Ich wage nichts zu sagen, ich weiß, was er sagen will. Um Gottes willen, nur das nicht, das nicht! «Ich habe Sie geliebt, Oliva», fährt er fort. «Das wissen Sie ...

damals waren Sie Anders' Frau ... ich habe Sie verehrt und bewundert ... Ja, das hab ich. Anders war sehr eifersüchtig, ich weiß, aber das ist ja vorbei. Ich meine, diese Zeiten. Wir waren beide jung ... Ich habe, wenn ich offen sein soll, nicht das in meiner Ehe gefunden, was ich suchte ... Es schwebte mir etwas anderes vor, ein Heim, wie Sie es hatten, nicht das alltägliche, bürgerliche Glück, das nach der Hochzeitsreise verblüht ... Ich wollte mehr.»

«Sie haben aber doch die netten Kinder», werfe ich ein.

«Ja, das ist's ja eben, ich habe fünf Kinder, Oliva ... Und keine Mutter haben diese armen Kinder. Sie verwildern mir, sie sind nicht in guten Händen.»

«Wenn Sie jemand anderes fänden», werfe ich ein.

Er zuckt die Achseln. «Jawohl, jemand anderes! Nennen Sie mir eine Frau, die fremden Kindern die Mutter ersetzt! Ich hab's versucht, es war nichts, ich habe schlimme Erfahrungen hinter mir ...»

Wir schweigen ... Mein Herz klopft und klopft ... Ich weiß, was nun kommen wird. Und es kam ... Er will, dass ich zu ihm komme, als seine Frau ... als Mutter seiner Kinder ...

«Oliva, sagen Sie nicht Nein. Denken Sie darüber nach! Ich will Sie nicht bedrängen ... Nicht heute sollen Sie sich entscheiden, ich kann warten ... Wir kennen uns ja. Uns verbindet mehr als eine Freundschaft ... Oder glauben Sie, dass er ... Anders ... zwischen uns stehen würde? Anders war mein Freund ... er ist nicht mehr da ... Ich würde Sie verwöhnen, Ihnen ewig dankbar sein ... Es ist ein Opfer vielleicht, Oliva ... Sicher ist es das ... aber ... Sie können doch nicht ewig so leben, in diesem verlassenen Haus ... Ihre Kinder sind erwachsen und haben Sie verlassen. Wollen Sie Ihr Leben hier vertrauern? Ich habe mir oft den Kopf zerbrochen, Oliva, wovon Sie Ihre Kinder großgezogen haben. O ja, das habe ich. Ich wollte nicht daran rühren, ich fühlte mich nicht berechtigt dazu. Ich wusste, Sie hatten diesen Onkel, Herrn Funke, der ja sehr wohlhabend sein soll. Ich hatte immer angenommen, dass er es Ihnen ermöglicht hätte, in einem gewissen Stil weiterzuleben, den Sie gewöhnt waren …»

Onkel Dolf? Ich muss lächeln … Ach, lieber Ehrenberg, wie Sie sich täuschen! Aber ich sage nichts, ich lasse ihn weitersprechen … Es erleichtert ihn sichtlich, sich alles vom Herzen zu reden, was ihn beschäftigt und bedrückt.

«Von Verwandten abhängig zu sein, denke ich mir schrecklich. Ich möchte es nicht. Ich kann Ihnen ein sorgenloses Leben bieten, Oliva. Mein Gut ist unbelastet, wir wohnen in schöner, gesunder Gegend, Sie sind nie hingekommen, obwohl ich Sie oft genug eingeladen habe … Aber Sie werden kommen, nicht wahr? Sie kommen als Besuch, niemand braucht etwas zu wissen, Sie sehen sich mein Haus und meine Kinder an …» Er zieht ein paar Bilder aus seiner Brieftasche und breitet sie vor mir aus … Ich neige mich über diese Fotografien, die irgendein kleiner Fotograf einer kleinen Stadt in üblicher Weise angefertigt hat. Es sind hübsche Kinder, sehr dunkel, wie die Mutter war, der älteste Junge sieht etwas hochmütig aus, ein Dieter Nummer zwei. Die beiden Mädchen, es sind Zwillinge, gleichen Ehrenberg, der jüngste Junge schielt, und das Kleinste, das Mädchen, ist ein hübsches Kind, das sehr hell und eigensinnig in die Welt schaut. Ich reiche ihm die Bilder zurück. Fünf Kinder? Ich habe vier erzogen, Herr Ehrenberg … Nein, nein, das schönste Gut, das sorgenloseste Leben und ein zweites Eheglück könnten mich nicht veranlassen, dieses Leben noch einmal zu beginnen unter neuen Schwierigkeiten, mit fremden Kindern einer fremden Frau. Wäre ich frei, würde ich die Stelle als Hausdame annehmen, weil mir diese mutterlosen Kinder leidtun … Aber es würde nicht lange gehen. Er würde immer wieder damit kommen und auf unserer früheren Freundschaft fußen, die – ich will es gestehen – einmal mehr war als eine oberflächliche Freundschaft, obwohl ich mir das heute nicht mehr vorstellen kann … Man verändert sich im Leben. Ich habe mich verändert, und er auch. Er küsst mir die Hand und steckt seine Bilder wieder ein.

Im Garten wandelt still Herr Ying und liest Goethe.

«Wer ist denn das?», fragt Ehrenberg.

«Ein Chinese, der bei mir wohnt.»

«Sie vermieten Zimmer, Oliva?»

«Ja, ich vermiete Zimmer …»

«Mein Gott», sagt Ehrenberg. «Wer hätte das einmal gedacht? Und Sie waren einst unsere kleine Königin auf den Bällen.»

Er will den Garten sehen, ich führe ihn hinein, und er meint lächelnd, er müsste etwas mehr Dung haben, aber immerhin, für eine so unlandwirtschaftliche Dame ist der Garten Anerkennung wert.

«Sie sollten meine Gärten sehen, Oliva, diese Dahlienpracht, die Astern, und die Rosen im Sommer … das Schloss liegt an einem See, den man drei Stunden braucht zu umrudern, wir haben ein eignes Schwimmbad und eignen Strand, das Städtchen ist reizend, alte Kultur und altmodische Häuser und altmodische Seelen, mit dem Wagen ist man in zehn Minuten dort, ich habe noch immer meine Wagenpferde, sie müssen nur jetzt mitarbeiten auf dem Acker … aber der Krieg wird ja auch mal aus sein, und dann –»

Ich hatte gerade gedacht, wenn doch Herr Ying fortginge, damit ich ihn nicht vorzustellen brauchte. Als ob er's geahnt hätte, ist er still verschwunden. Herr Ying weiß immer, was man denkt, man braucht ihm nicht alles dreimal zu sagen wie Herrn Meyer ... Es genügt, dass man etwas denkt ... Es ist seltsam mit Herrn Ying. Ich weiß nicht, ob alle Chinesen so feinfühlig sind. Es ist ja der erste, den ich kenne.

Ehrenberg muss zur Bahn, und er verabschiedet sich. Er küsst mir die Hand, und ich verspreche, ihm zu schreiben. Ich sehe ihm nach, wie er breitschultrig und straff die Heidukstraße hinuntergeht. Ich habe das Gefühl, als ob ich diesen Rücken nicht mehr wiedersehen werde.

* * *

Aber ich muss ihm nun schreiben ... Er fällt mir sehr schwer, dieser Brief ... Ich habe drei Tage daran geschrieben. Nein, lieber Ehrenberg, so leid Sie mir tun und so gern ich Ihren Kindern geholfen hätte, aber mit dieser Verpflichtung einer zweiten Ehe, und das alles noch einmal zu beginnen, was ich hinter mir habe ... Es geht nicht, es geht wirklich nicht ... Aber es ist schwer, jemand zu kränken, den man nicht kränken will ... Ich habe alles hin und her erwogen, wie ich's ihm schonend mitteilen soll, dieses «Nein», das ich ihm schreiben muss.

Keinen Augenblick hab ich gezögert, was ich antworten soll. Keinen Augenblick! Mein Brief war nicht lang ... Ich habe mich bemüht, es ihm so zu sagen, dass es ihn nicht verletzt, aber es muss mir doch nicht ganz gelungen sein, denn es kam keine Antwort mehr darauf. Sicher ist er tödlich gekränkt ... Aber ich kann's nicht ändern ...

* * *

Sturmtage im Hause Frosenius.

Ulla kam heute früh mit rot verweinten Augen an. Es geht nicht länger da drüben mit der lettischen Schwägerin. Es war immer schon schwierig mit ihr, aber jetzt, wo die wieder ein Kind erwartet, ist es für Ulla nicht mehr zum Ertragen. Es wird zu eng für sie, drei Familien, sechs Kinder, elf Personen täglich am Tisch, die Lettin rührt nichts an, sie füttert nur ihre Kinder und fährt mit zum Markt, weil das ihr Spaß macht.

Der Mann tritt jetzt auf einmal, seit Heinz nicht mehr da ist, sehr großartig auf und findet, dass Ulla zu viel Platz wegnimmt, sie wollen ihre Wohnung haben, Ulla soll zu ihrer Mutter ziehen, sagt er, die hat ja Platz genug. Wozu braucht die ein ganzes Haus?

Die Frosenius ist auch der Meinung. Er hat ja nichts zu sagen, der Alte, sie fahren ihm immer gleich über den Mund, sobald er ihn auftut, aber die Lettin intrigiert gegen Ulla, wo sie kann, und sooft Heinz ins Haus kommt, gibt es zwischen den Brüdern Streit.

Ulla will alle Arbeit tun, schaffen und alles machen, was die anderen nicht tun wollen, aber sie will endlich Ruhe haben, sie ist im siebenten Monat, sie hat Angst, dass sie vorzeitig niederkommen wird, wenn die Aufregungen kein Ende nehmen.

«Und wo soll ich hin?», frage ich.

«Du kannst ja dein Zimmer behalten, Mama, oder zieh doch nach oben … Da hast du den Balkon.»

«Und wenn Heinz nach Hause kommt?»

Ulla schweigt. Sie weiß, dass wir uns nicht sehr lieben,

wir gehen uns aus dem Weg. Und wenn ich mir vorstelle, dass ich täglich dreimal an einem Tisch ihm gegenübersitzen muss und in einem Haus mit ihm leben – nein, Ulla, das geht wirklich nicht, das wäre das Letzte …

Auch Ulla fühlt, dass das nicht geht. «Es gibt doch so nette, kleine Wohnungen in der Stadt, zwei Zimmer mit Küche und Bad, mehr brauchst du doch nicht …», meint sie. «Oder du ziehst mal versuchsweise, bis der Krieg aus ist, oben hin?» Hier unten die Zimmer braucht sie mit den drei kleinen Kindern. «Und die enge Küche und kein Nebenraum …»

«Ich will's mir überlegen», sage ich.

Die Firma Kumpel machte der Überlegung ein Ende, indem sie mir schrieb, sie vermiete die Zimmer nicht mehr im ersten Stock, sie braucht sie zu Lagerzwecken.

Damit fällt die Möglichkeit, oben hinzuziehen, für mich weg.

In der Stadt gibt es zwar Neubauten genug, aber sie sind schon bezogen, ehe sie trocken geworden sind. Es gibt auch genug große Wohnungen, in der Seerobbenstraße ist wieder so eine Achtzimmerwohnung frei, aber die kommen nicht für mich in Betracht, nachdem mir meine Kinder fast alle Möbel genommen haben. Ich lief wochenlang nach einer Wohnung herum, bis ich endlich in der Friedenstraße im Hause der Frau Alwine Schmeckebier eine Mansardenwohnung fand, die ungefähr meinen Verhältnissen entsprach. Da die Dame sehr überlaufen ist wegen dieser kleinen Wohnung, musste ich mich sofort entscheiden, und ich nahm sie. Die Friedenstraße liegt am anderen Ende der Stadt, noch hinter dem Zoo. Es ist eine kleine Villenstraße mit großen Häusern und Gärten, und es ist ein ruhiges, gepflegtes Haus. Unten wohnt

Frau Schmeckebier, die sehr auf Sauberkeit zu halten scheint, denn überall hängt ein Zettel, dass man sich die Schuhe abwischen soll und leise die Türen schließen, und an den Türen hängen sogar Flederwische zum Abstauben der Stiefel. Im ersten Stock wohnt ein Nervenarzt mit seiner Frau, der einstige Leiter der Irrenanstalt vor den Toren der Stadt, der so lange dort die Irren behandelt hat, bis er selbst die Nerven verlor. Er soll sehr ruheliebend und sehr nervös sein. Und ich muss oben auf Filzschuhen gehen … Ein Instrument oder ein Tier ist in diesem Hause nicht gestattet. Es ist so still darin wie in einem Trappistenkloster. Im Mansardenstock wohne ich. Ein großes, helles Zimmer mit einem winzigen Balkon, der in die Wipfel einer Linde hineinhängt, ein kleines Kabinett, in das gerade ein Bett hineingeht, ein enger Baderaum und eine Kochnische, das ist mein Reich. Ich bin sehr zusammengeschrumpft.

* * *

Wir haben die Tage mit Packen und Räumen verbracht, mit Gardinenaufstecken und Bilderaufhängen. Zum Tagebuch bin ich nicht mehr gekommen.

Dann kam Ulla mit ihren Möbeln und den beiden Kleinen an, und wir räumten ein … Ulla ist für das Praktische, aller Firlefanz wird verbannt, sie will keine Vorhänge, keinen Wandschmuck, keine Teppiche und keine Polstermöbel. Die Kinder sollen Licht und Luft haben, und sie will nicht Polstermöbel und Teppiche klopfen wie bei mir. Sie hat die Kupferstiche, die sich Margot mitnahm, verschmerzt, das Biedermeierzimmer habe ich, da es niemand haben will, endlich Herrn Soliman verkauft, der, angezogen von dem

Gerücht eines Umzugs, ankam und behauptete, ich habe es ihm längst versprochen. Ich war froh, als er mir den Preis dafür bezahlte, denn Umzüge kosten Geld. Ich hätte sonst Schulden machen müssen, und das tue ich nicht gern. Auf das Biedermeierzimmer lauerte er schon lange. Er besah erst die schönen, blanken Möbel und machte sie schlecht, sie seien abgenutzt durch das lange Lagern, er entdeckte Risse und Schmarren an ihnen, aber als er sie hatte, streichelte er sie zärtlich und sagte, so etwas würde heute gar nicht mehr gemacht. Zu Herrn Soliman kommen die Käufer aus allen Städten. Er ist Spezialist für antike Möbel und Porzellane. Ich habe jedoch erfahren, dass er jedes Jahr ein paarmal nach Kissingen fährt, wo er in der Nähe einen Schreiner sitzen hat, der für ihn antike Möbel anfertigt, in die mit Schrot Wurmstiche geschossen werden, aber meine Biedermeiermöbel sind vor hundert Jahren am Rhein gearbeitet worden und standen schon im Salon meiner Großmutter, als ich ein Kind war. Die sind nicht aus der Soliman'schen Fabrik.

Als der Umzug vorbei war, kam unerwartet und zwei Monate zu früh Ullas dritter Junge zur Welt, ein Siebenmonatskind. Die Hebamme behauptet, Ulla habe sich übernommen, und das mag sein, aber sie wollte es ja durchaus so, und wenn meine Kinder etwas wollen …

Nun ist er da, der Junge, er ist lebensfähig, und Ulla nährt ihn. Es ist alles glücklich abgelaufen. Ich hatte nur eine kleine Herzattacke hinterher. Aber davon hab ich niemand etwas gesagt. Ich dachte, ich würde diese Geburt nicht überleben.

Der Abschied von Herrn Ying ging still vorbei. Ich weiß nicht, wann er packte, man hörte ihn nicht und sah ihn nicht. Er stand nur auf einmal auf meiner Schwelle und verneigte sich tief. Er kam, um mir zu sagen, dass er sehr traurig sei, von mir zu gehen. Er hatte sein Zimmer geliebt und würde es sehr vermissen … Er lächelte dabei sein chinesisches Lächeln. Und dann ging er fort. Still, wie er gekommen ist, ist er gegangen, wie eine Wolke, die vorüberzieht. Und dann habe ich nie mehr etwas von Herrn Ying gehört. Er ist aus meinem Haus verschwunden wie aus meinem Leben. Aber zur Teezeit muss ich oft an sein stilles, braunes Gesicht denken und an sein angenehm ruhiges Lächeln. Ich vermisse ihn.

Onkel Dolf sehe ich jetzt selten. Er kommt nicht nach der Heidukstraße heraus, und meine neue Wohnung interessiert ihn nicht. Er hat sich schwer geärgert, dass ich zu der Schmeckebier gezogen bin, denn mit dieser Querulantin, die ihn wegen eines nicht ziehenden Küchenherdes, den man hier Maschine nennt, verklagt hat, hat er einen Prozess gehabt, der einmal nicht zu seinen Gunsten ausging. Er ärgert sich, dass ich mich von den Frosenius verdrängen ließ, aber er wird ja nie gefragt. Er hört nur alles, was falsch gemacht ist, hinterher. Er hat auch im Magistrat dagegengestimmt, dass sie die Halde zu Bauplätzen machen, aber er wurde überstimmt. Er hat darauf sein Amt niedergelegt, und nun liest er alles, was sie im Magistrat ohne ihn falsch machen, und muss sich darüber grimmen. «Altes Eisen ist man geworden, Oliva! Nicht mehr wert als das, was sie auf der Halde ausgraben und in den Fluss schmeißen.»

Mein Umzug ist nun auch überstanden.

Viel konnte ich nicht mitnehmen in meine neue Wohnung, nur mein blaues Zimmer mit den hellen, blumigen Cretonnesesseln, die Barockkommoden, die Vitrine mit meinem alten Porzellan, die Couch und ein paar Küchensachen. Mein neues, kleines Reich ist sehr hübsch geworden, hell, wohnlich und sauber, und alles umschwebt noch ein leichter

Duft nach einstiger Eleganz ... Es ist das bescheidene Reich einer alten Dame, auf die ich mich langsam vorbereite.

Mein liebes Haus sieht jetzt so verändert aus, dass man es nur noch an den Tapeten erkennt. Es ist ein Kindergarten geworden. In jedem Zimmer steht ein Bett, auf dem Boden liegt Spielzeug herum, auf den Fensterbrettern stehen leere Milchflaschen, auf dem Herd brodelt immer ein Kessel mit Windelwäsche, und der runde Tisch im Wohnzimmer trägt eine weiße Wachstuchdecke. Das ist praktisch bei kleinen Kindern.

In meinem Garten hängt beständig Wäsche auf der Leine, in der Laube steht der Kinderwagen und die Waschmaschine. Wenn ich etwas nähen will, weiß ich nicht, wohin ich mich setzen soll, denn die Maschine stört die schlafenden Kinder. Wenn sie wach sind, sind sie hungrig, und es müssen Breie gekocht und Flaschen gewärmt werden. Wenn Ulla morgens in die Gärtnerei geht, um dort zu arbeiten, hüte ich die Kinder. Eine Haushaltshilfe ist zu teuer und auch nicht zu bekommen. Und da Heinz von seinem kleinen Soldatensold nichts schicken kann, muss Ulla mitverdienen. Sie bekommt für die Stunde eine Mark und das Essen von ihren Schwiegereltern. Wenn sie ihre Kinder morgens fertig gemacht und gefüttert hat, geht sie in die Gärten herunter, und dann trete ich in Tätigkeit. «Du hast ja doch sonst nichts mehr zu tun», meint Ulla. Sie bringt Gemüse, Kartoffeln, Salat und Obst aus der Gärtnerei im Rucksack mit. Die Kinder gedeihen gut, es sind gesunde, kräftige Kinder, aber sie sind sehr wild, und man muss sehr auf sie aufpassen. Der Garten zieht sie magisch an, weil dort ein Regenfass steht und eine Wasserleitung. Man muss ständig hinter ihnen her sein, damit sie nicht auf die Straße laufen, denn die Heidukstraße ist keine stille Straße mehr. Es fahren jetzt schwere Lastwagen nach der Halde. Neulich wäre der kleine Jürgen fast unter einen solchen geraten, als er mir entwischte. Ich habe es Ulla nicht erzählt, denn sie ist eine sehr ängstliche Mutter. Unsere größte Sorge ist jetzt, wo wir die Schuhe für die Kleinen herbekommen. Die Kleider erben sie von mir, ich nähe sie ihnen aus meinen alten Stoffen, aber Schuhe kann ich nicht auch noch machen. Auch mein Garten hat sich sehr verändert. Der Rasen ist Spielplatz für die Kinder geworden, er vertrocknet in der Sonne. Wir haben immer noch keinen Schlauch, denn jetzt gibt es keinen Gummi mehr, die Gießkanne ist durchgerostet, und es gibt auch keine Gießkannen mehr. Das Unkraut wuchert kniehoch, und Bens Dschungel überwuchert alles mit Schlinggewächsen und Brennnesseln, an denen die Kinder sich Beine und Hände zerstechen. Von meinen weißen Gartenmöbeln ist die Farbe abgeblättert, aber es gibt keine Farbe mehr zum Streichen.

Mein Tag geht mit Einholen und mit den Kindern hin.

Abends ist Ulla müde … Aber sie ist zufrieden. Sie beneidet niemand. Sie hat keine Bedürfnisse. Kunst, Theater, Musik, Bücher, das alles liegt außerhalb ihrer Wünsche. Es wäre ihr schrecklich, eine Gesellschaft mitzumachen und sich anzuputzen, um ein Konzert zu besuchen. Sie würde keinen Augenblick dort Ruhe haben und immer an ihre Kinder denken.

Sie belehrt mich über Gartenausnutzung, Kinderpflege und Kocherei. Wie ich es machte, war's eben falsch, und den Birnbaum habe ich falsch gestutzt. Ihre Schwiegermutter hat sich die Seiten gehalten vor Lachen über das, was wir alles mit dem Garten angestellt haben. Das konnte ja nie etwas werden.

Ulla hat schon ganz die rechthaberische Art der alten Frosenius angenommen. Wenn sie im Garten steht in ihrem bunten Rock und Wäsche abnimmt, die Klammern in der blauen Schürze, erinnert sie mich an Frau Frosenius auf dem Markt. Wenn ich meine Diplomatie entfalte, komme ich mit ihr aus ohne Streit, denn sie braucht mich ja.

Ich glaube, Heinz ist sehr erleichtert, dass ich nicht in das Giebelzimmer gezogen bin … Und es ist auch besser … Junge Leute wollen unter sich sein. Sie brauchen uns nicht mehr. Dass sie uns nötig haben, ist eine Illusion.

«Schenken, Schweigen, Verzeihen», sagte meine Mutter.

Da, wo mein Flügel stand, steht jetzt ein Kinderbett. «Du hättest ja doch nicht mehr drauf spielen können», meint Ulla. Und darin hat sie recht. Sie hat überhaupt immer recht, wie Dieter und Margot. Alle haben recht, und was sie finden, ist richtig. Sie sind glücklich, wie sie sich ihr Leben geschaffen haben, und nehmen alles, wie es nun mal ist. Kann man mehr verlangen?

* * *

Es ist Abend. Die stille Friedenstraße mit ihren Villen liegt ruhig im Schnee, alles ist abgeblendet und dunkel, man sieht kein Licht, nirgends, nicht einmal einen hellen Streifen unter einem Fenster sieht man.

Das Haus ist ruhig, Frau Schmeckebier und ihre Wirtschafterin schlafen schon, und das Professorenehepaar ist verreist. Es ist so still, dass man sich fürchten könnte in diesem Haus ohne Lautsprecher, ohne Klavier, ohne Hund und Kinderstimmen und ohne Papagei.

Abends, wenn ich von Ulla komme, bin ich müde, und

mein Kopf ist wie ausgeräumt. Ich schließe meine kleine Wohnung auf, nehme die Post aus dem Kasten und hänge meine bescheidenen Sachen in die Diele. Dann zünde ich meine Schreibtischlampe an, die weiße, hohe Lampe mit dem zarten blauen Schirm, die ein so weiches, tröstliches Licht verbreitet. Mein Zimmer empfängt mich immer freundlich und geordnet. In den Vasen stehen frische Tannenzweige und rote Ebereschen, über denen ein paar Lamettafäden hängen. Meine alte Uhr tickt leise auf der Barockkommode, es ist warm bei mir, wärmer als bei Ulla, die mit den Kohlen spart.

Ich öffne die Briefe … Tante Constanze schreibt wieder aus Florenz. Mary schickt eine Schneekarte aus der Winterfrische, sie hat ihren Freund dort getroffen, er steht als Hauptmann im Osten, sie verbringen seinen Urlaub in einem großen Sporthotel. «Wer weiß, wie lange man sich noch hat», schreibt sie. Und dann ist ein großer brauner Brief da, Poststempel Kiel … Ich sehe ihn an, ich wage ihn nicht zu öffnen … Ich habe so lange nichts mehr von meinem Ben gehört … Ich reiße ihn auf … «Marineoberkommando» lese ich, und dann weiß ich alles … Ben ist tot … Dieser Brief ist das Einzige, was ich von meinem armen Ben gehört habe …

* * *

Ich hab es gewusst. Seit Langem fühlte ich es im Unterbewusstsein, dass er nicht mehr da ist. Es umschwebt mich immer noch etwas von ihm. Seine letzten Worte im Garten, ich sehe ihn vor mir, sein blondes gutes Gesicht und der Kopf, auf dem die Matrosenmütze so keck saß, und die strahlenden Augen … Ich versprach ihm, nicht traurig zu sein … Ja, mein Ben, ich will es versuchen … Ich will denken, du seiest noch bei mir wie als Kind, immer an meinem Rock die kleinen Hände. Er hing so an mir, er hatte ja nur mich, seinen Vater hat er nie gekannt.

Er war unter keinem Glücksstern geboren, mein Ben.

* * *

Ich habe viel Besuch gehabt in diesen Tagen.

Ich wäre lieber allein geblieben, aber die Korzfleisch eröffnete den Reigen. Sie kam im langen Trauerschleier an, denn sie hat eben ihren Bruder verloren, der auch im Krieg gefallen ist, und sie kam zu mir, um sich auszuweinen. Über den Bruder nicht, denn mit dem hat sie sich nicht verstanden, er hat keine Lücke in ihr Leben gerissen. «Aber unser Ben, der nette, gute Junge!» Dass es ihn gerade treffen musste und nicht einen andern, der nichts taugte. «Aber die gomm alle zurück.» Sie hatte mir ein Stück Stolle mitgebracht und Rotwurst vom Lande. Und sie öffnete den Damen die Türe, die gleichfalls gehört hatten … Sie erfuhren von der Korzfleisch mehr als von mir. Frau Schmeckebier kam herauf, sie sagte mir Worte des Trostes und wunderte sich, dass ich so ruhig blieb und keine Tränen hatte, aber diese Quelle ist mir versiegt …

Die Nachtigall kommt mit einem Strauß Dahlien an, die hat der Ben doch immer so gerngehabt. Sie bringt mir einen Brief von Onkel, der einen Hundertmarkschein enthält. Er hat nicht die Gabe zu trostreichen Briefen. Sie treffen jetzt von allen Seiten ein. Ich mache sie nicht auf. Ich weiß ja, wenn ich den Poststempel lese, von wem sie kommen, und was sie enthalten, kann ich mir denken. Ich verstehe jetzt den Satz unter den Todesanzeigen, die ich jetzt häufig lese: «Beileidsbesuche dringend verbeten.»

Ich habe niemand eine Anzeige geschickt. Wozu? Es haben so wenige meinen Ben gekannt. Für sie ist er einer von den vielen.

Ich habe einmal auf einem Soldatenfriedhof an der französischen Grenze ein Schild gelesen: «Sie gingen uns voran.»

* * *

Die Hochzeit Dieters fand im Januar in Berlin im Kaiserhof statt. Sie ging an mir vorbei wie ein Schattenspiel ...

Ich habe nur einiges davon behalten ... Dieter bestand darauf, dass ich komme, «aber nicht in Trauer, bitte, Mama». Es war eine große Hochzeit von fünfzig Personen, und ich war im Kaiserhof einquartiert. Ich hatte ein nettes, kleines Zimmer mit einem Balkon, der mir zwar im Januar nicht viel nützen konnte, denn es war sehr kalt und windig in Berlin, als ich ankam ... Dieter war am Bahnhof und holte mich ab. Er sah sehr gut aus, strahlend, viele Orden an seiner straff sitzenden Uniform.

Ich bin hingefahren, obwohl mir nicht gut war, ich fröstelte und hatte bestimmt Fieber. Wenn ich messen würde – aber ich messe nicht mehr. Es ist einerlei, ob man weiß, wie viel Temperatur man hat, und mein Arzt ist weit ... ich glaube, er ist in Łodz.

Ich habe ein sonderbares Gefühl in den Knien, als seien sie von Stroh, und ein leichtes Gefühl, als ob ich gar nicht auf der Erde gehe, sondern schwebe. Ich bin so leicht geworden ... Aber davon darf man einem Sohn nichts sagen ... Er ist glücklich, er wird seine Lisa heimführen, er hat 5 Tage Urlaub bekommen.

Es ging alles so rasch, so wie ein zu rasch eingestellter Film sich abrollt. Die vielen Menschen, die mir vorgestellt werden, das große Hotel mit der warmen, schönen, hohen Halle. Mein angenehmes Zimmer mit Bad, das mir Dieter genommen hatte – ich bin ihm dankbar dafür –, war meine Insel in diesen unruhigen Tagen.

Ich hatte natürlich zu dieser Hochzeit wieder nichts anzuziehen. Auf Hochzeiten in Berlin bin ich nicht mehr vorbereitet. In Schwarz sollte ich nicht kommen, bat Dieter, so hatte ich mir ein grünes Crêpe-de-Chine-Kleid, das mir Tante Constanze einmal schickte, zurechtmachen lassen von einem kleinen Nähfräulein, nach der «Eleganten Mode», aber es war, als ich hinkam und die anderen in ihren einfachen, eleganten, modernen Toiletten sah, weder modern noch elegant. Ich hatte mir dazu eine Diamantbrosche in Form eines Halbmondes von Tante, die sie mir zu diesem Fest geliehen hat, damit ich die Familie vertrete, angesteckt. Ich fand sie abscheulich und sehr protzig, sie passt zu Tante Constanze, aber nicht zu mir. Meine Hermelinstola war vom Liegen gelb geworden, und meine Goldkäferschuhe, die einzigen Gesellschaftsschuhe, die ich besitze, passten auch nicht zu dem grünen Kleid. Ich kam mir darin vor wie maskiert.

Mein schwarzer Straußenfederfächer passte auch nicht dazu, er gehörte früher zur Toilette, aber wie ich sah, trägt man jetzt keine Fächer mehr. Er hat lange in der Mottenkiste gelegen. Ich kam mir selbst vor wie aus einer solchen Kiste.

* * *

Ich stehe im Empfangssalon. «Erlaube, Mama, dass ich dir deinen Tischherrn, General so und so, vorstelle.» – «Gestatten, gnädigste Frau.» Handkuss und Verbeugung eines grauen Kopfes. Eine andere Uniform verdrängt ihn. Ich sehe Uniformen, lange Kleider mit Schleppen, stattliche Damen mit Perlenketten, Federschmuck im Haar, junge Frauen mit kühnem Rückenausschnitt und Lockenmähnen neigen sich huldvoll über meine Hand. Tiefe Knickse der jungen Mädchen. Man beglückwünscht mich zu meinem Sohn, der Hauptmann geworden ist und eine große Karriere vor sich haben soll … Seine Uniform glänzt von neuen Orden.

Neben mir auf dem Sofa sitzt eine Gräfin aus Potsdam, scharf geschnittenes Profil, das Doppelkinn gehalten von einem engen, festen Perlenhalsband. Ihr schwarzes Spitzenkleid ist einfach und vornehm. Ich hätte mir mein weißes Spitzenkleid färben lassen sollen. Jetzt trägt es die Frau von Ben. Mir wirbelt der Kopf von den vielen Menschen. Ich bin das nicht mehr gewöhnt. Wann hab ich meine letzte große Gesellschaft mitgemacht? Ich glaube, es war 1914, ein Gartenfest bei einem Oberst … Es war glühend heiß, und alles sprach damals vom Krieg, der dann auch bald kam … Es war meine letzte Gesellschaft. Die Braut ist noch nicht sichtbar. Sie ist beim Ankleiden.

«Meine Tochter ist die Ruhe selbst», sagt die Brautmutter zu den Damen.

«Wohin reist denn das junge Paar?»

«Gott wohin? Wahrscheinlich nach München. Er hat ja nur fünf Tage Urlaub.»

«Die jungen Leute müssen heutzutage schnell heiraten», meint ein alter Herr neben mir.

Die Herren stecken die Köpfe zusammen über einen

Witz. Junge Mädchen in weißen und rosa Kleidern, goldene und silberne Schuhe flirren vorbei.

«Darf ich Ihnen Lisas Freundin Carola vorstellen?»

«Ihre Freundin Bianca … Ihre Freundin Freia, meine Cousine Hildegard …» Dieter führt mir die Kameraden vor: «Mama, erlaube, dass ich dir meinen Freund Hans-Otfried vorstelle … Seine Mutter ist auch vom Rhein … Hier, mein guter Hasso … Das ist meine Mama. Hasso spielt nämlich auch Klavier … Musik ist sein Steckenpferd. Darf ich dir Major Soundso, Graf X. vorstellen?» Ich bemühe mich, gute Haltung zu wahren und zu lächeln. Ich kann mir vorstellen, was es heißt, bei einer Cour Cercle zu halten, wie die arme Zarin, der nie etwas einfiel, wenn sie sich fremden Menschen gegenübersah, die etwas Geistvolles von ihr erwarteten.

Ein paar höfliche junge Herren, die Dieter als seine Adjutanten für diesen Tag angestellt hat, bemühen sich um mich. «Sind Ihnen nun alle Herren vorgestellt, meine gnädigste Frau? Welche von den älteren Damen kennen Sie noch nicht? Die dort mit dem roten Haar, die eben hereinkommt, ist Fürstin Soundso … Sie werden ihr bei Tisch gegenübersitzen … Wir mussten im letzten Augenblick die Tischordnung ändern … Der Kommandierende hat nämlich abgesagt, er muss plötzlich an die Front, aber seine Gattin wird kommen …»

Da ist sie schon … Weiße Flügeltüren, die sich öffnen und schließen, Diener in Escarpins, Palmenwedel über Sofas, kosige Ecken für den Kaffee nach Tisch Blumenkörbe werden hereingebracht …

Dieter wirft einen Blick auf die daran hängenden Karten. «Nett von Uechtritz … Er hat uns nicht vergessen …»

«Ja, reizend», sagt die schöne Brautmutter und schaut die kostbaren Rosen flüchtig an.

Das ganze Zimmer steht schon voll großer und kleiner Körbe mit Nelken, Rosen, Orchideen, in hohen Vasen wird weißer Flieder mit langen Stielen aus dem Treibhaus hereingebracht. Weiß verhüllte Geschenke. Silber. Depeschen. Sie werden von dem Adjutanten auf eine silberne Schale gelegt, um nachher vorgelesen zu werden, wie bei meiner Hochzeit damals. Ich habe seitdem keine mehr mitgemacht. «Dieses ist meine letzte Hochzeit», erzähle ich meiner Nachbarin, der Gräfin, die mit ihrer Lorgnette die Menschen betrachtet, die an uns vorüberkommen …

«Wieso Ihre letzte?», fragt sie uninteressiert. «Das weiß man doch nie …»

Doch, ich weiß das. Meine Kinder sind alle verheiratet.

Der Saal mit den vielen Spiegeln fängt das Licht auf und gibt es wieder, und die Spiegel verdoppeln die vielen Menschen. Das flirrt und flimmert mir alles vor den Augen wie ein Karnevalstreiben. Handküsse, Sporenklirren, dazwischen taucht Dieters schönes, braun gebranntes Gesicht auf. Die Brautmutter ist sehr umringt, wir haben uns kaum gesprochen, sie steht im Saal und hält Cercle. Sie kennt alle Menschen.

Ich kenne niemand, und niemand kennt mich. Ich wette, die meisten wissen gar nicht, wer ich bin.

Die Gräfin reicht einem alten Herrn im Frack die Hand, die er küsst.

«Endlich! Ich war schon ganz unruhig … Ihre Frau nicht mitgekommen? Wie schade!»

Wieder eine Änderung der Tischordnung, «Nordeck, hören Sie mal!» Der Adjutant fliegt hinter Dieter her, der einer stattlichen Dame den Hof macht. Wahrscheinlich seine Vorgesetzte. Sie lächelt ihn gnädig an. Er ist auch zu schön, mein Junge. Ich will ihm alles verzeihen, viel war es ja nicht, nur etwas wenig Liebe für das, was er empfing. Aber eine Mutter soll nicht rechnen: schenken, schweigen, verzeihen … Ich lächle allen zu, die zu seinem Fest gekommen sind. Ein stattliches Paar ist eingetreten, ein kleiner älterer Herr im Frack, ordenbedeckt, die Frau elegant im schwarzen, pelzbesetzten Sammetkleid, Orchideen am Ausschnitt, Hermelinumhang. Alles drängt zu ihnen hin. Sicher jemand von Wichtigkeit. Ich bleibe sitzen, die kleine Frau auf dem Sofa in dem altmodischen grünen Kleid. Das Nähmädchen, das mir die Schleppe absteckte, meinte, ich müsste ein neues Kleid haben zu einer solchen Hochzeit. Aber sie geht auch vorbei … in Grün. «Wer ist eigentlich die kleine Dame auf dem Sofa? Sie sitzt da wie bestellt und nicht abgeholt?», fragt ein Major, der eben angekommen ist. Der Adjutant flüstert ihm ein paar Worte zu … Darauf neigt er sich über meine Hand.

«Erlauben Sie, dass ich mich … Verzeihung, dass ich noch nicht … Dieters Mutter, nicht wahr? … Es sind heute so viele Menschen hier. Ich dachte … ich wusste nicht …» Ein paar anerkennende Worte über meinen Sohn. «Haben Sie noch mehr Kinder, gnä' Frau? Sind sie hier anwesend?» Blick in die Runde. «Nein?» Ach so, die Männer im Feld … die kleinen Kinder … Aber bei einer solchen Gelegenheit … Ein junger Herr unterbricht ihn. «Du bist auch hier, Fedor?» – «Entschuldigen Sie», eine flüchtige Verbeugung, und fort ist er. Er hat nicht einmal meine Antwort abgewartet.

Endlich ist es so weit, der Pfarrer ist vorgefahren, in der Kirche läuten die Glocken, der Zug ordnet sich paarweise. Mich führt ein alter General, die Brust mit Orden bedeckt. Es ist ein langer, feierlicher Zug. Pelze über Brokatroben, gleißende Atlasschleppen. Uniformen, ordenbesternt. Zwei Fotografen machen Aufnahmen im Schnee. Schade, dass Margot heute nicht dabei sein kann. Ulla war sehr erleichtert, dass man sie nicht eingeladen hatte. «Ich wäre lieber gestorben», sagte sie.

Die Kirche ist weiß von Blumen und streng duftendem Grün. Wir schreiten langsam zum Altar und verteilen uns dann rechts und links in den Bänken. Der Pfarrer steht vor dem Altar und wartet. Als alle stehen, fällt die Orgel ein. Brausend füllt sie die hohe Kirche.

«Wer hat denn die Kirche so schön geschmückt?», fragt die Gräfin neben mir.

«Ich weiß es nicht», sage ich leise.

«Sicher Rothe. Sie sind hier fremd? Aus Breslau, wie ich höre?»

«Nein, ich bin vom Rhein. Die Stadt werden Sie nicht kennen.»

«Wahrscheinlich nicht, ich war noch nie am Rhein», sagt die Gräfin.

Ist es möglich, dass es Menschen gibt, die noch nie am Rhein waren? Es ist kühl in der Kirche, trotzdem sie geheizt ist. Meine Hermelinstola ist nicht warm, die anderen Damen haben große Pelze, Umhänge aus Nerz, Zobel oder Sealcapes. Eine junge Frau vor mir hat über ihren Schultern einen Silberfuchsmantel bis zu den Füßen. «Möchte wissen, was der gekostet hat», sagt jemand hinter mir. «Ich hab mich neulich erkundigt, bei Herpich, ich fiel fast um. Deshalb trägt sie ihn immer. Neulich kam sie zum Tee zu mir in dem Mantel, sie ließ ihn an bis zuletzt.»

Da durchbricht ein breiter Lichtschein das Halbdunkel der Kirche, die Flügeltüren öffnen sich, und das junge Paar erscheint. Eine hohe, schlanke, weiße, schleierumflossene Gestalt und mein Dieter in Uniform. Voran gehen vier weiß gekleidete Mädchen. Sie tragen Rosenkränzchen im Haar und streuen Blumen aus kleinen Körbchen auf den Teppich. Sie sehen aus wie herabgestiegene Engel. Zwei Knaben tragen der Braut die Schleppe, die mit Myrtensträußchen besteckt ist.

«Ein wundervolles Kleid», flüstert es hinter mir. «Diese alten Spitzen auf Taft.»

«Nordeck sieht wieder blendend aus, findest du nicht, Vera?»

«So sah er doch immer aus ...»

«Dass du das so ruhig mit ansehen kannst, heute!»

«Gott, ich bin ja längst darüber hinaus ...»

«Hat er eigentlich Familie?»

«Doch, ein paar Schwestern, glaub ich.»

«Sind die hier?»

«Weiß ich nicht, die Mutter soll hier sein ...»

«Wo denn?»

Die Antwort habe ich nicht mehr gehört.

Das Brautpaar kommt an meiner Bank vorbei, sie schreiten langsam durch das Spalier zart bunter Mädchenkleider und Uniformen. Die Braut sieht sehr schön aus, blond, ruhig und kühl in ihrem spitzenüberrieselten weißen Kleid, einen Strauß roter Rosen im Arm, in den hellen Locken ein Diadem von Myrten. Alles hält den Atem an. Die Orgel spielt leise und feierlich. Nur ein paar Lorgnetten klirren. Mein Dieter! Ich krampfe die Hände fest ineinander, um mir einen Halt zu geben. Ich bleibe stehen, um sie besser sehen zu können. Sie gehen an mir vorbei. Lisas weißes Kleid rauscht leise. Ich sehe Dieters festes, schönes Profil, seinen geraden, stolzen

Rücken. Mein Herz klopft wahnsinnig rasch. Schade, dass Margot das nicht sehen kann, und Ulla … und … aber ich will ja nicht an Ben denken, nein, ich will nicht … Ich trage keine Trauer heute, ich darf es nicht, schwarzer Krepp hätte nicht in dieses heitere glänzende Bild gepasst. Mehrere Offiziere tragen schwarze Kreppreifen am Arm … aber ich weiß, mein Dieter hat einen guten Stern … er hatte ihn immer, die dunklen Stunden rechnen nicht, vor ihm liegt die breite, gerade Straße zum Ruhm.

Ein Herr neben der Orgel erhebt seinen Bariton. «Wo du hingehst, da will auch ich hingehn.»

Das Lied passt eigentlich heute nicht, denn Lisa würde meinem Dieter sicher nicht nach Russland folgen.

«Wer ist denn der Sänger?», fragt jemand hinter mir.

«Heinzmann, von der Städtischen Oper.»

«Der singt doch nicht auf Hochzeiten!»

«Aber die Stimme erinnert an Heinzmann.»

«Kannst ihn ja mal fragen, wenn's dich interessiert.»

«Ich glaube, Dorothee, wir dürfen uns setzen. Die Dame hinter uns hat sich auch gesetzt.» Die große Dame im Hermelinumhang lässt sich vor mir nieder. Der Pfarrer redet. Ich bemühe mich, der Predigt zu folgen. Reden und Predigten wirken immer einschläfernd auf mich. Es geht mir wie Onkel Dolf, der eine lange Rede für das beste Schlafmittel erklärt. Der Pfarrer spricht gut, aber ganz unpersönlich. Es hört sich an wie etwas Gedrucktes, das man schon oft gelesen hat. Meine Gedanken schweifen ab. Ich denke an Ulla, und wer jetzt die Kinder beschützt, an die schweren Lastwagen, die nach der Halde fahren, an den Papagei der Dame aus Wiesbaden, an Erni, Bens Frau. Wie mag sie es tragen? Ich muss ihr etwas schicken … aber was? Ein Kleidchen vielleicht …

Man hat dem Pfarrer einige Stichworte gegeben, und der Name Nordeck fällt auch einmal. «Der tapfere Sohn eines verdienten Offiziers, der im Weltkrieg sein Leben für uns hingegeben hat.» Die Gräfin sieht mich von der Seite an. Das gilt mir … Soll ich aufstehen? Viele Damen stehen auf, nur ein paar ältere bleiben sitzen. Nun kniet das Brautpaar nieder. Das «Ja» meines Dieter klingt laut und fest, Lisas «Ja» klingt ruhig und gelassen. Dann werden die Ringe gewechselt. Das Brautpaar erhebt sich. Orgelklänge, Geigenspiel, das Brautpaar tritt vom Altar zurück und wird beglückwünscht vom Herrn Pfarrer und umarmt von den Damen. Umringt von den Menschen, steht die schöne junge Frau da, lächelnd und kühl, als ob sie eine Gesellschaft gibt. Dieter ist ergriffen. Er umarmt mich fest … «Liebe, gute Mama.» – «Mein Dieter!» – Er drückt mir fest die Hand. – «Seid glücklich! Denk auch mal ein bisschen an mich, ja?» – Er nickt mir zu. Seine grauen Augen glänzen feucht. Er beugt sich über meine Hand und sagt: «Dank.» Wir werden getrennt, Umarmungen, Tränen, Spitzentaschentücher, Geflüster, Verbeugungen, Handküsse, Schleppen und Sporen, die gestreuten Blumen werden weggefegt und achtlos zertreten.

Die Hochzeitsgesellschaft verlässt die Kirche unter Orgelklang. Die Menschen stehen noch immer draußen und warten. Es ist bitterkalt. Der Schnee fällt leise wirbelnd.

* * *

Endlich sitzt man bei Tisch.

«Er hat gut gesprochen, der Herr Pfarrer», meint mein Tischherr, der General.

«Etwas unpersönlich», finde ich.

«Ja, was soll er schon viel sagen? Er kann sie doch nicht alle kennen, die vielen jungen Paare, die er jetzt trauen muss», meint er. «War Ihr Herr Gemahl der Nordeck, der in Gumbinnen stand?», setzt er die Unterhaltung fort, als wir die Servietten entfalten.

«Nein, mein Mann hat nie in Gumbinnen gestanden.»

«Dann war's wohl ein Verwandter?»

«Das kann sein, er hatte viele Vettern im Heer.»

«Der einzige Sohn wohl heute?», fragt er höflich.

«Nein, ich hatte zwei Söhne.»

«Auch bei der Armee?»

Der warme Hummer, den ein Diener reicht, enthebt mich der Antwort.

«Aber, meine Gnädigste, so wenig nehmen Sie? Lassen Sie mich Ihnen mal vorlegen» ... Und mein Nachbar legt mir ein großes Stück Hummer auf den Teller ... Mir wird auf einmal schwindlig. Ich lehne mich zurück, ich glaube, ich habe Fieber ... In der Kirche habe ich gefroren, jetzt ist mir heiß, und der Kopf tut mir weh. Die vielen Kerzen und die Blumen. Vor mir stehen Maiglöckchen im silbernen Korb. Ein Geschenk eines Prinzen soundso, weiß mein Gegenüber. «Von was für einer Linie?» – «Von der Vietzenburgischen.» – «Ist das der, der die Schoening zur Frau hat?» – «Nein», sagt die Gräfin von der anderen Seite, «das ist mein Vetter, der mit Marianne Schoening verheiratet ist, eine Heirat zur Linken.» – «Psst», wieder eine Rede.

Der Oberst steht auf und schlägt an sein Glas. Er spricht zum Brautpaar hingewendet, kurz, soldatisch, etwas trocken. Gläserklingen, alles erhebt sich, um mit dem Brautpaar anzustoßen.

Schattenhaft taucht meine eigene Hochzeit vor mir auf.

Es war Herbst damals, der Herbst, der dem Rhein so gut steht, leuchtend bunt die Wälder. Die Weinberge, die grünen Matten, die Terrassen mit den letzten Rosen, in der Ferne die weißen Schiffe, die rheinauf- und -abwärts ziehen mit wehenden Wimpeln, unser liebes Haus und die Gärten ... Nein, daran will ich lieber nicht denken ... Neben mir steht ein Körbchen aus Meißener Porzellan mit Pralinen gefüllt. Ob man wohl ein paar davon einstecken darf für die Kinder? So was haben Ullas Kinder noch nie gegessen. Früher nahm man sich immer ein paar Pralinen von den Tafeln im Pompadour mit ... Die Zeiten der Pompadours sind vorbei. Keine einzige Dame trägt mehr einen, außer mir. Alle tragen kleine Taschen aus Gold oder Silberstoff. Ich habe Fieberwangen und fröstle. Das ist nicht richtig, aber ich darf nicht krank werden, nicht von der Tafel aufstehen und weggehen in mein stilles, hübsches, warmes Zimmer, in das breite, bequeme Bett.

Ich komme mir so gespensterhaft vor bei dieser Hochzeit. Bestellt und nicht abgeholt, der Herr hatte ganz recht. Der Sekt perlt in den Schalen, jemand hält wieder eine Rede. Man stößt an auf das junge Paar. Der Adjutant liest die angekommenen Depeschen vor. «Den Neuvermählten, dem jungen Paar herzlichste Glückwünsche.» Ich höre lauter Namen, auch Onkel Dolf ist dabei und Erni Nordeck. Wer ist das? Richtig, Bens kleine Witwe. Sie hat auch dabei sein wollen, wenn sie auch nicht eingeladen war. Tante Constanze hat ein riesiges Wunschtelegramm geschickt aus Badgastein. Sie macht dort Winterkur. «Deine Schwester Margot», höre ich. Unter den Telegrammen ist auch eines von einer Elli Wenkenbach, geborenen Fett ... «Fett?», sagt der vorlesende Adjutant. «Ist das richtig? Ich dachte, es wäre ein

Druckfehler.» Aber es ist keiner. Seine Elli hat an meinen Dieter gedacht.

Nach dem Rehrücken ist das Brautpaar plötzlich nicht mehr da, ihre Plätze an der Tafel sind leer ... Sie sind verschwunden. Man rückt etwas zusammen, die Unterhaltung hat sich gelockert, sie ist lauter und lebhafter geworden. Man spricht nicht mehr von Prinzen und den Frauen, die sie zur rechten oder zur linken Hand geehelicht haben, noch von den Nordecks, die in Gumbinnen gestanden oder nicht gestanden haben. Alles unterhält sich zwanglos über die rosengeschmückte Tafel. Wir sind beim Eis und dem Sekt. Immer noch werden Telegramme hereingebracht und verlesen. Aber es hört kaum noch jemand zu. Namen fallen wie Blätter im Herbst. Man hört nur auf die Namen. Die warmen Käsestangen bilden den Schluss des Essens. Dann erhebt man sich und geht paarweise in den anderen Saal. Handküsse. Gesegnete Mahlzeit ... Mahlzeit ... Mahlzeit ... Mahlzeit. Unendlich viele Verbeugungen. Meine Hand ist schon ganz müde. «Wirklich reizend, heute ...», findet mein Tischherr. «Man hat jetzt so selten Gelegenheit ...» Zwei junge Mädchen in Weiß kommen vorbei, Arm in Arm, jung, schön, lockenumwallte reizende Köpfchen.

«Schade, dass nicht getanzt werden darf, Exzellenz.»

«Ja, meine Gnädigste, es ist Krieg.»

«Wie haben sie das nur fertiggebracht, dieses große Diner?», fragt eine kleine, stämmige Dame in Silberblau meinen Tischherrn. Er belehrt sie, dass die Brautmutter vom Lande ist, von einem großen Gut in Pommern. «Ach so.» Die umringte Brautmutter lächelt und drückt allen die Hände. Dann findet sie auch einmal Zeit für mich und setzt sich zu mir auf das Sofa in der Ecke. Es ist keine Brautmutter mit weißem Scheitel und schwarzseidenem Kleid. Es ist eine hübsche Frau von zweiundvierzig Jahren, schlank gewachsen, in einem gut sitzenden grauen Pailletten-Kleid, einen roten Rosenbusch an der Schulter. Ihr Gesicht hat noch keine einzige Falte, ihr Haar ist goldbraun und ihre Haut glatt und gepflegt.

«Ja, meine liebe Frau Nordeck, endlich komme ich zu Ihnen. Ich weiß, ich bin sehr unhöflich, aber es ist zu viel heute.» Der Diener gießt mir eine Tasse Kaffee ein. «Mir nicht», sagt die Legationsrätin, «erst den anderen Damen. Die Herrschaften dahinten haben noch keinen bekommen, Herr Ober ... Man muss heut die Augen überall haben ... Haben Sie sich gut unterhalten, bei Tisch? Alles gehabt? Das ist recht. Unser junges Paar ist ja nun glücklich in Frankfurt.»

«In Frankfurt am Main?»

«Aber nein, in Frankfurt an der Oder, selbstverständlich.»

Und ich werde daran erinnert, dass man im Norden ist.

«Frankfurt kenne ich natürlich auch, von der Durchreise», sagt die Legationsrätin. «Der Frankfurter Hof, der Palmengarten und die schöne Oper.»

«Und das Goethehaus», sage ich.

«Ja, natürlich das Goethehaus. Drin bin ich zwar noch nie gewesen, man hatte immer so wenig Zeit ... Wie diese jungen Paare jetzt zu ihren Hochzeitsreisen ... Damals ist man nach Ägypten gegangen, an den Nil, oder nach Venedig ... aber die arme Lisa ... Dieter muss ja in fünf Tagen wieder in den Osten ... Ja, setzen Sie nur den Rosenkorb in die Garderobe, Meta. Das ist meine Jungfer, die heute hier aushilft. Man weiß schon nicht mehr, wohin mit all den Blumen ... Ist alles in Ordnung? Hat Frau Hauptmann auch nichts vergessen? Entschuldigen Sie, wo waren wir eben?»

«In Venedig», sage ich und stelle meine Tasse fort. Der starke Kaffee hat mir die Kopfschmerzen genommen, aber ich habe Herzklopfen bekommen. Mein Herz hat heute viel auszuhalten …

«Der Flügel ist übrigens gut angekommen», fährt die Legationsrätin fort. «Er hat nur etwas im Ton gelitten und ein paar Schrammen bekommen … Er war wohl lange nicht mehr gespielt? Lisa spielt auch etwas, leider war sie immer zu faul zum Üben, sie ist überhaupt etwas bequem, aber sie hat schon ganz nett Mozart'sche Sonaten gespielt und die Kinderlieder von Schumann … Dieter möchte, dass sie sich Stunden geben lässt, aber dazu wird es wohl kaum kommen. Man hat jetzt anderes zu tun. Sie will sich beim Roten Kreuz melden … Und im Sommer sind wir ja auf unserem Gut … Da kann sie sich auch betätigen. Hoffentlich ist der Krieg bis dahin aus. Danke, ich nehme keinen Mokka. Reichen Sie ihn lieber dort den Damen auf dem blauen Sofa … nein, nicht den jungen, den älteren Damen. Mein Gott, diese neuen Kellner, kein Wort Deutsch verstehen sie, nur die älteren sind noch da … Alles ist eingezogen …

Nein, mein Kind, ich habe Bianca nicht gesehen. Vielleicht sitzt sie bei den Herren im Rauchzimmer. Wie alt sind Ihre Kinder eigentlich? Dieter sprach öfter von seiner Schwester Margarete. Margot heißt sie? Natürlich! Gott, mein Gedächtnis! Der Mann ist wohl auch im Feld? Was ist er? Arzt? Nun, die sind wenigstens sicher. Allerdings sind auch schon einige … Mahlzeit, lieber Gert … Sitzt ihr in der Halle. Du wurdest vorhin gesucht, ich weiß nicht mehr, von wem? Vielleicht lernt man sich später mal kennen, und Sie besuchen mich mal, wenn dieser grässliche Winter vorbei ist.» Das ist so hingesagt, wie Tante Constanzes Einladungen, die auch nicht ernsthaft genommen werden sollen, oder wie die Einladungen in Spanien «Betrachten Sie mein Haus als das Ihre, Señora …».

«Morgen versammeln wir uns um fünf bei mir», fährt die Legationsrätin fort. «Sie wissen doch, Admiralsufer 99. Hier ist meine Karte. Und mein Telefon. Das ist das Wichtigste in Berlin.» Ein zierliches Kärtchen wandert aus ihrer Silbertasche in meinen selbst gestickten Perlpompadour. «Ach, wie hübsch, Wiener Handarbeit, nicht wahr?» Lorgnette. «Ich habe auch so einen von meiner Großmutter … Sind Sie mit Ihrem Zimmer zufrieden? Wir hatten Mühe, eins zu bekommen, die Hotels sind jetzt immer überfüllt, aber Dieter bekommt immer und überall noch ein Zimmer, er versteht es. Er ist übrigens großartig, Ihr Sohn. War er immer schon so?»

Ein Paar verneigt sich vor uns, eine elegante junge Frau in dunkelblauem Sammetkleid und eine Uniform. «Wir müssen leider fort, Tante, Henning muss packen, er geht morgen wieder an die Front … Es war reizend heute, wirklich fabelhaft …» Die Uniform neigt sich über unsere Hände … Ich werde vorgestellt. «Die Mutter von Dieter.» «Wie schade», bedauert die junge Frau. «Wir haben uns noch gar nicht gesprochen. Mein Mann hat mit Dieter den Polenfeldzug mitgemacht.» «Ja, komm, Aline, unsere Bahn», sagt der Rittmeister. Handkuss, Umarmung der beiden Damen, das Paar geht durch die Flügeltür hinaus. Die Legationsrätin erhebt sich. «Wir wollen nach drüben gehen, Frau Nordeck. Ich muss mich auch um die andern kümmern.» Im Nebensaal sieht man vor Rauch kaum etwas. Ein Stimmengewirr, Gesichter tauchen auf, die ich noch nicht gesehen habe, ich werde einer Gruppe Herren und Damen vorgestellt. «Darf ich Ihnen die Mutter Dieters –» Man schaut mich an, wechselt das eisige, tödlich gleichgültige Gesellschaftslächeln. Dann unterhält man sich weiter. Von jemand, der das Ritterkreuz bekommen hat, von einem Vetter, der in Afrika ist, vor Tobruk, und dort an der Küste badet. Ich stehe da und bewege gedankenlos meinen großen Straußfederfächer. Es sind die dümmsten Fächer, die es gibt, sie sind nur dekorativ, sie kühlen nicht, mein Gesicht brennt, die Augen tun mir weh von dem vielen Licht, mein Kopf ist benommen von dem Duft der Blumen, die um uns stehen, Rosen, Lilienkörbe, Orchideen, Nelken, Veilchen und Mimosen ... Ich komme mir vor wie ein Möbel, das da herumsteht und das niemand mehr ansieht, noch benötigt. «Sie können wirklich stolz sein auf Ihren Sohn», sagt ein alter Herr im Frack mit zwei Reihen Orden und dem Johanniter am Halse ... «Der hat eine Karriere vor sich ... ein so junger Hauptmann ... und diese Auszeichnungen. Ich sprach kürzlich seinen Oberst ... er sagte ...» – «Verzeihung, Herr General, darf ich ...» – «Ah, meine gnädigste Frau! Wie reizend, dass ich Sie treffe.»

Ich habe mich auf das Sofa in der Ecke zurückgezogen. Neben mir sitzt die Gräfin im schwarzen Spitzenkleid. Sie hat ihre Kaffeetasse in der Hand und sieht gelangweilt aus. Sie fragt nach meinen Kindern. Warum sie nicht hier sind? Es ist nicht guter Ton, in Gesellschaft von seinen Kindern anzufangen, aber es ist der erste Mensch, der mich auf diesem Fest nach ihnen gefragt hat. Aber als ich von Ullas Kleinen anfange, merke ich, dass die Gräfin kaum zuhört. «Verzeihen Sie, ich sehe da eine Freundin», sie erhebt sich und geht davon, ohne dass ich meinen Satz beenden kann. Gegen Mitternacht löst sich alles auf. Wagen fahren vor im Schnee, Umarmungen und Handküsse in der Garderobe, die

Brautmutter sah nach wie vor frisch und strahlend aus, keine Spur von Erschöpfung auf ihrem hübschen feinen Gesicht. Wie sich diese Frauen hier jung erhalten. Wie fangen sie das nur an? Ich war erlöst, als ich die Tür meines kleinen Zimmers hinter mir schließen konnte. Ich streifte das grüne Kleid ab wie ein vergiftetes Gewand. Ich habe einmal in einem Schloss das Porträt einer jungen Hofdame gesehen, die von der Fürstin aus Eifersucht vergiftet wurde durch ein Brokatkleid, das mit einem tödlichen Stoff durchtränkt war, der auf dem Körper verbrannte. Gut, dass wir in einem aufgeklärten Jahrhundert leben. Solche Kleider gibt es nicht mehr. Aber eifersüchtige Frauen gibt es noch immer. Der Tag ist vorüber ... und mein Dieter ist glücklich mit seiner Lisa. Wird er es bleiben? Hoffentlich. Dieter ist ein Schwieriger. Man muss ihn zu nehmen wissen. Er ist ein guter Soldat, ein eifriger Arbeiter, verlässlich für alles, was man ihm anvertraut, aber ob er viel Zeit haben wird für seine junge Frau? Er hat nie viel Zeit für irgendjemand gehabt, auch nicht für mich ... Ich hätte ihn gern noch einmal gesprochen und ihn gesegnet. Aber das ist wohl ganz veraltet. Das kommt nur noch in italienischen Opern vor. Aber es ergreift mich immer. Die Hand der Mutter ... Das ist noch etwas ganz anderes, als wenn uns ein Priester segnet. Ich konnte lange nicht einschlafen. Ich sah die beiden immer eintreten in diesen breiten Lichtschein, das strahlende junge, schöne Paar, mein Dieter und die weiße Lichtgestalt unter dem duftigen Schleier und der Krone von Myrten und die kleinen Engel, die ihnen Blumen auf den Weg streuten ... Möchten es immer Blumen sein!

* * *

Gegen Morgen bin ich dann doch eingeschlafen. Das Telefon neben meinem Bett klingelt mich wach. Die helle Stimme der Legationsrätin erkundigt sich, wie ich geschlafen habe und was ich heute anfange. Sie kann sich leider nicht um mich kümmern, sie hat Hausbesuch. Und der Tee heute Nachmittag. Ich weiß doch, wie ich zum Admiralsufer hinkomme? Sie rät mir, heut Vormittag nach Potsdam zu fahren. Die Schlösser sind geheizt, und der Park ist wunderschön im Schneekleid. Die neue Bilderausstellung im Kronprinzenpalais ist auch sehenswert. Frühstücken kann ich in Potsdam im «Einsiedler» oder im «Klosterkeller», ihr Tee beginnt ja erst um fünf. «Hoffentlich haben Sie einen warmen Pelzmantel mit? Es sind achtzehn Grad. Und heute Abend würde ich mir ein Theaterstück ansehen. Wenn man schon mal in Berlin ist. In der Oper gibt es Siegfried. Das werden Sie ja kennen, im Deutschen geben sie ein neues Stück, das soll gut sein, oder im Schillertheater ‹Don Carlos› in ganz neuer Aufmachung. Das würde ich mir ansehen. Soll ich eine Karte bestellen – telefonisch? Um halb sieben fängt es schon an wegen der Flieger. Sie haben von mir aus nicht weit. Auf Wiedersehen also und gut Wetter für Potsdam.» Und die Stimme ist fort. Die leben ja in einem Tempo hier!

Draußen schneit es, meine Fenster sind gefroren, die Menschen gehen vorbei mit aufgeschlagenen Rockkragen, die Frauen halten sich ihre Schals vors Gesicht. Es ist bitterkalt, der Schnee knirscht. Nein, gnädige Frau, ich werde nicht nach dem windigen Potsdam hinausfahren, sondern ein warmes Bad nehmen und behaglich im Bett frühstücken und etwas lesen, ein lang entbehrter Genuss. Ich klingle, das Mädchen erscheint und bringt mir den heißen Kaffee sehr hübsch angerichtet, mit frischen Brötchen, Marmelade, einem Taler Butter. «Milch haben wir heute nicht.» Dann bade ich und ruhe mich aus … Ich habe lange nicht mehr etwas so Angenehmes erlebt wie diese Stunde im Bett mit einem interessanten neuen Buch, das ich mir in der Halle gekauft habe. Dann frisiere ich meine Locken frisch, ziehe mich an und gehe ins Lesezimmer, um Briefe zu schreiben. Zuerst an Tante Constanze, die in Gastein darauf brennt, von der Hochzeit zu hören. Und dann an Margot. Dann ist es Zeit zum Essen. Im großen Speisesaal sind schon um 12 alle Tische besetzt. Ich bekomme noch einen in der Ecke. Um mich nur Herren, einige Uniformen dazwischen. Ich kenne niemand, und niemand kennt mich. Ich nehme das kleine Menü, natürlich, elegant serviert, etwas spärlich, aber für mich genügt es. Der Ober legt mir eine prächtig gebundene Weinkarte hin. Ich wähle, um nicht ganz in seiner Achtung zu sinken, ein Glas Sherry. Nach Tisch setze ich mich in die Halle in eine Ecke in einen bequemen Sessel und rauche eine Zigarette zu einer Tasse Kaffee. Ringsum Ehepaare vom Land, die zu Einkäufen hergekommen sind, die Damen in dicken Pelzen, Herren, die aussehen, als kämen sie von einer Aufsichtsratssitzung oder einer Besprechung mit ihrem Anwalt. Reisende, Einkäufer großer Geschäfte und schicke junge Frauen mit jungen Offizieren, die wahrscheinlich auf einer sehr kurzen Hochzeitsreise sind. Ich finde es erholend in meiner Ecke als stille Zuschauerin. Niemand hält mein Kleid fest, niemand will Geld von mir haben, ich bin hier Gast der Legationsrätin. Wenn der Stein in meiner Brust nicht wäre und das Klopfen meines Herzens, das immer pocht: Ben, Ben, wäre ich sogar glücklich. Um vier Uhr erscheint die Musik, ein kleines Orchester, Geigenstimmen, ein Klavier. Sie spielen eine Sarabande von Bach. Wie gern würde ich hierbleiben in dem hohen, warmen schönen Raum, der Kellner baut schon die Teetische neben mir auf, die sanft beschirmten Lampen brennen, aber ich muss zu diesem Tee.

Es ist schauerlich kalt.

Ich habe leider keinen Pelzmantel mit, den hat meine Margot bekommen, und aus meinem Wintermantel hab ich Ullas Kleinen warme Mäntelchen gemacht. Ich habe nur einen schwarzen Sammetmantel mit, durch den der Wind bläst wie durch Papier, und mein Jackenkleid, das zwar immer noch gut aussieht, denn es hat einen Schnitt, der Zeit und Moden überdauert, ich trage es seit zwanzig Jahren, hat nur den einen Nachteil, es hält nicht warm, und meine weiße Seidenbluse ist auch nicht gerade warm. Es war natürlich auch nicht das Richtige. In der Garderobe ordnen sich die jungen Frauen in langen, schwarzen Nachmittagskleidern ihre Locken vor dem Spiegel. Sie tragen winzige Hütchen aus Pelz, die wie ein Nest auf den Locken sitzen, reizende Gebilde aus Sammetblumen, und Halbschleier, die so gut kleiden zu dem siegellackroten Mund und den fein gemalten Augenbrauen. Im Salon empfängt mich ein Stimmengewirr und ein Gedränge von Menschen um ein Teebüfett, das in der Mitte des Raumes steht mit Kuchen, Gebäck und bunten Brötchen. Ein schwarz gekleidetes Mädchen gießt Tee am Samowar ein, man steht herum, die Teetassen in der Hand.

Die hübsche, schlanke Legationsrätin begrüßt ihre Gäste. Es ist ein Kommen und Gehen. Manche bleiben nur eine Viertelstunde, sie müssen noch weiter zu anderen Tees, zur japanischen oder bulgarischen Gesandtschaft. Die meisten behalten ihre Handschuhe an, niemand scheint Zeit zu haben, sich auch nur zu setzen. Ich werde vorgestellt.

Ein flüchtiger Blick, ein Händedruck, eine Verbeugung, ein Handkuss, ein paar Worte. Man spricht von der Hochzeit, wie reizend es gestern war, und das gute Diner! Die Blumen! Das ganze Zimmer steht noch voller Rosenkörbe und Nelken in hohen Vasen und Orchideen in Kristallschalen. Blumenduft, Parfüm, Zigarettenrauch, Tee. Mir wird immer schwindlig, wenn ich unter so vielen Menschen bin. Ich suche einen Platz auf einem Sofa zwischen zwei älteren Damen. Sie sprechen über Bertie, der vom Pferd gestürzt ist, von einer Wanda, die wieder erwartet, und von einem Umzug von einem Gut bei Neustrelitz nach Berlin. Sie bezeugen keine Lust, sich mit jemand zu beschäftigen, den sie nicht kennen, der nicht interessant aussieht und mit seiner Teetasse dasitzt und lächelt ... Ich lächelte, bis ich glaubte, dass mir dieses Lächeln auf dem Gesicht stehen bleiben würde, wie eine Maske ...

Die Hausfrau kommt zu mir und gibt mir meine Theaterkarte und fragt, ob ich alles gehabt hätte? Sie ruft ihre Meta und lässt mir frischen Tee bringen und Nusstorte und entschuldigt sich, dass sie sich so wenig um mich kümmern könnte. «Aber Sie kommen gewiss später einmal wieder her ... Ja, ich komme, Auguste ... Sie wollen schon gehen? Viel Vergnügen heut Abend», nickt sie mir zu. Und dann ist sie wieder bei ihren Gästen. Man meldet meinen Wagen, und ich gehe, ohne Abschied zu nehmen, denn das ist unmöglich in dem Gewühl von Menschen. Ich fahre durch eine dunkle Stadt. Nur der Schnee leuchtet weiß. Ich kann nichts sehen als abgeblendete Laternen und ab und zu die große weiß behandschuhte Hand eines Schutzmannes. Eine halbe Stunde später sitze ich im Parkett des Theaters, der Vorhang teilt sich, ich bin im Garten von Aranjuez. Auf einer

Steinbank liegt der junge Prinz, missmutig, der Welt und den Zuschauern den Rücken zugekehrt …

Dieser Don Carlos hat mich nicht sehr begeistert. Er ließ mich ganz kalt. Lag's an dem Spiel oder an der neuen Ausstattung? Ich weiß es nicht. Es kam mir alles etwas kahl und nüchtern vor, und ich muss sagen, dass mir ein einfacher Provinz-Don-Carlos lieber ist als dieser künstliche kalte. Und von der Prinzessin Eboli, einer Dame mit einer Stumpfnase und einem unspanischen Profil, kann ich mir kaum vorstellen, dass sie spanische Männer bezaubert hat. Ich fuhr durch das verdunkelte Berlin zurück. Noch eine Nacht in meinem stillen, schönen Zimmer, noch ein behagliches Frühstück im Bett, dann stehe ich in der Bahn. Ich fahre dritter Klasse zwischen Soldaten und ihrem schweren Gepäck.

* * *

Ich ging vom Bahnhof gleich heraus zu Ulla. Sie stand in der Küche, das Haar mit Seifenflocken bedeckt, und wusch. Ulla wäscht immer sehr stürmisch. Die Kleinen krabbelten um sie herum und fragten, was ich ihnen mitgebracht hätte. Eine Frage, die bei mir früher verboten war, aber das ist die alte Schule. Leider hatte ich ihnen nichts mitbringen können von dieser Hochzeit.

«Du, Mama», sagt Ulla zwischen meinem Bericht, «das kannst du mir alles später erzählen, wir haben kein Brot mehr im Haus. Kannst du nicht zum Bäcker laufen und eins holen? Und bring auch sechs Schrippen mit, die Brotkarten liegen im Küchenschub. Und Haferflocken, wenn der Bäcker welche hat, brauchen wir auch.» Ich nahm die große Wachstuchtasche und machte mich auf den Weg. Am Abend, als die Kinder in den Betten lagen und wir das Geschirr abwuschen, sagte mir Ulla, dass sie wieder in Umständen sei.

Ich habe ihr nichts weiter von Dieters Hochzeit erzählt. Ich hatte das Gefühl, als wollte sie nichts davon hören. Ich war heute Morgen zur Steuer bestellt und musste dort eine Stunde warten. Da ich nicht viel zu versteuern habe, ging es dann rasch. Auf dem Rückweg ging ich zu meinem Arzt. Es ist nicht mehr der alte Sanitätsrat, es ist nur noch sein Haus. Sein Nachfolger ist jung und hält sich nicht lange mit Untersuchungen auf. Es sind viele Menschen in seinem Wartezimmer. Man bekommt eine Nummer, nach der man aufgerufen wird. Der neue Doktor ist kurz angebunden und ziemlich trocken.

Als ich ihn fragte: «Wie lange glauben Sie, dass mein Herz das noch aushält?», stellte er sein Hörrohr weg. «Das wird ganz auf Sie ankommen», meinte er, und ich musste an die junge Frau denken, die vor einer Operation am Knie den Chirurgen ängstlich fragte: «Wird man das später auch nicht sehen?», und er ihr zur Antwort gab: «Ja, das wird ganz auf Sie ankommen, gnädige Frau!» So wird es auch mit meinem Herzen sein. Wenn ich alles befolge, was er mir riet: Ruhe, viel liegen, wenig Bewegung, Aufregungen vermeiden, mal verreisen, ein anderer Himmelsstrich, Luftveränderung, freundliche Eindrücke, eine Badekur in Nauheim oder Kudowa, werden die Schmerzen und Stiche und das «verästelte Baumgefühl» in meiner Brust vielleicht aufhören. «Wo gehen Sie gewöhnlich zur Erholung hin?», fragte er mich. Ich sagte ihm, dass ich nirgendwo hinginge. In zwanzig Jahren, seit ich in dieser Stadt lebe, war ich zweimal in Dresden bei Tante Constanze, einmal zehn Tage in Frankreich zum Friedhofsbesuch und einmal im Regen in Irland. Das kann man nicht gerade zu den Erholungsreisen rechnen. Er gab mir Schlafmittel und Beruhigungstropfen, und die nächste Nummer wurde aufgerufen.

Im Herbst, als ich Ullas Garten aufräumte und die Sträucher beschnitt, fand ich mich plötzlich auf einem eisernen Gartenstuhl sitzen, an die Mauer gelehnt, die Gartenschere im Schoß und ein Bündel Reisig zu meinen Füßen. Ich weiß heute noch nicht, wie ich dahin gekommen war. Ich fange doch allmählich an, mich für eine Lebensversicherung zu interessieren.

Als ich dann die Bedingungen erfuhr, merkte ich, dass mir diese Weisheit zu spät gekommen war. Aber früher hätte ich die Beiträge sowieso nicht bezahlen können, und jetzt sind sie für mich zu hoch.

Ich glaubte einmal, es sei schwer, alt zu werden. Das ist nicht wahr. Wir werden alle einmal alt. «Un peu plus tôt, un peu plus tard, qu'importe», sagte der alte Dubarry, als er abgeholt wurde vom Henker.

Als mich der Steuerbeamte fragte, weshalb ich meine Erklärung so und nicht so abgegeben hätte, wie es richtig wäre, fragte ich ihn, ob er schon einmal umgezogen sei? Er sah mich erstaunt an …

«Ja, mein Herr», sagte ich. «Bei diesen Umzügen habe ich mein Gedächtnis eingebüßt.» Man büßt ja immer etwas ein bei Umzügen. Keinesfalls gewinnt man etwas dabei. Ich bin auch nicht reicher davon geworden.

* * *

Ich habe nie recht verstanden, weshalb man sich dazu beglückwünscht, auf die Welt gekommen zu sein. Aber man tut es, die Sitte ist noch nicht abgeschafft. Ich habe also

Geburtstag, und man beglückwünscht mich dazu ... Ich habe ein paar Gäste dazu geladen, nicht viele, nur so viele, wie in meine kleine Wohnung gehen. Die beiden Professorenfrauen aus der Nachbarschaft, die ich aus den Museumskonzerten kenne, Ulla und Onkel Dolf, der von der Hochzeit hören will. Ich habe eine Kriegstorte gebacken und Brötchen gemacht (meine Fleischration für eine Woche). Das Beste dem Gast, sagt der Orientale. Mein Geburtstag begann mit einer Überraschung. Als ich morgens meinen Achtelliter Magermilch holte, gab mir der Postmann eine kleine Kiste, auf die ein Glas gemalt war. «Vorsicht, zerbrechlich!» Ich glaubte schon, sie käme von Tante Constanze, aber als ich sie öffnete, fand ich eine rote Vase darin von sehr schöner Form, auf der die Nummer eins klebte. Ich zerbrach mir den Kopf über den geheimnisvollen Absender, bis die Morgenpost mich darüber aufklärte. Sie kam von einem rheinischen Verlag, der mich einmal vor längerer Zeit aufgefordert hatte, mich an einem Preisausschreiben zum Muttertag zu beteiligen. Da ich nichts anderes dahatte, schickte ich ihnen das Gedicht «An eine Mutter», und damit habe ich den ersten Preis bekommen, die rote Vase. Es war mein erstes Gedicht und ist sicher mein letztes, denn ich habe das Dichten aufgegeben. Die rote Vase habe ich mit frischen Tannenzweigen und Ebereschen gefüllt, sie steht auf meinem Geburtstagstisch, auf dem die Briefe meiner Kinder und Freunde liegen. Von Mary kam nur ein kurzer Gruß. Sie ist wieder in München, ihr Freund ist gefallen im Osten. Sie trägt es mit der Resignation gesunder Menschen.

Der Inder hat recht gehabt ... Ihre Freiheit hat sie erlangt durch ein Wunder. Aber sie hat lange auf dieses Wunder warten müssen.

Der erste Gast, der zu meinem Geburtstagskaffee erschien, ist die Korzfleisch. Festlich in schwarzer Seide, neuer Winterhut, schwarze Glacéhandschuhe und eine blaue Hyazinthe im Arm «fors blaue Zimmer». Sie ist etwas früher gekommen als die andern, um von der Hochzeit zu hören, vom Essen und den Kleidern und wie das Brautpaar ausgesehen hat, und was sie in Berlin treiben.

Um vier Uhr kamen mit der Pünktlichkeit der Könige die anderen Damen, zwei Professorenfrauen. Man ist jetzt pünktlich, wenn man eingeladen ist. Es sind nette Damen, einfach und hilfsbereit, wir kennen uns vom Luftschutzkeller. Sie wohnen in der Nähe. Um halb fünf kam Ulla angejagt, die erst ihre Kinder bei einer Freundin unterbringen musste, und zuletzt wuchtet sich Onkel Dolf die steile Treppe herauf. Er schimpft schon, ehe er sichtbar ist, laut über die glatt gewichsten Treppen seiner Feindin, der Schmeckebier. «Hätt sie nicht einen Läufer hinlegen können, die alte Hexe? Ich hätt mich fast auf den Hintern gesetzt und mir ein Bein gebrochen. Aber das wäre sie teuer zu stehen gekommen!» Seine gewaltige Gestalt ist fast zu groß für mein niedriges Zimmer. Er hatte sich festlich angezogen, schwarzer Cut, gestreiftes Beinkleid, hellgrauer Schlips mit der großen Perle, eine Blume im Knopfloch, frisch gescheitelt vom Friseur. Er wird vorgestellt. Die Korzfleisch reicht ihm huldvoll die Hand: «O, der Herr Stadtrat in eigener Person!» – «O, Frau Adele Korzfleisch in höchsteigener Person!», erwidert Onkel Dolf. Dann sucht er sich eine Sitzgelegenheit aus, von der er hofft, dass sie sein Gewicht aushält, und zieht sich in meinen Ohrensessel zurück. Ich gieße Tee ein, Ulla reicht die Kuchenteller und Toast (meine ganze Wochenration Brotmarken), und wir machen Konversation. Es ist etwas schwierig wegen der Zusammenstellung meiner kleinen Gesellschaft. Es fehlt nur noch Herr Ying. «Eine Lautenborn'sche Gesellschaft», bemerkt Onkel Dolf, als ich ihm seinen Tee eingieße. Die Geheimrätin Lautenborn war nämlich dafür bekannt, dass sie sehr gute Diners gab, aber die Zusammenstellung ihrer Gäste war immer etwas sonderbar. Sie pflegte nämlich ihre Gäste morgens im Bett telefonisch einzuladen, und zwar nach dem Alphabet, nicht wie sie zusammenpassten, so fanden sich bei ihr die merkwürdigsten Menschen, die sich noch nie gesehen hatten oder sich nicht mehr sehen wollten, sich aus dem Wege gingen, sich hassten, an ihrer Tafel ein. Frau Korzfleisch, die alle aufregenden Ereignisse der Stadt und Umgegend sammelt, gibt das Unglück eines Metzgermeisters zum Besten, der in seinem Laden über ein Rosenblatt ausgeglitten ist und sich eine Gehirnerschütterung zugezogen hat.

«Über ein Rosenblatt, Herr Stadtrat!»

«Wie kommt denn der Metzgermeister zu dem Rosenblatt?», fragt Onkel.

Und der Landrichter, der bei ihr im ersten Stock wohnt, der immer auf alle Berge rannte und gerade vom Großglockner oder wie der Berg hieß, heimgekommen war, setzt sich in seine Badewanne und bricht sich das Bein. Sie hatten sie zur Hilfe gerufen, denn die Frau war natürlich kopflos …

«Furtwängler war doch neulich wieder hinreißend», sagt Frau Professor Ernst zu mir. «Die Neunte – unvergleichlich! Welcher Schwung. In Paris soll er damit Stürme des Beifalls geerntet haben. Sie kennen ja Paris?»

«Nur sehr oberflächlich, ich war mal auf der Hochzeitsreise drei Tage da», sage ich.

«In drei Tagen kann man viel sehen», sagt Frau Professor

Sturmband. «Mein Mann war mal drei Tage in New York. Was der dort alles gesehen hat! Man muss nur verstehen zu reisen!»

Sturmbands fuhren jedes Jahr nach Engelberg, sie haben von Luzern aus herrliche Alpenwanderungen gemacht. Sie beschreibt einen Sonnenaufgang auf dem Rigi. Onkel Dolf wirft einen Blick zur Decke. Frau Korzfleisch wartet mit Begierde darauf, in die gebildete Unterhaltung einzugreifen. Frau Ernst schildert eine Sturmflut in Binz, die sie im Sommer mitgemacht hat.

«Binz», hakt Frau Korzfleisch ein, «das ist doch da, wo immer so viele Menschen ertrinken?»

«Warum ersaufen die?», regt sich Onkel Dolf in seiner Ecke. «Na, weil sie ins Meer gehen und können nicht schwimm'. Da ist doch vor zwei Jahren das schreckliche Unglück passiert mit den Ehepaar aus Klein-Machnow! Also, bassen Sie mal auf. Die war'n in Binz, und die Frau konnte nich schwimm'; aber die musste partout jeden Tag ins Wasser, und der Mann natürlich mit. Und der konnte ooch nicht schwimm'! Ich kann ja ooch nicht schwimm'! Aber ich geh ja ooch nicht ins Wasser. Aber die Frau musste rein, und an einem Tag, wo Sturm war und haushohe Wellen. Und kaum war sie drin, war sie fort. Der Mann machte gleich hinterher. Und fort war der auch. Und dann ist noch ein Student hinterhergemacht, den ham die Wellen ooch verschlungen. Und am Ufer lief die alte Mutter mit gerungenen Händen wie eine Verrückte hin und her.»

«Konnte die Alte ooch nicht schwimm'?», fragt Onkel Dolf und rührt in seiner Tasse.

«Aber, Herr Stadtrat, eine Frau von achtzig Jahren! Sie sind alle drei ums Läm' gekommen, an einem Sonntagmorgen. Aber mein Mann sagt immer, Wasser hat keine Balken, aber die Menschen ham ja keine Vernunft. Wenn ich denke, was bei uns alles passiert, die Unglücke am Wehr! Wie oft hat unser Ben da drin gelegen, und der Dieter erst mit seinen Freinden. Die wärn schon mehr als einmal fast ertrunken. Wen unser Wehr einmal zwischen den Zähnen hat, den gibt's nicht wieder her.» Und sie hält mir zum dritten Mal ihre Tasse hin.

«Und der Bäckermeister aus Niederitzsch zum Beispiel voriges Jahr, bassen Sie mal auf.» («Na, *wie* wir schon aufpassen», knurrt Onkel in seiner Ecke.) «Es hat ja in unserer Zeitung gestanden. Der musste auch baden gehn mit seinen 300 Pfund. Weil's ihm heiß war, zog er sich aus und ging ins Wasser, und kaum war er drin, Herzschlag, und aus war's. Ja, ja, die Dicken stehen immer mit einem Bein im Grabe.»

«Oliva, hast du nicht 'nen Kognak da oder so was Ähnliches?», fragt Onkel aus seiner Ecke. «Ich trinke gewöhnlich Rum mit Tee, aber nicht umgekehrt. Ja, ja, Frau Korzfleisch, wir beide können keine Mondscheinpartien mehr auf dem Wasser machen. An uns würde sich kein Student mehr die Rettungsmedaille verdienen ... Na los, Oliva, nur nicht so schüchtern», sagt er, als ich mit der Kognakflasche ankomme. «Nur zu ...»

«*Ich* danke», betont Frau Korzfleisch und hält ihre Hand über die Teetasse. «Sonst mit Vergniegen, aber im Kriege alles nur fürs Vaterland. Ich halt mich an den Dee. So 'ne gute Dasse Dee macht einen gleich munter ... Den haben Sie sicher von dem Chinesen?»

«Nein, von Dr. Stetten.»

«Was ist denn eigentlich aus dem geworden?», fragt Onkel.

«Ich weiß nicht, Onkel. Ich habe nichts mehr von ihm gehört …»

Alle sehen mich an, auch Ulla, und ich werde lächerlicherweise rot. Die Korzfleisch lenkt das Gespräch auf ein näherliegendes Gebiet und gibt das Rezept meiner Torte preis, zu der sie die Eier beigesteuert hat. «Ja, wenn man Beziehungen zum Lande hat …»

«Wie viel Eier ham Sie sich denn schon zusammengehamstert?», erkundigt sich Onkel.

Die Korzfleisch tunkt ihre Brezel in den Tee … «Ich? Kein einziges. Ich bekomm sie geschenkt, und was ich habe, das teile ich mit anderen. Darin bin ich nicht wie die meisten Leute, die alles für sich behalten und niemand was gönnen.» (Wie er und seine Nachtigall, von der man nie was bekommt.)

Die Professorenfrauen staunen, dass es so edle Menschen gibt, die andern die Eier ins Haus bringen und nichts dafür nehmen. Und dann muss die Korzfleisch noch eine unerhörte Angelegenheit loswerden von den zwei Studenten und den jungen Damen aus den feinsten Familchen, «die Sie alle kennen», aber sie will ihre Namen nicht nennen. Sie wohnen im Villenviertel am Zoologischen, die angetroffen worden sind von der Nachtstreife im «Schwarzen Kater», nachts um halb drei!»

Entrüstung bei den Damen. Onkel Dolf regt sich in seiner Ecke.

«Was haben sie denn auf einmal gegen den ‹Schwarzen Kater›, Frau Korzfleisch?», fragt er. «Ich denke, da sind Sie früher auch nicht ungern hingegangen.»

«Ich?!» Frau Korzfleisch sitzt kerzengerade auf dem Sofa. Wie eine Königin thront sie da, in ihrem schwarzseidenen

Kleid, das prall ihren Busen umspannt. «Ich? In den ‹Schwarzen Kater›? Herr Stadtrat, ich glaube, Sie irren sich!»

«Ich irre mich nicht, ich hab nur ein gutes Gedächtnis ... Wir beide haben doch manchen Walzer dort geschwungen. Sonntag abends ... Frau Adele Korzfleisch war nämlich eine flotte Tänzerin, um die haben wir uns gerissen ... Wir zwei haben eine Polka hingelegt, da blieb alles stehen, um zuzusehen. Wissen sie noch? Polka, Polka tanz ich gern, aber nur mit jungen Herrn ...»

Die andern lächeln, Frau Korzfleisch ist rot geworden, der Falter auf ihrem Busen wiegt sich unruhig hin und her.

«Sollten Sie das vergessen haben, gnädige Frau?» Onkel grinst sie ein Satan in seinen grauen Spitzbart. Er sitzt da, massiv, seinen Sessel füllend, dreht die Daumen umeinander und bläst eine Rauchwolke aus seiner Zigarre, die er sich mitgebracht hat.

Aber Frau Korzfleisch ist nicht so leicht aus der Fassung zu bringen. «Der Herr Stadtrat ist heute ja so gut aufgelegt», meint sie und geht dann zu den Kriegsrezepten über. Onkel Dolf erhebt sich und verabschiedet sich mit einer galanten Verbeugung von den Damen.

«Wie bist du nur darauf gekommen, das Weib einzuladen?», fragt er mich draußen in der Diele, als ich ihm in seinen Mantel helfe.

«Ja, Onkel, ich wusste ja nicht, dass ihr euch kennt.»

«Die kennt doch die ganze Stadt, außer dir vielleicht.»

Er setzt den steifen Hut auf und kramt aus seiner alten Brieftasche ein paar Scheine hervor. «Da, meinen Obolus. Hätt's fast vergessen über dem Geschwätz.»

Onkel hat eine reizende Art, einem Geschenke zu überreichen. Es ist immer, als ob uns jemand widerwillig eine

Schuld bezahlt. Aber in diesem Fall freut es mich doch, denn die Reise nach Berlin hat mich allerlei gekostet, trotzdem ich dritte Klasse gefahren bin und im Gang gestanden habe.

«Danke sehr, Onkel ...»

«Am Sonntag haben wir 'ne Ente. Hab was geschossen, neulich auf der Jagd. Kannst dich dazu einfinden.»

Der Depeschenbote unterbricht uns ... Er überreicht mir ein Telegramm. Ich reiße es auf. «Heute Morgen ein prächtiger Junge angekommen, Margot ...»

«Na, das ist wenigstens eine erfreuliche Nachricht», sagt Onkel, «Buben können wir gebrauchen.»

Und schimpfend über die glatt gewichste Treppe der Schmeckebier stampft er, sich am Geländer festhaltend, die Treppe hinunter. Die Damen brechen nun auch auf. Ulla muss zu ihren Kindern. Die Korzfleisch hat etwas von Voralarm gehört. Sie machen sich auf den Weg mit ihren Taschenlampen durch die finstere Stadt. Ich schließe die Tür hinter ihnen ... Die Gesellschaft ist aus, ich bin allein.

* * *

Ich räume das Teegeschirr fort und zünde meine Schreibtischlampe an mit dem zarten blauen, chinesischen Schirm. Jetzt wäre die Stunde gekommen, meinen Flügel aufzuschlagen ... Aber mein Flügel ist nicht mehr da ... Lisa schrieb, er habe doch sehr im Ton gelitten auf der kalten Reise, sie würde ihn, mit meiner Erlaubnis, gegen einen neuen umtauschen. Sicher ist er es schon, sie haben mir nur nachträglich davon Mitteilung gemacht ... In welchem öden Vorstadtsaal mag er jetzt stehen, mein alter Flügel, unter welchen Händen ertönen? Er war so gewöhnt an mich, an meinen sanften

Anschlag, es hat ihn kaum ein anderer Mensch je gespielt … Wer wird ihn heute spielen? Ein Kaffeehauskünstler, der Begleiter einer Damenkapelle? Wenn ich ein Radio hätte, würde ich mir jetzt etwas vorspielen lassen, aber ich habe keins mehr bekommen. Die Volksempfänger sind ausverkauft …

«Nach dem Krieg», sagte der alte Großvater im Laden, «kommen Sie noch mal ran. Dann sind vielleicht wieder welche da.»

* * *

Die Straßen sind schwarz wie der Himmel, die Häuser und alles. Wir sitzen in unseren Häusern und warten auf das erste Heulen der Sirenen. Sie waren schon öfters da, die Engländer, wir haben manche Nacht im Luftschutzkeller zugebracht. Er ist ganz gemütlich eingerichtet in unserem Haus. Er liegt neben der Heizung. Wir haben alle Liegestühle dort mit warmen Decken, und wenn es lange dauert, spiele ich mit dem Nervenarzt Mühle. Es ist der nervöse Herr, der so lange Nervenarzt war, bis er selbst Nerven bekommen hat. Oder seine Frau liest uns eine Geschichte vor, die vor hundert Jahren bei einer Sturmflut auf Sylt gespielt hat. Das ist beruhigend, weil es so lange her ist. Heut scheinen die Flieger nicht zu kommen, denn es bleibt alles ruhig. Ich habe keine Angst, ich bin Fatalistin geworden. Ich sitze bei meiner abgeblendeten Lampe am Schreibtisch und sehe meine Post durch, wozu ich heute noch keine Zeit gehabt habe. Mary schreibt aus dem Sporthotel in Oberhof. Sie hat sich dort mit einem Major aus Baden-Baden verlobt. Sie wollen sich in diesen Tagen trauen lassen, sie hofft, ich werde sie bald einmal in ihrer dortigen Villa besuchen. Sie liegt so schön, und der Schwarzwald ist so nahe. Sie ist ruhig geworden über den Tod ihres Freundes, der vor Warschau als Hauptmann gefallen ist, nachdem ihr Weg endlich frei geworden war. Glückliche Menschen, die vergessen können. Aber Mary ist Rheinländerin. Sie schickt ihr Bild mit, sie sieht darauf schlanker und jünger aus als je, fast wie ein junges Mädchen, und sehr reizend in ihrer kecken Pelzmütze.

* * *

Von Dieter kam ein Telegramm aus Frankfurt an der Oder. Er hat mich über seinem Glück nicht vergessen … Auch Margots Mann gratuliert. Er ist auf ein paar Tage nach Gießen beurlaubt, er kam gerade an, als der Junge einpassierte. Tante Constanze schickt eine Ansichtskarte aus Gastein, auf der das Bad aussieht wie eine amerikanische Wolkenkratzerstadt, auf Felsen erbaut. Und dann wurde noch am späten Abend ein Korb aus einer Blumenhandlung geschickt, den die Wirtschafterin der Frau Schmeckebier heraufbrachte. Lauter rote Rosen, wie immer. Es liegt keine Karte des Absenders bei, aber ich weiß, von wem sie kommen. Der Korb kommt an jedem Geburtstag. Die Rosen stehen vor mir, und ihr zarter Duft weht mich an. Das ist schön, viel schöner als alle Geschenke. Er denkt doch noch an mich in der Ferne … Er lebt also noch, und vielleicht, vielleicht wird er eines Tages wiederkommen und vor meiner Türe stehen … Aber dann werden wir beide alt sein. Er und ich …

Das Alter hat auch seine Vorzüge. Man ist ruhig und abgeklärt, die Wünsche sind schlafen gegangen und eingesargt. Man weiß, dass nun nicht mehr viel kommen wird, und sieht dem, was kommt, gewappnet entgegen. Es kann uns nicht mehr überfallen, nicht mehr erschrecken …

Ich kann mit gutem Gewissen dem Tag entgegensehen, an dem man mich zur Rechenschaft fordern wird. Ich habe meine Schulden abgetragen, ich habe alles hergegeben, was mir lieb war, meine Musik, meinen Flügel, meinen warmen Pelzmantel, meine Wohnung und meine Bilder. Ich habe nur noch mein blaues Zimmer mit den großblumigen, hellen Sesseln, auf denen er so gern saß und zuhörte, wenn ich Schumann spielte …

* * *

Die Gräber kommen nun auch dran. Der alte Friedhof wird abgetragen, die Grabsteine kommen fort. Es soll ein Fußballplatz hinkommen. Wohin die Gräber an der Mauer kommen, weiß ich nicht … Ich ging am Abend, eh ich meine Wohnung verließ, noch einmal dort hin und legte einen großen Blumenstrauß auf das Grab an der Mauer. Ich stand lange davor … Hans Dankwarth … Warum? … Wenn ich abends still daliege und alles ist dunkel um mich, denke ich über manches nach, was mir Stetten erzählte an jenem Winterabend. Aber ich komme immer wieder darauf zurück: Ich kann ihm keine Schuld geben. Und doch ist er ein Mörder.

Ich habe kürzlich im Luftschutzkeller einen Staatsanwalt getroffen. Er saß die ganze Nacht neben mir auf einer Kiste. Und er entwickelte mir ähnliche Fälle aus seiner Praxis, wo man auf Indizienbeweise hin die Menschen jahrelang im Zuchthaus behielt, bis dann schließlich der wirkliche Täter auftrat und seine Schuld gestand … Und es gab Fälle, wo der Täter schon gestanden hatte und abgeurteilt war, und plötzlich ein anderer erschien, der sich derselben Tat beschuldigte. Aus Verrücktheit, aus Großmannssucht, aus Hysterie … Und man hatte auf einmal zwei Mörder. «Ich erinnere mich zum Beispiel eines merkwürdigen Falles, der bis heute noch unaufgeklärt ist, den ich als junger Richter hatte», erzählte er. «In einer kleinen Stadt wird in einer Villa eine junge Frau erschossen aufgefunden von ihrem Personal nach einer Gesellschaft … Niemand wusste, wie es geschehen war, denn es war niemand im Haus als die Frau. Der Mann hatte bei einem Freund am Bahnhof übernachtet. Die Mädchen hatten nichts gehört, die im Chauffeurhaus schliefen. Das Haus lag einsam am Wald, der Täter hatte es leicht einzusteigen. Niemand hat ihn gesehen, die Tat war zwischen drei und vier nachts verübt worden. Warum, weiß kein Mensch, denn es wurde nichts geraubt.»

«Und es ist nie herausgekommen?», fragte ich, während mir die Kehle plötzlich eng ward.

«Nein, nie. Man nahm erst Selbstmord an, aber der Schuss in den Spiegel, den die Frau aus ihrer Pistole abgegeben hatte – die Waffe lag neben ihr –, deutete darauf, dass jemand eingestiegen sein musste, gegen den sie einen Schuss abgab, worauf der Unbekannte ihr wohl die Waffe entrissen haben musste und sie damit getötet hat …»

«Und der Mann?», fragte ich.

«Der war ja die Nacht bei seinem Freund. Es war eine glückliche Ehe, es bestand kein Grund, die Frau umzubringen. Aber ganz geklärt wurde dieser Fall nie. Ja, meine verehrte Frau, das Leben gibt mehr Rätsel auf, als wir erfinden könnten», sagte er und putzte seine Brille …

«Seltsam», sagte ich.

«Ja, sehr seltsam. Ich habe nicht oft einen ähnlichen Fall

in meiner Praxis erlebt. Es sind die sogenannten interessanten Fälle, die die Herren Mediziner so schätzen.»

* * *

Ich bin kein interessanter Fall, Herr Staatsanwalt. Mein Leben war schrecklich banal.

Die Hauptmannsfrau in der Heidukstraße mit den vielen Kindern … Die Dame in dem grünen Kleid, die niemand kannte, auf der Hochzeit in Berlin, die immer dasaß und lächelte. Ich habe über zehn Jahre in dieser Straße gewohnt. Zehn Jahre haben mich die Menschen dort ein und aus gehen sehen. Haben sie sich Gedanken über mich gemacht? Ich glaube kaum … Nun bin ich weg, verschwunden aus ihrem Gesichtskreis. Sie sehen mich nur zuweilen, wenn ich zu Ulla gehe, aber zu ihr werde ich auch nicht mehr lange gehen, denn, wenn der Krieg aus ist und Heinz ist zurück, wird Vater Frosenius ihnen ein Häuschen in der Heide bauen. Ullas Traum … Dann werde ich ganz verschwinden, dann kennt mich niemand mehr, denn in der Friedenstraße kümmert sich keiner um den anderen.

* * *

Ich bin dieser Tage einmal in der Dämmerung zu meinem Arzt gegangen, aber als ich hinkam, hing eine Tafel an seiner Haustür: «Wegen Einberufung geschlossen.»

Ich ging wieder nach Hause. Es ist auch einerlei, ob man weiß, wie lange es noch dauert. Jeder Tag ist ein Geschenk, jeder Frühling ein Wunder, jeder Sonnentag ein Glück.

* * *

Ich sah einmal in einem alpinen Museum in Zermatt, am Fuß des Matterhorns, ein dickes Bergseil, das mitten durchgerissen war. Es lag da, wie eine Schlange gekrümmt zwischen blutbefleckten Taschentüchern und zerbrochenen Bergstöcken der Abgestürzten. Es war für die Ewigkeit gemacht, aber eines Tages riss es doch. Es hat vier Bergsteigern das Leben gekostet.

Eines Tages reißt es eben …

* * *

Manchmal, wenn ich dasitze des Abends in meiner stillen Wohnung, versunken in Gedanken, träume ich, ich wäre wieder jung und meine Kinder noch klein, und ich müsste alles noch einmal durchmachen. Und wenn ich dann aus diesem Traum erwache, bin ich froh, dass es nur ein Traum war. Jeden Abend, wenn ich mich hinlege, denke ich, es wäre schön, hinüberzuschlafen in das fremde Land, aus dem noch niemand wiedergekommen ist.

Einst wird kommen der Tag, auch für mich …

Ich wäre nicht unglücklich. Ich habe das Glück genossen, geliebt zu werden, ich hatte meine Kinder. «Meine Schmerzen haben herrliche Früchte getragen.» Sie sind bis auf den armen Ben alle durchgekommen, nun kann ich ausruhen … Ich liebe das Leben, die sonnigen Morgen, wenn ich die Fensterläden öffne, die Gärten im Morgentau, im frischen Frühlingsgrün, im sommerlichen Glanz oder im bunten Herbstlaub und im weißen Winterkleid, wenn die Bäume von Raureif glitzern. Ich hatte meine Musik. Und vieles, was ich erlebt, war schön ... Aber ich möchte es nicht noch einmal durchmachen ...

* * *

Ich bin zu Ende. Ich schließe mein Tagebuch und drücke mein Siegel drauf. Was nun kommt, wird des Erzählens nicht mehr wert sein. Wenn meine Kinder es einmal finden, werden sie vielleicht verwundert sagen: Das war unsere Mutter? Wo hat sie nur die Zeit hergenommen, das alles zu schreiben?

Aber, ich weiß nicht, ob sie die Zeit finden werden – es zu lesen.

ENDE.

«Es macht so glücklich, sich mit etwas zu beschäftigen, das nicht jeder kann» Die produktive Schreibkarriere der Liesbet Dill

EIN NACHWORT VON
MAGDA BIRKMANN

«Aber ich kann ja nur nachts schreiben oder zwischen zwei aufzuwärmenden Mittagessen, denn die Kinder kommen jetzt zu ganz verschiedenen Zeiten heim [...]. Ich dichte vormittags, wenn ich Zimmer aufräume und koche, aber wenn ich es dann niederschreiben will, ist mein Kopf leer. Es verträgt sich nicht miteinander: Wirtschaft und Poesie.»

Auch über 80 Jahre nachdem die Romanfigur Oliva Nordeck ihr Tagebuch zum letzten Mal zugeklappt hat, würden sich sicherlich viele Mütter, besonders jene mit künstlerischen Ambitionen, in den mal frustrierenden, mal melancholischen, dann wieder ungemein warmherzigen und witzigen Schilderungen ihres beschwerlichen Alltags wiederfinden, denn auch heutzutage vertragen sich Kunst und Care-Arbeit oft nur schlecht miteinander, müssen Autor:innen mit Kindern häufig im übertragenen Sinne «Strümpfe stopfen, statt zu dichten», mit zermürbenden Brotjobs und Sorgeverpflichtungen jonglieren, bis sie abends erschöpft ins Bett fallen, vergeblich auf die eine Stunde am Tag hoffend, in der sie «niemand ruft, sucht und braucht, niemand essen will oder Knöpfe angenäht haben muss» und sie also endlich Zeit zum konzentrierten Schreiben fänden.

Im Grunde ist es eine eher traurige Geschichte, die Liesbet Dill uns hier erzählt: Oliva Nordeck, diese eigentlich lebenslustige, neugierige, feinsinnige, literarisch wie musikalisch begabte junge Frau, muss als nahezu mittellose Offizierswitwe jahrzehntelang wieder und wieder ihre eigenen Bedürfnisse zurückstecken, ihre Selbstverwirklichung hintanstellen, die

Chance auf eine zweite Liebe opfern, um, wie es die Gesellschaft ganz selbstverständlich von ihr erwartet, ohne nennenswerte Unterstützung von außen ihre vier Kinder großzuziehen. Es ist der uralte Konflikt zwischen dem Druck gesellschaftlich notwendiger Reproduktionsarbeit und dem Drang nach individueller und künstlerischer Selbstverwirklichung, den uns die Autorin in Form eines fiktiven Tagebuchs nahebringen will, ein Konflikt, der sich durch den zeitgeschichtlichen Rahmen der Romanhandlung noch verschärft. Denn Dills Roman beginnt und endet mit einem Krieg: Ihren jüngsten Sohn, den sie zu Beginn der Erzählung, nur wenige Monate nachdem ihr Ehemann als Offizier im Ersten Weltkrieg in Frankreich fiel, auf die Welt gebracht hat, verliert Oliva am Ende der Geschichte auf den Schlachtfeldern des Zweiten Weltkriegs. Die gesellschaftlich für sie vorgesehene Aufgabe, für die sie ihre Autonomie und ihr persönliches Glück aufgeben muss, besteht letztendlich darin, neue Soldaten und zukünftige Mütter für das Reich – genauer: für die nationalsozialistische Diktatur – heranzuziehen. Oliva betrachtet diese Rolle als unausweichlich, und doch steht sie ihr, genau wie ihren Kindern selbst, äußerst ambivalent gegenüber – und gerade ihre Zweifel und Ängste, ihre Wehmut über verpasste Chancen, die sich immer wieder in die humor- und liebevollen Schilderungen des Familienalltags einschleichen, sind es, die den Roman so bewegend machen und uns als Leser:innen für seine sympathische Erzählerin einnehmen.

Auch Liesbet Dill selbst hat die vielen Hindernisse, mit denen schreibende Mütter seit jeher zu kämpfen hatten, aus eigener Erfahrung gekannt. 1910 beklagte sie sich in einem Brief an den befreundeten Schriftsteller Hermann Sudermann: «Seit dem Abend in Ihrem Hause habe ich nichts mehr von Ihnen gehört, ich selbst kam auch nicht mehr zum Schreiben, die Geselligkeit hier wächst mir über den Kopf, und der halbe Tag ist mit meiner Arbeit ausgefüllt. Es gehören zu diesem Leben Nerven von Stahl. Es ist gut, wenn man sie hat. Die Männer sind doch besser dran, sie haben nur einen Beruf – wir haben viele, und man zersplittert sich. Ich komme doch allmählich dahinter, dass Sie es besser haben.» Dass sie dennoch am Ende ihres Lebens auf eine äußerst produktive literarische Karriere zurückblicken konnte, liegt einerseits an ihrer vergleichsweise privilegierten gesellschaftlichen Position und zum anderen an den für Frauen ihrer Zeit sehr unkonventionellen Entscheidungen, die Liesbet Dill schon früh in ihrem Leben getroffen hat.

Obwohl die Tagebuchform es zunächst nahelegt und Oliva sicher einige Merkmale mit ihrer Schöpferin teilt, ist Liesbet Dills 1943 erschienener Roman insgesamt alles andere als autobiografisch. Elisabeth Pauline Dill wurde am 28. März 1877 in der saarländischen Kleinstadt Dudweiler als einziges Kind des Guts- und Brauereibesitzers Friedrich Dill und dessen von einem Weingut an der Mosel stammender Frau Elisa, geb. Bottler, geboren. Die Familie, die in Dudweiler das ehemalige Jagdhaus der Fürsten von Nassau-Saarbrücken bewohnte, genoss in der Bergbaugemeinde, wo die besitz- und bildungsbürgerliche Oberschicht wie im gesamten Saarland eher spärlich vertreten war, ein hohes gesellschaftliches Ansehen. Das nahezu unerschütterliche Selbstbewusstsein, das Liesbet Dill schon in jungen Jahren zur Schau stellte, speiste sich daher nicht nur aus ihrer Rolle als verwöhntes Einzelkind wohlhabender bürgerlicher Eltern, sondern insbesondere auch aus den Klassenunterschieden, die sie während ihrer Jahre an der «Elementarschule» von Dudweiler als Mitschülerin zahlreicher Bergarbeiterkinder deutlich wahrnahm. In diese Zeit fällt auch der Beginn ihrer schriftstellerischen Laufbahn: Die junge Liesbet schrieb Märchen, die sie ihren Verwandten schenkte, und «Theaterstücke, die verloren gegangen sind und wohl auch kein anderes Schicksal verdienten» und zu deren Aufführung auf dem heimischen Speicher sie ihre Kindheitsfreundinnen nötigte. Nach dem Umzug der Familie nach Saarbrücken besuchte Dill dort zunächst die als «Kasinoschule» bekannte Schule für «höhere Töchter», bevor sie mit vierzehn Jahren in ein englisches Pensionat in Wiesbaden geschickt wurde, um dort den nötigen «Feinschliff» zu erhalten. Auf dem Lehrplan standen neben Englisch- und Französischunterricht auch Tennis-, Klavier-, Gesangs- und Tanzstunden – ihre Erfahrungen mit dem Pensionatsleben hat Dill später u. a. in ihrem teilweise autobiografisch beeinflussten Roman *Virago* (1913) verarbeitet.

Als frischgebackene Dame der Gesellschaft wurde sie schließlich am 26. April 1897 mit gerade einmal 19 Jahren von ihren Eltern mit dem 17 Jahre älteren Juristen Eduard Gustav Seibert verheiratet. Nur zehn Monate später, im Februar 1898, kam ihr erster Sohn Curt zur Welt. Die in der Gesellschaft des Kaiserreichs allgemein vorausgesetzten Hausfrau- und Mutterpflichten schienen die junge Ehefrau intellektuell wenig auszufüllen; in dieselbe Zeit fällt denn auch Dills Arbeit an ihrem ersten Roman, den sie in einer ruhigen Ecke der Gastwirtschaft ihres Vaters sitzend verfasste, anstatt sich um Kind und Haushaltsangelegenheiten zu kümmern, was immer wieder zu heftigen Konflikten mit der Familie führte. Im Juni 1902 wurde Dills zweiter Sohn Claus geboren, nur vier Monate später rang sich die inzwischen 25-jährige und in ihrer lieblosen arrangierten Ehe zunehmend unglücklich gewordene Liesbet zu einem drastischen Schritt durch: Sie verließ ihren Mann und ihre beiden kleinen Söhne, mietete sich ein Zimmer in einer

Pension im lothringischen Grenzland und reichte die Scheidung ein. Wie sie Jahrzehnte später ihrer Schwiegertochter schilderte, hatte sie es «satt, mit einem siebzehn Jahre älteren, ungeliebten Mann in einer arrangierten Konvenienzehe zu leben, häuslichen Verpflichtungen nachzugehen und jedes Jahr ein Kind zu kriegen. [...] Außerdem wollte sie – mit einem Bündel heimlich geschriebener Manuskripte in der Schublade – Karriere als Schriftstellerin machen.» Auslöser für diese für die damalige Zeit außergewöhnliche Entscheidung war darüber hinaus aber auch ihre Bekanntschaft mit dem jungen, attraktiven Stabsarzt Wilhelm von Drigalski, einem Schüler und Mitarbeiter Robert Kochs, den sie auf einem Ball in Saarbrücken kennen- und schon bald lieben gelernt hatte.

Dills allen damaligen weiblichen Rollenkonventionen widersprechender Ausbruch aus Ehe und Mutterschaft löste einen großen gesellschaftlichen Skandal aus, der in Saarbrücken noch lange Zeit für Gesprächsstoff sorgte und verhinderte, dass Dill sich dort öffentlich zeigen konnte. Außerdem führte er zum absoluten Bruch mit Dills jähzornigem Vater: Dieser enterbte seine Tochter und verbot ihr den Zutritt zu ihrem Elternhaus; bis zu seinem Tod 1912 sahen die beiden einander nie mehr wieder. Während sie in ihrem lothringischen Exil auf den Ausgang des sich zwei Jahre hinziehenden Scheidungsprozesses wartete, schickte Dill ihr inzwischen fertiggestelltes Romanmanuskript an verschiedene deutsche Verlage, nach mehreren Absagen erschien das Buch schließlich 1903 unter dem Titel *Lo's Ehe* in der Deutschen Verlagsanstalt – auf größtenteils eigene Kosten und mit finanzieller Unterstützung ihres Geliebten Wilhelm von Drigalski. Der offensichtlich autobiografisch inspirierte Roman über die unglückliche Ehe einer jungen, früh an einen älteren vermögenden Mann verheirateten

Frau, die vergeblich nach erotischer und intellektueller Erfüllung sucht und in ihrer Verzweiflung – anders als ihre Schöpferin – schließlich Suizid begeht, sollte zu einem großen Publikumserfolg werden. Auch in späteren Werken griff Dill immer wieder das Thema unglücklicher, ihre Protagonistinnen in ihrer Autonomie und Selbstverwirklichung einschränkender Ehen auf.

Als ihre eigene Scheidung schließlich ausgesprochen wurde, ließ Liesbet Dill Saarbrücken hinter sich; ihr Ex-Ehemann Gustav Seibert erhielt das Sorgerecht für die beiden gemeinsamen Söhne, denen er erzählte, dass die Mutter gestorben sei. Erst als junge Erwachsene sollten sie ihre Mutter schließlich wiedersehen. Was dieser Verlust ihrer beiden Kinder für Liesbet Dill bedeutete, hat sie zeit ihres Lebens verschwiegen – weder in ihrem persönlichen Briefnachlass noch in sonstigen späteren Selbstzeugnissen finden die Ereignisse rund um den Scheidungsskandal jemals Erwähnung.

Am 5. März 1905, nach einem Jahr des unehelichen Zusammenlebens in Kassel, heiratete Liesbet Dill in zweiter Ehe Wilhelm von Drigalski und zog mit ihm schließlich nach Halle, wo Drigalski von 1907 bis 1925 eine Professur innehatte. 1907 kam der gemeinsame Sohn Wolf und 1912 die gemeinsame Tochter Leonore zur Welt. Dank der Beschäftigung eines Kindermädchens und einer Sekretärin sowie der stets toleranten, verständnisvollen Grundeinstellung ihres zweiten Ehemannes konnte Dill sich nun endlich ganz auf das Schreiben konzentrieren, was zu einer ausgesprochenen Produktivität führte: Allein in den Jahren 1903 bis 1920 veröffentlichte sie 19 Bücher, diese Zahl sollte über ihre gesamte Schaffensperiode verteilt auf annähernd 100 Titel anwachsen – eine Tatsache, die ihr selbst von grundsätzlich wohlwollenden späteren Kritikern den Vorwurf der «niveausenkenden Vielschreiberei» und «zunehmenden Sorglosigkeit des Produzierens» und von anderen den wenig schmeichelhaften Spitznamen «Courths-Mahler des Saarlandes» einbrachte. Abgesehen von der grundsätzlichen sexistischen Herablassung, die aus diesem Vergleich mit einer der erfolgreichsten und gleichzeitig von der Literaturgeschichtsschreibung am geringsten geschätzten Liebesromanautorinnen des frühen 20. Jahrhunderts spricht, wird durch ihn auch die beeindruckende Bandbreite von Liesbet Dills Werk verschleiert. Sie schrieb Novellen, Romane, Kriminalgeschichten (z. B. *Ein verhängnisvoller Abend*, 1929), aber auch sorgfältig recherchierte historische Romane und Porträts berühmter historischer Frauen (z. B. *Marie Antoinette. Der Todesweg einer Königin*, 1925). Die beiden großen Themenschwerpunkte, die sie im Laufe ihrer Karriere immer wieder neu und aus anderem Blickwinkel bearbeitete, waren einerseits die Rolle der Frau in der Gesellschaft des Kaiserreichs und später der Zwischenkriegszeit, andererseits die politischen Problematiken der saarländisch-lothringischen Grenzregion, in der sie aufgewachsen war. In Romanen wie *Virago* (1913), *Lolotte* (1918), *Rose Ferron* (1919–20) oder *Die schwarze Madonna von der Saar* (1933) schildert sie die Schicksale junger Frauen, die gegen die bürgerlich-engstirnigen Konventionen und Rollenzwänge ihrer Zeit aufbegehrten, und liefert uns damit wichtige Zeugnisse emanzipativen Denkens aus der Zeit der Jahrhundertwende. Romane wie *Die Spionin* (1917) oder *Der Grenzpfahl* (1925) wiederum nehmen den deutsch-französischen Grenzkonflikt in den Blick. Mit diesen und anderen Veröffentlichungen erlangte Liesbet Dill nicht nur deutschlandweite, sondern internationale Bekanntheit – einzelne ihrer Romane wurden u. a. ins Englische, Französische und Holländische übersetzt.

In ihrem neuen Leben an der Seite Wilhelm von Drigalskis konnte Liesbet Dill sich auch jenseits der Schriftstellerei endlich intellektuell ausleben – sie machte die Bekanntschaft prominenter Schriftsteller wie Hugo von Hofmannsthal und Alfred Kerr, lud regelmäßig Autoren wie Hermann Sudermann, Max Halbe, Hermann Bahr und Gerhart Hauptmann zum Tee, besuchte Pressebälle und Theaterpremieren, schrieb Beiträge für Rundfunk und Feuilleton und begab sich – oft allein – auf ausgedehnte Reisen, die sie später literarisch verarbeitete. Mit ihrer Romanfigur Oliva teilte sie eine ausgeprägte Liebe zur Musik und bot als begabte Klavierspielerin ihr Talent gern auch vor Publikum dar.

1925 zog die Familie von Halle nach Berlin, wo Wilhelm von Drigalski fortan bis zur Machtergreifung der Nationalsozialisten 1933 das Amt eines Stadtmedizinalrats bekleidete. Weil er sich aufgrund seiner liberalen politischen Einstellung weigerte, mit den neuen Machthabern zu kooperieren, wurde er schließlich seines Amtes enthoben und musste den vorzeitigen Ruhestand antreten. Seine Frau dagegen konnte sich zunächst die Anerkennung des Regimes sichern, und zwar mit der Veröffentlichung ihres innerhalb weniger Wochen verfassten und literarisch wohl am wenigsten gelungenen Romans *Wir von der Saar* (1934), in dem sie sich, wie viele deutsche Autor:innen in den Jahren 1933–35, literarisch mit der Saarfrage auseinandersetzte und für die Rückgliederung des seit dem Versailler Vertrag unter französischer Verwaltung stehenden Saargebiets aussprach – ganz im Einklang mit über 90 Prozent der saarländischen Bevölkerung, die bei der ein Jahr später erfolgenden Volksabstimmung für die Zugehörigkeit zu Deutschland stimmten. Der gerade gegen Ende deutlich chauvinistisch-nationalistische Töne anschlagende und deshalb wohl oder übel als Propagandaroman zu kategorisierende Text sollte jedoch der einzige Ausrutscher dieser Art in ihrem Werk bleiben, weder davor noch danach hat Liesbet Dill sich in ihren literarischen Texten jemals wieder so eindeutig politisch positioniert. «Wie viele Autorinnen, die sich in den Jahren der NS-Diktatur die Möglichkeit der Publikation zu bewahren suchten, andererseits aber den propagierten Klischees der völkischen Blut-und-Boden-Literatur entgehen wollten, wandte sie sich in späteren Werken wieder vornehmlich der politisch unverfänglichen Gattung des Ehe-, Liebes- und Familienromans zu», schreibt Karin Erkel in ihrem Porträt Liesbet Dills, der sozialkritische Aspekt ihres Frühwerks sei dabei jedoch von nun an eher ausgespart geblieben.

1944 verließ das Ehepaar Drigalski auf der Flucht vor den zunehmenden Luftangriffen Berlin und ließ sich bis zum Ende des Krieges in Dorotheenthal bei Arnstadt in Thüringen nieder, wo die beiden bald die Nachricht vom Tod ihres gemeinsamen jüngsten Sohnes Wolf erreichte, der als Militärarzt in Stalingrad umgekommen war. Nach Kriegsende wurde Wilhelm von Drigalski 1946 zum sozialdemokratischen Sozialminister des Landes Hessen ernannt, fortan lebten er und seine Frau gemeinsam in Wiesbaden, wo Wilhelm von Drigalski 1950 verstarb.

Liesbet Dills letzte Lebens- und Schaffensjahre waren geprägt von einem stetigen Wechsel aus Arbeitseifer und Resignation. Als Schriftstellerin, deren Karriere zur Jahrhundertwende begonnen hatte und deren Denken und Schreiben noch stark in der Wilhelminischen Zeit verhaftet war, fiel es ihr schwer, sich an die neuen Voraussetzungen der Nachkriegszeit zu gewöhnen. «Dass wir einmal so dastehen würden wie heute, hätte ich nicht gedacht», beschwerte sie sich 1951 in einem

Brief an Edward C. Breitenkamp, «ich hoffte auf Freiheit und dass [...] alle am Aufbau mitarbeiten könnten. Aber die Literatur ist tot, uns werden ja so viele Vorschriften gemacht, und verboten, dass man wahrlich nicht mehr weiss [sic], was man eigentlich schreiben soll.»

1955 dagegen schrieb sie ihrer Enkelin Renate Wolff, sie habe «vor drei Monaten einen neuen Roman angefangen, an dem ich täglich acht Stunden an der Maschine sitze. Und er naht sich nun seinem Ende... Drei andere grosse [sic] warten noch auf ihre Vollendung.» Wirklich «große» Romane sollten ihr allerdings nicht mehr gelingen – in den 50er-Jahren erschienen Dills Texte vorrangig in Heftromanserien wie dem «Erika-Roman», «Bastei-Liebesroman» oder «Der neue Moewig-Roman». Laut Karin Erkel signalisieren diese Publikationen mit Titeln wie *Es führt ein Weg zurück* (1952), *... und wieder sang die Nachtigall: Ein zu Herzen gehender Roman* (1953) oder *Verzauberte Herzen* (1958) Dills «endgültigen Abstieg ins Triviale» – und damit den Todesstoß für jegliches längerfristige literarische Renommee.

Die letzten Jahre ihres Lebens verbrachte Liesbet Dill, umgeben von Büchern, Bildern und antiken Möbeln und in Gesellschaft einer Haushälterin und eines alten Kammerdieners, in einer kleinen Wohnung im Wiesbadener Villenviertel, 1957 fuhr sie nach 25 Jahren Abwesenheit erstmals wieder in ihre alte Heimatstadt Dudweiler, wo sie anlässlich ihres 80. Geburtstags zur Ehrenbürgerin ernannt wurde. Eine Arteriosklerose-Erkrankung Anfang der 60er-Jahre bedeutete schließlich das endgültige Ende ihrer schriftstellerischen Laufbahn, am 15. April 1962 starb Liesbet Dill im Alter von 85 Jahren in Wiesbaden, wo sie auch beigesetzt wurde. Nach ihrem Tod wurden alle ihre Möbel, Antiquitäten und persönlichen

Dinge verkauft, sämtliche Romanentwürfe, Manuskripte und autobiografischen Aufzeichnungen vernichtet. Ihr literarischer Nachruhm überlebte sie nur unwesentlich länger. Fand sie in Literaturgeschichten des frühen 20. Jahrhunderts noch ganz selbstverständlich neben Autorinnen wie Clara Viebig, Agnes Miegel, Ida Boy-Ed oder Thea von Harbou Erwähnung, erinnerte sich nach ihrem Tod bald außerhalb eines saarländischen Kontextes niemand mehr an sie. Als 1987 Bürger:innen von Dudweiler im Rahmen einer Straßenbefragung nach der Schriftstellerin gefragt wurden, konnten zwei Drittel der Befragten sie zwar noch als «eine Heimatdichterin, [...] deren Werke dem Trivialroman zuzuordnen seien», identifizieren, Näheres zu ihrem vielseitigen Werk schien aber selbst in ihrer Heimatstadt schon damals nicht mehr bekannt zu sein. Wenig verwunderlich in Anbetracht der Tatsache, dass nach dem Tod der Autorin jahrzehntelang keines ihrer Werke mehr im Buchhandel erhältlich gewesen war und sie auch von der modernen Literaturwissenschaft bis auf wenige Ausnahmen kaum überhaupt zur Kenntnis genommen, geschweige denn sich intensiver mit ihrem Schaffen befasst wurde. Der einzige bisherige Versuch einer «Wiederentdeckung» und Neubewertung Dills erfolgte 2005 mit einer Neuausgabe ihres Romans *Virago* (1913), die den Fokus aber insbesondere auf den regionalhistorischen Quellenwert des Textes legt und keine zwanzig Jahre später leider längst wieder vergriffen ist.

Dabei wären dieses und auch viele andere ihrer Bücher noch heute durchaus lesenswert, und das nicht nur, um die sozialgeschichtlichen und politischen Verhältnisse einer längst vergangenen Gesellschaft zu verstehen. Dills Stärken lagen in lebensnahen Dialogen, genauer Figurenzeichnung, einem scharfen, realistischen Blick auf gesellschaftliche Verhältnisse und zwischenmenschliche Beziehungen, insbesondere zwischen den Geschlechtern, und nicht zuletzt in der gelungenen Mischung aus Ernst und Humor, welche die Lektüre ihrer Romane so vergnüglich und berührend macht.

Ob der mit wohlmeinenden Ratschlägen weniger als mit seinem Geld geizende Onkel Dolf, die Tratsch liebende und dabei doch immer unheimlich solidarische Haushaltshilfe Frau Korzfleisch oder die imposante Tante Constanze, deren überfallartiger Besuch Oliva Nordecks Familie an nervliche und finanzielle Grenzen bringt – das *Tagebuch einer Mutter* wird von zahlreichen Nebenfiguren bevölkert, die so sorgfältig und liebevoll charakterisiert sind, dass es uns kaum überraschen würde, wenn sie plötzlich ihren Buchseiten entflöhen und leibhaftig vor uns stünden.

Allen voran aber ist es Olivas Stimme selbst, so warm und humorvoll, so gerecht und wohlwollend, die den Roman trägt und noch lange nach der letzten Seite in uns nachhallt. Es ist Oliva, mit der wir lachen und leiden, resignieren und doch immer wieder neuen Kampfgeist schöpfen, der wir bereitwillig durch die großen und kleinen Schicksalsschläge ihres mühevollen und doch glücklichen Lebens folgen, die uns am Ende des Buches zur Freundin und Verbündeten geworden ist. Liesbet Dill ist mit ihrem Roman ein unglaublich einfühlsames und berührendes Porträt von Mutterschaft in all ihren Ambivalenzen gelungen, das auch 80 Jahre nach seinem ursprünglichen Erscheinen noch wirkt wie direkt aus dem Leben gegriffen.

«Die Mütter vergisst man immer ...», bemerkt Oliva Nordeck an einer Stelle des Buches, und dasselbe lässt sich leider bis heute über viele Autorinnen sagen. Mit der Neuauflage dieses melancholischen und doch so warmherzig-witzigen Romans über das uralte und gleichzeitig gnadenlos aktuelle Problem der Vereinbarkeit von Care-Arbeit und künstlerischem Schaffen wollen wir aber dafür sorgen, dass diese Aussage zumindest für Liesbet Dill in Zukunft nicht mehr zutreffen wird.